RECLAM-BIBLIOTHEK

W0075967

© Christian Schmid

Peter Roos, geb. 1950, lebt als freier Schriftsteller in Wien und Marktheidenfeld am Main. Er schreibt für *Die Zeit*, *Spiegel* und *FAZ* und wurde bekannt durch seine Bücher »Trau keinem über 30«, »Die wilden 40er« und, zusammen mit Friederike Hassauer, »Der weibliche Körper, der männliche Blick: Félicien Rops«.

Alle haben sie ihren Führer geliebt! Fast alle. Unsere Eltern, der Lehrer, der Pfarrer. Und sie haben das Zwangserbe sprachlos hinterlassen. Peter Roos erzählt und will wissen, wie die Nachgeborenen mit dieser NS-Hypothek leben. Er schickt ein hitlerkrankes Ich durch die Schweigemauer der Familie in die Archive. Dort findet der Held den klassischen Mitläufer, Hitlers Landschaftsmaler Hermann Gradl. Dort findet er die stille Widerstandskämpferin, die Musikstudentin Ilse Sonja Totzke, und er trifft die 80-jährige Eva Braun, die in einem jüdischen Altenpflegeheim arbeitet und sich fragt: Wie konnte ich den Diktator lieben?

»Hitler lebt fort, unser ewiger Wiedergänger: der Moralist Roos beschreibt noch einmal diesen seinen fortlebenden Triumph über auch alle Moral.«

Hans Wollschläger, *Frankfurter Allgemeine Zeitung*

»Ein sehr wichtiges Buch, das mich tief berührt und sehr erschüttert hat.«

Matthieu Carrière, *Frankfurter Rundschau*

Peter Roos

Hitler Lieben.

Roman einer Krankheit

Eine Trilogie:
»Der Mitläufer und Ich«
»Die Gestapo-Akte und Ich«
»Eva Braun und Ich«

Mit einem Nachwort von Egon Schwarz
und mit einer Reportage über die
Wirkungsgeschichte dieses Buches:
»Der Nazi und der Nestbeschmutzer«

RECLAM VERLAG LEIPZIG

ISBN 3-379-01713-2

Veröffentlicht im Reclam Verlag Leipzig, 2000
© 1998 Klöpfer, Meyer & Co. GmbH, Tübingen
© 2000 Reclam Verlag Leipzig

Reclam-Bibliothek Band 1713
1. Auflage, 2000
Lektorat: Friederike Hassauer/Hubert Klöpfer
Reihengestaltung: Hans Peter Willberg
Umschlaggestaltung: Birgitta Müller/Peter Roos
Gesetzt aus Meridien
Satz: niemeyers satz, Tübingen
Druck und Bindung: Ebner Ulm
Printed in Germany

An meinen sprachlosen Vater.
Für Friederike Hassauer, für Albrecht Mahr, für mich.
Und für alle Söhne, die Väter haben,
die schweigen

Dieses Buch
ist ein Roman.

»Literatur kann nicht korrekt sein, sie muß genau den Affekten, die wir mit sehr viel Grund zensieren, freien Lauf lassen. …
Die Aufgabe der Dichtung ist es, an Grenzen zu gehen und Grenzen zu überschreiten. …
Ich höre nicht auf, ein Antisemit zu sein, nur weil ich es mir verbiete. Wir müssen zu dem Punkt kommen, wo wir das als Teil unseres Programms akzeptieren, das wir wohl nicht ändern, aus dem wir aber etwas machen können. …
Der Mensch ist nicht dazu gedacht, toleriert zu werden; er will in all seinen Eigenschaften verstanden werden, auch in denen, die er selbst bei sich ablehnt. Wenn man diesen Gedanken weiterdenkt, dann kommt man zu sehr unangenehmen Folgerungen.
Genau darin liegt für mich die spezielle Ressource der Kunst: die Möglichkeit, Tabuzonen so anzusprechen, daß das Tabuisierte selber sprechen darf; daß ich bereit bin, den Nazi, den Antisemiten, den Rassisten, den Sexisten in meinem Repertoire anzuerkennen.
Nur die Geister, die ich nie versöhnt, mit denen ich nie geredet habe, bleiben aktiv und bedrohlich.
Der Mensch ist ein Skandal, und der Skandal muß an die Luft.«

Adolf Muschg

I

Der Mitläufer
und Ich

1

Vater schweigt,
Mutter stumm,
Hitler lebt und ich daneben.

Daß mich die Nazi-Zeit nicht in Frieden läßt, daran habe ich mich gewöhnt. Ich habe aufgehört, mich dagegen zu wehren. Ich, so alt wie das Land, beobachte an mir, daß ich diese Geschichte nicht mehr loswerden kann wie etwas Lästiges, unfaßbar Unangenehmes, wie einen besonders ekelerregenden Ausschlag. Ich kann mich nicht mehr verstecken vor der großen Angst und vor dem großen Entsetzen. Ich will nicht mehr fliehen aus diesem unsichtbaren Gefängnis, nicht mehr heraustreten aus diesem Schatten. Der Nationalsozialismus meiner Väter und Mütter ist zu einem sicheren, beständigen, zuverlässigen Begleiter geworden, dessen beharrliche Existenz ich anzunehmen beginne.

Hitler lebt.
Warum kann ich Hitler nicht sterben lassen?

Es ist eine deutsche Geschichte.
Es ist meine Geschichte.
Es ist die Geschichte meiner Generation.
Es ist eine Marktheidenfelder Geschichte.
Es ist eine Nürnberger Geschichte.
Es ist die Geschichte von uns allen.

Ich erzähle die Geschichte vom deutschen Jedermann.
Wie er in den Nationalsozialismus hineingelaufen ist, wie er mitgelaufen ist, wie er unter dem Sturz des tausendjährigen Reiches durchgelaufen ist, wie das entnazifizierte deutsche Volk ihn aus dem Nazismus hat entlaufen lassen, wie er in die neue Zeit übergelaufen ist.
Und wie die neue Zeit weitergelaufen ist – bis heute.

Ich erzähle die Geschichte eines Mitläufers, der 1883 in Marktheidenfeld geboren wurde und in Nürnberg 1964 starb.

Als ich auf die Welt kam, war *das Alles* schon da. *Das Alles:* der Nazismus. Er gehörte fortan zu mir wie die Hautfarbe, die Sprache, die Seele und der Staat.
Ich bin 1950 geboren.
Ich bin der Sohn meines Vaters, der Sohn meiner Mutter, ich bin der Neffe meines Onkels, der Schüler meiner Lehrer, der Patient des Arztes, der Konfirmand des Pfarrers.

Man hat es mir mit diesem Erbe nicht leicht gemacht. Man hat getan, als habe es *das Alles* nicht gegeben. *Es* war bei meiner Geburt bereits 5 Jahre vorbei.
Natürlich ist über den Krieg geredet worden. Aber jener Krieg war so nah oder so fern wie »3-3-3 / bei Issos Keilerei«. Es hätte auch ein dritter Weltkrieg sein können. Oder ein Bürgerkrieg oder ein Ehekrieg oder ein Papierkrieg – was für ein Krieg eben an die Ohren eines Kindes dringt. Jener Krieg aber war schon in meinen Kinderjahren allgegenwärtig. Jener Krieg hatte etwas, das der Papierkrieg auf dem Schreibtisch des Vaters nicht hatte.
Der Krieg hat unser Leben bestimmt. Wieviel Butter aufs Brot käme; wann welches Licht zu löschen sei; wie Werktagskleider, Sonntagskleider zu tragen, aufzutragen, abzutragen, umzuarbeiten wären. Haarschnitt, Gehorsam, Vaterlandsliebe – Vaters zerschossenes Knie, Mutters Reden von den schlechten Zeiten. Das Schweigen da, das Leisereden dort, das Flüstern hier. Und das ewige »Nicht-vor-den-Kindern!«

Es geht um Hermann Gradl, der in Hitlers Gnaden stand.

Es geht um Damals.
Vater, der nicht in Hitlers Gnaden gestanden hatte, in seiner Bewegung aber mitgelaufen war, hat nie, fast nie über *das Alles* gesprochen, weil wir, da wir nicht dabeigewesen

seien, da wir nicht wüßten, was Hunger, was Frieren hieße, was Krieg bedeute, nicht über den Krieg reden dürften. Weil Vater nie etwas erzählt, erklärt, verständlich gemacht hat, weil er mir den Blick auf seine Geschichte, die er mir vererbte, verwehrt hat – deshalb sehe ich mir die Geschichte Hermann Gradls genau an. Das erste konkrete Leben nach all den Büchern über den Nationalsozialismus. Ansehen, wie ein Leben in den Faschismus hineingelaufen und aus ihm herausgelaufen wurde.

Gradls Geschichte ist Beispiel und Ersatz. Es ist das Leck, es ist der weiße Fleck in der Familienchronik und in der Staatschronik, es sind die unterschlagenen 12 Jahre, es ist das Geheimnis und die Geheimtuerei. Und mit jedem Buch zum Thema mehr steigt die Ungewißheit über die eigene Haltung, über die individuelle Sicherheit, über die persönliche Resistenz, über die subjektive politische Immunität. Es steigt die Ungewißheit über die Möglichkeit, als Ich mitzulaufen – mitzulaufen und mitzumachen.
Jede Generation muß sich ihr eigenes Bild vom Nationalsozialismus machen, muß sich ihre eigene Haltung zum Nationalsozialismus bilden.

Was zum Geburts-Eigentum, zur ererbten Hypothek gehörte, ist sogleich enteignet worden. Der Vater hat mir einen wesentlichen Teil der Familiengeschichte vorenthalten. Alle zusammen haben mir meine Staats-Geschichte vorenthalten. Wieviel Lebenszeit lang wußte ich nicht um die Prägekräfte meiner Existenz. Sprachlos, gestaltlos.

Gradls Geschichte ist eine Familiengeschichte. Gradls Geschichte ist die Geschichte vom deutschen Bilderbuch-Großvater, an dessen Biographie wir lernen können, wer wir sind, woher wir kommen, was wir können und wozu wir fähig sind. Darüber will ich Gewißheit haben: Anamnese.

Der Krieg ist jetzt 50 Jahre zu Ende. Die Überlebenden

sind die Nächsten, die sterben – unsere Väter, Mütter, Tanten, Onkel, die Lehrer, die Politiker. Vor 60 Jahren wurden in Nürnberg die »Nürnberger Gesetze« erlassen. 10 Jahre später werden die »Nürnberger Prozesse« geführt. Von den Siegern.

Ist unsere Schuld getilgt?
Sind wir entnazifiziert? Keine Mitläufer?
Resistent, immun gegenüber Totalitarismus, Gewalt, Vernichtungswillen?

2 Hermann Gradl wird 1883 als Sohn des Juristen und Bezirksamtmanns Jakob Gradl in Marktheidenfeld am Main geboren. Er soll Jurist werden und ein rechtschaffener Bürger, wünscht der strenge Vater. Mit acht verliert er die Mutter, wächst bei einer bigotten Tante auf, scheitert im Gymnasium. Künstler will er werden. Er fällt durch die Aufnahmeprüfung für die Akademie der Künste in München. 1899: Gegen den Willen des Vaters verschiedene Versuche, in die Gewerbeschule einzutreten. 1902–1906: Besuch der »Kgl. Gewerbeschule« München. Arbeitet daneben im Atelier seiner Verwandten Hermann und Max Joseph Gradl – erfolgreiche Münchner Kunsthandwerker, Exponenten des luxuriösen Jugendstils. Der Zwanzigjährige entwirft jetzt Muster für Stoff, Tapete, Keramik, modernisiert Wohnungen, stattet bibliophile Bücher aus. Vier Jahre lang.

In den Standardlexika für bildende Kunst, bei Thieme / Becker und im Vollmer, wird Hermann G. als »Genre-, Architektur-, Landschaftsmaler und Radierer« geführt, der als Kunstgewerbler begann und als 24jähriger mit dem Unterricht der Weberei- und Keramikklasse an der Nürnberger Kunstgewerbeschule betraut war.

1907 berufen, zieht H. G. 1908 nach Nürnberg, heiratet und erwirbt einen Sportwagen, den er »schnittig« nennt. Er wird außerplanmäßiger Professor.
Ein Jahr später folgt der Stammhalter.
Unterricht, freie Werbeaufträge: Hermann Gradl ist ein vielbeschäftigter Mann, ob er die Etiketten für Kathreiners »Fadennudeln hochprima« oder die Tausend-Mark-Aktie der »Donau-Main-Rhein-Schiffahrts-Aktien-Gesellschaft-Nürnberg« entwirft, ob die Speisen- und Weinkarten des Restaurants »Herrenkeller« in Nürnberg oder das Deckblatt für den »Fränkischen Kalender«.
Mit den Fließbandarbeiten der Werbegraphik entfernt sich Gradl immer mehr vom Münchner Jugendstil; er wird altfränkisch, heroisch, völkisch. Politik und Ge-

schmack seiner Auftraggeber verlangen es so, aber er muß bei diesen Geschäften seine Weltanschauung nicht beugen. Er, entschieden deutsch-national, kommt den Kunden gerne entgegen. 1913 gestaltet er den Einband des Buches »Deutscher Kampf« von Adam Müller-Guttenbrunn, ein Roman, der den imperialen deutschen Gestus gegen Osten verherrlicht. 1914 entwirft er ein Kriegspropaganda-Plakat für den Nürnberger Verlag Zerreis & Co. mit dem Schlachtruf

»Haltet aus, lasset hoch das Banner wehn
Zeigt dem Feind, zeigt der Welt
Dass wir treu zusammen stehn
Haltet aus im Sturmgebraus«.

Durchhalteparole in stilisierter Handschrift unter einer martialischen Schlachtszene: Infanterie-Phalanx, Fahnen, Roß, Reiter, Pickelhaube, gezogene Schwerter. Einberufung 1916. Schon 1918 wieder verkauft Gradl in einer Leipziger Galerie während der Vernissage zwölf Bilder für 27.000 Mark. Der Kunstgewerbler hatte mittlerweile sein Hobby, die Sonntags- und Landschaftsmalerei im kleinen Format, zum großen Geschäft auf dem einschlägigen Markt gemacht.

1920 erschien über ihn das Buch »Ein neuer deutscher Maler-Romantiker«. Im Nürnberger Kollegenkreis erregt der lukrative Nebenerwerb Neid. Die künstlerische Begabung indes, trotz der Konkurrenzkämpfe, war nicht diskussionsfähig – ein Mindergutachten der Schulleitung. Zahlreiche Reisen auch ins Ausland, zahlreiche Verkaufsausstellungen. 1926 Beförderung zum ordentlichen Professor für kunstgewerbliches Zeichnen von Gewebe, Tapeten, Intarsien.

1927 jubelt die »Gartenlaube« über Gradls Kölner Ausstellung der Dom-Galerie zum Thema »Der Rhein«:
»Er war der ›heilige‹ Strom der Deutschen und wird es

bleiben, solange noch deutsche Herzen schlagen und deutsche Sehnsucht die Welt umkreist. Und mögen wir jetzt auch mit Schmerzen und Groll des Rheines gedenken und das Los der Unfreiheit beklagen, das viele seiner Anwohner immer noch ertragen müssen ...« – bis 1930.

Inzwischen geht Gradl auf Tournee mit seinem völkischen Künstler-Trupp der »Deutschen Kunstgesellschaft« und tourt im gleitenden Übergang vom Völkischen zum Faschistischen mit. Er mußte sich so wenig verändern wie seine Weltanschauung, seine Bilder mußten sich so wenig verändern wie seine Ideologie.

1933, das Jahr, in dem Adolf Hitler zur Macht verholfen wird, das Jahr, in dem der Reichstag in Flammen aufgeht und die Bücher der Mißliebigen, das Jahr, in dem der neue Führer alle Parteien verbietet außer der eigenen, das Jahr, in dem er das erste Konzentrationslager errichten läßt, das Geburtsjahr von Hubschrauber, Fernschreiber, Luftmatratze und Tretboot – für Gradl vor allem das Jahr seines 50. Geburtstags und der Silberhochzeit.

1933 werden jüdische Unternehmen boykottiert; und Arzneimittel, von Juden hergestellt, durften nur verordnet werden, wenn andere gleichwertige Präparate nicht vorhanden sind.

Am 20. Juli 1933 werden 300 Juden in aller Öffentlichkeit durch Nürnbergs Straßen getrieben, geschlagen und auf die »Deutschherrenwiese«, einen SA-Sportplatz gebracht. Dort wurden auch 70- und 80jährige gezwungen, mit den Zähnen Gras auszureißen.

1933: Hermann Gradl deklarierte beim Finanzamt neben seinem Gehalt 30.000,– Reichsmark an Einkommen aus Verkäufen von Bildern, unter anderem einer Bleistiftzeichnung der Nürnberger Bindergasse, hakenkreuzfahnengeschmückt.

1934 tritt der mittlerweile zum »Professor« avancierte Kunstgewerbler, der sich »Kunstmaler« nennt, dem

»Nationalsozialistischen Lehrer Bund«, dem NSLB, bei – Mitgliedsnummer 291.047.

1934 dürfen jüdische Jugendverbände keinen Geländesport mehr betreiben.

1934: Hermann Gradl deklariert 25.000,– RM an Einkommen aus Bilder-Verkäufen.

1935 werden an Ortseingängen, Badeanstalten, Cafés, Geschäften, Schilder angebracht: »Juden unerwünscht!« Belobigungen dürfen an nichtarische Schüler nicht mehr verliehen werden. Eine Judenkartei wird angelegt, die alle Juden in Deutschland erfaßt. Die »Nürnberger Gesetze«, das »Gesetz zum Schutze des deutschen Blutes und der deutschen Ehre« treten in Kraft.

1935: Hermann Gradl deklariert 30.000,– RM an Einkommen aus Bilder-Verkäufen.

1936 gestaltet der Kunstmaler und Professor ein großformatiges Glückwunschtelegramm der Deutschen Reichspost zum 1. September, Reichsparteitag der NSDAP in Nürnberg. Der Karton, 209 x 297 mm, cremefarben, zeigt die Nürnberger Burgsilhouette, wappengeschmückt, mit dem Schriftzug in grün: »Nürnberg die Stadt der Reichsparteitage«, und unten, mittig, nicht zu übersehen, größer als die Burg hoch, im roten Kreis ein dickes, fettes Hakenkreuz.

1936 müssen jüdische Vertrauensärzte den Dienst quittieren.

1936: Hermann Gradl deklariert 40.000,– RM an Einkommen aus Bilder-Verkäufen.

1937 beginnen die Nationalsozialisten, ›die deutsche Kulturlandschaft von den Produkten artfremder Künstler zu säubern‹. Die Wanderausstellung »Entartete Kunst« wird durch Deutschland geschickt. In Nürnberg werden vorher schon mehr als 130 Kunstwerke abgehängt, beschlagnahmt und durch Deponierung in der sogenannten »Nürnberger Schreckenskammer« denunziert – darunter Werke von Ernst Barlach, Max Beckmann, Lovis Corinth,

Otto Dix, Conrad Felixmüller, Lyonel Feininger, Rudolf Großmann, George Grosz, Carl Hofer, Oskar Kokoschka, Käthe Kollwitz, Alfred Kubin, Edvard Munch, Hans Purrmann, Karl Schmidt-Rottluff. Lange vor dem Machtantritt der Nazis hat Hermann Gradl schon jene Künstler verdammt, die dem »Expressionismus, Kubismus, Dadaismus und Infantilismus« huldigten und »grauenhafte moderne Kunst verzapften«. Das schreibt Gradl noch 1948, als *das Alles* längst vorbei war, in sein Tagebuch.

Mit dem Satz: »Ich werde die bolschewistische Kunst vernichten und zwar in kurzer Zeit, darauf können Sie sich verlassen, mein lieber Professor!« betritt 1937 erstmals Adolf Hitler das Atelier Hermann Gradls und macht ihn zu einem der »zwölf unverzichtbaren Künstler des Dritten Reiches«. Auf Hitlers Weisung hin werden, an der Fachjury vorbei, acht seiner Bilder 1937 im »Haus der Deutschen Kunst« ausgestellt.

Das KZ Buchenwald wird 1937 errichtet, und 1937 deklariert Gradl beim Finanzamt neben seinem Gehalt als Professor an Einnahmen aus Bild-Verkäufen 90.000,– Reichsmark.

1938 bilanziert das Oberste Parteigericht: 91 Juden getötet, 29 jüdische Warenhäuser vernichtet, 171 jüdische Wohnhäuser und 101 jüdische Gotteshäuser zerstört oder abgebrannt. 7.500 jüdische Geschäfte verwüstet. 35.000 Juden werden auf Befehl Hitlers in der sogenannten »Reichskristallnacht« zusammengetrieben und in KZs gebracht. Um ihrem Schicksal zu entgehen, können sie sich mit hohen Summen »freikaufen«.

Hermann Gradl deklariert 1938 beim Finanzamt neben dem Gehalt als Professor an Einnahmen aus Bild-Verkäufen 109.000,– Reichsmark, davon 37.000,– RM für drei Gradls aus der Privatkasse Adolf Hitlers.

Am 20. April 1939 wird Hermann Gradl zum 50. Geburtstag des Führers nach Berlin eingeladen und um 18 Uhr 30 zusammen mit dem Gradl-Kunden Albert Speer empfangen. Am 23. Mai 1939 nimmt Hermann Gradl von Adolf Hitler einen Abschlag von RM 70.000,– in Empfang. Hermann Gradl hatte von Adolf Hitler persönlich den Auftrag erhalten, sechs großformatige Gemälde mit deutschen Landschaftsmotiven zu malen – für den Erweiterungsbau der Neuen Reichskanzlei in Berlin. Hermann Gradl war als einziger lebender Künstler dazu ausersehen, den ›gigantischen‹ Speisesaal von 148 Metern Länge und 5 Metern Höhe mitzugestalten, in dem ausschließlich solche Delegationen bewirtet wurden, die Hitler eine Dankesgabe überreicht hatten. Das Honorar für die sechs Landschaftsbilder, die der NS-Staat am 10. Mai 1940 von Professor Gradl erwarb, belief sich auf 120.000,– Reichsmark. Hitlers Volkswagen wurde zu dieser Zeit für 990 Reichsmark gehandelt.

Am 30. Juni 1939 werden im Grand Hotel National, Luzern, durch die Galerie Fischer, Luzern, 125 Gemälde und Skulpturen aus Sammlungen deutscher Museen versteigert. Bei dem Ausverkauf wurde das aus der Städtischen Galerie Nürnberg 1937 konfiszierte, 120 x 65 cm große Tempera-auf-Holz-Gemälde »Anita Berber« von Otto Dix, das eine 80-Pfennig-Briefmarke der Deutschen Bundespost ziert, zum Schätzpreis von 2.500 Schweizer Franken aufgerufen und – nicht verkauft. Corinths »Ecce Homo« ging zusammen mit Kokoschkas »Windsbraut« und Franz Marcs »Tierschicksale« als Dreierpack für 18.000 SFr weg, Schmidt-Rottluffs »Selbstbildnis mit Einglas« für 25 Dollar.

Am 30. August und 1. September 1939, dem Tag des Kriegsbeginns, dem Tag des Überfalls auf Polen, hält Hermann Gradl Einzug in sein neues Eigenheim in der Teutonenstraße, ein typisch »Deutsches Haus« mit hohem Dach, keine »entartete« Bauhaus-Architektur. Eingebautes Atelier. Vor dem Haus parkt Gradls braunlackierter BMW-Sportwagen.

Juden, allen, gleich ob deutscher oder anderer Staatsangehörigkeit, wurde in diesem September 39 der Besitz von Rundfunkempfängern verboten; die Ablieferungs-

pflicht für jüdische Juwelen und Schmuckgegenstände aller Art bestand schon seit Februar des Jahres.
Hermann Gradl deklariert 1939 an Einnahmen aus Bild-Verkäufen 94.700,– Reichsmark.

Am 19. November 1940 notiert Propagandaminister Goebbels in sein Tagebuch: »Der Duce hat gesprochen. Sehr fest und männlich. Sagt England das Schicksal Karthagos voraus. ... Neues Wohnungsprogramm des Führers veröffentlicht. Vom stärksten Sozialismus getragen. Im ersten Jahr nach dem Kriege allein 300.000 neue Wohnungen. ... Ankunft in Nürnberg. Pompöser Empfang. (Oberbürgermeister) Liebel ... an der Spitze. Aber (Gauleiter) Streicher fehlt. ... Ein eigentümliches Gefühl, in Nürnberg zu sein und ihn nicht zu sehen. ... Er hat eben zu große Dummheiten gemacht. Nach dem Krieg wird man dann sehen. Ganz fallen lassen kann ihn der Führer nicht. Rede im Ufapalast vor den Amtswaltern des Gaues. ... Ich bin in bester Form und gebe den Leuten viel mit auf den Weg. Stürme des Beifalls. Bei Liebel zum Tee. Lange mit Prof. Gradl verhandelt, der die neuen Bilder für unsere Eingangshalle malt. Ein feiner Künstler und noch ein richtiger ernster Arbeiter. Er ist mir sehr sympathisch. Ich will ihm noch einige Aufträge geben. ... Bei Faber-Castells draußen in ihrem Jagdhaus vor Nürnberg zum Essen. Wir haben ein nettes, kleines Plauderstündchen.«
In der »Grossen Deutschen Kunstausstellung 1940 im Haus der Deutschen Kunst zu München« ist Hermann Gradl mit drei Werken vertreten: »Frankenjura«, »Höhenweg« und »Einsames Land/Pflügender Bauer«, was sich 50 Jahre später in der Schülerbibliothek des Marktheidenfelder Gymnasiums wiederfindet. Schirmherr der Ausstellung: Adolf Hitler.
Juden sind seit Juli dieses Jahres als Fernsprechteilnehmer ausgeschlossen; sie erhalten grundsätzlich keine Kleiderkarten mehr, dürfen die Straßenbahnen nicht mehr benutzen und das Halten von Haustieren ist ihnen verboten.

1940 deklariert Hermann Gradl beim Finanzamt neben seinem Gehalt als Professor an Einnahmen aus Bild-Verkäufen 100.700,– Reichsmark.

Am 20. März 1941 notiert Goebbels in sein Tagebuch: »Schwere Angriffe auf Kiel und Bremen. … Dagegen greifen wir Hull mit 420 Maschinen an. Meistens Brandbomben. Ein ganz eklatanter Erfolg. … Nach Posen. Der Oberbürgermeister empfängt mich und überreicht mir 2 prachtvolle Leuchter als Geschenk. Rede vor den R. P. A. Leitern. … Ich bin bester Form. Guter Erfolg. Nun sind alle meine Mitarbeiter wieder aufgeladen. … Bis abends spät am Schreibtisch. Mit Magda telephoniert. … Die 4 neuen Landschaften von Gradl sind angekommen. Wunderbar! Sie stellen den schönsten Schmuck für unsere Eingangshalle dar. Es ist so spät, und ich bin so müde. Schlafen.«
Die Deportation von Nürnberger Juden beginnt am 29. November 1941. Ziel: Riga-Jungfernhof. Deportierte: 512. Überlebende: 17.
Hermann Gradl deklariert 1941 beim Finanzamt neben seinem Gehalt als Professor an Einnahmen aus Bild-Verkäufen: 132.900,– Reichsmark.
Am 1. Januar dieses Jahres war Hermann Gradl in die NSDAP eingetreten. Später wird er behaupten, Nürnbergs NS-Oberbürgermeister Liebel, der den Parteieintritt als ausdrücklichen Wunsch des Führers dargestellt habe, hätte ihn zu diesem Schritt gedrängt. Gradls Mitgliedsnummer war 7.848.329. Dem Aufnahmeantrag Gradls wurde »ausnahmsweise außer der Reihe« stattgegeben, da sich der Antragsteller »in außerordentlicher Gunst bei unserem Führer« befand.

Am 1.1.1942 leben in Deutschland noch 131.823 Juden.
Am 25.3.1942 werden 426 Nürnberger Juden nach Izbica bei Lublin unweit von Treblinka deportiert. Keiner überlebt. Am 23.4.1942 werden 23 Nürnberger Juden nach Krasniczyn/Lublin deportiert. Keiner überlebt.

Im Sommer 1942 wollen untergeordnete fränkische Nazi-Chargen den braunlackierten Sport-BMW des autoverliebten Hermann Gradl »entwinkeln«, stillegen. Auf höchste Fürsprache von Goebbels, Göring, Speer und Hitler werden dem Maler erneut »Tankausweiskarten über 50 Liter Vergaserkraftstoff« zugeteilt – »wie bereits telefonisch besprochen«. Zu jener Zeit war Hermann Gradl bereits Ratsherr der Stadt der Reichsparteitage. Den wilhelminisch leicht gezwirbelten Schnauzbart hatte sich der Herr Professor mittlerweile stutzen lassen zur zeitgemäßen »Hitler-Bürste«. Auch seinen Namen auf dem persönlichen Briefpapier läßt er anstelle der neusachlichen, mageren Futura-Lettern jetzt in den Groß- und Kleinbuchstaben der Nazi-Fraktur setzen.

Gegrüßt wird mit »Heil Hitler!«

Hitler hatte Gradl zum »überragenden nationalen Kapital« gezählt und eigenhändig dessen Wehrmachtspapiere zerrissen, neben den Papieren aller anderen für »unsterblich« erklärten Künstler, deren Namen ihm Goebbels bei Kriegsausbruch lieferte.

Am 10.9.1942 werden während der dritten Deportation Nürnberger Juden 533 Menschen im Alter von über 65 Jahren nach Theresienstadt verschleppt. 26 überleben.

Hermann Gradl deklariert 1942 bei den Finanzbehörden neben seinem Gehalt als Professor an Einnahmen aus Bild-Verkäufen 92.300,– Reichsmark.

Am 18. Juni 1943: Vierte Deportation von Nürnberger Juden nach Theresienstadt und Auschwitz. Es überleben 4.

Hermann Gradl deklariert 78.300,– RM.

Bis zum 17. Januar 1944 haben in Nürnberg durch Polizei und SS sieben Deportationstransporte jüdischer Mitbürger stattgefunden: 1.631 Menschen wurden in Konzentrationslager gesperrt, 72 Menschen überleben. 88.100,– RM deklariert Hermann Gradl für das Rechnungsjahr 1944.

1945 wird Hermann Gradl, Kunstmaler, Professor und Akademie-Direktor seiner Ämter enthoben und mit einer entsprechenden Pension in den Ruhestand versetzt. Als der Krieg zu Ende war, hat Hermann Gradl weiter gerechnet: Was an Cognac, Kaffee und Zigaretten aus seinem Atelier gestohlen worden war; er hat nachgerechnet, daß er an Werken, Sammlung, Bibliothek, Bettwäsche und Radio Verluste hatte – hochgerechnet eine Million Reichsmark; aufgerechnet, daß er »Nazischwein« sich hatte nennen lassen müssen, daß er »schippen« und nicht mehr malen sollte, daß er keine Leinwand mehr bekäme, keine Farben, keine Pinsel – gerechnet und gerechtet: 1945, als der Krieg zu Ende war – »Vormittags 9 Uhr die Ami's ... mein schöner, brauner BMW wurde mir sofort weggestohlen. Polen, Russen, Italiener, Franzosen und deutscher Mob plünderten und zerschlugen alles, was ihnen in die Finger kam.« Sagt Hermann Gradl noch 1948 über 1945.

»Am 29.III.1951«, schreibt Gradl, »habe ich mir endlich wieder ein neues Auto gekauft, ein DKW Kabriolett. (*Michel* wurde er von Lore mit Sekt getauft). Und damit begann wieder eine neue Zeit für mich.«

24 Nürnberger Juden hatten den Terror in der Stadt der Reichsparteitage unentdeckt überlebt. Vierundzwanzig.

3 Die Nazi-Zeit hat mich gehetzt, bedroht und magisch angezogen. Doppelklebeband, Gummiband. Je weiter ich wegwollte, desto fester haftete ich, desto tiefer hat es mich ins Thema zurückgeschnellt. Obwohl nicht erlebt, weil nicht erlebt.

Wie habe ich die anderen Völker beneidet!

Warum belastet mich *das Alles* so?

Warum der Drang, *es* aufzuarbeiten? Warum der Zwang, *das* abzuarbeiten?

Immer Zweifel, Skrupel, Angst; immer Haß, Ohnmacht, Wut; immer Rache nehmen wollen und den Richter spielen und der bessere Mensch sein.

Zufällig später geboren.

Zufällig 3, 4 Jahrzehnte später geboren.

Immer Sehnsucht nach Entlastung, Selbstreinigung, Distanzierung.

Aber immer wieder der Sog zurück. Aber immer wieder die Verschattung des ganz normalen Lebens.

Dann saß ich in den Archiven und hatte alles vor mir liegen – die Briefe, Karteikarten, Reden, Fotos, Aktennotizen, Protokolle. Woher nehme ich das Recht, wer gibt mir das Recht, in anderer Menschen Leben herumzustochern?

Das Gefühl, Unrecht zu tun, Grenzen zu verletzen, die Ruhe der Toten zu stören.

Das nicht zu tun hatte man uns immer geboten.

Aber es waren ja genau die Toten, die mir die Unruhe machten. Unruhe machte die verordnete Totenstille, Unruhe machte das allzeit ausbrechende Schweigen, das jedesmal sofort wasserdicht über *das Alles* gebreitet wurde.

Immer wieder mußte ich es mir sagen: Daß ich das Recht hätte, zu wissen. Das Recht, zu erfahren, was gewesen ist. Wie es wirklich gewesen ist.

Das Recht, zu verstehen, wie es dazu kam.

Und war dabei immerzu überfordert. Hilflos. Unberaten.

Wenn dann die Berge kopierter Akten auf dem Schreibtisch lagen, wenn ich *das Alles* wieder und wieder gelesen hatte, addierte sich zur seelischen Überforderung eine moralische und zum Schluß die intellektuelle Überforderung:

Ich. Verstehe. Das. Alles. Nicht.

4 Der 60. Geburtstag des Hermann Gradl ist eine nationalsozialistische Staatsaktion. Die Spitze des »Dritten Reiches« verhandelt, wie jener Montag, der 15. Februar 1943, in die Geschichte der eigenen Kultur-Politik einzugehen habe. Trotz Stalingrad befaßt sich der »Größte Feldherr aller Zeiten« mit dem Jubeltag seines Landschaftsmalers.

Schon für die Nürnberger Sonder-Ausstellung als Hommage an Hermann Gradl stellt Adolf Hitler seine Gradls zur Verfügung; andere Nazi-Größen folgen ihrem Führer mit ihren Gradls. Doch damit nicht genug.

Wie noch kann der Ehrentag seiner künstlerischen Eminenz über das Regionale hinaus reichsweit aufgewertet werden? Die Gradl-Lobby in Nürnberg wird mit Petitionen tätig.

Gauleitung, Reichspropagandaamt und Oberbürgermeister der Stadt der Reichsparteitage schieben nach und sprechen vor, in Berlin, bei Goebbels. Zu feiern sei der 60. Geburtstag des Kunstmalers, Professors und Akademie-Direktors Hermann Gradl, und würdig zu begehen sein 35jähriges Berufsjubiläum. Der Künstler stehe in hohem Ansehen beim Führer, sei zudem auch hochgeschätzt vom Herrn Propagandaminister. Aus Anlaß dieser Daten möge man Hermann Gradl mit der Verleihung der »Goethe-Medaille« ehren. Die hohe Nazi-Auszeichnung galt besonders hervorragenden Verdiensten in Wissenschaft und Kunst und sollte die Krönung eines Lebenswerks darstellen; deswegen wurde sie nur in einem höheren Lebensalter, zum 70. oder 75. Geburtstag, verliehen. Während des Krieges jedoch war nach einem Erlaß Hitlers die Verleihung von Titeln, Orden und Ehrenzeichen überhaupt einzuschränken.

Dennoch. Hermann Gradl ist die Ausnahme. Er soll, mitten im Krieg und trotz seines vergleichsweise niedrigen Alters schon zum 60. geadelt werden.

Nicht genug damit.

Nürnberg möchte aus seinem »Direktor der Akademie der Künste der Stadt der Reichsparteitage« einen »Präsidenten« machen und bittet um Verleihung dieses Titel.
Genug damit?
Der Oberbürgermeister der Stadt der Reichsparteitage möchte aus dem Kunstmaler, Professor und Akademie-Direktor Hermann Gradl einen »Reichskultursenator« gemacht wissen; nicht nur aus künstlerischen Gründen fordert er die Ernennung; landsmannschaftlich-fränkische Proporz-Politik und ein gerechter Ausgleich der Repräsentanz der Hauptstadt der Bewegung im gesamtdeutschen Reichskulturleben rufe nach solcher Erhebung.

Die Nürnberger Aktion entfacht in Berlin kulturpolitischen Wirbel ersten Ranges. Drei Monate lang, vom 5. November 1942 bis zum 14. Februar 1943, wird in den Abteilungen, Kanzleien, Ministerien, in den Vorzimmern, Büros und Archiven ein Musterbeispiel preußisch-nazistischer Bürokratie durchexerziert. Nicht auf Sachbearbeiterebene wird da verhandelt – für Goebbels ist Gradls Geburtstag Chefsache. Der Maler rollt auf der obersten Schiene des Systems ein. Und ohne den Diktator persönlich läuft trotz Stalingrad in dieser Angelegenheit nichts.

Die beiden angemahnten Titel – »Akademie-Präsident« und »Reichskultursenator« – finden keine Befassung. Allein die Goethe-Medaille steht im Mittelpunkt der Verhandlungen. Briefe, Telegramme, Fernschreiben, Telefongespräche, Aktenvermerke, Briefentwürfe, Korrekturen, Berichtspflicht, Anmahnung der Berichtspflicht, Wiedervorlage, Gutachten, Vervollständigung der Akten und Wiedervorlage zwischen dem Reichspropagandaamt Franken, der Gauleitung, der Reichskammer für bildende Künste, dem Propagandaministerium werden nötig, um das Wohlwollen Goebbels' gegenüber Gradl zu unterfüttern. Adolf Ziegler, Präsident der Reichskammer der bildenden Künste, »Meister des deutschen Schamhaars«

genannt, begutachtet den Maler-Meister der deutschen Landschaft als preis-wert: »Der sichere handwerkliche Aufbau und die farbige Haltung seiner Bilder bezeugen ein an Altmeistern geschultes Können.« Dazu Erfolg, Beteiligung an maßgeblichen Ausstellungen der letzten Jahre, reiche Anerkennung, also: Votum für die Verleihung der Medaille durch den Führer.

Goebbels geht zu Hitler, Hitler genehmigt Goethe für Gradl.
Das ist der Olymp.

Die Propagandamaschinerie springt an: Goebbels schreibt Briefe, verteilt Mitteilungen, ändert umgehend das geplante k u r z e Glückwunschtelegramm an seinen Dielendekorateur ab in ein »in herzlichen Worten gehaltenes Glückwunschtelegramm«, Anweisung zur Vorformulierung sowie begleitende Pressemitteilung inklusive.
Zu früh – Hitler zieht zurück.
Große Aufregung in Berlin und Nürnberg. Vergebliche Versuche, die Hofschranzen umzustimmen, Hitler umzustimmen. Goebbels in Ungnade? Gradl in Ungnade?
Adolf Hitler war ursprünglich fälschlich der Meinung gewesen, H. G. habe bereits das 65. Lebensjahr erreicht. Deswegen jetzt sein Nein: Derzeit ist Gradl für Goethe zu jung!
Als Ersatz für die Medaille soll der Staatskünstler vom Staatsführer aber ein »persönliches Glückwunschtelegramm erhalten«.

Beide Ehrungen schließen sich wechselseitig aus. Wieder läuft die Bürokratie im Propagandaministerium auf Hochtouren – Briefe, Vermerke, Aktennotizen zwischen Amt, Büro Goebbels und Hitlers Präsidialkanzlei; alle Verlautbarungen und Pressemitteilungen müssen neu formuliert und wieder vorgelegt werden, damit ja nicht die falsche Ehrung zur Veröffentlichung kommt.

Die Goethe-Medaille soll stattdessen, wie es der Führer selbst will, seinem Landschafter nun erst zum 65. Geburtstag verliehen werden.

Dem Führer persönlich werden Telegrammformulierungsvorschläge vorgelegt, die er eigenhändig verändert – der genehmigte Wortlaut geht über den Fernschreiber, die gleichgeschaltete Pressemitteilung geht an alle gleichgeschalteten Presseorgane des Nazi-Reichs. Hermann Gradl erhält zu seinem Geburtstag in aller Öffentlichkeit aus dem Führerhauptquartier das Telegramm:

»Zu Ihrem 60. Geburtstage spreche ich Ihnen meine herzlichsten Glückwünsche für Ihr persönliches Wohlergehen wie für Ihre weitere Arbeit aus. Ich gedenke dabei in dankbarer Anerkennung Ihrer bisherigen bedeutsamen Leistungen auf dem Gebiet der deutschen Landschaftsmalerei und hoffe, daß Ihr künstlerisches Schaffen uns noch manches Meisterwerk schenken wird.
Mit Deutschem Gruß!
Adolf Hitler.«

Der 60. Geburtstag Hermann Gradls, die Politik der Gratulationscour im fünften Jahr des Weltkrieges zeigt exemplarisch, daß der Fall Gradl nicht nur Kultur-Politik ist, schon gar nicht nur Kunst. Bedeutungslos, daß Hermann Gradl die Medaille nicht bekommen hat – er wäre auch in Friedenszeiten mit 60 zu jung dafür gewesen. Erheblich alleine ist schon der Vorschlag, Gradl mit dieser hohen NS-Auszeichnung zu bedenken. Und daß Adolf Hitler sich Befassungsenergie für diese Marginalie freihält, während alliierte Luftangriffe Köln, Wuppertal, Hamburg, Berlin, Dresden bombardieren, während vor Stalingrad die 250.000 deutschen Soldaten zu Tausenden fallen, erfrieren, verhungern, verwundet oder gefangen werden – daß Hermann Gradl mit der bürgerlichen Selbstverständlichkeit eines runden Geburtstags an der obersten Spitze von Hitlers Hierarchie angesiedelt ist, beim Diktator selbst, während die militärischen Erfolge des Systems kippen:

kein besserer Beweis für seinen Stellenwert. Und kein besserer Beweis für den Stellenwert dieser vermeintlich weltfremden, idyllischen, unpolitischen Landschaftsmalerei.

Erlangen, das Geburtstagsjahr: 1943 wird Hermann Gradl Ehrenbürger der Universität. Dreizehn Jahre zuvor hatte Gradls Gönner Hitler ausgerufen: »Ich werde es dieser Universität nie vergessen, deren Jugend die erste war, die sich zu mir bekannte!« Die Alma mater revanchiert sich: »Die Erlanger Universität stellt uneingeschränkt alle ihre Kräfte freudig dem nationalsozialistischen Staat zur Verfügung.«

Was Alles war 1943 in den Aulen, Hörsälen, Büros, Kliniken dieser hohen Schule schon passiert! Was kommt noch? Was sollte, konnte, wollte Gradl wissen, gewußt oder verdrängt haben? Was hätte er ahnen können, wenn er hätte ahnen wollen?
Daß 1932 Benno von Wiese hierher berufen wurde, einer der führenden NS-Germanisten und führender Germanist der 50er bis zu den 68er Jahren.
Daß 1933 hier an die 1.500 Bücher und an die 500 Zeitschriften »jüdisch-marxistischen« Inhalts öffentlich verbrannt wurden.
Daß 1933 der Frankenführer Julius Streicher, häufiger Gast in den heiligen Hallen, Ehrenbürger der Stadt geworden war.
Daß 1934 der Rassenhygieniker, Zwangskastrator von Homosexuellen, Erfinder eines »zivilen KZs«, Professor Friedrich Meggendorf, seine Nazi-Lehren hier zu verbreiten beginnt.
Daß 1943 Zwangsabtreibungen an Ostarbeiterinnen massenhaft vorgenommen werden, daß Zwangssterilisierungen massenhaft vorgenommen werden, daß in Erlangens universitärer Psychiatrie Euthanasie betrieben wird,

daß Rassen- und Wehrkunde gelehrt werden. Daß am 9. Oktober 1943 der Rektor der Universität Erlangen dem jüdischen Internisten Dr. Carl Israel Beer in die Fürtherstraße 22 nach Nürnberg mitteilt: »Eine Möglichkeit zur Unterbringung jüdischer Kranker in den Erlanger Universitätskliniken besteht nicht.«

Daß am 4. November desselben Jahres derselbe Rektor, Professor Dr. med. Dr. phil. Hermann Wintz, in einer Feierstunde »den Direktor der Akademie der bildenden Künste und Ratsherrn der Stadt der Reichsparteitage / Professor Hermann Gradl / in Nürnberg / den fränkischen Künstler, der die Schönheit unserer Heimat in ihrer Tiefe erfaßt und in feinsinnigen Werken / vergeistigt hat, / den ausgezeichneten Lehrer der bildenden Künste, / zum / Ehrenbürger der Universität Erlangen« ernennt und ihm »als Zeichen der Zugehörigkeit zur Universität die silberne Medaille am Bande« verleiht, und das, wie die Din A 2 - Urkunde verheißt, »im fünften Jahr des gewaltigen Krieges, den das deutsche Volk unter seinem großen Führer Adolf Hitler gegen eine / Welt von Feinden durchsteht …«: »Quod bonum faustum felix fortunatumque sit«: Was gut und günstig, glücklich und gedeihlich sei! »Persta atque obdura« – so endet die Urkunde: »Bestehe und bleibe!«

94 Absolventen der Friedrich-Alexander-Universität Erlangen wurde die Doktorwürde aberkannt, 7 Personen entzog man den Doktortitel. An der akademischen Tagesordnung waren Ruhestandsversetzungen, Schutzhaft, Ausbürgerung und Degradierung wegen regimekritischer Äußerungen, nichtarischer Ehefrauen oder jüdischer Abstammung.

Die beiden ehemaligen Studenten, Dr. rer. pol. Rudolf Benario aus Fürth, Jude, und der Rechtsreferendar Max Hanns Kohn aus Nürnberg, Jude, waren längst tot.

Benario, wegen KPD-Nähe im März 33 verhaftet, nach Dachau eingeliefert und dort am 12. März desselben Jahres von der SS erschossen. Kohn, SPD-Mitglied, 1933 gerade als Praktikant beim Amtsgericht Nürnberg eingestellt, wird im April 33 in Schutzhaft genommen, nach Dachau deportiert, 26 Monate schwerst mißhandelt und so gequält, daß er in Einzelhaft gehalten wurde wegen seiner Wunden: »vier Schußnarben, unzählige Striemen von Schlagverletzungen und ein für dauernd beschädigter Finger« – Max Hanns Kohn wurde am 21. Mai 1935 in seiner Zelle erhängt aufgefunden. Sämtlichen Angehörigen, Eltern, Geschwistern und Verwandten gelang es, rechtzeitig nach Palästina, England und den USA zu emigrieren.

Rudolf Benarios Mutter versuchte, völlig verarmt, bis 1953 von der Stadt Nürnberg, Wiedergutmachung zu bekommen. Dann gab sie auf.

Hermann Gradl wurde entnazifiziert, pensioniert und genoß seinen Lebensabend in Nürnberg mit der vollen Höhe der Pension eines Professors und Direktors der Akademie der bildenden Künste der Stadt der Reichsparteitage.

Der 60. Geburtstag des Hermann Gradl ist den Nazi-Ratsherrn seiner Geburtsstadt Marktheidenfeld am Main Anlaß, ihm die Ehrenbürgerschaft anzutragen, trotz des Führererlasses, während des Krieges die Verleihung von Titeln, Orden und Ehrenzeichen einzuschränken. Hermann, der große Sohn der kleinen Stadt, ist dort in bester Gesellschaft – gemeinsam mit Hindenburg und Hitler bürgerlich geehrt. Bis heute. Während man 1946 die Ehrung von Hindenburg und Hitler offiziell widerruft, wird 1955 zur 1100-Jahrfeier der Stadt der entnazifizierte Gradl als Ehrenbürger erneuert: zehn Jahre nach Kriegsende hat der demokratische Stadtrat die Ehrenbürgerschaft erneut

»einstimmig anerkannt«, weil »die Verleihung dieses Ehrenbürgerrechts ... (1943) nicht aus politischen Gründen (erfolgt war), die Heimat wollte lediglich den Künstler ehren«.

5 Es herrschte in diesem Land 50 Jahre lang kein förderliches Klima für die Erforschung des Nationalsozialismus. Es gab keine Bereitwilligkeit, anzuerkennen, was geschehen ist. Es ist kollektiv immer noch nicht möglich, zu sagen: Ja – das gab es! Ja – so war es! Wie gehen wir damit um?

Natürlich gibt es die professionelle akademische NS-Forschung, natürlich gibt es die Geschichtswerkstätten und die Volkshochschulkurse, die Augenzeugenberichte und die alternativen Stadtführungen zu den Resten der zerstörten jüdischen Kultur; natürlich gibt es die Fernsehprogramme, die Zeitungsberichte, die Bücher, Tagungen, Kongresse und die Gedenkfeiern zum 50. Jahrestag der Befreiung. Was aber sagt das?
Nichts!
Nichts helfen die unzählige Male ausgestrahlten, gesendeten, gedruckten Bilder von Auschwitz. Mag sich auch das Thema etablieren, mag sich auch die intellektuelle und die politische Öffentlichkeit erweitern, mag sich auch der Diskussionsstand der Meinungsmacher verändern – aber welche Eindringtiefe hat das medialisierte Grauen in die Binnenpsyche?
Das monatelange Bombardement der Medienorgel, die öffentlichen Gesten verordneter Staatsbetroffenheit, die flächendeckende Informationsinflation, die 1995 unvermittelt über dem Anlaß des 50. Jahrestages der Kapitulation ausbricht – was wird damit im Alltag der Empfindungen bewirkt?

Wenn es 50 Jahre brauchte, bis das Thema überhaupt öffentlich werden konnte, wenn nach 50 Jahren hinter der Aufklärung und hinter dem Entsetzen eine wirkliche Erklärung der Greuel noch immer fehlt, dann werden alte Seelen nicht plötzlich schuld- und junge Seelen nicht mit einem Mal schamfähig. Sie lehnen ab, verkapseln sich; der Blick wendet sich weg, das Herz schlägt woanders hin, und für das Hirn gibt es keinen Rat.

Beschreiben kann man das Geschehen, dokumentieren, beurteilen, verurteilen, aburteilen, auch mit klugen Konjekturen erklären – aber verstehen?

Auch die neuen Realitäten des Alten werden wieder ausgeblendet; und wenn der Neofaschismus des Altnazismus unverkennbar und uneindämmbar wächst, ist man erneut entsetzt und zur zweiten Sprachlosigkeit überrascht.
Ich spreche vom NS-Tabu.

Der Bundespräsident spricht. Der Bundeskanzler spricht. Der Bundestag hält eine Sondersitzung ab. Das Ausland macht Druck. Auswärtige Staatschefs sprechen. Die Ministerpräsidenten der Bundesländer sprechen. Aber schon ein Oberbürgermeister von Passau widerspricht. Nein, die Passauer NS-Forscherin Anna Rosmus sei keineswegs die bekannteste Bürgerin ihrer Stadt; nein, ein Problem sei es nicht, wenn Anna Rosmus jetzt nach Amerika emigriere – in einer Demokratie könne schließlich jeder tun, was er wolle; nein, der Juden und der SS-Männer könne man getrost auf einem gemeinsamen deutschen Soldatenfriedhof gedenken – Opfer seien sie schließlich alle, weitere »Spitzfindigkeiten« mögen die Historiker klären. Das Alles vor laufender Kamera.

Ich spreche vom NS-Tabu.

Wieder und wieder habe ich selbst es bestätigt. Immer wieder die Ängste, Widerstände und Blockaden bei der Arbeit an der Wiederherstellung der politischen Biographie von Hitlers Landschafter Hermann Gradl, als Ersatz und Zwangsmuster für meine eigene Biographie. Immer wieder das Gefühl, Verbotenes zu tun; immer wieder die Furcht, bestraft zu werden. Das Tabu holt den ein, der es bricht.
Da kann noch so lautstark die liberale und die aufgeklärte, die fortschrittliche oder auch nur die neue Zeit prokla-

miert werden – es ist wirklich nichts als bloße Proklamation, nichts als lärmendes, schreiendes Vernebeln und Verblenden des Archaischen.

Aber welche schmerzempfindliche Stelle im deutschen Sozial- und National-Charakter, welcher sensible Ort der kollektiven Seele mußte und muß auch heute noch durch das Tabu geschützt werden?

Noch immer werden wie im magischen Denken vormoderner Naturvölker Personen und Dinge, Zeichen und Handlungen, Verhältnisse und Geschehen tabuisiert, werden der diesseitigen Welt des Profanen entzogen, werden ins Jenseits eines sakralen Raumes gehoben. So, als wohnte eine besondere, dem Wesen nach prinzipiell unfaßbare, unbegreifbare Macht diesen Personen, Dingen, Zeichen, Handlungen, Verhältnissen und Geschehen inne. Ob heilig oder unrein – gefährlich, verboten sind sie allemal und immer unberührbar. Sie sind unantastbar, sie sind unverletzbar. Blick-Verbote, Bezeichnungs-Verbote, Berührungs-Verbote – Zugriffs-Verbote aller Art blockieren jede Annäherung. Das Tabu ist der Glaube, unter den die Gemeinschaft der Gehorchenden, der Mitläufer ihr Haupt beugt. Fraglos. Denn schon der, der fragt, glaubt nicht. Schon der, der fragt, bricht das Tabu.

Programmatisch hatte der Nationalsozialismus es von Anfang an darauf angelegt, mehr zu sein und etwas anderes zu sein als ein politisches System von dieser Welt. Programmatisch verweist das »Heil Hitler« auf die Heilsbotschaft; programmatisch inszeniert der Nationalsozialismus mit Massenliturgien quasi-religiöses Glücksversprechen; programmatisch verankert sakrale Überhöhung Politik und Geschichte in den Lichtdomen der Erlösungssehnsucht; programmatisch zelebriert der Führerkult in ekstatischen Opferfeiern völlige Entäußerung des Ich, massenhaft und rituell gegeben, hingegeben, übergeben, mit Leib und mit Leben, an die überirdische Ikone des Retters. Unantastbar ist dies alles von nun an, eine symbolische Ordnung – unzugänglich für Fakten, Wissen,

Reflexion, Erkenntnis. Alle Rationalität hatte ja den Hunger der Seelen nicht zu stillen gewußt.

Damals. Und heute?

Der Nationalsozialismus ist noch immer schwerverminter Sperrbezirk. Warum?

Tabus blockieren Fragen, Gedanken, Entscheidungen über das Tabuisierte. Tabus blockieren nachträgliche Einsicht in die eigene Tat, blockieren Schuldgefühl und Schamgefühl einer Zeit. Ihrer Kinder. Ihrer Kindeskinder.

6 1945 ist der Bart ab: Hermann Gradl rasiert die Hitler-Bürste weg und läßt den Hitler-Gruß unter seinen Briefen verschwinden. Fortan verabschiedet er sich mit »freundlichen Grüßen« auf zweierlei Briefbögen: die neue Kundschaft wird mit der sachlichen Futura, mit der nationalen Fraktur werden die alten Käufer bedient.

Nun sammeln sie wieder, die Schickedanzens und die Grundigs. In deren Luxusherberge bei Baden-Baden, Schloßhotel »Bühlerhöhe«, mit Billard, Boccia, Beauty-Farm, mit Tennis, Golf, mit Dampfbad, Sauna, Whirl und Pool, Garagen, Einzelzimmer für 400 Mark, das Schoßhündchen nur 35 täglich ohne Futter – hier kann man sie genießen bei Rebhuhnbrüstchen im Wirsingblatt mit Herbsttrompeten in Kerbelcreme, bei Lammrücken im Oliven-Zucchinimantel an Thymianjus mit Schnippelbohnen und Polentanocken, bei Mönchskopfkäse mit Feigen – hier kann man sie genießen, die herrliche Aussicht nach vorn auf die grünen Tannen, auf die braunen Bäume des schweigenden deutschen schwarzen Waldes, den »atemberaubenden« Hochglanzprospekt-Blick über die Rheinebene aus den Panoramafenstern des Schloßrestaurants, hier kann man sie genießen, die herrliche Aussicht nach hinten auf die Wand, an der sie hängen – die zwölf Gradls des Firmengründers Grundig, dem dieser »unaufdringliche Luxus, fernab von jedem Großstadtlärm, 800 m über dem Meeresspiegel« gehörte: hier kann man sie besichtigen, die elf Kleinen und den einen großen Gradl. Denn, so hat der große Gradl einmal gesagt: »Meine deutschen Landschaften« kaufen »immer diejenigen, die gerade wirtschaftlich am stärksten sind«.

7 Tabus bewahren!
Hermann Gradl ist Nichts als eine Funktion Hitlers.

Gradls Ruhm lebt heute noch vom Odium Hitlers. Der Ruhm des Malers, wo immer er gerühmt, speist sich stets wieder über die Aura des Führers. Aus dem Horror des Diktators wird die Hommage für seinen Landschafter. Irgendwohin muß die Huldigungsenergie, die hilflos unbearbeitet in den Menschen schwelt. Die Faszination, die sich an Macht, Gewalt und Terror heftet, wirkt weiter. Unterirdisch rumort das Verehrungsbedürfnis, wird es nicht aufgelöst, wird das Individuum davon nicht erlöst.

Die Verehrungsverbote, die Enthehrungsgebote über jenem Grauen sind nur zu sehr Oktroi von außen, als daß ein Satellit des Systems nicht dienlich wäre, das Berüchtigte ins Rühmliche zu kanalisieren. Der Maler ist Ersatz für den Diktator. Darum wird er zelebriert. Hitler lebt. Hitler lebt in Gradl weiter. Das Tabu besteht weiter, verkleidet zur Unkenntlichkeit.

Dazu nötig ist Umwertung, sonst machte das Umfunktionieren keinen Sinn.

Gradls Verhältnis zu den Nazis war kein Flirt, kein Flirt mit Macht, Einfluß, Geld und Ruhm. Gradls Verhältnis zu den Nazis war keine Verirrung. Gradls Verhältnis zu den Nazis war, wie auch immer entstanden, persönliche Anteilnahme, bewußte Nutznießung, direkte Teilhabe. Er war der Günstling des Diktators, er stand im Schutz des Staates, hofiert von der Partei, und allen dreien diente er – »willfährig« ist zuwenig gesagt. Hermann Gradl war nicht der schuldlos mißbrauchte, der vereinnahmte, der unschuldig indienstgenommene Künstler.

Passive Aktivität.
Aber nichts davon.
Das Tabu fordert die Fiktion der Unschuld.
Gradl hat sie perfekt kalkuliert, perfekt inszeniert. Stumm

hat er die Signale ausgesendet, hat Anweisung gegeben, wie sein Leben und sein Werk zu rezipieren sei. Die Rezipienten sind erleichtert.

8 Hitler lebt.
Zehn Jahre gehe ich mit Hermann Gradl um. Das
schärft den Blick.

Die kleinen Zwölfzeiler in der Lokalzeitung addieren sich
über das gelebte Leben zum großen Ganzen. Man saß auf
der Eckbank neben dem Stammtisch, auf der Bank im
Bierzelt, auf der Bank in der Männersauna, wo das gesunde Volksvermögen ausschwitzt, seit 50 Jahren. Keine
Täuschung und keine Selbsttäuschung ist hier möglich
darüber, wie außerhalb der Hauptstädte die Welt an-
geschaut wird. Da können die Medien-Intellos in den
Metropolen, die Polit-Tuis der Großstadtakademien, die
Kulturgurus aus den geschlossenen Fernseh-Anstalten,
aus den Funkbunkern und den Verlagsenklaven mich
noch so belächeln. Jahrelang wurde ich als der Berufs-
defätist aus der fränkischen Provinz etikettiert, dessen
politische Probleme von der Rückseite des Mondes
kämen. Die Abgehobenheit, die Secondhand-Erfahrung
der Berufsmeinungsmacher über *die* Bundesrepublik, die
sie aus Fernsprecher, Fernschreiber, Fernseher beziehen
und wieder in sie einspeisen, wurde spätestens mit dem
Fall der Mauer Lügen gestraft. Dieses Land hatte keine
seelische Demokratie, nie. Und erst seelische Demokratie
hätte aus einer demokratischen Verfassung demokratischen Alltag gemacht.
Hitler lebt.

Mit welcher Selbstverständlichkeit auf dem Land von den
»Bläckis«, »Bimbos« oder »Schwarzwurzeln« gesprochen
wird, wenn schwarze US-Soldaten hier im Manöver sind;
mit welcher Selbstverständlichkeit das »Das hätte es beim
Adolf nicht gegeben!« den Maßstab für mißliche Gegenwart abgibt; mit welcher Selbstverständlichkeit beim sams-
täglichen Wagenputz »Schwarzbraun ist die Haselnuß«
gepfiffen und unter dem Maibaum vom »Polenmädchen«
gegrölt wird; im Fußballverein wird zu vorgerückter
Stunde angestimmt: »Wir bauen eine Autobahn von
Auschwitz bis St. Pauli!«; alle Jahre wieder herrscht an

Fasching »Bombenstimmung« und gelacht wird »bis zur Vergasung«; nahtlos fügt sich die Notiz ein, daß der Weidener Bürgermeister einem KZ-Überlebenden das städtische Jugendhaus für seinen Vortrag zum Thema Buchenwald sperrt; daß Neonazis in Menden drei Schülerinnen ausziehen, fesseln, an den Baum binden und sie »Heil Hitler!« rufen lassen; daß im Münchner Löwenbräu 600 Neonazis sich konspirativ treffen und »Buchenwald als Sommerfrische« ausrufen. In Wörth an der Donau schlägt ein Schüler bei der örtlichen Zeitung die Scheiben ein und will mit einem Molotowcocktail das bewohnte Gebäude in Brand stecken, weil die Redakteure gegen Ausländerfeindlichkeit schreiben; in der Schule hat der Jugendliche bereits Nazi-Parolen, Nazi-Runen, »KZ«, »Adolf«, ein mannshohes Hakenkreuz und einen bemannten Galgen an die Wände geschmiert. Immer häufiger feiern alte Ehepaare in Zeitungsanzeigen die goldene Hochzeit mit dem Foto von damals in Uniform und vollem Nazi-Wichs: »Dies Bild entstand vor 50 Jahr'/Auch heute sind wir noch ein Paar!« In Erlangen ziehen Skins mit Reichskriegsflagge vor dem Asylbewerberheim auf und grüßen Farbige am Bahnhof mit dem Hitler-Gruß. In der neonazistischen Zeitschrift »Der Einblick« werden 250 Politiker, Richter, Lehrer, Journalisten und Unternehmer, die »auszuschalten« seien, mit Adresse und Personenbeschreibung aufgelistet. In Nürnberg vertritt ein Oberstudienrat im Unterricht mehrfach die sogenannte »Auschwitzlüge«. Polizeischüler in Oldenburg müssen zu Übungszwecken für den Umgang mit Neo-Nazis Hitler-Gruß und Horst-Wessel-Lied proben und die Hakenkreuzfahne schwingen. Die Deutsche Bundespost wird durch richterlichen Erlaß gezwungen, Nazi-Propaganda-Material aus den USA zuzustellen, Taxis in Berlin dürfen laut Verwaltungsgerichtsurteil nicht mit Anti-Nazi-Aufkleber verkehren, da politische und religiöse Werbung auf Droschken mit dem Grundgesetz unvereinbar sei.

Während ich die Entnazifizierungsakte Hermann Gradls

untersuche, versteigert ein Nürnberger Auktionshaus seine Ölgemälde zu Höchstpreisen. Währenddessen wird auf dem Marktheidenfelder Busbahnhof das Pflaster mit Hakenkreuzen beschmiert – vor dem Fenster der Lokalredaktion des »Main-Echo« und in Sichtweite des Bürgermeisterzimmers; passiert trotz mehrfacher telefonischer Intervention nichts; wird mein Leserbrief – »Mit welcher politischen Gleichgültigkeit duldet die Stadt Marktheidenfeld seit vier Wochen die mit Signalfarbe orange auf das Betonpflaster der Grünanlage am Adenauerplatz gesprayten Hakenkreuze?« – nicht abgedruckt; wird die Polizei verständigt. Dann erst druckt die »Main-Post« den Leserbrief.

Während ich an meinem Wiener Schreibtisch über den Mitläufer Hermann Gradl schreibe, wird der Bürgersteig der Argentinierstraße aufgerissen für neue Wasserleitungen; kaum haben die Bauarbeiter nach Feierabend den frischen Estrich verlassen, werden unter meinem Fenster zwei quadratmetergroße Hakenkreuze mit dem Finger in den nassen Beton gemalt. In Nürnberg werden aus einer Privatvilla mehrere Gradlwerke gestohlen.

Irgendwo auf der Welt eröffnet ein »Adolf-Hitler-Restaurant«, und das deutsche Goethe-Institut in München will nicht in die Dachauer Straße ziehen.

Heinz Rühmann stirbt, und die ganze Nation trauert begeistert, wer aber schreibt, daß auch er um der Karriere willen sich von Goebbels zur Scheidung von seiner jüdischen Frau zwingen ließ? Brandanschlag auf die Synagoge von Lübeck. Allein im ersten Halbjahr 1994 werden in Bayern 101 antisemitische Straftaten verübt – Verbreitung von Propagandamitteln, Friedhofsschändung, Nötigung, Bedrohung. In Nürnberg werden jüdisches Seniorenheim und Synagoge elektronisch überwacht, das Parken in der Umgebung ist verboten. Zweiter Brandanschlag innerhalb eines Jahres auf die Synagoge von Lübeck.

Ein ganzes Bundesland mit allen verantwortlichen Dienststellen bis hinauf zum Ministerpräsidenten Stolpe persönlich gibt das Gelände des KZ Ravensbrück frei zur Ansiedlung von Firmen und unterzeichnet Mietverträge mit der Tengelmann-Gruppe; erst weltweiter Protest verhindert, daß ein »Kaiser's« Käse, Kuchen, Kaugummi, Wurst und »Lila Pause« verkauft – dort.

Bei einer Umfrage erklärt ein Viertel der Befragten, sie wollten Juden nicht als Nachbarn haben.

UFA-Star Johannes Heesters wird 90 und das ZDF feiert – ihn, der 1941 in Dachau vor SS-Wachmannschaften aufgetreten war; die Gala wird trotz der Proteste holländischer Dachau-Häftlinge durchgezogen. Begründung: ein Verzicht auf die Sendung würde »rechtsradikalen Tendenzen Vorschub leisten«. Hans Albers: Karriere unter Hitler, Star unter Adenauer. Max Schmeling, der mit Hitler Tee trank und Streuselkuchen aß, bekennt: »Nein, ein öffentlicher Regime-Gegner war ich wirklich nicht!«

Die Erben der Firma J. A. Topf & Söhne, Erfinder und Erzeuger der Krematorien von Auschwitz, Buchenwald, Dachau, Mauthausen und anderen KZs beantragen bei den zuständigen Behörden in Thüringen die Rückerstattung der in der DDR konfiszierten Fabrikanlagen, der alten Familienvilla und anderer Güter – Totalwert 5 Millionen Dollar. Nach dem Krieg hatten die Topfs in der Bundesrepublik bereits Patentrechte erworben für ihre Erfindung, das durch Leichenverbrennung gewonnene Fett als Brennstoff für den Betrieb der Öfen zu verwenden; ferner für die Technologie, durch Temperatursteigerung in den Öfen und durch Schornsteinvergrößerung die Verbrennungskapazität zu erhöhen.

Der bayerische Staat, Besitzer des Urheberrechts an Hitlers »Mein Kampf« gestattet keinerlei Nachdruck des Buches, um einer »Schädigung deutschen Ansehens« entgegenzuwirken.

In Waren, Ex-DDR, wo neben Göring auch Hitler seit 1933 Ehrenbürger ist, wird über die Aberkennung der Würde gestritten; aberkannt wurde bislang nicht. Eine Satzung zur An- und Aberkennung der Ehrenbürgerschaft soll erarbeitet werden.

In Baden-Baden steht Adolf Hitler seit 62 Jahren auf der Liste der Ehrenbürger. Aus »historischen Gründen« will der CDU-Bürgermeister den Namen nicht löschen.

In den Ex-DDR-Städten Cottbus, Görlitz, Leipzig, Potsdam und Rostock werden die Nazi-Ehrenbürgerschaften erst 1990 aberkannt.

In Köln werden erst 1989 alle NS-Ehrenbürgerschaften für nichtig erklärt.

In Plattling werden Himmler und Hitler noch 1995 im offiziellen Adreßbuch als Ehrenbürger der Stadt hervorgehoben. Die Stadtverwaltung räumt ein, daß Reichskanzler und SS-Führer »versehentlich« auf die Liste geraten seien; vor Verkauf werden die beiden Namen 7.000mal mit dickem Filzstift unleserlich gemacht.

In Lüneburg sind aus dem Ehrenbürgerbuch die Seiten der Nazi-Zeit herausgeschnitten worden.

In Forchheim erklärt 1993 der parteilose Bürgermeister über die Ehrenbürgerschaft Adolf Hitlers: »Eine Reklame ist das für unsere Stadt ja wirklich nicht!«

Hitler ist immer und überall.

In Leibnitz, Österreich, will nach dem rechtsradikalen Bombenattentat von Oberwart, Österreich, bei dem vier Sinti ermordet wurden, 1995 ein Gemeinderat »ein Zeichen setzen« und Hitler die Ehrenbürgerschaft aberkennen. Bisher verlaufen alle Versuche im Sand. Die Stadtverwaltung hat jedoch »kein Interesse an einem öffentlichen Akt« und läßt sich juristische Gutachten erstellen, die bestätigen, daß der Braunauer mit seinem Ableben »automatisch« auch die Ehrenbürgerschaft der Stadt Leibnitz verloren habe.

In Linz malt der Lieblingsmaler der österreichischen Rechten, Manfred »Odin« Wiesinger, zerfetzte Hände und Adolf Hitler auf Bestellung.

In Wien fährt ein Opel-Commodore mit dem Wunsch-Kennzeichen »W-EHRM 8«, zu lesen: »WehrmACHT« durch die Stadt.

In Göpfritz werden in einer Scheune zwei einsatzbereite sowjetische Kampfpanzer entdeckt, die Rechtsextremisten als »Schneepflüge« nach Österreich eingeführt haben.

In Berchtesgaden wird einer Gruppe von 30 Salzburger Studenten die Besichtigung des Obersalzbergs von der Kriminalpolizei verwehrt: »Das Hitler-Grundstück ist tabu!«

In Berlin wird die Münchner Foto-Ausstellung »Hoffman & Hitler« nicht gezeigt; der Vorsitzende der jüdischen Gemeinde, Jerzy Kanal, hat um die Absage gebeten, ohne Ausstellung oder Katalog zu kennen: »Es tut uns weh.«

In Saarbrücken wird die in Berlin nicht gezeigte Münchner Ausstellung »Hoffman & Hitler« nicht gezeigt.

Hitler lebt.

Die kleinen und die großen Meldungen verflechten sich zu einem Gewebe, das sich flächendeckend über Metropolen und Provinz legt. Man richtet sich auf dem Teppich ein. Der alte Nazismus war noch, der neue Nazismus wird wieder alltäglich und möbliert selbstverständlich unsere Haushalte. Auf dem Land versackt die Metropolaufklärung über den NS, in den Metropolen wird sie bekämpft. In den Städten sind es die Berufsintellektuellen, auf dem Land sind es die Auswärtigen, die Zugereisten, die das Schöner Wohnen auf dem Teppich stören.

Die anderen sind normal.

In Karlstadt am Main ist es normal, daß die Stadtverwaltung den alten Kameraden von der Sturmartillerie, den »StuArts«, einen Traditionsraum im Stadtturm zur Verfügung stellt, in dem unverhohlen alles Militärische glorifiziert werden kann. Bis heute.

In Karlstadt am Main ist es normal, daß die Polizei nicht die fremdenfeindlichen NPD-Proteste gegen den Bau einer Moschee verfolgt, sondern die ausländerfreundliche Gegendemonstration gegen die NPD. Polizeibeamte reißen den Fotografen der Lokalzeitung »Main-Post« zu Boden, entreißen ihm den belichteten Film, nachdem er die Festnahme friedlicher Gegendemonstranten fotografiert hatte. Normal ist, daß das Ermittlungsverfahren gegen die vier Ordnungshüter eingestellt wird.

In Alsenz ist es normal, daß in der dortigen Nordpfalz-Galerie die Bronze-Tafel, die in der NS-Zeit am Geburtshaus des damaligen Reichsinnenministers und Reichsprotektors für Böhmen und Mähren Dr. Wilhelm Frick hing, ausgestellt wird ohne kritischen Kommentar über den Ehrenbürger, der 1946 nach den Nürnberger Prozessen hingerichtet wurde.

In Kempten ist die »General-Dietl-Straße« normal, die den hohen Nazi-Militär öffentlich ehrt. Plus gleichnamige Bundeswehrkaserne.

In Tauberbischofsheim ist es normal, Hitlers Chorkomponisten, Propagandasänger und Liederschreiber, Professor Richard Trunk, mit Straßennamen und Ehrenbürgerschaft zu honorieren. Seine Erbschaft war willkommen, bis heute.

In Wallenfels ist es normal, daß Adolf Hitler Ehrenbürger von Wallenfels ist – Forchheim normal, Köln normal, Baden-Baden normal, Plattling normal.

Ohne Druck stellt sich kein Anti-Faschismus ein.

Anti-Faschismus ist unnormal.

In New York werden zwei Gemälde Egon Schieles aus einer ominösen Wiener Kunstsammlung konfisziert, einst jüdischer Besitz. Die Schiele-Affaire rollt in Österreich die skandalöse Handhabung des jüdischen Kunstbesitzes vor und nach 1945 auf. Zank und Streit um ein Holocaust-Denkmal in Wien, in Berlin. In Berlin bietet ein Auktionshaus gebrauchte KZ-Kleidung an. In Marktheidenfeld am Main kündigt die Lokalzeitung »Main-Post« an: CSU lädt ein – ›Für unseren Lebensraum‹«; über »Vereint handeln für unseren Lebensraum« referieren ein Religionslehrer und ein Realschullehrer, Vorsitzender des Bund Naturschutz. In Lohr am Main titelt die Lokalzeitung »Main-Post«: Gymnasial-»Direktor im Streß: ›Bis zur Vergasung telefoniert‹«. In Nürnberg bestreitet ein Lehrer immer noch den Holocaust. In Nürnberg werden sieben Beamte der Bereitschaftspolizei vom Dienst suspendiert, weil sie bei einer Feier Nazi-Lieder singen, mit »Heil Hitler!« grüßen und sich dabei so ablichten, daß das Fotolabor die Bilder den Kollegen von der Kriminalpolizei vorlegen konnte. In Nürnberg befürwortet der offizielle Pressesprecher des CSU-OB ein Buch, in dem die Vorzüge von Hitlers Wort und Tat gepriesen werden. Die Universität Erlangen streitet darüber, ob dem als SS-Mann enttarnten Wissenschaftler Schneider, der sich nach 1945 Schwerte nannte, der Doktortitel entzogen würde. Streit in Potsdam um das einst arisierte Sommerhaus Einsteins. Das Anwesen wird rundum bewacht wegen befürchteter rechtsradikaler Anschläge. Streit in Würzburg, ob die nach dem nazi-nahen Sportfunktionär Carl Diem, größerer Sohn der Stadt, benannte Konzerthalle umbenannt werden müsse, wenigstens wegen seiner martialischen Durchhalteparolen im März 1945 im Olympia-Stadion. Ergebnis: negativ. Die Stadt Würzburg verleiht weiterhin an verdiente Sportsfreunde ihre Carl-Diem-Plakette. Pflege des Alt- und Neunazismus in der Bundeswehr. Die britische Regierung gibt zu: »Alliierte wußten vom Transfer des Nazi-Goldes«. Schweizer Nazi-Gold-Skandal. Hitler-Tagebuch-Fälscher Kujau wird von Talkshow zu Talkshow gereicht. Ein Musiker der deutschen Oper hat seine Hotelrechnung in Israel mit »Adolf Hitler« unterschrieben. Das russische Staatsarchiv in Moskau bietet Hitler-Knochen gegen harte Touristen-Mark zur Besichtigung an. Für 1.700 englische Schüler sind die zwei bekanntesten Deutschen der Fußballstar Jürgen Klinsmann und, Platz 1: Adolf Hitler. In Tschechien entführen zwei Buben ein Baby. Sie wollen es in einen Schacht werfen. Denn: »Wir wollen berühmter sein als Hitler!«

9

Hermann Gradl ist überall. Und er kam ungeschoren davon.

In Nürnberg wird er noch 1984 zu den, laut Buchtitel, ›Berühmten Nürnbergern aus 9. Jahrhunderten‹ gezählt; er, der »als Dank für die von Hitler ihm entgegengebrachte Anerkennung ... eine Fülle von Stadtansichten, darunter ›Braunau am Inn‹« schuf. Ein Doktor Schreyl, Leiter der Städtischen Kunstsammlung, will eine große Gradl-Retrospektive organisieren, was durch eine Intervention der Grünen nur mühevoll abgewendet werden kann. Dafür hat man in der ehemaligen Stadt der Reichsparteitage nicht den Willen gehabt, »Anita Berber« von Otto Dix wieder in die Stadt zurück zu holen.

In Hermann Gradl darf Hitler weiterleben. Ohne Hitler wäre Hermann Gradl tot. Seine Bilder wären Angelegenheiten von Haushaltsauflösung und Flohmarkt, nicht Aufregung von Auktionen, nicht Affären von Ausschüssen des Stadtrates. Die Literatur widmete ihm keine Linie, die Publizistik keinen Text, die Wissenschaft keine Fußnote. Der unheimliche Hitler strahlt immer noch ab. Gradl ist Teilhabe, Gradl ist Profit. Das Heroische Hitlers haftet ihm an, der Horror ins Harmlose gewendet: Hermann Gradl ist sanktioniert. Moralisch und politisch unbeschadet macht ihm das entsprechende Publikum noch heute die Honneurs. Entlastet – ohne zu bedenken, ohne bedenken zu wollen, daß die Hommage allezeit auch Hitler meint.

So ist Hermann Gradl für die Welt- und Kunstgeschichte gerettet. Gerettet aber, den Gegnern solcher Hagiographie zum Trost, gerettet nicht als Künstler; gerettet als unvergessener Anschauungsgegenstand kunst-politischer Geschichte.

Wie anders traktiert hat man Otto Dix.

Otto Dix, Generationsgenosse Gradls, gerade acht Jahre

jünger. 260 Arbeiten des »Entarteten« werden beschlagnahmt. In Nürnberg hat man 1937 das berühmte Gemälde »Anita Berber« abgehängt, geschmäht, konfisziert, verhökert. Und danach? Nichts wiedergutgemacht, das Bild nicht wieder beschafft.

Verhaftet hat man Dix, den Professor für Malerei an der Kunstakademie zu Dresden. 1941 notiert der sächsische Ministerpräsident handschriftlich in die Personalakte: »Ist das Schwein immer noch am Leben?« 1945 wird der 54jährige noch zur Wehrmacht eingezogen, gefangengenommen, nicht als Otto Dix erkannt, schändlich behandelt. Danach hat er sich als Autolackierer durchgeschlagen. Seine ihm zustehende Professur in Dresden wurde ihm nicht zurückgegeben. Und als er die längst Kunstgeschichte gewordenen »entarteten« Gemälde in Düsseldorf an der Kunstakademie für eine Professur, die man ihm angetragen hatte, einreicht, nimmt man das Angebot wieder zurück – wegen eben dieser Bilder.

Otto Dix stand nicht in Hitlers Gnaden. Otto Dix stand auf der Abschuß-Liste – für sein Leben, für sein Werk. Otto Dix ist nicht sanktioniert. Hitler hat ihn stigmatisiert. Dieser Makel haftet. Auch in Nürnberg. Auch im Nachkriegs-Nürnberg. Die Stadt hat ihn brüskiert – der Rückkauf der »Anita Berber« fand nicht statt.

Das ist eine andere Gradl-Geschichte.

10

1995.
50 Jahre danach.

Die Gewalttat wird literaturfähig. Die Straße bekommt eine Sprache. Von Intellektuellen und durch Künstler. Der neue Ton schwillt an bei Botho Strauß und dem publizistischen Rechtskartell um die »Welt«, nicht nur dort. Auch ein Alfred Hrdlicka wünscht jetzt Wolf Biermann »die Nürnberger Rassengesetze an den Hals«.

Dammbruch.

Ein verdammtes Instrumentarium, das Massenmord legalisierte, wird wieder eingesetzt. Und trägt das freche Flair und die aufreizende Faszination des Tabu-Bruchs. Ein humanistisches Sprachregelungstabu, das hilflos aufgestellt worden war, weil niemand mit der faktischen Konsequenz des Begriffs »Rassengesetze« wirklich umgehen konnte. Das hilflose Tabu wird lustvoll geschleift, und unwiderruflich ist der neue Ton eingeführt.

Julius H. Schoeps, Professor für Judaistik, Leiter des Moses-Mendelssohn-Zentrums für jüdisch-europäische Geschichte, Direktor des jüdischen Museums Wien, selbst Jude, gratuliert Hrdlicka »zu diesen direkten Worten«.

Dann brauchen die Jubelartikel zum 100. Geburtstag des Quelle-Gründers Gustav Schickedanz schon gar nicht mehr zu erwähnen, daß der fränkische Altnazi seinen Reichtum als Chefarisierer jüdischer Unternehmen akquiriert hat, Gradl-Mäzen der ersten Stunde.

Da braucht der Rezensent des neuen Foto-Buches von Leni Riefenstahl auch gar nicht mehr zu erwähnen, daß die Fotografin eine Edelnazisse war, die vor den Fischen und Korallen von heute einst Hitlers Reichs- und Olympiatage kongenial ins Bild setzte.

Da brauche ich mich nicht zu wundern, wenn mein Leserbriefnachtrag zur Riefenstahl-Vergangenheit sofort wieder anonyme Anrufe nach sich zieht und die anonyme Zusendung rechtsradikaler Schriften.

Wem es nicht paßt, der kann ja gehen. Nur andersherum jetzt, wenn der Leserbriefschreiber Horst Kohl aus dem fränkischen Wiesenbronn darüber nachdenkt, »ob ich nicht noch um Asyl wegen politischer Verfolgung bei Jörg Haider nachfrage«.

Da brauche ich mich nicht zu wundern, wenn in Nürnberg eine Ausstellung unter dem Titel »Triumph der Kunst« die Gradl-Gemeinde mit Gradl-Gemälden bedient. Alles wird enden wie bei Frau Riefenstahl, wenn sie am Schneidetisch über dem Material von »Triumph des Willens« heute ausruft: »Herrlich, nicht?«

Hitler lebt.

Und wir sitzen am Sonntagnachmittag in der Sonne auf dem Marktplatz von Weimar und essen Eis nach Schiller und Goethe, während zeitgleich wenige Kilometer weiter in Buchenwald das KZ geschändet wird: Steine fliegen durch die Fenster, »Dich brennen wir an!« zur Mitarbeiterin, Nazi-Lieder, Hitler-Gruß, »Sieg Heil!«.

Und leider hat der beschattende Polizei-Wagen den Nazi-Bus auf dem Weg nach Buchenwald »aus den Augen verloren«.

Hitler lebt.

11

Hitler kommt in Gradls Atelier.

»Ich werde die bolschewistische Kunst vernichten und zwar in kurzer Zeit, darauf können Sie sich verlassen, mein lieber Professor!«, rief der Diktator aus, als er Gradl gegenüberstand. Bevor Hitler Gradl gegenüberstand, hatte er ausgerufen: »Wer solche Bilder malt, der muß ein anständiger Kerl sein!« Der denkwürdige Satz fiel kurz vor Hitlers Besuch in Gradls Atelier, als der Nazi-Führer 1937 wieder einmal zur Besichtigung der Kongreßhallen-Entwürfe im benachbarten Atelier des Akademieprofessors Ruff stand. Hier sieht Hitler seinen ersten Gradl. Sofort will er den Meister sehen. Gradl 1948, 11 Jahre später, über die Sekunde, in der seine Nazi-Karriere gestartet wird: »(Ich) erwartete den Führer vor meiner Tür. Oberbürgermeister Liebel stellte mich vor, ein durchbohrender Blick prüfte mich. Der Führer betrat das Atelier, mit recht gemischten Gefühlen begleitete ich ihn. Alle Bilder, die herumhingen und -standen wurden genau betrachtet, kein Wort gesprochen. Die Herren seiner Begleitung standen in respektvoller Entfernung, eine peinliche Ruhe. Der Führer setzt sich auf meinen Diwan und schaut immer noch im Atelier herum, ich stehe allein ihm gegenüber, am Fenster. Plötzlich steht er auf, geht auf mich zu, ich bin ganz erschrocken, so wild sieht er aus und sagt: Ich werde die bolschewistische Kunst vernichten und zwar in kurzer Zeit, darauf können Sie sich verlassen, mein lieber Professor!«

Über das Gute am Nationalsozialismus schreibt der Herr Professor in seiner Tagebuch-Autobiographie, die zu verfertigen er 1955 abbricht: »Meine Widersacher ließen mich jetzt in Ruhe, ich wurde nicht mehr belästigt, im Gegenteil, all die Herren, die mich vorher recht überheblich und schlecht behandelt hatten, suchten nun meine Freundschaft. ... Durch das Eingreifen des Führers wurde ich ... zum meistgezeigten Künstler, (und) viele der hohen Herren von Partei und Staat wollten jetzt plötzlich einen Gradl haben, denn der Führer hatte wiederholt geäußert, daß ich weitaus der beste deutsche Landschafter sei!«

Was mag Gradl, Hermann mit Hitler, Adolf, verbunden haben, als sie im Nürnberger Atelier beisammen standen? Sechs Jahre nur war der Diktator jünger als der Landschaftsmaler und zwei Jahre älter als der »entartete« Otto Dix. Hitler und Gradl – beide hatten früh ein Elternteil verloren, beide waren aus Kleinstädten in die Großstadt gekommen, beide waren sie Schulversager, beide wollten Künstler werden, Maler. Beide gedemütigte Amateurmaler, beide hatten die Aufnahmeprüfung einer Akademie der bildenden Künste nicht bestanden: Hitler war gleich zweimal durchgefallen. Doch beide Autodidakten hatten mit Gebrauchsgraphik Geld gemacht, und was sie beide an freier Graphik und ungebundener Malerei verfertigten, trägt die Linien gleicher Weltanschauung, gleicher Technik, gleicher Motive.

Hitler und Gradl.

Hitler ist da. Ob wir wollen oder nicht. Ob wir ihn hassen oder lieben, abwehren oder annehmen. Keiner kommt an ihm vorbei, vor allem keiner aus Österreich, kein Deutscher.
Hitler ist ohne Gradl denkbar, aber nicht ohne die Gradls.
Hitler ist nicht denkbar ohne die Gradls, Heesters, Rühmanns, Schmelings – unerheblich, wie erfolgreich das Hitler-Tabu umgangen werden kann.
Gradl ist ohne Hitler nicht denkbar. Gradl trägt Hitler, Hitler wird durch Gradl transportiert. Gradl ist nur eine Folie, nur eine lichte Leinwand, durch die Hitler durchscheint.

So bleibt in der Gradl-Verehrung das Hitler-Tabu beste-

hen; es triumphiert als ewige Wiederkehr im scheinbar tabufreien Vakuum der Nachkriegsmoderne:
Hitler darf jetzt nicht mehr verehrt werden.
Dix bleibt noch immer geächtet.
Die neue Staatlichkeit bietet Nichts fürs Heroische, Nichts fürs Heldentum, Nichts für den Horror; keinen Triumph und keinen Holocaust; unbedient bleiben die Gefühlsintensitäten des Vergangenen, unberaten und unversorgt. Darunter wird vom Alten nicht abgelassen; es vegetiert, floriert, wird glorifiziert und sprachlos verdrängt.

Warum also nicht einen Landschaftsmaler als Projektionsleinen nutzen, wenn er desinfiziert und ungefährlich gemacht werden kann – sein Hitler ist tot. Des Hofes beraubt, bleibt der Hofmaler dennoch Hofmaler, hoffähig.

Unmittelbar nach Hitlers Besuch in Gradls Atelier schreibt der »ordtl. Professor« am 19.X.1937 dem »hochgeehrten« Nürnberger Oberbürgermeister Liebel:
»Es ist mir ein Bedürfnis, Ihnen meinen tiefgefühltesten Dank dafür zu sagen, daß durch Ihre Anregung mein innigster und höchster Wunsch in Erfüllung gegangen ist. Ich hatte das unverdiente Glück, die höchste Auszeichnung, die sich ein deutscher Mann denken und erhoffen kann, zu erleben: Vom Führer empfangen zu werden, einige Stunden neben dem Führer verleben zu dürfen. Dieses herrlichste und unvergeßlichste Erlebnis, diesen Höhepunkt meines Lebens verdanke ich Ihrem Wohlwollen, sehr geehrter Herr Oberbürgermeister. Meinen Dank hierfür glaube ich auch in Ihrem Sinne am besten dadurch zum Ausdruck zu bringen, indem ich mit aller Kraft mein ganzes Können dazu verwende, das von unserem Führer geschaffene, wundervolle dritte Reich u. insbesondere unsere fränkische Heimat im Bilde zu verherrlichen, um es dem deutschen Volke noch näher zu bringen. Heil dem Führer!«

Das Tabu bleibt ungebrochen.

12

Mein Hitler. Er ist zuverlässig. Er begleitet mich. Er läßt mich nicht im Stich. Er ging mir voraus, er läuft nebenher. Er bestimmt den Gang in die Zukunft. Hitler prägt mein Leben. An ihm messe ich Vergangenheit und Gegenwart, Alltag und Geschichte werden an seinem Gewicht in der Waagschale gemessen. Hitler gehört dazu. Hitler ist normal.

An den selbstverständlichen Hitler denke ich nicht. Er ist da. Er läuft mit. Seine Anwesenheit versteht sich von selbst. Er gehört zur Familie, ich weiß ihn in meiner Seele. Er ist mir nah.

Außerordentlich wird Hitler, wenn ich an ihn denke. Wenn ich mir die Tatsachen, die mit ihm verbunden sind, aus dem Gedächtnis, wo sie sicher und still und selbstverständlich lagern, ins Bewußtsein herauf rufe. Jetzt ist er mir fremd, ungeheuerlich, nicht zu verstehen. Ich wehre ihn ab, ich möchte nichts mit ihm zu tun haben. Trotzdem bleibt er mir nah.

Hitler ist irgendwann in mein Leben getreten und mit ihm ungeheuerer Unfriede.

Wann?

Wo hat zum ersten Mal dieser Name mein Ohr erreicht, wie kam sein Gesicht mir zu Gesicht?

Hitler war vor mir da. Er gehörte zur Familie. Er hat auf meine Geburt gewartet, er war bei meiner Taufe dabei, er hat zugesehen, wie ich gewickelt und gewogen wurde. Hitler ist mein Großvater, Hitler ist der Vater meines Vaters. Ich bin Hitlers Enkel.
Ungefragt saß der unsichtbare Gast am Tisch meiner Eltern schon zum Frühstück; er war nicht eingeladen, er wurde nicht gebeten, sich niederzusetzen, er wurde nicht

gebeten, aufzustehen, er ist nicht gegangen. Das Tisch-
gebet sprach er nicht mit.
Untot. Wiedergänger. Ohne Alter. Ewig.

Jetzt erst beginnt er, Gestalt anzunehmen. Erst jetzt trete
ich mit ihm in Beziehung. Seit 45 Jahren begleitet er
mich, seit 25 Jahren kenne ich ihn, seit 15 Jahren gebe
ich mich mit ihm ab, und erst in den vergangenen 5 Jahren habe ich begonnen, Hitler zu entdecken in mir.

Jetzt erst bemerke ich, wie er mich quält; jetzt erst bemerke ich, daß ich mich quälen lasse. Er hat sich in mich
hineingefressen, er hat sich in mir festgesetzt. Er tritt aus
dem Nachtblau meiner Träume, kniet auf meiner Kehle.
Ich lasse es zu.

Natürlich war er immer da. Farben, Firmen, Städte,
Zeiten, Orte, Dinge, Wörter, Gesten – Hitler-Infizierungen. Berlin, Wien, Würzburg sind mir untrennbar mit seinen Bildern verbunden, Braunau, Linz und Berchtesgaden mit ihm verknüpft. Nürnberg ist seine Heimat. Als
ich dort zum ersten Mal übernachten mußte, buchte mir
die Leiterin des Marktheidenfelder Reisebüros am Marktplatz, CSU-Stadträtin, ein Zimmer im »Deutschen Hof«,
mit Nachweis der Qualität des Hauses: dort sei auch Adolf
Hitler immer abgestiegen. Jedes Jahr, wenn einer meiner
Freunde im April Geburtstag hat, wird – wie immer iro-
nisch – der Abstand zu »Führers Geburtstag« gemessen.
Die Farbe »Schwarz« und »Braun« ist besetzt, »Gas« in
allen Kombinationen belegt, die Form des Bartes als
»Hitler-Bürste« für immer markiert; Stimmlagen, Arm-
haltungen und Handbewegungen, Frisur, Scheitel, Wörter
sind mit Hitler verknüpft – »Lebensraum«, »Rampe«,
»Heil«. Überall schimmert seine Gestalt durch – Lufthansa
oder Volkswagen, Porsche oder Mercedes-Benz, ADAC,
Autobahn, Apollinaris, Fachinger, Persil, BASF, Krupp,
Schäferhund, Naßrasur, Vegetarismus und Furzen.
Hitler-Infizierungen.

Hat Vater jemals über das Idol seiner Jugend gesprochen? Nichts. Keine Erinnerung. Ihm hatte er sein Leben übereignet. Nichts weniger.

Hätte es doch Hitler nicht gegeben! Wie lange habe ich gehadert mit seiner Existenz. Wie lange habe ich dem Ideal einer Hitler-Abstinenz nachgehangen, dem Bild einer Welt aus dem Kindergottesdienst der 50er Jahre. »Bevor Hitler in mein Leben trat« – wie oft habe ich das gesagt? Dabei war ich es, der in seine Laufbahn eingetreten ist. Ich habe seine Karriere gefördert. Auch wenn er mir erst im Gymnasium vorgestellt wurde – meine Kindheit war nur scheinbar frei von Hitler. Längst war er eine innere Figur, die, stumm nur, wirkte. Mit ihm bin ich groß geworden. Er hatte nur noch kein Gesicht

Auch als ich ihn zum ersten Mal traf, hieß »Hitler« für mich noch Nichts. Bürste und Scheitel, braune Uniform und Daimler-Benz noch ohne Bedeutung. Im Elternhaus der Mutter, wo im Herrenzimmer die »Judensessel« standen – schwere lederne Chesterfields um einen Rauchtisch mit gehämmerter Messingplatte – dort gab es einen wilden Speicher voller Spinnen, Netze, Ratten, Mäuse, Koffer, Kisten, Schränke, Truhen, Mottenkugeln. Dort ruhte verschlossen und verstaubt in flachen Schachteln das hölzerne Heer von Onkel Helmuth. Und dort lag der »Gröhfatz«. Ich wußte nicht, wer er war. Er war größer als die anderen Figuren.
Aber auch der Gröhfatz war aus Holz, sein rechter Arm beweglich. Und jedesmal, wenn ich ihn hob, rieselte aus seinem Schritt, dort war ein Wurmloch, Mehl. Immer wieder habe ich Hitler heimlich dort besucht. Ich habe mit Hitler gespielt. Ich habe seinen rechten Arm bewegt, die Soldaten sortiert und nummeriert, umgeworfen, aufgestellt, linksgedreht, rechtsgedreht, formiert, ohne Kenntnis militärischer Formierung. Immer saß die Angst im Genick, nie war es nur Selbstvergessenheit des Spiels; immer war der Spaß verschwitzt, immer die Furcht, erwischt

zu werden auf dem Dach, wohin mich diese sorgfältig in Seidenpapier geschlagene Figur immer wieder führte. War ich sieben oder acht?

Später dann die Alben mit den kleinen Fotos, die Olympiade in Berlin und die Sammlung von Zigarettenbildern. Adolf Hitler. Vor allem dieses Foto, auf dem ich ihn gar nicht sah: ein Flugzeug schwebt über einer Stadt. In der Lufthansa-Maschine über Nürnberg sitzt mein Holz-Hitler und schwebt am Himmel wie der liebe Gott.

Die Figur meines Hitler, vielleicht zehn Zentimeter hoch, größer als alle Holz- und Metallsoldaten, war nicht einfach nur ein Zinnsoldat wie die anderen in den anderen Schachteln auf diesem Speicher. Hier wurde etwas versteckt. Hier war etwas unsichtbar gemacht. Hier war etwas zum Verstummen gebracht worden, von dem die Großen sprachen, wenn ich draußen war. Wie Gottesdienst – unberührbar, unantastbar, unbegreifbar, heilig, verboten.

Bis ich es nicht mehr ausgehalten habe. Hitler in der rechten Bubenhand, in der linken seine Fotos, die steile Speichertruppe runter, an den »Judensesseln«, die seit des Großvaters Tod – ich kannte ihn nicht mehr – hinter verschlossener Herrenzimmerglastür herrenlos und geheimnisvoll um den Rauchtisch saßen, vorbei, über die weniger steile Treppe hinunter in die große Geburtstagsgesellschaft im großen Wohnzimmer. Die Aufregung war unbeschreiblich. Rufe, Schimpfen, Schreie, ich werde rausgezerrt und reingeführt, ausgefragt, verhört, gescholten und geschlagen.

Und als ich nachts in meinem Bubenbett lag, im Zimmer über dem Wohnzimmer, drang noch einmal Furcht und Gelächter durch die Decke in mein Bett. Drunten das Amusement und gleichzeitig das Grauen, daß Hitler Holz schiß, wenn die erwachsene Hitler-Jugend und das Hitler-Heer der Großen – Hitler spielte und den rechten Arm zum »Heil« hob.

Onkel Helmuth übrigens hätte, wie mir Mutter sagte, die ich 300mal vergeblich darüber ausgefragt habe, Onkel Helmuth hätte nach dem Krieg – wann das war, wie das war, was das war, wurde mir nicht klar – Onkel Helmuth hätte »diese Sachen« alle verbrennen sollen, »fünfundvierzig«, sagte Mutter, ich verstand nicht, »eben«, sagte sie, »als das Alles rum war«, was sie nicht erklärte.

Eben.
Nicht von reinen Eltern stamme ich ab, die dem Kind unbescholten und klar, gerecht und wahr, rein, nur liebend entgegentreten, liebenswert sich machen oder die zumindest Klarheit schaffen. Eben. Von verstrickten Eltern stamme ich ab, die das Kind in *ihre* Fesseln verstricken und Hitler leben lassen.

Hitler war mein Spielkamerad.

You didn't hear it
You didn't see it
You won't say nothing to no one ever in your life.
Die Boxen platzen, die Stereo-Anlage der Eltern aufgedreht bis zum Anschlag. Ich und »Tommy« von The Who: »Talkin' 'bout my generation!«

Meine Eltern hatten etwas zu verbergen. Alle Eltern hatten etwas zu verbergen. Natürlich wußte ich nichts. Nichts Genaues. Umso schärfer war mein Argwohn. Früh ging ich an die Schubladen, kaum waren meine Eltern aus dem Haus und das Kindermädchen beim Einkaufen oder nur auf der Toilette.

Ich wollte das Geheimnis lüften.

Irgendetwas war da immer.

Da war die Reitpeitsche aus dem Krieg, da war der Degen aus der schlagenden Studentenverbindung, da waren die Fotos von den verreckenden Pferden im tiefen russischen Schnee. Da war das Wort »Akten«, und das Wort »Persil-schein«, den ich für eine Art »Lebensmittelmarke« hielt und für eine »Rabattmarke« vom Waschmittelkauf beim Kolonialwarenlädchen. Mutter, die weiße Frau von der Persil-Schachtel – von ihr hatte ich die Wörter. Aber keine Erklärung.

Das Geheimnis meiner Eltern hatte einen Namen: Adolf Hitler.

Die Wörter meiner Mutter waren ihr immer wieder wie von selbst aus dem Mund gefallen; am liebsten hätte sie sie gleich zurückgenommen, aber ich hatte schon gehört. Ich erinnere die Renitenz meiner Fragen und Mutters renitentes Überhören. In der Küche, sie am Herd, ich am Boden mit Lego-Stein und Wiking-Auto. Was mein Vater auf dem Foto trüge? Welches Foto? Das erste große Foto im Familienalbum. Sie erschrak. Was trägt Vater da? Eine Jacke. Was für eine Jacke? Eine Herrenjacke. Was sind das für Abzeichen? Uniform. Was ist »Uniform«? Uniform ist Uniform. So wie der Gemeindediener? Nein, nicht wie der Gemeindediener. So wie der Postbote? Nein, nicht wie der Postbote. War Vater Polizist? Nein, Vater war kein Polizist. Was war Vater dann?

Ruckartig dreht sich meine Mutter um und sieht mich an. Sie sieht mich nicht an. Sie sieht mich nicht an wie eine Mutter ihr Kind ansieht. Mutter mustert mich. Wie sie den Gemeindediener, den Postboten, den Polizisten ge-mustert hätte, hätte einer von ihnen diese Frage gestellt. Aber Gemeindediener, Postbote und Polizist hätten diese Frage nicht gestellt, obwohl sie alle diese Frage hatten und die Antwort kannten.

Mutter kochte weiter.

Sie wußte nicht, daß ich wußte, daß Vater hinten in der

untersten Schublade seines Nachttisches Orden liegen hatte. Und Pistolen.

Wie soll ich ihn jemals loswerden?
Wie soll ich jemals dieses Gesicht vergessen?
Wie soll ich mich jemals von dieser Zwangshinterlassenschaft befreien?
H.i.t.l.e.r.

Ich bin mit Hitler aufgewachsen. Er war mein hölzerner Spielkamerad. Ich kannte ihn nicht. Ich durfte ihn nicht kennen. Ich durfte ihn nicht kennenlernen. Man hat mir nichts erzählt. Erst Winnetou machte meinen Vater gesprächig. Aber schon Sigurd war wieder verboten. Heftchen durften wir nicht lesen, weil man keine Heftchen liest. Man kaut kein Kaugummi! Man sieht nicht fern! Warum? Weil! Turnschuhe sind für's Turnen da, wir sind nicht in Amerika. Mickey-Mouse gibt es nicht. Die Amerikaner sind an Allem schuld. Wegen den Amis hat Vater den Krieg verloren. Die Franzmänner hätten ihn danach fast eingesperrt. Daß sie ihn nicht eingesperrt haben, hat viel Geld gekostet. Sie haben ihn verhört. »Entnazifiziert«, ein Wort. Die Russen haben Vaters Knie zerschossen. Die Österreicher, nicht »pariert« haben sie – »Kamerad Schnürschuh«, gschlamperter. Die Italiener, »Spaghettis«, sind uns in den Rücken gefallen. Itaker sind Verräter. Und die Juden. Die Juden sowieso. Kein Wort über Mickey-Mouse und Sigurd beim Mittagessen, und was wir sonst noch getrieben haben im Schulhof und danach. Bubengeheimnisse. Wir hatten Sigurd, Tick, Trick und Track, und die Eltern hatten ihren Hitler, Goebbels, Göring, Guderian.

Wie wird Hitler normal?
Vielleicht ist Hitler ganz normal. So normal wie das Böse selbstverständlich ist. Hitler gehört dazu. Das Böse gehört zum Guten. Hitler ist immer und überall.

Wäre Hitler normal, dann wäre er uns nah, und wir wären wie er. War Hitler auch lieb? Aber das Böse, das sich mit ihm verbindet, geht so weit hinaus über das Böse, das wir uns selbst zutrauen, daß Hitler außerhalb steht. Das Böse von Hitler hat eine Zahl: 6 Millionen Juden. Hat eine Methode: Industrielles Töten. Beides läßt sich mit dem kindlichen Wort »böse« und der Theologie des Bösen nicht mehr beschreiben.

Es ist geschehen. Die Geschichte ist nicht zu korrigieren. Wirklichkeit. Vor der weichen wir zurück. Und haben doch mit ihr zu leben.
Wie?

Hitler ist nicht unsterblich. Unvergeßlich ist er, aber nicht unsterblich. Wie memorieren, ohne zu reanimieren?

Ich möbliere meine Seele mit Hitler. Ich habe ihn instrumentalisiert: so lange Hitler böse ist, bin ich lieb, solange der Schatten Adolf heißt, stehe ich im Licht. Hitler ist die Projektionsleinwand, mein Dia des Bösen ist seine Visage. Hitler erleichtert.
Warum also sollte ich ihn loslassen?

Wenn ich Hitler sterben lasse, vergesse ich Hitler nicht. Hitler sterben lassen heißt nicht: Hitler vergessen. Daß wir Hitler nicht sterben lassen, heißt: wir haben ihn nicht erledigt, wir haben ihn nicht begriffen, wir haben ihn nicht durchlebt. Wir beleben ihn mit jedem unserer Atemzüge wieder und hauchen ihm so lange Atem ein, daß er, ausgestattet von uns mit Macht über uns, unser Leben bestimmt.

Ferngesteuert werden unsere Seelen regiert.

Klarheit über die Unklarheit schaffen. Qualvoll, eine Haltung zu finden, die die Haltungsmuster des politischen Masochismus nicht erfüllt, die der Obsession keine neue Nahrung gibt, die die Dämonisierung nicht pflegt.

Hitler ist mehr als ein intellektueller, politischer, ökonomischer und moralischer Erklärungsnotstand.

Hitler ist ein seelischer Zustand.

Und je mehr Bücher ich lese, desto diffuser wird meine Seele.

Die Begriffe torkeln, das kleine neue Verständnis strauchelt. Dümpeln, Gründeln, Hadern, Streiten; verschiedenste Verhinderungen des Denkens; Alpträume, Furien, Rumor, Tumult.

Das Ich fällt alle durchlebten Entwicklungsstadien hinunter und steigt auf, fällt. Kind unter dem Tisch, wenn die Erwachsenen reden, Kind mit großen Ohren, rotziger Jugendlicher, für den alles *Nazi* ist, Student zwischen Bloch-Buchdeckeln, Adorno, Fromm, Reich. Wieder der Regress, der Volksschüler, der in die zerstörte Synagoge pißt, weil die Eltern das Betreten, das Spielen in der zerstörten Synagoge strengstens untersagt haben. Wieder der Erwachsene, der es nicht wagt, zu erinnern, was die Eltern noch alles gesagt haben über die zerstörte Synagoge. Wieder das Kind, das in das elterliche Schweigen lauscht und hört, was nicht ausgesprochen wird. Erklärungsnotstand. Strampeln, stammeln und sich wehren. Tumult. Gereizt und aggressiv gegen dieses Erbe und gegen diese Erblasser. Bewegungen des Ich: mitlaufen, weglaufen, zulaufen, überlaufen, ablaufen, unterlaufen.

O Hitler!

Die jahrzehntelange Auseinandersetzung mit dem Nationalsozialismus führte nur zur Anhäufung von Fachwissen. Aber Erklärungen? Verstehen? Kilometer Forschungsliteratur haben nur die Faktenlage verbessert; Hitlerianer und Hagiographen, Historiographen und Historiker haben nur untersucht, was auch an Alexander dem Großen und am 30jährigen Krieg zu untersuchen gewesen wäre. Die Frage ist nicht beantwortet. Das Monströse ist nicht erklärt. Wie mit dem Monströsen leben?

Das Monströse bestimmt unser Leben, regiert unsere Nächte, diktiert Gesundheit, Krankheit, den Gestus, die Haltung. Hitler hat überlebt.

Die alten Ordnungsmuster, mit denen wir aufgewachsen sind, Ost kontra West, links kontra rechts, Sozialismus versus Kapitalismus sind zerschellt; Kampfpositionen, auf deren Gegensätze wir uns zuverlässig verlassen konnten, sind kollabiert. Alles hat sich verändert.
Allein Hitler als Ordnungsprinzip hat überlebt.
Warum?

Gott ist der liebe Gott, Hitler ist der böse Gott, das Unheilige, das Allerunheiligste. Satan, Luzifer. Der Kindergott ist tot, der Hitlergott lebt. An wen richtete ich meine Gebete?

Was tue ich mit der künstlichen Beatmung Hitlers?
Was soll die künstliche Besamung Hitlers?
Was schütze ich mit meinem Hitlerismus?

Warum wir Hitler nicht sterben lassen?
Wir brauchen Hitler. Deshalb lasse ich ihn nicht sterben.
Mit Hitler hat das Böse ein Gesicht. Das Böse ist das Gesicht des Anderen. Das Gesicht des Anderen ist nicht mein Gesicht. Also bin ich nicht böse. Das Böse ist Hitler und nicht ich. Hitler entlastet. Hitler ist das Böse schlechthin, das personifizierte Böse. Durch die Personalisierung wird das Grauen des Nazismus faßbar. Hitler ist faßbar, Hitler ist identifizierbar, eine konkrete Gestalt, die Fachinger trank, vegetarisch aß, sich naß rasierte, unter krankhaften Blähungen litt. Hitler kann man begreifen. Strukturen

entziehen sich Gemüt, Gefühl und Seele. Hier lebt Hitler. Hier hat er sich eingerichtet und wir mit ihm.

Ich bin hitlerkrank und pflege meine Obsession; ich lebe bequem in meiner Gequältheit. Häuslichkeit mit Hitler. Ich habe mich im Hitler-Schrecken eingerichtet, meine Mutter richtet sich auf Reichsautobahnen ein und die Gradlianer in seiner Idylle. Eigentlich stört fast nichts die Ordnung. So haben wir uns gewöhnt an den Schatten, an den Dämon. Das Gesicht Hitlers kehrt wieder wie die Ikone des Jesus am Kreuz, der tote Untote bleibt am Leben. Ich will ihn nicht einmal loshaben. Was träte an seine Stelle?

Mein untoter Hitler erspart mir die Auseinandersetzung mit ihm. Immer wieder reanimiert, revitalisiert, renaturiert, führt er mich um eine neue Wunde herum. Ich umgehe die Trauer, ich vermeide den Schmerz, das Böse, das Grauen; ich vermeide es, das Unbegreifbare als mein Eigenes anzunehmen.

Wieso sollte ich Hitler annehmen als Prinzip, als Struktur, als Potenz, als meine eigene Möglichkeit, wenn es mir leichter zu sein scheint, ihn abzuwehren, abzuspalten als akzeptierten und alimentierten Kostgänger meines Haushalts? Hitler loslassen hieße, sein Eigenleben, das er abgekapselt und wirksam in uns führt, zu beenden; hieße, die Abspaltung des Bösen hineinzunehmen ins Gute als dessen Bestandteil; hieße, mit der großen Lüge aufzuhören, man selbst sei dazu nicht fähig.

Das ist, was an Hitler in mir nicht sterben will.

Hitler ins Gesicht sehen, in Hitlers Gesicht sehen wie in mein eigenes, im Spiegel meines Gesichtes die Visage zu erkennen und anzuerkennen:

ich bin nicht anders.

13

Angst war der ständige Begleiter dieser Arbeit. Kaum Lust. Dafür Zweifel. Dazu schlechtes Gewissen. Das Gefühl, Unrecht zu tun. Der Verdacht der Anmaßung. Dennoch Trieb, Druck, innerer, zwanghafter Auftrag. Unter Spannung immer. Den Eindruck, nie an ein Ende zu kommen. Unentwegt im Tunnel. Nirgendwo Licht, niemals das Gefühl der Erleichterung. Kurzfristig Luftholen höchstens. Keinerlei Befriedigung. Nichts nimmt die Last. Jeder neue Archiv-Fund bestätigt nur das Grauen und vergrößert die Schuld gegenüber den Schuldigen. In jedem Fall unfrei. Keine Belohnung in Aussicht. Nicht Lösung, geschweige denn Erlösung. Und schließlich verzweifelt, wenn ich dem in der Not gefundenen Motto nicht und nicht gerecht werden kann, jenem Ruf Sigmund Freuds:

»Wenn wir nicht klar sehen können, wollen wir wenigstens die Unklarheit scharf sehen!«

14 »Nürnberg«, hebt er an, der Oberbürgermeister der Stadt der Reichsparteitage, »Nürnberg, der – nach dem herrlichen Führerwort – ›Stein gewordene Ausdruck deutscher Kraft und deutscher Größe in einem neuen deutschen Reich‹ hat in der geschichtlichen Zeit des Ausbaus des Reichsparteitagsgeländes, der künftigen Feierstätte der deutschen Nation, erneut eine hervorragende Pflanz- und Pflegestätte deutscher Kunst erhalten, die, gleich der Stadt selbst, zurückblicken kann auf eine jahrhundertealte stolze Tradition.

Möge«, wünscht der Oberbürgermeister der Stadt der Reichsparteitage in seiner Festschrift zur Akademisierung der Nürnberger »Staatsschule für angewandte Kunst« im Jahre 1940, »möge die Akademie der bildenden Künste in der Stadt der Reichsparteitage Nürnberg in Wahrung und Fortführung dieser hohen, verpflichtenden Tradition zu ihrem Teil beitragen, dem Wunsch und Willen Adolf Hitlers entsprechend, in der Herzstadt Großdeutschlands jene zauberhafte Verbindung herzustellen zwischen dem Erbe einer einzigartigen reichen Vergangenheit und den Dokumenten einer ebenso einzigartigen glorreichen Gegenwart und Zukunft!

Heil Hitler!

Willy Liebel

Oberbürgermeister der Stadt der Reichsparteitage«.

Was für ein Programm!

Hermann Gradl war der von Adolf Hitler eingesetzte Direktor dieser Institution, die auf Anweisung von Adolf Hitler zur vollwertigen Hochschule befördert worden war. Über »Sinn und Aufgabe« dieser Kunstschule schreibt Gradls Dozent für Kunstgeschichte, Doktor Eberhard Lutze, der seinen Chef 1939 ›in die erste Front der lebenden Kunst im nationalsozialistischen Deutschland‹ formuliert hatte:

»Es kann keinem Zweifel unterliegen, daß die Kunsterziehung an die Lebensfrage der bildenden Kunst überhaupt rührt. ... Wir haben es erlebt, daß nicht von gestern auf heute die gestaltende Kraft des neuen deutschen Zeitalters auf den Lebensraum der bildenden Kunst übergreifen konnte. ... Daß aber in den entscheidenden Werken der Gegenwartskunst diese Verschmelzung der Kunst mit der neuaufgebrochenen deutschen Lebenskraft erfolgt ... diese Tatsache stellt den nationalsozialistischen Staat vor die Notwendigkeit einer planvollen Reform der Kunsterziehung. Noch während unser Volk zum gewaltigsten Kampf um sein Dasein angetreten war, hat der Führer die Staatsschule für angewandte Kunst in Nürnberg zu einer Akademie der bildenden Künste erhoben. Zwei Dinge – Zukunft und Verpflichtung – umreißen den Aufgabenkreis der neuen Hochschule: Daß sie in der Stadt der Reichsparteitage als erste nationalsozialistische Akademie errichtet wurde und daß diese Gründung des Kriegsjahres 1940 ihren Sitz in der Stadt Albrecht Dürers hat, in den Mauern des alten Nürnberg, das einst als eine Herzkammer deutschen Handwerkfleißes und deutscher Kunst Werke der Namenlosen und der Großen hinaustrug in alle Länder Europas.«

Was für ein Programm!

»Vor den Toren Nürnbergs«, fährt Lutze fort, »vor den Toren Nürnbergs geht das Reichsparteitagsgelände seiner Vollendung entgegen. Der Name der Akademie ist mit dem Bau der Kongreßhalle entscheidend verbunden. Gleichnishaft für die ganze deutsche Kunst vollzieht sich in den Parteitagsbauten die neue Einheit der drei Künste: Architektur, Bildhauerei und Malerei, deren Lehrer mitten im Schaffen um den neuen deutschen Stil stehen. ... Den Dienst am Gesamtkunstwerk, wie es zum Sinnbild unserer Zeit werden will, muß der junge Künstler schon während seiner Ausbildung erfassen lernen.

So tritt die junge Nürnberger Akademie mit dem Ziel auf den Plan, einen Nachwuchs heranzuziehen, der sich der Vergangenheit bewußt, der Gegenwart aufgetan und der Zukunft sicher ist. Der Glaube aber an die Verwirklichung dieses ihres Sinnes wächst aus dem Glauben an Deutsch-

land und an die dem deutschen Volke innewohnenden
Kräfte zu.«

Ich suche diese Sätze, ich suche diese Sätze heute, ich
finde sie nicht. Der Lauf der Geschichte hat sie stumm gemacht, aber sie reden doch; sie reden, weil sie verschwiegen werden. Wörter handeln und bleiben. Wörter bleiben
länger als die, die sie nicht wahrhaben wollen. Wörter
wollen zur Kenntnis genommen werden, sie möchten
behandelt sein und begriffen, verstanden und erklärt. Erst
dann wäre dieses kunstimperialistische Wörterbuch so
stumm und so wenig schädlich und so wenig wirkungs-
voll mehr, daß die Zeit, die ein solches Lexikon längst
Lügen gestraft hat, sich die widerliche Folge von Buchstaben wieder aneignen kann, zur Erinnerung und zur
Mahnung.
Was von diesem Wortschatz lebt noch in Nürnberg an der
Akademie der bildenden Künste? Wie wird an der Nürnberger Akademie mit der eigenen Geschichte umgegangen, was fängt man an mit ihren Wirkungen?
Ich will wissen. Ich bin neugierig. Ich will Klarheit.

Ich telefoniere. Ich telefoniere um die Nürnberger Akade-
mie herum. Ich telefoniere in die Nürnberger Akademie
hinein. Ich spreche mit Studenten, ich spreche mit
Dozenten, ich spreche mit Professoren, ich spreche mit
Beamten. Ich treffe auf Angst, auf Angst, auf Desinteresse.
Informationen generell und absolut nur vertraulich. Re-
ferenzen werden vor den Gesprächen erbeten. Siegel der
Verschwiegenheit. Vertröstung, Verleugnung, Absagen.
Namen dürfen nicht genannt werden. Empfehlungen für
andere Gesprächspartner werden ausgesprochen mit der
Bitte, den Empfehlenden nicht zu nennen und dem
Wunsch, rückzumelden, was der Empfohlene zu berich-
ten bereit war und was er zu sagen hatte. Telefonate, Tele-
fonate.
Ich werde immer stummer.
Mauern, abwehren, verheimlichen.

Was für ein Programm!
Als ob abgesprochen wäre, nicht zu sprechen.
Als ob eine Putzkolonne aus der Nazi-Kunsthochschule eine saubere Akademie poliert hätte.
Als ob ein Bataillon Kammerjäger das Institut desinfiziert hätte.

Akten – gebe es nicht. Gradl – wer das sei? Datenschutz! Die Personalien – Verschlußsache. Beim ersten Bombenangriff alles verbrannt. Plünderungen in der Außenstelle. Daß Akademie-Unterlagen bei den Entnazifizierungsverfahren noch vorgelegen haben sollen – unmöglich, nicht möglich, schwer möglich, da-wissen-Sie-mehr-als-wir, und: Ach lassen Sie doch die alten Geschichten! Wir leben in einer neuen Zeit und lieben unser Haus.
Lieben?
Was ist das für eine Liebe, die den eigenen Lauf verleugnet?

Auffällig, wie in den Nürnberger Veröffentlichungen über das braune Nürnberg die Akademie der bildenden Künste ausgespart bleibt; merkwürdig, würdig zu merken, daß der Name eines Hermann Gradl nirgendwo auftaucht, daß dieses Kapitel der Partei-Akademie brachgelegt ist – warum und zu welchem Ende? Wem nutzt der Stillstand, die erzwungene Befriedung?
Ein Hort des Tabus ist diese Akademie heute. Als liefe Hitler noch herum, auf der Suche nach den Gipsmodellen seiner Pathologenbauten.
Das Klima ist nicht förderlich für Fragen.
Man will nicht wissen, man will nicht gefragt werden, überhaupt –.

In zwei Festschriften will man sich feiern, die Kunstprofessoren, Präsidenten, Minister. Die älteste Akademie sei, heißt es, »von Krisen nicht verschont«; »Kunstwerke«, wird zum dreihundertsten Geburtstag des Hauses gedrechselt, seien von »zeitloser Schönheit und erheben

die Welt des Realen in eine höhere künstlerische Ordnung«. Aha. »Die Akademie ist somit nicht nur die Bewahrerin kostbaren geistigen Gutes, von ihr gehen vor allem lebendige, schöpferische Ströme aus, die dem Leben unseres Volkes«, schreibt der einstige Gradl-Kollege und spätere Gradl-Nachfolger Otto Michael Schmitt 1962, »unseres Volkes mit die Kraft geben, sich gegen die Barbarei zu behaupten.« Und ein Franz Winzinger behauptet, daß »schon zwölf Jahre« (!) nach der Umwandlung der »Kunst- und Gewerbeschule« in eine »Staatsschule für angewandte Kunst« die Erhebung erfolgte und zwar: »am 31. Mai 1940« und zwar »in Anbetracht ihrer ehrwürdigen Vergangenheit« und zwar »wieder in den Rang einer ›Akademie der bildenden Künste‹« – den Krieg, die Nazis, ihre Gründungs-Gründe und den Akademie-Erheber Hitler hat er, will er vergessen; er unterschlägt den korrekten Nazi-Titel der parteihörigen Hochschule, der, wie auf allen Briefbögen und überall amtlich sichtbar lautet: »Akademie der bildenden Künste in der Stadt der Reichsparteitage Nürnberg«. Überraschend, daß unser Held in diesem gesäuberten Szenario überhaupt auftritt. Aber gemach. Er war nicht Hitlers Hofmaler, er war nur nicht sehr hellsichtig: »Als 1939 der Maler Hermann Gradl als Direktor eingesetzt wurde, konnte er nicht ahnen, welch bewegte Zeiten der Akademie bevorstanden.« Nicht etwa Führer-Visiten und Staatsaufträge und Parteitagsgeländegeschichten aller Art. Nein. »Im Kriege« hebt Redner Winzinger an, ist das unschuldige Akademie-Gebäude von den bösen Fliegern »schwer beschädigt worden«, so daß man bedauerlicherweise »in das stille, weltabgelegene Deutschordensschloß nach Ellingen bei Weißenburg ausweichen mußte.« Aber nach dem Kriege, aber dann: »ungebrochen wurde kaum ein Jahr später … die Arbeit wieder aufgenommen.«
Ungebrochen.

25 Jahre später die gleiche Beschönigungssuada. 1987 feiert sich die »Akademie der bildenden Künste in Nürn-

berg« in ihrer Festschrift mit glänzender Faschismus-absenz. Da ist wieder tonwörtlich von den signifikanten zwölf Jahren die Rede, die verstrichen sind zwischen der Staatsschulen-Promotion und der Akademie-Titelei – natürlich redet der Redner nicht von Hitler und jenen Hintergründen, sondern ominös vom »alten Rang«, was der ministeriale Redner brav und verschwiegen weiter-redet. Zuvor läßt er verlauten, daß das hohe Kunsthaus im Laufe seiner wechselvollen Geschichte »in der ersten Hälfte des 20. Jahrhunderts wieder an Bedeutung ge-wann« und, man höre zu, man merke auf: »nach dem Zweiten Weltkrieg in eine neue Blütezeit eintrat.«

Auch 50 Jahre danach nichts als wohlfeile Lippenbekennt-nisse des neuen Akademie-Präsidenten. Design-Visiten-karten werden verteilt und vollmundige Einladungen an die Gradl-Spezialisten von Theater und Literatur. Das publikumswirksame Klopfen an die schmale Künstler-brust indes bleibt folgenlos, wieder einmal.

Was für eine Insel der Glückseligen zu Nuremberge.

Die heutige Akademie der bildenden Künste in Nürnberg war und ist von 1933 bis 1945 unter der Direktion des Professors Hermann Gradl eine NSDAP-hörige Kunst-hochschule gewesen. Wer von ihren Lehrkräften war nicht Mitglied der Partei oder einer ihrer Gruppierungen? Die Akademie war der Augapfel Adolf Hitlers. Ihre direkte und indirekte Arbeit stand im Dienst des Nazi-Staates. Sie erfüllte sämtliche geforderten kunstpolitischen Funktio-nen und kam aufs Willfährigste den auferlegten und den freiwillig eingegangenen Aufgaben nach.

Warum werden diese Tatsachen in Nürnberg bis heute so aggressiv verschwiegen? Warum nimmt die Akademie der bildenden Künste ihre Geschichte nicht selbst in die Hand und erforscht offensiv jene zwölf Jahre, denen sie ihren Status überhaupt verdankt? Warum will man davon nichts wissen? Warum läßt man bewußt aus der über 330jährigen Historie diese kurze, lange Ära weg? Wem soll die Geschichtsklitterung nutzen? Wer wird hier geschont und zu welchem Zweck?

Aber wehe, jemand tangiert das Tabu!
Wenn eine kleine Fachzeitschrift wie das »textilforum« mit einer Auflage von 3.700 Exemplaren 1991 in einem Jubiläums-Artikel, 273 Zeilen kurz, über »50 Jahre Nürnberger Gobelinmanufaktur« schreibt und dabei mit 18 Zeilen die NS-Vergangenheit dieser ehemaligen Akademie-Abteilung berührt, ist die Aufregung groß, die Unruhe im Hause beunruhigend.
Was daran beunruhigt? Beunruhigt derart, daß die Leiterin der Manufaktur einen Leserbrief hinterherschickt, mit dem sie 107 Zeilen lang alles zurechtrücken will, um die richtige Gewichtung ihrer Anstalt zu Nazi-Zeiten gewährleistet zu sehen. Über den kleinen Artikel von 1991 wird auch 1995 mit großer Bewegung in Nürnberg geredet. Warum? Die Redakteurin des Magazins, eine holländische Autorin, wunderte sich und wundert sich dann nicht mehr: »Man hat in Nürnberg wie angestochen reagiert!« Warum?
Warum die helle Aufregung, mühevoll gebremst, wenn 1995, 50 Jahre danach, eine junge Nürnbergerin vom Jahrgang 1966, die in Nürnbergs Gobelin-Manufaktur examinierte Handweberin Anja Prölß-Kammerer in ihrer kunsthistorischen Magisterarbeit Fragen nach der Geschichte ihrer Ausbildungsstätte stellt? Wenn die Fachfrau in den Kellern Karton-Vorlagen findet zu Teppichen mit dem Titel »Weltesche« von Otto Michael Schmitt, stilisierte Hakenkreuze inklusive? Wenn auch ihr gegenüber hochpolitische Informationspolitik betrieben und willkürlich Aktensperre verhängt wird? Wenn die Manufakturleitung Abmahnung und Widerruf gegenüber dem Journalisten durchdrücken will, der die Doktorandin über

ihre Arbeit »Tapisserie und Nationalsozialismus« befragt und Prölß-Kammerer portraitiert? Merkwürdig, würdig zu merken. Der Effekt gegenteilig auch hier: handwerkliche Verantwortung, akademische Akribie und detektivischer Spürsinn werden so hochgereizt, daß die junge Wissenschaftlerin, die ja den Webstuhl zu bedienen gelernt hat, herausfinden kann, daß nach 1945 von einem der beiden großen Nazi-Teppiche für das Rathaus, »Nürnberg 1« und »Nürnberg 2« von Otto Michael Schmitt die Hakenkreuze entwebt worden sind.

»Im Kriegsjahr 1940«, schreibt der Nazi-Kunst-Chronist Lutze 1941 zur Ausstellung »Neue Lehrer an der Akademie der bildenden Künste«, »im Kriegsjahr 1940 wurde die bisherige Staatsschule für angewandte Kunst in der Stadt der Reichsparteitage Nürnberg zu einer Akademie der bildenden Künste erhoben. ... Damit ... wurde den neuen künstlerischen Aufgaben in Nürnberg ein Rückgrat geschaffen und für die Schulung eines leistungsfähigen Nachwuchses vorgesorgt. Die gewaltigen, alle Künste umfassenden Planungen für die Bauten auf dem Reichsparteitagsgelände sind dazu angetan, das Lehrziel der Akademie auf eine einheitlich geführte, gegenseitig sich fördernde Ausbildung der Studierenden in den Schulen der einzelnen Professoren auszurichten. ... Unermüdlich«, fährt der kunsthistorische Akademie-Unterführer PG-Nr. 4.103.610 fort, »unermüdlich und planmäßig hat der Direktor der Akademie, Professor Hermann Gradl, in diesem Sinne mit dem Aufbau der neuen Hochschule begonnen.«

In jener Ausstellung 1941 werden gezeigt: Radierungen von Kongreßhalle, Luitpoldarena, Zeppelinwiese und die Arbeit »Kraftmensch« von Blasius Spreng, Parteimitglied Nr. 7.326.472; es werden gezeigt »Junger Krieger« aus Gips, »Hoheitsadler« aus Gips für einen Ehrensaal in Berlin, »Hoheitsadler« aus Gips für das Aufmarschgelände der Stadt Ludwigshafen am Rhein von Ernst Andreas

Rauch, ausgezeichnet durch Aufträge von Luftwaffe und Wehrmacht; es werden gezeigt der Wandbehang »Mutter und Kind« für das NSV-Mutterheim Bad Elster und der Karton für den Wirkteppich »Weltesche« für die SS-Unterkunft Nürnberg von der Leiterin der Nürnberger Gobelin-Manufaktur, Professor Irma Goecke, Parteimitglied Nummer 8.266.616; es werden gezeigt die Werke »Heimkehr von der Schlacht«, »Stehender Soldat« oder »Krieger« aus dem Besitz der Luftwaffe von Otto Michael Schmitt, bislang freischaffender Maler mit zahlreichen Aufträgen der Luftwaffe, Leutnant der Landespolizei und nach 1945 Direktor der Akademie der bildenden Künste Nürnberg, also Nachfolger des Herrn Professor Hermann Gradl.

15

Und immer so weiter.

Was mache ich mit diesem Leben?
Ich, Hitlers Enkel.

Ich denke an die Städte vor 33, an die unversehrten Häuserzeilen, an die Gründerzeit-Ensembles und Jugendstilfassaden, an die Projekte der Neuen Sachlichkeit. Ich denke an jenes Nürnberg, das ich mir nur mit Bildband, Foto, Film unzerstört vorstellen können muß. Ich denke an die Aufmärsche, die Verfolgungen, die Züge der gezeichneten, nummerierten Juden hin zu den Sammelstellen, zu den Deportationstransporten. Und der Krieg. Und die unvorstellbaren Zahlen der Destruktion.
Ich denke an Hermann Gradl: Was geht in diesem Menschen vor? Was hat er gewußt? Was sieht er? Wo sieht er weg? Was nimmt er zur Kenntnis? Wo lebt er gar nicht? Wo verweigert er das Erleben? Wann blockiert er die Erkenntnis?
Warum hat er so und nicht anders gehandelt?

Nürnberg war die aggressivste Nazi-Stadt Deutschlands. Das muß ein Herr Gradl zur Kenntnis genommen haben. Das Nazi-Nürnberg hat ihn zum Nazi gemacht, wenn er nicht schon vorher einer war. Nicht die Lebkuchen-Silhouette, nicht die Spielzeug-Perspektive, nicht Christkindlmarkt, nicht das Bratwurstparadies, nicht das Bleistiftgrau und nicht der Farbstift-Regenbogen. Nach außen hat er mit der Dummheit der Idylle reagiert. Mag er unter der Schirmherrschaft des Kunstnarren versucht haben; mag die Weltfremdheit nur Attitude gewesen sein – die Attitude aber war politische Haltung und moralischer Gestus.

Natürlich wissen wir heute mehr. Aber auch Gradl wußte. In seiner Position verfügte er über Herrschaftswissen. Nicht vorstellbar, er habe nicht wissen können, daß Otto Dixens »Anita Berber« aus den Städtischen Kunstsamm-

80

lungen entfernt worden ist. Nicht vorstellbar, er habe nicht erlebt, wie die Juden zum Verschwinden gebracht wurden. Was hat er wissen wollen? Wie hat er seine Schlüsselstellung im Nürnberger Kunstbetrieb gebraucht, mißbraucht? Ab wann hat er sich mit welcher Handlung, welcher Duldung, welchem Schweigen, welchem Reden, welcher Unterlassung mitschuldig gemacht? Wo kann er zur Verantwortung gezogen werden?

Ich wollte immer nur wissen.
Am Anfang wollte ich immer nur wissen. Dann kam der Haß, dann die Rolle des Rächers, danach das Urteil des Richters. Lustvoll, Gradls Richter sein wollen! Der Richter und sein Henker.

Von Anfang an hat man mir *das Alles* verheimlicht. Von klein auf bin ich umgegangen mit diesen Bildern. In Gradls Todesjahr war ich vierzehn Jahre alt und wohnte in seiner Geburtsstadt Marktheidenfeld am Main. Die Öl-bilder in den vergoldeten Rahmen hingen bei Bekannten und Freunden meiner Eltern, in Arztpraxis, Anwalts-kanzlei und Eigenheim mit Perserteppich, Gummibaum, Musiktruhe. Gradls Bücher in Vaters Bücherschrank, die bis 1943 erschienenen in der zweiten Reihe versteckt, vornedran das Bändchen »Rothenburg ob der Tauber – einmal anders gesehen«, 1950 gedruckt, so alt wie ich. Sonntags ging es immer an der Kunst lang, der Maler an der Landschaft, Gradl an der Gegend gemessen. Aber ge-redet wurde nicht. Über Gradl wurde gemunkelt und getuschelt.
Nichts interessiert einen Halbwüchsigen mehr als das, was die Erwachsenen hinter vorgehaltener Hand und unter dem Siegel der Verschwiegenheit am Ohr des Puber-tierenden vorbei verheimlicht haben wollen. »Drittes Reich«, »Adolf« und »Pg« – Siglen, mit denen ich nichts anfangen konnte; geheimnisvolle Zeichen, die stets mit

bekannten Größen in der Stadt verbunden waren und immer alle beim Maler-Meister enden. In meiner Bubenseele hatte fortan »Gradl« und der »Koitus«, »Pg« und »GV«, »Penis« und »Canaris« den gleichen Status.

Lieber hätte Vater mir noch einmal erklärt, woher die Kinder kommen, nachdem Mutters Bienengeschichte schiefgegangen war, als auch nur ein einziges Mal in die »alten Sachen« einzusteigen.

Warum wurde nicht geredet?
Der Krieg war 20 Jahre vorbei.
Aber. *Das Alles* stand in den Menschen auf Abruf bereit. Und doch wurde nicht offen gesprochen. Gesprochen wurde durch die Blume, hinter geschlossenen Türen, hinter vorgehaltener Hand, nicht vor den Kindern.

Ich wollte wissen.
Ich sammelte und suchte. Überall stieß ich an Grenzen. Alle wußten, niemand wollte etwas wissen, niemand wollte etwas gewußt haben, Genaues schon gar nicht. Fakten waren nicht auf dem Tisch, Dokumente unentdeckt in den Archiven.
Ich wollte wissen.

Natürlich müsse ich den Herrn Professor grüßen, wenn ich ihn auf der Straße sähe, sagte meine Mutter. Ich wußte mittlerweile, daß es ein »Drittes Reich« gegeben hatte, mit guten Autobahnen und glücklichen Arbeitslosen, die plötzlich wieder Arbeit und Brot hatten. Drittes Reich, Tausendjähriges Reich, Himmelreich.
Aber irgendetwas war schiefgegangen. Der Krieg und Vaters Gefangenschaft und die Bombensplitter in seinem Knie. Gradl – hatte ich herausgefunden – war ein Freund von Adolf Hitler, und der Marktheidenfelder Mälzereibesitzer Sorg, Kreisleiter und Reichstagskandidat der Nazis – hatte ich herausgehört – soll ein Freund von Gradl gewesen sein. Die Brauereibesitzerin war eine Verwandte des Künstlers; Gradl-Sammler sei nicht nur – hatte ich

herausbekommen – die Frau Kommerzienrätin, die den schwarzen Adenauer-Mercedes fuhr; Gradl-Kunden auch der Papiergroßhändler und der alte Nazi-Bürgermeister Grön vom Textilhaus. Und viele andere.

Ich hatte wissen wollen, wer der Reichsminister Dr. Jos. Goebbels war, wer der Minister Ribbentrop, wer der Reichsmarschall Hermann Göring – alle in jenem Gradl-Buch mit dem blauen Rücken als Besitzer von Gradl-Bildern stolz ausgewiesen. Der »Herr Professor« mußte also ziemlich berühmt gewesen sein, entlockte ich den Eltern. Und ich fand heraus, daß er wohl mit diesem Hitler und seinem Dritten Reich das gehabt haben muß, was der Onkel »heikel« und die Tante »nicht koscher« nannten. Mit dem Krieg hatte Gradl etwas, und mit den Juden hatte er und alles sowieso zu tun. Aber, sagte Mutter, »diese Judengeschichten kommen mir nicht wieder aufs Tapet!«

Ich wollte nur wissen.

16

Es waren 70.000, die am 12. Februar 1933 auf dem Nürnberger Hauptmarkt gegen die Nazis aufgetreten waren.

Es war Willy Liebel, seit 1925 Mitglied der NSDAP, der den demokratisch gewählten Vorgänger Dr. Luppe, in Schutzhaft genommen, ablöst: nun Oberbürgermeister der Stadt der Reichsparteitage von 1933 bis 1945.

Es war Julius Streicher, der den Gau Franken führte und in Nürnberg seinen »Stürmer« herausgab.

Es waren 337 jüdische oder politisch mißliebige Angestellte oder Beamte in Nürnberg, die ihre Arbeit zum 7. April 33 verloren mit Inkrafttreten des »Gesetzes zur Wiederherstellung des Berufsbeamtentums«.

Es waren die Nürnberger Gesetze, die in Nürnberg formuliert und verkündet wurden und deshalb »Nürnberger Gesetze« heißen.

Es waren über 130 Kunstwerke, die am 23. August 1937 aus den Städtischen Kunstsammlungen beschlagnahmt wurden.

Es war der 10. August 1938, als der Abriß der Nürnberger Synagoge, drei Monate *vor* der »Kristallnacht«, begann.

Es waren neun Menschen, die ermordet wurden, es waren zehn Menschen, die sich ermordet haben in der Nürnberger Nacht vom 9. auf den 10. November 1938, der »Kristallnacht«; es waren 42 Synagogen, 115 Geschäfte, 594 Wohnungen, die in jener Nacht in der Nürnberger Umgebung zerstört wurden.

Es waren 500.000 Menschen, die in 1.000 Sonderzügen zu den Reichsparteitagen in die Stadt der Reichsparteitage transportiert wurden.

Es waren 1935 neun inoffizielle, es waren 1937 fünf inoffizielle Besuche Adolf Hitlers in Nürnberg – es waren zwischen 4.000 und 8.000 Arbeiter, die in Nürnberg verpflichtet und zwangsverpflichtet waren, den Bau der Kongreßhalle für die Kosten von mindestens 800.000.000 RM fertigzustellen.

Es hätten 1.000.000 Nazis werden sollen, die man alle zusammen gleichzeitig auf dem Parteitagsgelände hätte versammeln können.

Es waren 71.000 Nürnberger, die im August 43 wegen des Nazi-Krieges obdachlos wurden, 560 Nürnberger starben. Es waren 593 Bomber, die 1.000.000 Brandbomben, 100 Minen, 6.000 Sprengbomben auf Nürnberg abwarfen wegen des Nazi-Krieges; es waren 140 öffentliche, 400 industrielle und 4.600 Wohn-Gebäude, die wegen des Nazi-Krieges am 2. Januar 1945 in Nürnberg zerstört wurden; es waren 6.000 verletzte Nürnberger, es waren 100.000 Obdachlose in Nürnberg, es waren 1.800 Nürnberger Menschen, die in ihrer Heimatstadt ums Leben kamen.

Es sind 72 Nürnberger Juden von 7.502 Nürnberger Juden, die Nazi-Nürnberg überlebt haben.

Was davon hat Hermann Gradl gewußt?

17

Hort des Tabus ist auch Marktheidenfeld am Main.

Marktheidenfeld, eine Kleinstadt im Fränkischen bei Würzburg. Die ehemalige Kreisstadt liegt an Main und Spessart und an der Autobahn Frankfurt-München. Der Ort hat 12.000 Einwohner. Schul- und Einkaufsstadt mit Brauerei, Gastronomie, Hotellerie. Altersheim, Krankenhaus, Sport- und Freizeitanlagen. Mittelständisches Gewerbe mit Metallverarbeitung, Handwerksbetriebe, Schifferei. Braun-Elektrogeräte. Warema-Sonnenschutz.

Marktheidenfeld, die Geburtsstadt Hermann Gradls.

Ununterbrochen wird verehrt, was man hier durch keinen Nazi-Terror je entehrt sah: 1946 bleibt die Nazi-Ehrenbürgerschaft einstimmig anerkannt, weil die Verleihung ›damals‹ »nicht aus politischen Gründen« erfolgte; 1955, zur 1100-Jahrfeier der Stadt, wird die NSDAP-Würde als CSU-Würde erneut ausgesprochen.

1956 übersendet der Bürgermeister dem berühmten Sohn der Stadt zu Weihnachten eine Kiste Wein, und der dankt überschwenglich für »diese flüssige, fränkische Sonne«. Ein halbes Jahr später schickt er sich an, dem Geburtsort »eines meiner ganz großen Gemälde« zu stiften, Format 164 x 223 cm ohne Rahmen, ein »pflügender Bauer in einem schönen Landschaftsmotiv der fränkischen Schweiz«, gedacht für die Landwirtschaftsschule: der Schinken hängt heute in der Bibliothek des örtlichen Balthasar-Neumann-Gymnasiums, ohne Kommentar. 1963 vermacht der große Marktheidenfelder seiner kleinen Geburtsstadt aus pikanten, politisch pikanten, persönlich pikanten Gründen eine prächtige Erbschaft: 45 Ölgemälde.

Freilich mit der Maßgabe einer ständigen Gradl-Galerie in seinem Geburtshaus, an dem längst eine Gradl-Tafel in Bronze protzt. Das Anwesen, im Besitz seiner Verwandtschaft, der Erben des Gradl-Kunden und Ex-Pg Mayr, Kommerzienrat und Brauereibesitzer, wird verkauft, abgerissen und ersetzt durch einen Flachbau-Supermarkt.

Dafür ist eine gesichtslose Siedlungsstraße nach Gradl benannt.

Der hundertste Geburtstag kam 1983 – gebührend gefeiert mit Retrospektive, Kunstdruckkatalog, viel Rede, Lobhudelei, Plakat-Kollektion, Ansichtskarten-Edition, klassischer Musik.

1988 der 105. mit Pflanzengrün und Mozarts »Deutschen Tänzen«, mit Lobhudelei Teil zwei – wieder von einem CSU-Bürgermeister, diesmal ein ehemaliger Geschichtslehrer des örtlichen Gymnasiums. Die eigentliche Marktheidenfelder Entnazifizierung nahm der mittlerweile verstorbene Gymnasialdirektor persönlich vor, der sich, obwohl Lehrer für Deutsch, Englisch, Geschichte, als »gelernter Kunsthistoriker« präsentierte und als »Gradl-Biograph« empfahl. So wird aus Gradl 1988 erneut »ein unpolitischer Mensch und Maler in brauner Zeit, ohne die geringste künstlerische Identifikation mit dem Regime, der Ideologie und jener Kunst. Damit hatte er nichts gemein.« Gradlianer alter Couleur und neuer Kaufkraft applaudierten, Marktheidenfeld-Matadoren und die Lokal-Prominenz applaudierten, die handverlesenen Ehrengäste aus Gradl-Kreisen Nürnbergs und anderweit applaudierten, der Domkapitular aus Würzburg applaudierte, die CSU-Spitzen aus Würzburg, München, Bonn hatten sich entschuldigen lassen. Dafür klatschte die SPD-Prominenz aus Land- und Bundestag, fotogen in der ersten Reihe der Honoratioren placiert.

Der gesamte Dachstuhl des alten Rathauses wurde Gradl geweiht, für weit über eine Viertelmillion Mark zur »Gradl-Galerie« ausgebaut – die Balken braun gestrichen. Bei der Eröffnung wird hier das »Zentrum für Gradl-Forschung« ausgerufen. Beim Festakt waren nicht einmal die Bilderrahmen abgestaubt.

Nichts stört das ehrenvolle Andenken, die Bronzebüste, die Devotionalien in den Vitrinen – Persilscheine, Briefe, Verneigungen. Der Nürnberger Kunstakademiedirektor, Ex-Pg Otto Michael Schmitt, Gradls Nachfolger, übt sich in Ehrfurcht vor »dem bewährten vielseitigen Lehrer und

ausgezeichneten Maler«; der Landrat, Nachfolger von Gradls Vater, dankt, daß Gott Gradls »Leben reich gemacht durch große künstlerische Begabung«; der Nürnberger SPD-Oberbürgermeister Urschlechter ruft Hitlers Landschafter nach, er habe sich »um den Künstlernachwuchs sehr verdient gemacht«; Mitglieder eines notorischen Clubs grüßen »in rotarischer Verbundenheit«. Da glänzt die offizielle Marktheidenfelder Gradl-Medaille im verschweißten Plastiketui, 1.000er Feinsilber, 30 Millimeter Durchmesser zum steuerlich abzugsfähigen Preis von 49 Mark und 50 – mit der Gedenk-Münze als beliebtem Geschenk ehren ortsansäßige Firmen verdiente Mitarbeiter.
Gerne gibt der CSU-Bürgermeister Empfänge in der Gradl-Galerie, ob Rotarier aus Irland, Unternehmer von auswärts; auch wird die Aktion »Kinder besuchen die Gradl-Galerie« in der Lokalpresse angekündigt. Ausgerechnet französischen und italienischen Austauschschülern wird Gradl als »Weg zur deutschen Kunst« angedient. Verloren steht im unisono lobesvollen Gästebuch der Satz: »Seid gegen die Verherrlichung von drittklassichen Künstlern und erstklassigen Nazis.«
Als eine Handvoll kritischer Bürger der Kleinstadt – Details und Dokumente der Naziverstrickung waren mittlerweile veröffentlicht worden – forderte, die Ehrenbürgerschaft des großen Sohnes abzuerkennen, die Straße umzubenennen, die Personalausstellung in einen Lehrpfad zu »Malerei und Macht« umzugestalten, die Gradl-Reklame im Fremdenverkehrsprospekt zu unterlassen – was tat sich da? Nichts, fast nichts. Nur die übliche Kleinstadtorgie. Aufruhr, Ärger, Sozialterror, Psychoterror gegen Gradl-Kritiker, Informationsstop, Ächtung, Ausgrenzung. Der Wunsch nach Publikationsverbot solcher Angriffe wird laut, und die Denunziation, die Dokumente stammten aus der DDR.
Ergebnis der Proteste: Verschämt, verdrückt und kleinkopiert an einer Stellwand in der Ecke, abgedreht vom eigentlichen Ausstellungsraum nun eine sogenannte ›zeitgeschichtliche Dokumentation‹.

Ergänzt wird die Gradl-Schau durch ein umfangreiches Konvolut an Gradliana, das ein Spaziergänger im Abfall auf dem Bürgersteig vor Gradls Wohnhaus in der Nürnberger Teutonenstraße gefunden, eingepackt und nach Marktheidenfeld gekarrt hat. Nach langem Zögern beschlossen damals, laut Protokoll der nichtöffentlichen Ratssitzung vom 26. April 1973, die Stadträte einstimmig, dieses Gradl-Material – Schuhkartons voller Briefschaften, Zeichnungen, Drucke, Rötel-Frauenakte, Loseblattskizzen, Pauspapiere, Entwürfe, komplette Mappenwerke etc. – zum Preis von 1.000 DM zu erwerben; Gradl-Erben hatten beim Verkauf des Gradl-Hauses den gesamten Nachlaß zum Sperrmüll geworfen.

Marktheidenfeld beheimatet nicht nur Hitler-Tabu und Gradl-Kult. Bis zur ersten Demonstration in ihrer Geschichte 1984 beherbergt die Gradl-Idylle über 25 Jahre lang das Jahrestreffen der »4. SS-Polizei-Panzergrenadier-Division«, der Greueltaten bei der Besetzung griechischer Städte angelastet werden. Die SS-Leute werden offiziell begrüßt, offiziell unterstützt, offiziell verabschiedet, von den Bürgermeistern, Pfarrern, Lehrern, Landräten.

18

Würzburg auch. In Würzburg wird er nicht nur versteigert, in Würzburg wird er geklaut, getauscht und versteckt. Aber ja nicht darüber reden. Eher lieber reden als schreiben. Am liebsten verschweigen.

Was hat Würzburg mit Hermann Gradl zu tun?

So viel, daß der Mitläufer-Maler ein halbes Hundert seiner Kitsch-Idyllen der städtischen Galerie vermacht.

Zu Lebzeiten. Aus pikanten, pikant politischen, pikant persönlichen Gründen. Über die Leute munkeln, Kenner reden, Gradl-Freunde wissen. Und alle tragen sie mir zu. Briefe werden kopiert, Dokumente gezeigt. Aber keiner will mit mir auf meine Kosten zum Notar, um die Aussagen straflos zitierfähig zu machen.

Derweil bunkert die Galerie das braune Erbe im Keller.

Ausgestellt wird nichts. Das Erbe dauerhaft präsentiert – nein. Mehrere fortgeliehene Gradls werden aus städtischen Institutionen von der Wand geklaut – Nachforschung? Verbleib unbekannt. Auch wird das Gradlgrün des braunen Meisters meistbietend getauscht.

Vereinbar mit den Verabredungen? Stand das so im Überlassungsvertrag? Solche Papiere soll es geben. Und was sagen die Erben dazu?

Jedenfalls, trotz allen wohlfeilen Distanzierungsgenöles, eine Zitterpartie für die Galeristin, daß die vergradlten Erben den braunen Ballast zurückfordern könnten.

Jedenfalls waren Galerie-Gründer und Gradl-Maler befreundet. Beförderten sich gegenseitig, zu keiner Seite Ungunsten. Den Kummer haben die Nachgeborenen.

Als ich 1990 für mein Gradl-Drama die vielfach fotografierte Gradl-Büste, die den Künstler mit Hitler-Bürste in goldenem Messing-Glanz zeigt, ein völkischer Kopf des völkischen Bildhauers Alois Rauschhuber, Gradl-Kollege an Hitlers Kunstakademie Nürnberg, neu fotografiert haben möchte für das Kulturmagazin »TransAtlantik«, quiekt die Galerie-Leiterin panisch in den Telefonhörer: »Huch! Das gibt Probleme!« Sie versucht zu verhindern. Vergeblich. Sie vereitelt den Fototermin mit der braunen

Bronze. Spielt hoch, drückt runter. »Haben Sie nichts Besseres zu tun als – ?« Nein! Alles fortan ausschließlich schriftlich. Dienstweg. Kulturreferent, hinter dem sich die gewiefte Direktorin verschanzt. Der CSU-Vorgesetzte mauert. Es dauert. Wochen. Ich moniere. »Muß das sein?«, fragt, »Huch!«, die Frau an der Gradl-Front. »Ich will keinen Ärger!« Sie will nicht nur keinen Ärger mit den Rechten, sie will auch keine kommentierte Ausstellung zur ›Fränkischen Kunst in der Nazi-Zeit‹: »Huch!« heißt das kunsthistorische Argument. Erst als der hochpolitische Antrag um Erlaubnis zur fotografischen Ablichtung des Gradl-Kopfes aus der Nazi-Zeit beim Oberbürgermeister lag, jener damals noch bei der SPD, ehe der alte Recke der rechten Sozialdemokratie endlich zu den Reps wechselte, erst dann gelang mir aber auch nur mit dem Hinweis, das Kulturmagazin »TransAtlantik« sei im Besitz des Verlages, der jeden Montag ein Hamburger Nachrichtenmagazin rotgerandet auf den Tresen selbst der Würzburger Zeitungskioske auslegen ließe, erst dann, aber dann sofort durfte der Fotograf ablichten, was der witzige Museumswärter mit wissendem Grinsen und weißen Handschuhen im Arm wiegend aus dem Magazin ans Tageslicht trug, verstaubt, sehr verstaubt. Fotografiert werden durfte die Verschlußsache übrigens ausschließlich im Beisein der Büroleiterin der Galerie-Direktorin. »Huch!« Passe-Partouts mußten natürlich dito unterschrieben werden.

Die derzeitige Galerie-Leiterin schützt das Tabu weiter und verschleppt die Auskunft über Schwund und Transaktion. Auch diese Hinhaltetaktik verschlingt trotz wiederholter Nachfrage wieder Wochen, nicht ohne den amtlichen Hinweis auf die Beantwortung meiner Anfrage »im Rahmen der Postbearbeitung«. Huch!

Auch mußte ich neun Monate mich gedulden, bis ich vom »Ltd. Museumsdirektor i. R.« erfahren durfte, was es mit dem städtischen Gemunkel um Verkauf oder Tausch oder inoffizielle Gradliana-Schenkung auf sich habe. Trotz mehrfacher Nachfrage und erst, als ich in den Kulturkanal

eingab, die Presse an meiner unbefriedigten Neugierde
teilhaben zu lassen, erhielt ich die ungradlige Antwort,
man habe aus ästhetischen und finanziellen Gründen
zehn Gradyllen aus dem braunen Vorrat eingetauscht für
mindestens zwei Zeichnungen des einst entarteten Ernst
Ludwig Kirchner.

Fein.

Zu was Blut-und-Boden-Kitsch doch gut sein kann.

Die Hofschranze und ihren Führer hätte diese Reparation
nicht amüsiert.

19 Widerstand.

Ein Dokument fällt mir mitten in der nieder-
schmetternden Archiv-Arbeit zu, ein Manifest,
eine Vision, die reale Utopie einer besseren Welt nach
1945 –
der humanistische Entwurf einer neuen europäischen
Zukunftsgesellschaft in Deutschland, Ruf und Gegenstimme gegen den braunen Brei, in dem ich wate. Der Funke
entzündet sich am Widerstand gegen die Wiedereinstel-
lung der alten Nazis ins neue Nürnberger Kulturleben der
Nachkriegszeit.

Dr. Georg Gustav Wieszner, Jahrgang 1893, Sozialdemo-
krat, Sozialist, Dramaturg, Autor, Dozent an der Staatsschule für angewandte Kunst und Volkshochschule, politisch verfolgt, jetzt Direktor des Kulturamts der Stadt
Nürnberg und Direktor der Volkshochschule, beschwört
am 5. Juni 1946 in einem leidenschaftlichen Memo-
randum seinen Freund, den Landesgerichtspräsidenten
Dr. Camille Sachs, von der Favorisierung der ehemaligen
Nazi-Kunst-Akademie-Lehrer Professor Wollermann und
Dr. Lutze für die Neuberufung zurück an die neue Akademie Abstand zu nehmen.

Sein Gegen-Bild zur Gradl-Welt ist klar und entschieden:
Widerstand. Hellsichtig bettet Georg Gustav Wieszner
die Analyse der Nürnberger Situation jenseits lokaler
Borniertheit und brauner Provinzialität in die Zukunfts-
Programmatik eines offenen Horizonts ein:
»Man muß den Blick darüber hinaus haben, wenn man
eine Kunst erkennen will, die die Spannungen unserer
Zeit in sich trägt. Nur eine solche Kunst wird den Nöten
der Zeit helfen können. Die gewohnte Kunst dient der
Dekoration, vielleicht auch einer seelischen Beruhigung
… sie hilft uns aber nicht weiter.«
Es herrscht ein anderer Ton:

»Lieber Herr Sachs!

Wenn ich im Folgenden kritisch schreibe, dann tue ich das als Freund, der mit Ihnen durchhielt, als die anderen jetzt wieder auftauchenden Freunde ihre wohlgepflasterte Straße durchs Dritte Reich gingen. ...

Es tut schon sehr weh, mein lieber Sachs, wenn man so daliegt und in Nürnberg die alten Kräfte wieder aufkommen sieht, die entweder vor 1933 versagten, oder sogar während des Dritten Reiches mitmachten und zumindest einen Bruch in ihrem Charakter bekamen. ...

Sie setzten sich für zwei Männer ein, die ... nun wirklich im Kunstleben die Exponenten des Dritten Reiches waren. Das scheint in der Sozialdemokratie Methode zu werden. ...

Und wenn gar nichts gegen sie vorzubringen wäre, dann doch dies, daß diese Herren sich wieder ebenso an die Posten drängeln, wie sie es unter (den Gauleitern) Streicher und Holz getan haben. Ich fände es für anständig und vornehm, wenn sie, als Prominente wenigstens so lange Zurückhaltung üben würden, als die Normalbelasteten zurückstehen müssen. Ich habe meine Ehre dareingesetzt, kein Parteimitglied in die Dozentenschaft der Volkshochschule aufzunehmen. ... Man wird auf überstürzt denazifizierte ›Professoren‹ deuten, ... und sagen: ›Ohne Nazis geht es nicht‹. Ich höre allenthalben schon das Sprichwort, von den Großen, die man laufen läßt. ... Wir müssen vorläufig einmal lieber ... in ganz kleinen, aber unantastbaren Kreisen beginnen, als daß wir Hintertüren öffnen, durch die allerlei unkontrolliertes Ungeziefer mit eindringt. Glauben Sie ja nicht, daß ich da einen unobjektiven Nazihaß verallgemeinere. ...

In Nürnberg greift man auf die bewährten Kräfte des Dritten Reiches zurück. Darf man denn in dieser Mauerstadt nicht fliegen, bloß flattern? ...

Auf das Gebiet der bildenden Kunst angewendet ist die Situation in Nürnberg auf dem Wege der allgemein deutschen und europäischen Kunst auf einer Station stehengeblieben, die allgemein etwa um das Jahr 1910 erreicht war. Wir haben diese Station aber nicht zum Arbeitsfeld, geschweige denn zum Kampffeld der Geister aufgebaut, sondern zu einer Jausenstelle mit Schrammelmusik und kunstgewerblichen Wanddekorationen. ...

Als ich nach Nürnberg kam, wurde ich angefeindet, weil ich Hodler stilbildend zeigte, Hodler mußte ich noch gegen Anatomen, van Gogh gegen Psychiater, ja Greco, der noch fast unbekannt war, gegen Brillenhändler verteidigen. ... In etwa 30 Jahren wird man sich wundern, daß ein gewisser Wieszner sich für die von Hitler und den Stadträten Nürnbergs als entartet bezeichnete Kunst hat einsetzen müssen. ...

Die ... Lutze hatten allen Grund, diese lebendige Tradition abzubrechen. Ich möchte, selbst in Kunstformen, die ich, vielleicht selbst schon wieder meines Alters wegen, nicht anerkenne, der Jugend dienen, in dem ich sie an das Denken und Gestalten Europas heranführe. Wir müssen endlich wieder einmal provinzielle Enge sprengen. Wir können uns ja nicht mehr auf unseren Fremdenbetrieb und sein Raubbaubergwerk deutscher Kultur des 16. Jahrhunderts verlassen. Wir sind Bauplatz geworden. ... Es geht ... wirklich ums 21. Jahrhundert, denn die Kinder, die heute geboren werden, werden in ihm noch ihr reiferes Alter erleben. Wir, die wir im 19. Jahrhundert geboren sind, dürfen das nicht vergessen. ... Unsere Jugend ist mit Schießwaffen vertrauter geworden. Lassen wir es auf Auseinandersetzungen nicht ankommen. Als Mensch, der sein Jahrhundert anerkennt, fühle ich mich der Jugend verpflichtet. Sie braucht Hilfe. ... Gerade weil ich mich als Sozialist fühle, habe ich vor dieser ängstlichen Politik diese Scheu. ...

Nicht aus persönlicher Gehässigkeit, ... sondern um des Neuaufbaus willen, können wir Leute an führender Stelle nicht brauchen, die sich im Dritten Reich formen ließen. Hatten sie 1933 den Mut nicht gehabt, ihren Charakter zu verteidigen, dann werden sie den Mut für die Kämpfe, die uns jetzt bevorstehen, ganz gewiß nicht aufbringen. Es werden angenehme Speichellecker bleiben, wenn sie sich nicht uns gegenüber zu etwas weit Gefährlicherem auswachsen. Schlangen, die man einmal als Kreuzottern erkannt hat, setzt man nicht ins Zimmerterrarium. ...

Ob wohl Nürnberg in Deutschland liegt? Und dabei möchte ich dieser meiner Vaterstadt wirklich nur helfen und bemühe mich ums Leben der Welt, ihr es zuzuleiten. ...

Aber nun endlich zu Ihrem Brief, den ich Zeile für Zeile beantworten will. ...

Wollermann, Lutze, ist das nicht wieder echt nürnbergisch: Peterle auf allen Suppen?

Wollermann dürfte ganz indiskutabel sein. Dieser Name fiel allzu oft in engster Verbindung mit der Gauleitung, als daß er die Politik des neuen Reiches nicht diskriminierte, wenn er nun als Professor der Akademie Nürnberg auftaucht. ... Nürnberg kann nach der Blamage zur Ernennung zur Stadt der Reichsparteitage eine neue nicht mehr gut ertragen. Wollermann jetzt als Professor behalten wäre das Gleiche, als hätte mich Liebel als Dozenten behalten. ... Wenn wir Herrn Wollermann ... beibehalten, wird sich Herr Wollermann sicher freuen, uns aber für dumm halten. Die Künstler, die er förderte, waren kaum umstritten. Griebel wurde nur als Aquarellist und Scherenschneider gefördert, seine sehr problematischen Arbeiten unter Pariser Einfluß mußten als entartete Kunst verschwinden. Der junge Maler Willi Kramer bekam sofort Ausstellungsverbot von ihm; um als Lehrer an den städtischen Lehrwerkstätten weiterarbeiten zu können, mußte er sich zuerst zum NS Reiterkorps drücken, dann mit diesem in die Partei aufnehmen lassen. Später entzog Herr Wollermann diesem hochtalentierten, freilich für Nürnberger Verhältnisse aus der Art schlagenden, also entarteten Künstler die Malmittel. Kramer ist heute noch nicht denazifiziert, er darf im ADGB (Allgemeiner Deutscher Gewerkschaftsbund) also nicht ausstellen. Herr Wollermann ist Professor an der Akademie Nürnberg. Warum nicht auch Herr Hofmaler Gradl? Wenn er zum ursprünglichen Format seiner Porzellanpfeiffenköpfe zurückkehrte, wäre er künstlerisch ... sogar diskutabel. Wollermann wurde von der Partei Gradl zur Seite gesetzt, damit die Akademie im Sinne der Partei geleitet würde. Wollermann wurde der einzige Landesleiter im Rahmen der Reichskulturkammer neben Chandon, unter dem die freie Künstlerschaft litt. ...

Der Lehrer, lieber Sachs, steht nach den Erfahrungen des 3. Reichs nicht nur als Fachmann, sondern auch als Erzieher, d.h. als Charakter zur Diskussion. Solche Charaktere waren entweder geborene Nationalsozialisten, oder sie ließen sich als Parteifunktionäre offensichtlich dazu machen. Das gilt für Lutze und Wollermann.

Als die freien Künstler ihre Rechte durchsetzen wollten, verschanzte sich Wollermann hinter seinem Gauleiter Holz und führte eine skandalöse Versammlung durch, in der in seinem Auftrag Holz zu den Künstlern sprach. Er und Lutze erschienen in des Gauleiters untertänigstem Gefolge. ...

Auch Sie sind ja mit mir einverstanden, daß die Weiterführung der Hitlergründung ›Akademie Nürnberg‹ ein Wahnsinn ist. Hitler konnte sich noch auf die Notwendigkeit für sein Reichsparteitagsgelände berufen und fand auch in Gradl den ihm entsprechenden Hofmaler. Was soll das Nürnberg der Notzeit mit dieser Seifenblase tun. ...

In Nürnberg wird Lutze auf äußerste Schwierigkeiten stossen. Bei der Nürnberger Militärregierung liegt ein Akt, der ihn schwer belastet. Ich kann vom Bett aus in diesen Tagen noch nicht alle Beweise bringen. Ich weiß aber, daß er in üble Affären in Frankreich verwickelt ist, und Nürnberg heute sehr schadet. ... Sein Auftreten ... (war) von einer wuselnden journalistischen Geschäftigkeit, nicht historischen Gründlichkeit gekennzeichnet. Zuerst einmal hat er die gründlichen Arbeiten Rées und Hampes in der Reihe berühmte Kunststätten, mit seinem Nürnbergbuch verdrängt, und soweit ich mich erinnere, es nicht der Mühe wert gefunden, seine Vorgänger auch nur zu zitieren. ... Die Bücher folgten so schnell aufeinander, daß sie nicht erarbeitet waren. Das kunsthistorische Werk Lutzes steht noch aus. ... Zuletzt hatte er das Unglück, wenn ich mich nicht irre, im Verlage des jetzt auch verbotenen und bei der Militärregierung sehr übel berüchtigten Hannes Schneider das Rembrandtwerk eines flämischen Faschisten herauszugeben. Ich habe es. Lutzes Einleitung ist erbärmlich. Ich schreibe das nicht, weil Lutze Parteimitglied war, ich setze mich für sehr viele Parteimitglieder ein. Ich schreibe es, weil solche Journalisten das Talent haben, sich in die Kreise der Kunstliebhaber einzudrängen und dort zu schwätzen, wo der tiefere Kunstforscher debattieren und kämpfen möchte. ... Das ist das gegebene Niveau.

Wenn ich das schreibe, habe ich die Befürchtung, sie könnten mich nicht für objektiv halten, weil Lutze mich als Dozent für Kunstgeschichte an der Staatsschule für angewandte Kunst verdrängte ... , den politisch verfolgten Wieszner ... . In den damaligen Schülerkreisen spricht man noch heute von meinen Vorlesungen, die ausnahmsweise einmal mehr Hörer hatten, als die Anstalt Schüler, und von dem Krach um Wilhelm II., mit dem die Nazistudenten meine Entlassung ertrotzten. ...

Denken Sie doch bitte daran, wie die Akademie mit ihrer offiziellen Wucht das freie Kunstschaffen Nürnbergs bedrängte. Das war Cliquenwesen. Wollermann unterstützte von der Parteileitung aus, und Lutze schrieb die Propagandatexte. Nürnberg lag auf dem Bauch vor Hitlertitulaturen. ...

Gerade weil ich mich bemühe, objektiv und gerecht zu sein und mich von Staatstiteln nicht bluffen zu lassen (wann war die akademische Professorenkunst je bahnbrechend), möchte ich Sie bitten, sich in Ihrer Eigenschaft als Stadtrat für die freie Künstlerschaft mehr einzusetzen als für Wollermann und Lutze. ...

Ich habe die vielen Seiten geschrieben, damit ich mir selbst auch ganz klar werde. Ich stehe ja als Direktor des Kulturamts in Nürnberg vor einer noch unbekannten

Situation, es ist notwendig, daß wir wissen, was unter Kunst und Kultur zu verstehen ist. ... Nach solchen Zerstörungen muß aus den Trümmern ein neuer Geist mit neuen Formen wachsen!«

Widerstand.
Hoffnungsvoll auf hoffnungslosem Posten!
Was hat es genützt?

Dr. phil. Eberhard Lutze ist seit 1950 Oberregierungsrat, seit 1958 leitender Regierungsdirektor beim Senator für das Bildungswesen in Bremen – Leiter der Abteilung Kunst und Wissenschaft. Er hat in seiner Funktion die Arbeit des Intendanten Hübner, zusammen mit Peter Zadek Erfinder des berühmten »Bremer Stils«, boykottiert und zerstört; er hat sich in das Amt des Vorsitzenden der Bremer Gerhard Marcks Stiftung gedrängt und wurde als Ex-Kunst-Nazi sofort von Professor Marcks, der unter den Nazis als »entartet« galt, abgelehnt; international Schlagzeilen hat seine dubiose Beteiligung um den Raub von Schrein und Gesprenge des Krakauer Marienaltars unter Hitler nach Nürnberg gemacht.

Georg Gustav Wieszner hatte schon verloren, bevor es überhaupt begonnen hatte.

20

Es ist alles viel schlimmer.

Hermann Gradl, die Nürnberger Kulturpolitik, die Aufgaben der Akademie der bildenden Künste in der Stadt der Reichsparteitage, das Umfeld in den Jahren 1933 bis 1945, die Zusammenhänge weit über 1945, 1946, 1947 hinaus – das Alles ist nur ein Beispiel, das Alles ist austauschbar.

Die Verhältnisse sind, bis zum heutigen Tag, nicht restlos aufgeklärt, erklärt. Die Verhältnisse sind bewußt und strategisch, unbewußt und verdrängt, im Dunkel gehalten worden.
Auf das Primitivste und auf das Raffinierteste ist unsere Generation belogen, betrogen, historisch hintergangen worden. Verschaukelt, weil die Teilhaber der braunen Macht 1945 hinübergeschliddert sind ins Neue, um es gleich wieder zu verspielen.

45 Jahre bin ich alt und erst jetzt in der Lage, am Gradl-Detail zu begreifen, was seit über 45 Jahren und länger in diesem Land läuft.
Mein Anteil daran?
Die politisch Verfolgten, die Juden und die, die etwas Neues auf den Nazi-Trümmern beginnen wollten – wie mögen sie sich gefühlt haben, als sie nach Kriegsende feststellen mußten, daß nur neuer demokratischer Firnis über die alten, uralten Mentalitäten gezogen wurde?

Je weniger Fragen erlaubt sind, desto schärfer wird die Gier, das Unbekannte im Alten herauszuspüren. Tabu. Tatsachenfetischismus und Wahrheitsterror – was holen sie wirklich ans Tageslicht? Rechtfertigungen, Verteidigungen.
Welche Befreiung läge im Offenen, welche Erleichterung bärgen Bekenntnis und Offenbarung in sich, welche Sicherheit schenkte der Abschied von der Last der mitge-

schleppten Vergangenheit, welch neuer Anfang stünde am Ende eines Doppellebens!

50 Jahre danach ist *das Alles* immer noch nicht zu Ende, und meine Nürnberger, meine Marktheidenfelder und all die anderen Geschichten erfüllen mich mit Scham und Wut.

Wir sind ein Lebensalter lang belogen worden – ich, wir, eine Generation, die nur wissen wollte und verstehen, um leben zu können.

Immer deutlicher wird mir, warum mein Vater bei jenen ›ganz bestimmten‹ Themen so schnell und gnadenlos wild, so aggressiv, böse, stumm wurde und für Tage nicht mehr aus sich herauskam. Meine Fragen haben an die Entzündung, haben an seine offenen Wunden, an seinen Schmerzpunkt gerührt.

Wie weh hat ihm das getan?

Die Zeit allein heilt nichts. Darüberwegleben verschlimmert den Befund, chronifiziert das alte Leiden. Leugnen macht therapieresistent.

Wenn eine Institution wie die Kunstakademie Nürnberg heute sich schon so hermetisch abschließt und ihr Vorleben ausblendet, vor sich und erst recht vor anderen – wie muß sich da erst ein Vater abkapseln und die Schotten dicht machen vor dem fragenden Sohn.

Das Kinderleben in diesen 50er Jahren war kein Leben im Lebkuchenland. Unsere Legosteine waren nicht auf solidem Grund gebaut. Treibsand unter den Füßen, und das untrügliche Gefühl, sich auf Verwerfungen zu bewegen, auf abschüssigem Gelände, nicht rutschfest. Bis heute nicht.

Ein einziges Mal hätte mein Vater offen aussprechen können, wünsche ich mir immer und immer, was ihn gequält hat die Nacht und sein Leben lang, was ihn in sein Grab gesehnt hat, in das er frühzeitig ging. Ein einziges Mal –

und alle Horizonte hätte es aufgerissen. Ich bin ja nie das Gefühl losgeworden, das da noch etwas ist.

Mit 45 mache ich Schluß damit, die Wunden meines Vaters zu schützen. Es sind seine Wunden. Er ist daran gestorben. Das ist gut so. An seinen Wunden will ich nicht sterben.

Wenn überhaupt ich sterben will, dann an meinen eigenen.

Lieber würde ich leben.

21

Bin ich repräsentativ? Ich weiß es nicht. Es ist mir egal.

Aber ich möchte möglichst genau Rechenschaft darüber ablegen, wonach ich suche, woran ich zweifle und leide, was mich verstört und empört.

Ich glaube, das Alles teile ich mit Vielen.

22 Natürlich ist Hermann Gradl entnazifiziert
worden.
Das öffentliche Interesse war groß, Publikum
und Presse zahlreich erschienen, als das Entnazifizierungsverfahren begann. Die Spruchkammer I des Stadtkreises Nürnberg eröffnete am 24. März 1948 die mündli-
che Verhandlung »auf Grund des Gesetzes zur Befreiung
von Nationalsozialismus und Militarismus vom 5. März
1946«.

Die Klageschrift vom 9. Januar 1948 stellte den Antrag,
»Herrn Prof. Gradl in die Gruppe II der Aktivisten einzureihen« und begründet dies mit den zahlreichen Mitglied-
schaften in der Partei der Nationalsozialisten und ihrer
Untergruppierungen. Gradl »war«, so die Anklageschrift,
»ein überzeugter Anhänger der NS-Gewaltherrschaft insbesondere ihrer Rassenlehre. ... Als anerkannter Maler
des Führers bezogen die führenden Männer des 3. Reiches
von ihm ihre Bilder und ist damit eine Nutznießung gegeben.«
Außerdem ist er beschuldigt, im Meldebogen »fälschlicherweise« verschwiegen zu haben, daß er von 1941 bis
1945 Ratsherr der Stadt der Reichsparteitage gewesen ist.

Laut Klage waren acht Zeugen geladen, zur Aussage
kamen elf. Von diesen elf Zeugen sind sieben von Gradls
Anwalt Behringer vorgeschlagen, acht der elf Zeugen
haben unmittelbar mit der Akademie der bildenden Künste und so mit ihrem ehemaligen Chef und Arbeitgeber zu
tun; von elf Zeugen erwiesen sich zehn als Entlastungs-
zeugen, nur ein Zeuge sagte als Belastungszeuge aus.

Kläger, Vorsitzender und beide Beisitzer waren keine kul-
turpolitischen Fachleute, ein unabhängiger Sachverstän-
diger war nicht geladen.
Die Nürnberger Spruchkammerakte Gradl, Aktenzeichen
»Gz.I / 206; G 240« umfaßt 87 Blatt: Klageschrift, Spruch,
Protokoll und den Ermittlungsbericht mit Fragebögen

Gradls, Vermögensaufstellungen Gradls, Reden Gradls, Selbstdarstellungen Gradls, Zeugenaussagen und Presseberichte über Gradl. Dazu Auszüge aus Akademie-Akten.

Natürlich wurde Hermann Gradl entnazifiziert.

Der öffentliche Kläger beantragte, den angeklagten Kunstmaler und Professor Gradl »in die Gruppe II der Aktivisten einzureihen«.

Die Einstufungshierarchie hatte fünf Kategorien:
I. Hauptschuldiger
II. Belasteter, das war Aktivist, Militarist oder Nutznießer
III. Minderbelasteter
IV. Mitläufer
V. Entlasteter.

Nach der ersten Verhandlung sollte Gradl in die Gruppe III heruntergestuft werden; der Rechtsbeistand des Betroffenen beantragte selbstredend eine weitere Herabstufung in die Gruppe IV. Die Spruchkammer gab dem Antrag statt. So wurde aus dem beantragten Nazi-Aktivisten Gradl der entnazifizierte Mitläufer, der »einen einmaligen Beitrag von RM 2.000,– zu einem Wiedergutmachungsfonds zu entrichten« hatte: »An Stelle von je RM 70,– der Geldsühne tritt für den Fall der Uneinbringlichkeit eine Arbeitsleistung von einem Tag. Die Kosten des Verfahrens werden dem Betroffenen auferlegt. Der Streitwert wird auf RM 230.351,– festgesetzt.«
So endet am 24. März 1948 der Spruch der Kammer.

Drei Tage später traf beim Präsidenten der Berufungskammer Nürnberg der Brief des antifaschistischen Malers Hans Krieg aus Nürnberg ein, der das Verfahren gegen den Kunstmaler, Professor und Akademie-Direktor Hermann Gradl als »Reinwaschung eines schwer Betroffenen« einschätzte: »Hier war bestens vorgesorgt, um einen ›Großen laufen zu lassen‹«. Man habe dem Problem Gradl nicht auf den Grund gehen wollen, es seien Fragen von ungewöhnlicher Naivität gestellt, belastende Momente wären außer Acht gelassen worden; die beiden Beisitzer seien als »einfache Handarbeiter« nicht in der Lage gewesen, »die kultur-politische Bedeutung eines Künstlers zu ermessen«; der verantwortliche und eingearbeitete Ankläger sei so kurzfristig abberufen worden, daß sein Nachfolger nur einen Tag Zeit gehabt habe, sich kundig zu machen. Vor allem, moniert Krieg: »Ein Sachverständiger war n i c h t anwesend.« Fazit: »So kam es, daß der ›Maler des Führers‹, Inhaber vieler Ämter und Hauptnutznießer des dritten Reiches Mitläufer werden konnte ...«

Der Autor dieses Briefes gehört zu den drei antifaschistischen Künstlern aus Nürnberg und Fürth, die 1946 mit einem zweiseitigen Gutachten Material lieferten zur Klage gegen Gradl. Hier wird der Kunstmaler, Professor und Akademie-Direktor als »der ›Maler des Führers‹« bezeichnet, der »im engsten Zusammenwirken mit den Parteidienststellen als unumschränkter Kunstdiktator zum Nutzen aller Nazihörigen u. zum Schaden aller anderen« wirkte; »seine persönliche Freundschaft mit Hitler u. sonstigen Hoheitsträgern bewirkte, daß jede von ihm geäußerte Meinung einem rechtskräftigen Urteile gleichkam«. Wie alle Führerexperten gehöre er »zu den minderen Vertretern seines Standes«; er habe sich ›diktatorische Rechte‹ angemaßt und deren willkürliche Ausübung, beispielsweise bei »Vergebung von Aufträgen«, der »Entscheidung über Förderung od. Ausschaltung von Künstlern«, bei der »Annahme od. Abweisung von Bildern bei Ausstellungen« – »die schädliche Wirkung solcher Nazi-Experten« könne man »nicht genau nachweisen«, da sich solche Prozesse »stets hinter verschlossenen Türen« vollzögen. Für den Raum Nürnberg sei Hermann Gradl ein solcher Kunstdiktator gewesen, der in »künstlerischen Angelegenheiten ... nach dem Führerprinzip« gewirkt hätte. »Ungeachtet seiner auffallend schwachen Begabung« habe er Karriere gemacht: »Seine große Zeit begann mit der Machtergreifung Hitlers«. Er habe Führer-Aufträge erhalten und ausgeführt, zum Beispiel die Bilder für die Reichskanzlei, »welche Höchstmaße darstellen in Bezug auf Honorar u. bewiesener Unfähigkeit«. Aber schon vor der Nazi-Zeit habe er »gute Geschäfte« gemacht mit ›pseudo-romantischem Postkartenkitsch und dünnem Aufguß Spitzwegscher Kunstelemente, in grün-gelber Monotonie verfertigter Schildereien billiger Feld-Wald- u. Wiesen-Romantik‹, für »welche ein großer, aber nicht der beste Teil des deutschen Publikums eine gewisse Neigung hat«.

Der Protest-Brief des Hans Krieg sorgte für Unruhe in der Nürnberger Spruchkammer. Indes, er führte zu nichts. Oder nur zu so viel, daß der Ersatzankläger mit großem rhetorischen Aufwand für den Berufungshauptankläger eine vierseitige, engbeschriebene Begründung verfertigte, in der einmal die absolute Haltlosigkeit der Krieg'schen Vorwürfe und zum anderen die Ablehnung einer Berufung begründet werden sollte. Zwei der drei Verfasser der Hauptbelastungsschrift, darunter auch der Autor des Beschwerdebriefes, hätten sich von ihrer eigenen Darstellung distanziert, wären als Zeugen zurückgetreten. Er, der neue Kläger, sei sehr wohl in der Lage, sich innerhalb weniger Stunden in Sachen Gradl sachkundig zu machen. Sachverständige zu laden sei überflüssig gewesen, da einer der Beisitzer, SPD-Mitglied und Ingenieur, »seit 30 Jahren privater Aquarellmaler ist und auf Grund dieser Liebhaberei über eine Persönlichkeit wie Gradl sich schon ein Bild machen kann«. Außerdem seien die Zeugen Lutze, Wollermann und Vogt, die – das wird nicht gesagt – alle drei Nazis oder Nazinutznießer und Mitglieder der Gradlschen Akademie waren, anwesend gewesen, dazu Gradls Nachfolger und die beiden Belastungszeugen, zwei von den Nazis schikanierte Maler, so daß »bei dieser Sachlage die Hinzuziehung eines Sachverständigen nicht notwendig war, zumal ja Gradl den Befähigungsnachweis für seine Kunst schon lange vor 1933 erbracht hatte«. Im übrigen wird in diesem Schreiben der Kunstmaler, Professor und Akademie-Direktor als »der schlichte Landschaftsmaler« gezeichnet, der »er war und blieb« – er habe »nie ein Bild gemalt, in dem etwa nationalsozialistische Zeichen oder Persönlichkeiten verherrlicht wurden«.

Hiermit folgt Karl Schäfer, der öffentliche Ankläger der Spruchkammer I des Stadtkreises Nürnberg, weitgehend den Selbstaussagen des Kunstmalers, Professors und Akademie-Direktors Hermann Gradl.

Liest jemand die Akte Gradl der Spruchkammer Nürnberg, Aktenzeichen »Gz.I/206;G 240« ohne geschichtliche und personelle Kenntnis, dann muß er zu dem Urteil kommen, daß, einmal, jener Angeklagte, der Kunstmaler, Professor und Akademie-Direktor Hermann Gradl völlig zu Unrecht überhaupt vor Gericht zitiert wurde; ein Unschuldslamm, das gezwungenermaßen und widerwillig in nicht näher benannte unschickliche Begebenheiten einer anscheinend schwierigen Zeit geraten war, die es, zudem, überhaupt nicht gegeben hat.

Das Entnazifizierungsverfahren gegen Gradl war eine Farce. Ein gigantisches Entschuldungsverfahren. Eine Waschanlage. Eine Orgie von Persilscheinen. Persil.
Keine Wahrheitssuche, keine Wahrheitsfindung – Wahrheit wurde nicht gewollt. Wirkliche Säuberung fand nicht statt. Statt fand ubiquitäre Feigheit, Schönfärberei, Schönrednerei und undurchdringlicher Filz.
Nie war nichts nirgendwo irgendetwas niemand jemals.

Die Nazi-Zeit hat nicht stattgefunden, und falls es doch *so etwas* gegeben haben sollte, waren es Millionen aufrechter Antifaschisten, die von einem halben Promille ganz krimineller Hitleristen auf die Straßen, in die Uniformen und in den Krieg geprügelt worden sind.
Was können wir dafür! Wir haben von Nichts gewußt!

Dies Alles begreifen?

Es geht nicht um nachgereichtes, selbsternanntes Heldentum. Aber wie kann ich die Mauer in mir selbst überwinden, wie das Mauern der Gegenseite?
Anempfinden, um mich dieser Entnazifizierungsakten-Mentalität erst einmal anzunähern – nur um den Zustand erfassen oder, nicht einmal das, die Zustandsbeschreibung verstehen zu können: die Akte.

Schieres Entsetzen, immer wieder, beim Studium der Dokumente. Es ist die erste Entnazifizierungsakte meines Lebens. Ohnmacht. Resignation. Einsicht in die Unfähigkeit, das, was ich in diesem Konvolut an Geschriebenem finde, mit meinem Hirn zu erfassen. Mein Herz blutet. Warum?

Dafür, daß ich 1950 auf die Welt kam, kann ich nichts. Genausowenig ist ein Hermann Gradl verantwortlich zu machen, daß sein Leben 1883 begann, er mit zwei Weltkriegen konfrontiert war und Anteil am Zustandekommen des zweiten hatte. Das ist die Hypothek seiner Biographie. Welches Gewicht mein Lebenslauf mir auferlegen wird, wie ich mit meinem Gepäck umgehen werde, erweist sich schon im Umgang mit dem Nazi-Erbe. Ich kann den Rucksack dumpf mit mir herumschleppen, kann über schmerzende Schultern klagen, kann ihn auf den Müll werfen, kann ihn absetzen, kann ihn geschlossen lassen. Oder ich öffne ihn. Das ist das Schlimmste, Schwerste, Schmerzhafteste. Das ist das Beste.
Wie gerne würde ich Gradl den Vorwurf machen, daß er

sich der Geschichte und seinen eigenen Geschichten nicht stellt. Ich mache diesen Vorwurf. Aber woher nehme ich das Recht?

Warum hat Hermann Gradl sich nicht gestellt? Was hatte er zu verlieren? 1945 war der 1883 Geborene bereits 62 Jahre alt, im ruhestandsreifen Alter, und der größte Teil seines Lebens lag hinter ihm. Pensionsanspruch war ihm sicher, ein Vermögen von 400.000 Mark vorhanden, ein respektables Eigenheim auf respektablem 2.260 m² Grundstück, davor ein Cabriolet und: Käufer seiner Kunst ließen nicht auf sich warten. Warum also?

Warum hat er der Spruchkammer gegenüber verschwiegen, daß er von 1941 bis 1945 Ratsherr im Nazi-Rat der Stadt der Reichsparteitage gewesen ist? Warum sagte er, der Unwahrheit überführt, er habe auf dem Meldebogen dafür keine Rubrik gefunden; außerdem sei nicht nach seiner Tätigkeit als Ratsherr gefragt worden. Also. Also hat er bewußt seine Tätigkeit als Ratsherr verschwiegen und das Verfahren desinformiert.

Warum verschweigt er dem Verfahren den Wert seiner Kunstsammlung? Warum gibt er den Wert seiner eigenen Studien, Zeichnungen und Bilder als »nicht feststellbar« an und tituliert dieses Vermögen als »totes Kapital«? Warum muß das Verfahren ihm einen Fachmann ins Haus schicken, der den Kunstbestand katalogisiert und taxiert? Der in Nürnberg als zurückhaltend, vorsichtig und ängstlich eingeschätzte Kunsthistoriker Dr. Wilhelm Schwemmer, vormals Parteimitglied, nachmals Leiter der Fränkischen Galerie, setzt für das vermeintlich ›tote Kapital‹ den feststellbaren Wert auf 215.050 RM ein, die 40 Werke anderer Maler auf 36.700 RM.

Warum geht Hermann Gradl, und darin folgt ihm

bezeichnenderweise das Verfahren, nicht auf die in Nürnberg und in der Umgebung kursierenden Vorwürfe ein, er habe sich ›rücksichtslos an jüdischem Kunstbesitz bereichert‹, sondern will vielmehr glauben machen, er habe seine Kunstsammlung exakt und nur zwischen den Jahren 1914 bis 1922 erworben, ab 1922 bis 1945 dagegen kein einziges Werk mehr? Damit ist kein Vorwurf ausgeräumt. Im Gegenteil, Verdacht wird erst durch solch unglaubwürdiges Lavieren erregt. Wie jeder gewöhnliche Kriminelle streitet er ab. Unvorstellbar, daß ein der Kunst so hingegebener Mensch, als der Gradl sich darstellt, über 23 Jahre hinweg kein einziges Bild mehr erwürbe, und sei es nicht einmal nicht aus ehemaligem jüdischen Kunstbesitz.

Warum schätzt Hermann Gradl sich selbst, seine Nazi-Vergangenheit kalkulierend, als »höchstens Mitläufer« ein? Warum weist er Nutznießerschaft an der Terrorherrschaft der Nazis zurück, wo zweifelsfrei anhand seiner Profitmaximierungschronologie nachgewiesen werden kann, daß ab dem Atelierbesuch Adolf Hitlers von 1937 sein Umsatz sprunghaft und auf Dauer um mindestens 50.000 RM pro Jahr ansteigt?

Warum stellt sich der Kunstmaler, Professor und Akademie-Direktor Hermann Gradl in seinen schriftlichen und mündlichen Spruchkammerverlautbarungen als Quasi-Verfolgter des Nazi-Regimes dar, der für Nichts etwas konnte, vor allem: »Keinen Einfluß ausüben«. Die Bösen waren immer die anderen: der Akademie-Kollege Ruff hat Hitler einfach in Gradls Atelier geführt, Hitler hat einfach seine Bilder gekauft, Hitler hat ihn einfach nach Berlin zitiert, Hitler hat einfach Bilder bei ihm bestellt, Hitler hat ihm einfach befohlen, Bilder auszustellen – es war immer Hitler, der einfach absolut etwas von ihm hatte haben wolle. Auch ist er nie selbst in die ominöse Partei der Nationalsozialisten eingetreten, nein, Nazi-Oberbürgermeister Liebel hat ihn einfach gedrängt, weil

Adolf Hitler drängte, daß Liebel Gradl zum Parteieintritt dränge. Auch in den Nazi-Rat der Stadt der Reichspartei-tage wurde er eingetreten, weil Oberbürgermeister Liebel ihn dort haben wollte; aber nicht wirklich ihn, nur seinen Namen – er, der Kunstmaler, Professor und Akademie-Direktor Hermann Gradl existierte nicht wirklich, er exi-stierte nur als Phänomen: »Ich wurde Ratsherr, aber …«. Da versteht sich von selbst, daß alle anderen Haupt- und Ehrenämter an ihn herangetreten worden sind und ihn innehatten, nachdem er in sie hineingetreten worden war. Selbst gegen den Direktorenposten zur Leitung der Akademie der Künste der Stadt der Reichsparteitage hat er sich bis zur physischen Erschöpfung und seelischen Selbstaufgabe gewehrt; sie ist ihm geradezu gewaltsam aufoktroyiert worden, und wohl unter Anwendung von Gewalt hat er dafür seine nicht geringe Besoldung ent-gegengenommen, nein, nicht er, vielmehr sein Bankhaus hat es getan; jenes Bankhaus, das auch die Wertpapiere in Höhe von 118.301 RM und das sonstige Guthaben von 138.345 RM über die Jahre hinweg zu bewahren und zu mehren bemüht blieb – gegen seinen Willen, denn er war der ausschließlich für die Kunst, von der Kunst, aus der Kunst allein lebende Landschaftsmaler und sonst gar nichts.

Andererseits aber hat es dieser einsame, bescheidene, zurückgezogen lebende Mann der Kunst diesem grauen-vollen System, das er wegen seiner Kunstfeindlichkeit von Anbeginn an abgelehnt hatte, auch, weil es, will man den Persilscheinen glauben, ein Schwein wie den fränki-schen Gauleiter und Nürnberger »Stürmer«-Verleger Streicher, der von ihm immer wieder das Malen beige-bracht haben wollte, beheimatete – jedenfalls hat er es den Nazis oft genug und deutlich genug gezeigt, denn: *er* hat die Bedingungen gestellt, nicht der Diktator. Punkt. Nämlich: Als er 1938 von Gauleiter Wagner aus der Stadt der Reichsparteitage weg in die Hauptstadt der Bewegung gerufen werden sollte, um dortselbst mindestens eine

Professur wahrzunehmen an jener Akademie der Künste, die ihn einstmals wegen künstlerischer Unfähigkeit abgelehnt hatte, war er es, der dem Nazi-Oberbürgermeister Liebel die Bedingungen für's Verbleiben in Nürnberg diktierte: »Ich habe nur völlige Ruhe für meine künstlerische Arbeit verlangt und wollte von allen politischen und parteilichen Verpflichtungen und Veranstaltungen befreit sein«. Auch den Führer-Wunsch, er solle die Kunstschule übernehmen, quittierte er mit der Bedingung, »daß mir ein Stellvertreter beigegeben wird, der mir die gesamte Verwaltungsarbeit der Schule abzunehmen hat«. Daraus folgt, daß Hermann Gradl »auf ähnliche Weise zum Ratsherrn ernannt worden« ist: »Liebel versicherte mir, er wolle nur meinen Namen unter den Ratsherren haben, ich hätte dadurch keinerlei Verpflichtungen ...« – das gleiche Verfahren der politischen Entpflichtung bei seinem erzwungenen Eintritt in die Partei.

Auch Adolf Hitler gegenüber habe er sich strikt geweigert, die sechs Bilder für den Speisesaal der Neuen Reichskanzlei überhaupt herzustellen, jedenfalls nicht im gewünschten Führer-Format. Die sollte gefälligst ein anderer malen, habe er dem Diktator erklärt. Man kann sich Gradls brüske und triumphale Art der Ablehnung gegenüber dem Diktator vorstellen. Immerhin hat er dann dem Gewaltherrscher sein Gradl-Format aufgezwungen. Statt »3 auf 4 Meter« Leinwand wurden nur »2 1/2 mal 3 Meter« Leinwand vollgepinselt – Honorar 120.000 RM. Gegenwert? Der KdF-Volkswagen kostete 990 RM: »Es war«, sagt der Kunstmaler, Professor und Akademie-Direktor, »es war überhaupt nichts politisches enthalten!«. Außerdem seien ihm von Hitler persönlich im Laufe von acht Jahren nur »ganze 12 Bilder abgenommen« worden. Das hat seine Logik, denn, so schreibt der Kunstmaler, Professor und Akademie-Direktor Hermann Gradl am 1. August 1946 an das bayerische Staatsministerium für Unterricht und Kunst in München: »Bis 1937 kauften meine Bilder reiche Kaufleute, Industrielle und hohe Beamte, von 1937–1945 waren die Käufer meiner Bilder in der Hauptsache die inzwischen reich gewordenen Nationalsozialisten und jetzt kaufen wieder wohlhabende Kaufleute, Industrielle, hohe Beamte und amerikanische Offiziere meine deutschen Landschaften; also immer diejenigen, die gerade wirtschaftlich am stärksten sind.«

Auf dem Entnazifizierungs-Fragebogen meldet Hermann Gradl 1946 der Nürnberger Spruchkammer: »Ich habe mich in meinem ganzen Leben niemals und in keiner Weise irgendwie politisch betätigt.«

Man muß nicht der antifaschistische Derwisch sein, um zu erkennen, welche Muster hier festgeschrieben sind. Da wird der Maler-Liebling des Diktators behandelt wie ein x-beliebiger irregeleiteter Anstreicher aus dem Nürnberger Stadtteil Gostenhof; da wird eine nationale Größe lokal verhandelt, ein big shot als everybody, einer der 20 »himmlischen Künstler« eines Terrorregimes als local hero. Gemessen an der kulturpolitischen Bedeutung und politästhetischen Funktion ist schon die Kommission ein Hohn, das Verfahren inadäquat, der Versuch der Wahrheitsfindung inkompetent. Die Frage, welche Wichtigkeit totalitäre Systeme der Kunst zuerkennen, wird ebensowenig untersucht wie Hitlers Sympathie für die Künstler selbst, welche Aufgabe er ihnen zuweist, und wie er die enormen Geldzuwendungen auf sie verteilt. Auch wird der Begriff des Politischen nicht einmal erörtert, geschweige denn definiert.
Dafür wirkt die alte Faszination unterirdisch fort.

Bis in sprachliche Kleinformen wird die Akte Gradl vom Nationalsozialismus formuliert und von Gradl selbst diktiert.
Noch 1948 wird hier ohne Wimpernzucken von einer

»Jüdin vierten Grades« gesprochen, und das Wort *Führer* ist in aller Munde, mit Selbstverständlichkeit, ohne jegliche Distanz, nicht einmal mit Anführungszeichen.

Was ist so unfaßbar?
Was ist so quälend?

Das Gefühl, einem Komplott des Schweigens und des Verschweigens aufzusitzen. Machtlos.
Das Gefühl, daß es keine Gerechtigkeit gibt.
Das Gefühl, daß dies Alles dem Menschen recht geschehe, weil er so sei, wie er ist. Ich auch.

Wer die Akte gelesen hat, sagt, er sei nicht durch eine Aufklärung gegangen, nicht aus dem Dunkel ins Licht getreten, sei vielmehr in den Nebel gestoßen worden, in den luftleeren Raum geschoben, sei in Schleim und Scheiße gewatet, in Watte erstickt oder in Styropor.

Das »Dritte Reich« hat nicht stattgefunden.
Es gab keine tausend Jahre, nicht einmal zwölf.
Nürnberg war nie die Stadt der Reichsparteitage.
Was können wir dafür!

Wenn überhaupt, dann wäre das große Wort zuviel der Ehre:
hilfloser Antifaschismus.

Mit einer Ausnahme. Der Gänsefüßchen-Führer taucht einzig als karrieretechnisches Manöver auf bei Dr. Eberhard Lutze, Akademie-Dozent, Leiter der Städtischen Galerie, Mitarbeiter am Germanischen Nationalmuseum. Zeitgleich im Dezember 1946 mit seinen Versuchen, wieder auf den Stellenmarkt der Nürnberger Akademie zu drücken, antichambriert er vor Ort geschmeidig bei den nichtnazistischen Vertretern einschlägiger Institutionen und Ämter und formuliert in einer eidesstattlichen Erklärung für die Spruchkammer eine scharfe Attacke gegen seinen Ex-Chef und Ex-Parteigenossen Hermann Gradl. Nach einem starken Jahr jedoch hatten sich die Opportunitäten verlagert: seine Aussage vor der Kammer schlug als Entlastung für den ach so unpolitischen Gradl zu Buche.

Wenn ich sage, daß der Kunstmaler, Professor und Akademie-Direktor Hermann Gradl seine eigene Entnazifizierungsakte diktiert, heißt das: er verläßt das Verfahren triumphal als Sieger – salviert, saniert.
Es ist typisch Gradl, es ist typischer noch deutsch.

Die von keiner fachlichen und intellektuellen Sachkenntnis getrübte Spruchkammer hat wie überall nichts anderes getan, als naiv oder gutgläubig oder willentlich oder präpariert oder politisch blind oder historisch fahrlässig oder alles zusammen – der Gradlschen Suggestion und der eigenen, nationalen, kollektiven Entschuldigungs-Intention zu folgen und eine neue Wirklichkeit zu konstruieren, die mit dem real existierenden Hitler-Faschismus nichts zu tun gehabt haben will. Hier soll Geschichte neu geschrieben werden, und hier wird Geschichte neu geschrieben.

Der Eindruck, in diesem – und nicht nur in diesem – Entnazifizierungsverfahren gehe es um nichts als um eine ebenso gigantische wie dubiose gegenseitige Entlastungschose unter dem Druck der Siegermächte, wird nahezu nirgends widerlegt. Selbst die Belastungszeugen ziehen zurück. Nicht, daß Helden gefordert seien. Menschen! Und Wahrheit.
Hier spricht keine politische Unfehlbarkeit, keine Gratis-

moral. Hier geht es um die Logik der Entnazifizierung und ihre Analyse.

So segelt der Kunstmaler, Professor und Akademie-Direktor Hermann Gradl durch sein Verfahren immer noch im Wind des Führer-Bonus.

Mag er auch vor 1933 in der Szene der höheren Kaufhauskunst bekannt gewesen sein, berühmt wurde er erst durch Adolf Hitler.

Und als berühmter Mann wird er behandelt. Sein Ruhm wird nicht in Zweifel gezogen, weder künstlerisch noch politisch.

Letztendlich gilt, was Gradl sagt.

Von vornherein markiert er den Mitläufer-Mythos und strickt mit dem Gradl-Garn seiner Gradl-Gschichtn die Gradl-Legende, die sich bis zum heutigen Tage unversehrt ihrer Rezeption erfreut. Geschehen konnte das, weil Gradl sich schon während des »Dritten Reiches« den Status des nazistischen Anti-Helden, des passiven Helden, des Nicht-Täters gesichert hat. Was zunächst noch wie eine bloße Gradlei daherkommen mag, funktioniert im Verfahren bereits als fundierte Sagen-Bildung.

Um dem entgegenzuwirken, hätte es eines überzeugten mentalen und affektiven Anti-Nazismus bedurft, hätte es brillanter Intelligenz, soziologischer Phantasie, eines unbestechlichen Blicks, kritischer Sachkenntnis und detektivischen Spürsinns bedurft, hätte es einer Aktenrecherche bedurft, die sich nicht mit dem vorliegenden Spruchkammer-Material begnügte, beispielsweise mit den mickrigen sieben Gradl-Artikeln aus der mainfränkischen Presse – alleine die nazistischen Hommagen jenes Nürnberger Gradl-Kollegen Dr. Eberhard Lutze über seinen Chef in führenden NS-Kunstzeitschriften hätten schon genügt. Indes, gefolgt wird der Gradlschen Suggestion, die vorsagt, was nachgeplappert wird:

die Mär vom unpolitischen Maler.

So arbeitet Hand in Hand, was fälschlicherweise »Entnazifizierungsverfahren« genannt wurde. Ein Angeklagter ohne Täter-Bewußtsein vor einem Kläger ohne Bewußtsein der Klage und vor einer Jury, die nicht wirklich entnazifizieren will.

Wer freilich seine Bilder »harmlos« nennt, muß darum nicht harmlos sein.

Es ist der Kunstmaler, Professor und Akademie-Direktor Hermann Gradl selbst, der sein Verfahren führt. Und wie er es führt! Führer-Bonus, Mitläufer-Mythos und eine Melange aus Verlogenheit, Identitätsverleugnung, Rückgratbruch, eine Mischung aus Raffinement und Finesse, eine Mixtur aus Selbstmitleid und Durchtriebenheit, Bauernschläue und Mitleidserpressung: Seelenmaterial devoter Charakterschwäche und triumphalen Standings.

Die von Gradl persönlich mittel- und unmittelbar bestellten Persilscheine, mindestens fünf davon schickt er selbst der Kammer – von Putzfrau und Hausdame, von Baudirektor und Apotheker, von Kunsthändlern und Galeristen, vom eigenen Verleger, von Malern und Architekten, Politikern und Stammtischbrüdern – alle malen sie die gleiche Seelenlandschaft der echten Künstler-Natur weitab vom schmutzigen Geschäft der Politik, das Bild des weltfremden Malers, der seinen Stil nach 1933 nicht oder wenigstens fast nicht verändert habe, der angeblich keine Hakenkreuze oder Hakennasen gemalt, keine Kriegsbilder gefertigt, keine Nazi-Gesichter oder Nazi-Gebäude abgepinselt habe. Vor 33 bekannt und begütert, nach 33 der »Leidtragende«, den Hitler zwar protegierte, dem man aber das Parteibuch hat nachtragen müssen; eigentlich sogar mutig, im Grunde geradezu oppositionell, denn den Gauleiter Streicher hat er »ein Schwein« genannt – in den eigenen vier Wänden, versteht sich.

Auch die Aussagen der mündlichen Verhandlung sind Reflexe der Gradlschen Regieanweisung: Er war der große Unpolitische, er war nur der fleißige Landschaftsmaler, er war der gute Mensch von Nürnbergs Akademie, der keine politische Propaganda machte, der angeblich keinen Fahnenappell befolgte, der vorgeblich jeden Führer-Geburtstag überging, der keine Rassentheorie vertrat, keinen polit-ästhetischen Einfluß nahm. Der einen Studentin soll er zur Freistellung verholfen, die andere Putzfrau, Ex-KPD-Mitglied, vor der Verhaftung gerettet haben. Und so weiter.
Einzig der Maler Dörrfuß berichtet von Gesinnungsästhetik und kunstpolitischer Einflußnahme: Bilder des spätexpressionistisch-fauvistisch malenden Fürthers seien auf Grund von Gradls Intervention vor der Vernissage zunächst abgehängt worden mit dem Hinweis, wenn jener Fürther Maler so weitermache, dürfe er nicht mehr ausstellen. Gradl widerspricht in der Verhandlung sofort: er sei höchstens eine halbe Stunde in der Ausstellung gewesen, außerdem sei es »das Recht jedes Menschen, wenn man sagt, das Bild gefällt mir und das andere gefällt mir nicht«. Nur – und das sagt der Lieblingslandschaftsmaler des Führers nicht – daß er, Hermann Gradl, nicht ›jeder Mensch‹ gewesen ist, sondern der ehemalige Lieblingslandschafter des ehemaligen Führers der deutschen Nation. Das macht den Unterschied.

Etwas Kontur, die Max Körner, Gradls ehemaliger Kollege und Nachfolger, subtil zwar, aber zögerlich, ängstlich, lavierend von seinem Vorgänger zeichnet: Gradl habe zum Beigeben, zum Mitarbeiten, zum Befolgen dessen geraten, was von oben gekommen sei, was das System verlangt habe. Man solle nicht auffallen, nicht sich, nicht die Akademie in ein schlechtes Licht bringen, keine politischen Witze erzählen, vor allem nicht vom Führer reden und nicht über den Krieg. Fazit: »Es waren immer mehr Abwehrbewegungen!«. Seine Beziehungen zu Juden habe der Herr Professor später ebenfalls aufgegeben, um nicht aufzufallen.

Überhaupt die Juden. Dem Hinweis, Hermann Gradl habe sich rücksichtslos an jüdischem Kunstbesitz bereichert, wird fahrlässig nachgegangen und mit einer einzigen Nachfrage ad acta gelegt: Es sei nichts Näheres bekannt.
Die Juden. Sie geistern wie eine Phantasmagorie, ein Spuk, eine Krankheit durch Gradls Entnazifizierungsakte: höchstes Berührungsverbot. Einerseits. Andrerseits die Notwendigkeit der Dokumentation intimster Sympathie und vertrauten, öffentlichen Umgangs.
Gradl selbst, von der Gauleitung öffentlich ob seines Rassenhasses und seines Antisemitismus gelobt, dargestellt in seinem Gemälde der Juden auf dem Nürnberger Hopfenmarkt, entblödet sich nicht zu erklären, die Juden hätten sich selbst zum Gezeichnetwerden dort hingestellt.
Als »Mischling vierten Grades« bekennt sich, ganz in nazistischer Terminologie, eine Frau Bernheim, die an Hitlers Maler nichts Antijüdisches erkennen konnte – 1944 lernte sie ihn geschäftlich kennen.
Nicht geschäftlich, nur geselligerweise hat ein Zigarrenhändler aus Nürnberg mit Gradl und den Juden zu tun: am Stammtisch im Café Plärrer. Seinen Persilschein auf Geschäftspapier mit Briefkopf schreibt er 1948 so, als habe er nur rasch zum Tippen seine jüdischen Schafskopfpartner – wo mögen sie an jenem 17. März dieses Jahres 1948 wohl alle geblieben sein? – verlassen: »Ein Teil unserer Stammtischbrüder waren Juden, von denen besonders Herr Professor Gradl sehr geschätzt und verehrt wurde und hat er sich zu diesen genau so freundschaftlich und gesellig verhalten wie zu den anderen. Auf Grund meiner

langjährigen Bekanntschaft mit Professor Gradl habe ich die feste Überzeugung, dass er niemals ein Gegner der Juden gewesen ist.
Ich bin«, versichert der Juden- und Gradl-Freund, »nicht P. G. und mit Herrn Gradl weder verwandt noch verschwägert.«
Reinwaschen auf dem Rücken von Toten.

Entnazifizierungshandel betreibt auch der Kunsthistoriker Lutze mit den Juden: eine zynische Verbeugung gegenüber den Vergasten, ein opportunistischer Schwenk Richtung Sieger, Fremd- und Selbstentschuldung gegenüber Gradl und sich selbst, wenn er im Dezember 1946 schreibt, daß die Bilder seines einstigen Direktors »von Anfang an starken Erfolg« hatten und: »Zu ihren Käufern zählten auch Amerikaner und Juden.« Pause. »Die Arbeiten wurden gut bezahlt.«

Lutze, Parteigenosse seit 37, ist jener Dozent für Kunstgeschichte der Akademie der Künste der Stadt der Reichsparteitage, der einst in diversen NS-Publikationen sich als Lobhudler Gradlscher Landschaftskunst und ehemaliger Elogenschreiber der Führerkünstler betätigte. Er wird von Gradl 1940 an die Akademie berufen, und spätestens 1944 lernt er Gradls Führungs-Qualitäten kennen. Max Körner beschreibt sie so: »Wichtige Entscheidungen grundsätzlicher Natur wurden von Professor Gradl selbst autoritativ unter Betonung des Führerprinzips vorgenommen.«

Es geht um die Affäre Wollermann. Der Akademie-Direktor entschied – unter Umgehung des Kollegiums, des Beteiligten selbst und bei Abwesenheit von fünf Mitgliedern des Lehrerrates –, seinem Stellvertreter Karl Wollermann, Professor für Entwurfslehre, die Klasse wegzunehmen und dessen Schule zu schließen. Schule und

Klasse schlägt er Franz Ruff zu, Professor für Architektur, bislang ohne Klasse und ohne Schule, dafür in des Allerhöchsten allerhöchsten Gnaden – kein Führerbesuch in der Stadt der Reichsparteitage ohne einen Führerbesuch im Ruffschen Atelier: Hitler hat ihm verantwortlich die Bauleitung für das Parteitagsgelände übertragen. Franz Ruff hat zudem das Gauhaus und das heute noch existierende Nürnberger Führer-Hotel »Deutscher Hof« umgebaut. Außerdem war Professor Ruff nicht nur persönlicher Freund, er war auch der Patensohn von Professor Gradl. Der Abwertung des Parteigenossen Wollermann, der gleichzeitigen Aufwertung des Hitlerarchitekten Ruff und der unkollegialen und autoritativen Selbstherrlichkeit der umstrittenen Entscheidung folgten heftige Briefwechsel auch zwischen Gradl und Lutze, die Gradl beendet: »Im übrigen scheint es Ihrer Aufmerksamkeit entgangen zu sein, dass die von Ihnen vorgeschlagenen demokratischen Gebräuche im nationalsozialistischen Deutschland nicht mehr üblich sind. Heil Hitler! gez. H. Gradl.«

Es kam zum offenen Skandal. Die Ministerien in München und Berlin sind damit beschäftigt und selbstverständlich auch die Nürnberger Gauleitung, die Gradl zur Unterstützung und Stärkung seiner eigenen Position hinzuzog. Der Gaupropagandaleiter Bäselsöder wohnte daraufhin der betreffenden Lehrerratssitzung bei, in der sich Gradl dezidiert zum NS-Staat bekannte und seine Vorgehensweise legitimierte: »Diese Methode ist nationalsozialistisch und ist uns vom Führer wiederholt doziert worden.« Das Protokoll jener Sitzung verzeichnet mehrfach auf Gradls rhetorische Fragen die Reaktion – Klammer auf: »Es wird kein Widerspruch erhoben.« Klammer zu.

Damit war an der Akademie der Stadt der Reichsparteitage ein Prozeß endgültig abgeschlossen, zu dem Professor Körner schreibt: »In den letzten Jahren der Amtstätigkeit (Gradls) mehrten sich die Versuche, Mitglieder des Lehrerkollegiums im Sinne der Nationalsozialistischen Kunst-

122

auffassung zu beeinflussen, damit die öffentlich gezeigten Werke keinen Grund zur Beanstandung gaben.«

Es ist das Ende einer Entwicklung, deren Gründe Lutze in Gradls Unfähigkeit sah, Privates und Politisches in ihren jeweiligen Funktionszusammenhängen zu sehen. Gradl – geistig überfordert? Lutze sagt es so deutlich nicht; was er dazu sagt, wendet er exkulpatorisch weg von Gradl, hin zum Regime, so, als sei niemand für Nichts verantwortlich: »Es ist die Schuld des Regimes gewesen, einen Mann wie Herrn Professor Gradl mit einer Stellung zu belasten, für die er nach Charakter und Veranlagung nicht geeignet sein konnte. ... Man mißbrauchte den Künstler, um eine repräsentative Figur aus ihm zu machen.«

Aber: Hermann Gradl ließ sich mißbrauchen, ließ sich dafür hofieren und reichlich honorieren. Und er hat seine Position benutzt, seine Anschauung der Welt und der Kunst durchzusetzen. Lutze selbst beschreibt die »einseitigen Urteile, die er ungern revidierte«; er erinnert, daß »Berufungen starker Begabungen an die Akademie unterblieben, dagegen wurden die Beziehungen zu den anerkannten Künstlern des ›Führers‹, zum Direktor des Hauses der Deutschen Kunst lebhaft gepflegt«. So trat bei Akademie-Direktor Gradl »einerseits eine Unduldsamkeit in künstlerischen Dingen in Erscheinung, andererseits suchte er die eigene Verantwortung nach Möglichkeit abzuschwächen, indem er sich unter den Schutz höherer Gewalten stellte. ... Bei allen diesen Vorfällen hatte sich Herr Professor Gradl der Unterstützung des Stellvertretenden Gauleiters Holz versichert« und »damals nicht die Sache der betreffenden Künstler vertreten, sondern sich der anmaßenden Kritik des Gauleiters gefügt, dessen Protektion er genoss«.

War der Kunstmaler, Professor und Akademie-Direktor Hermann Gradl mit und in seiner Position nun geistig überfordert, oder war er ein raffinierter Taktiker, der sich hinter biedermännischer Bemalung und biedermeierlicher Künstler-Attitude der Weltabgewandtheit nur verbarg? So klar kalkulierend er seine Geldgeschäfte und die Vermögensbildung in eigener Sache betrieb, so präzise wußte er seine Stellung einzusetzen, seinen Einfluß handzuhaben. Renommage mit Staat und Partei stand ihm allzeit zu Gebote. Als er sich 1942 für die Jubiläumsausstellung »150 Jahre Nürnberger Kunst« anmeldete, ließ er für die Katalogangaben des geplanten Buches »Nürnberger Kunst der Gegenwart« im Vertrauen auf die Signalwirkung seiner Worte kühl verlauten: »Meine Bilder der letzten Jahre befinden sich alle im Besitz höchster Partei u. Staatsstellen und höchster Persönlichkeiten von Staat u. Partei.«

Die »denazification« als Dokumentation von Geschäftsverbindungen ersten Ranges. Sind also seine Aussagen vor der Spruchkammer nichts als politische Pseudo-Debilität?

Eberhard Lutze schreibt 1946 in seiner »eidesstattlichen Erklärung« zum Fall Gradl: »Je länger der Krieg dauerte, umsomehr hat sich Herr Professor Gradl mit den künstlerischen Forderungen des ›Führers‹ identifiziert, als dessen Sonderbeauftragten für Franken in künstlerischen Dingen er sich bezeichnete.« Mit den künstlerischen Forderungen des ›Führers‹ identifiziert, als dessen Sonderbeauftragten für Franken in künstlerischen Dingen er sich bezeichnete! Lutze fährt fort: »Nach meiner Überzeugung wäre nach einem anderen Ausgang des Krieges ... in Nürnberg ... die Doktrin des ›Führers‹ mit allen Mitteln durchgesetzt worden.«

Hermann Gradl vor der Spruchkammer:
»Sonst liegt gegen mich nichts vor.«

Was also ist Hermann Gradl?
Warum beschäftige ich mich mit Hermann Gradl?
Was macht Hermann Gradl interessant?

Wir, die nachgeborene Generation, ohne mit der ›Gnade der späten Geburt‹ zu spekulieren, wir im Westen Deutschlands Geborene, haben uns nie die Frage stellen müssen, wie wir uns in einem totalitären System verhalten hätten. Die Väter und die Großväter haben das Inferno für uns erlebt, für uns übernommen. Wir stehen auf ihren Schultern.

Erbschaften kann man verweigern, ein Pflichtteil jedoch steht jedem zu. Wir können es übersehen, überhören, überlesen, wir können es übergehen.
Wie viel aber ragt in unser Leben hinein, bestimmt Biographien und Entscheidungen allein durch die Tatsache, daß unsere Mütter und Großmütter unentrinnbar mit dem Faschismus ihrer Zeit verstrickt waren?
Wir haben die Chance, das widerwärtige Erbe anzunehmen.

Was mich an Hermann Gradl interessiert, ist Adolf Hitler.
Was mich an Adolf Hitler interessiert, ist Hermann Gradl.
Was mich an beiden interessiert, bin ich.

Hermann Gradl ist ein Exempel.

Dank Gradls Mittelmaß in Atem und Arbeit ist er ein deutscher Jedermann, der die Schablone des Mitläufers nach Maß ausgefüllt hat.
Das macht ihn interessant.
Das macht ihn zum Lehr- und Lernbeispiel.
Das macht ihn zur Parabel.

»Dem Führer aber, dem ich zum größten Teil meinen Aufstieg verdanke, will ich meine Ergebenheit und meinen Dank dadurch abstatten, dass ich auch weiterhin mein ganzes Können, meine volle Kraft und Energie in den Dienst der Deutschen Kunst stellen werde. Wir alle wissen ja, wie sehr unserem Führer die Deutsche Kultur am Herzen liegt« – wer sich 1943 an seinem 60. Geburtstag so erklärt, wer dies im fünften Jahr des Krieges in aller Öffentlichkeit tut, wer 2 Jahre später *das Alles* nicht gesagt, gemacht, gewußt, gehört, gerochen und geschmeckt haben will, der –.

Es ist alles Theater.
Groteske, Komödie, Dokumentarspiel, Monolog, Bauernstadl, Farce und Drama.

Haltungen, Gestus, Attituden: Es geht um das Spiel des Lebens. Es geht um den neuen Nürnberger Faust, um den Pakt mit dem Teufel und seinen Unterteufeln. Es geht um den Konjunktiv des Plusquamperfekts oder: Was wäre möglich gewesen?

Ich wäre gerne Hitlers Mörder.
Unter Beweis zu stellen ist mein Antifaschismus nicht. Ich kann kein Scholl mehr sein und auch kein Stauffenberg.
Heute würde ich gerne sagen können:
Ich bin gegen Hitler gewesen.
Stattdessen. Stattdessen beschämt mich, aus einer Familie zu kommen, in der man für Hitler gewesen ist.
Sohn meines Vaters, Hitlers Enkel.

Ich will den Schlußstrich nicht ziehen, den die Eltern in den 50ern so schnell und schadlos gezogen haben. Er war nicht schadlos, er war nicht schnell.
Ich will eine aufgeräumte Seele. Ich will ein ruhiges Herz. Ich will ins Reine kommen. Ohne das Halseisen des Prangers, das die Luft abdrückt; ohne die Gefängniskugel am Fuß, die den Schritt hemmt. Ich will Erklärungen statt der Entschuldigungen, die den Rückfall garantieren.

126

Gradl hat meine Schmerzgrenze überschritten.
Am moralischen Lastenausgleich,
an der Übereinkunft des Schweigens,
an der organisierten Schuldabfuhr,
an der kollektiven Verantwortungslosigkeit,
an der flächendeckenden Gratis-Rehabilitierung habe ich
nicht teil.
Solange die Heesters und Rühmanns sich im Fernsehspot
sonnen, solange sie sich gemeinsam mit ihrem deutschen
Millionenpublikum weigern, in ihre Schatten zu leuch-
ten, solange gleichzeitig der Grabstein einer Marlene
Dietrich mit Scheiße beschmiert wird, solange finde ich
keinen Seelenfrieden.

ICH WILL ES BEGREIFEN.

Ich will endlich den Zwang los sein, mich über Jahre nur
und nur mit der Nacht dieses Landes und mit der Nacht
meines Lebens befassen zu müssen.
Ich will die Dramaturgie der Nazi-Sucht beenden.
Ich will selbst Regie führen.

Wenn ich auch kein Richter-Recht und kein Rächer-Recht
habe, so habe ich doch das Recht zu wissen. Nur so kann
ich aus dem Zirkel von Schuld und Sucht, von Zwang,
Depression und nationalem Selbsthaß, von Wiederholung
und Paralyse heraustreten.
Nur wenn ich wissen darf, kann ich leben.
Warum bin ich Deutscher?
Warum mußte *das Alles* in Deutschland geschehen?
Davon werden wir uns nie erholen!
Wenn es doch nur ein Krieg gewesen wäre!

Wer also ist Hermann Gradl, und was macht einen Mitläufer aus? Einen Mitläufer, der ein Mit-Täter gewesen
ist.

Ein Mitläufer ist immer mehr als er war, und immer mehr
als er vorgibt, gewesen zu sein. Den Mitläufer als Einzel-
wesen gibt es nicht; erst die Masse macht ihn aus, die
Bewegung, in der er mitläuft; und so wird er zu ihrem
konstitutiven Element, wird zur Säule des Systems, mit
dem er aber nichts zu tun gehabt haben will: für sich
selbst ist er nicht eigentlich tätig und tätlich geworden.
Er war nur normal, weil er der Norm entsprach. Und
schuldlos, selbst wenn die Norm zu Menschenmord und
Weltkrieg führte, was wißbar war.
Wer aber bei Hof verkehrt, läuft nicht mehr nur mit. Der
Höfling tanzt und dienert. Ein Narr höchstens, kein Opfer.
Sollte er nicht wissen, was er tut?

Hermann Gradl war zu keiner Zeit ein Mitläufer. Er war
Aktivist, das verraten seine Akten.
Dieser Hermann Gradl war als Mittäter *kultureller Haupt-
schuldiger.*
Er hat sich nahtlos angepaßt und hatte daraus seinen
Nutzen – *Nutznießer* nennt man das.

Er war Hitlers Hofmaler und ist es bis heute geblieben. Er
gehörte dazu – zu den »zwölf unentbehrlichen« und den
»zwanzig himmlischen Künstlern des Nationalsozialismus«; er genoß den Ruhm und stand im Schlagschatten
dieser Macht, er war deren Teil, Teil einer Macht, die auf
ihn strahlte und von ihm weg. Das, was nach 1945 als
Schimpfwort galt, gereichte ihm spätestens ab 1933 zur
Ehre: »der Maler des Führers« zu sein. Nicht nur in Nürnberg. Überall im braunen Reich bestellter Kunst.

Im Schatten und im Schutz des Diktators nahm sich diese
persona grata Rechte und Entpflichtungen heraus, griff
nach Privilegien und erhielt sie, stellte Forderungen, die

sofort zu erfüllen waren – aber doch nicht, weil Gradl eine Spitzweg- Nachtausgabe war!

Wer eigentlich stellt in Diktaturen die Bedingungen? Wer kann sich solches leisten? Von welcher Warte aus betreibt er seine Geschäfte? Welche politische Potenz muß ein Künstler haben in einem System von Terror, um überhaupt an Wünsche nur zu denken?
Was für eine naive Frage! Am Ende dann Arbeitsbedingungen des Traums und Kundschaft für sein Kitschgeschäft von traumhafter Solvenz.

Er war: Künstler, Professor, Akademie-Direktor, Ratsherr, Rotarier, Ehrenbürger der Universität.

Zur Außerordentlichkeit der Künstlerexistenz in bürgerlichen Gesellschaften, zur Aura des Genies, zum Bonus der Ästhetik, zur Enklave der Artistik, zur Bonität eines hehren Titels, zur Solidität eines hohen Amtes usurpierte dieser Mann zusätzlich einen Freiraum durch Teilhabe und Handhabe politischer Macht.
Das Nichtnormale des Künstlerischen war abgesichert durch die solide bürgerliche Bestallung und eingerahmt durch die Legitimation des NS-Systems. Das Ausmaß der Privilegien, die Konditionen fürs Kreative waren paradiesisch.
Der Nimbus war perfekt.
Hermann Gradl: ein Nutznießer höchsten Ranges.

Das, was Hermann Gradl war, fällt nicht unter den juristischen Begriff des ›harten‹ Täters. Hermann Gradl war kein harter Täter, der einen Kommunisten erschossen, einen Juden erwürgt, einen Gewerkschafter erdrosselt hätte. Er war ein passiver Täter, der in den Grauzonen und im bürokratischen Bereich weißer Krägen und weißer Westen aktiv geworden ist. Der Mitläufer als Mittäter –

ein Funktions-Nazi. Zum Psychogramm der Spezies gehört, daß er sich natürlich nicht die Hände schmutzig gemacht hat mit den schmutzigen Dingen des Lebens. Wie die »Bild«-Zeitung nicht direkt haftbar gemacht werden kann für das Attentat auf Rudi Dutschke, so wäscht Hermann Gradl seine Hände in Unschuld. Oder: Was kann Hermann Gradl dafür, daß er Adolf Hitler aufgefallen ist?

Wieso kommt Hitler dazu, einen Hermann G. zu favorisieren?
Einzusetzen an vorderster Kunst- und Kunstverwaltungsfront in Nürnberg, München, Berlin und auf dem Obersalzberg?
Über künstlerische Begabung braucht kein Wort verloren zu werden. Gradl ist Hitler aufgefallen – mehr war nicht zu tun.
Nur: *Ja* zu sagen und zu funktionieren. Das hat Gradl getan, bis zum letzten Pinselstrich.

Das Terrain war gesäubert für den Funktions-Nazi. Bücher und Bilder waren verbrannt, verbannt, abgehängt, verscherbelt ins Ausland; der Kunstmarkt war leer; die moderne Künstler-Konkurrenz exiliert, liquidiert, vergast, verbannt oder auf dem Weg dazu; die »entartete« Avantgarde von der Geschmacksdiktatur ersetzt durch deutsches Kunsthandwerk. Wer könnte sich da nahtloser einfügen als ein Hermann Gradl, der nie wirklich etwas anderes konnte, nie wirklich etwas anderes war als ein Handwerker, der, anfangs ehrenwert, Dekorationen für den breiten Geschmack gut verkäuflich herzustellen wußte, dann aber in fataler Selbstüberschätzung meinte, ein Originalgenie sein zu müssen. Der allgemeine Gusto gab dem Geschäft mit seinen seriell hergestellten inszenierten Idyllen recht. Auf diesem Markt also längst ein gemachter Mann, als dem zum Führer Gemachten zufällig, und es gibt den Zufall nicht, eine Gradl-Landschaft in die Augen fiel.

Hermann Gradl war der Funktionierer und der Funktionär.

Er hat die ihm zugewiesenen Funktionen ausgefüllt, ob er es bemerkte oder nicht, bewußt oder unbewußt. Er war da mit seinem Ja!, in Partei und Rat, vor der Staffelei und in der Akademie.

Aus politischen Gründen – sie kamen deutschtümelnd, naturhaft, biologisch und rassistisch daher – aus imperialen Gründen, weil ein Diktator sehr wohl weiß, wie seine Künste wirken, ist der Kunstmarkt »gesäubert« worden. Radikal.

Hitler selbst hat die Schneisen dazu geschlagen in »Mein Kampf«, und es folgte programmatisch: Wolfgang Willrichs »Säuberung des Kunsttempels – Eine kunstpolitische Kampfschrift zur Gesundung deutscher Kunst im Geiste nordischer Art« oder die Schriften des Paul Schultze-Naumburg: »Die Kunst der Deutschen« und »Das Glück der Landschaft«, »Kunst aus Blut und Boden«, »Rassegebundene Kunst« und »Kunst und Rasse«. Ein Vakuum auf dem Markt ist durch die Liquidierung der Entarteten nicht entstanden, die Gradls stehen in den Startlöchern – so wird scheinbar noch so unpolitische Kunst zum Politikum allein durch ihre Präsenz jetzt und ihren Gebrauchswert sofort. Kommt der Inhalt hinzu, das Sujet, das zur nazistischen Naturdoktrin paßt: die deutsche Landschaft dieses Gradls. Die deutsche Landschaft, die, so fällt es 1943 aus seinem Mund, »den deutschen Landschaftsmaler« lockt: »Das Unfaßbare, das Unumgrenzbare, eine alte deutsche Sehnsucht, Unendliches im Endlichen darzustellen«. Der Imperialist Hitler hätte es nicht exakter sagen können.

Hier spricht der Profiteur der künstlerischen Marktbereinigung. Hier handelt der Mitläufer als Funktionierer.

Den Funktionär dagegen spielt der Maler Gradl im Betrieb, im Kunstbetrieb, im Kulturbetrieb, im künstlerischen Ausbildungswesen, bei Berufungsverhandlungen und Ausstellungsgeschäften, bei der Vergabe von Aufträgen und beim Verfassen von Gutachten, bei Aufnahme oder Ablehnung von Schülern, Festlegung ästhetischer Richtlinien, bei der Ausrichtung einer Akademie. Und so fort. Gradl übt Funktionen aus, Privatmann ist er hier nicht mehr – alles andere wäre Lüge, dumm oder naiv.

Spätestens in der Affäre Wollermann wird der Politiker Gradl sichtbar, der in diesem ach so Weltfremden steckt: »Wenn auch Prof. Gradl das Schwergewicht seiner Betätigung auf sein privat künstlerisches Schaffen legte und die anfallenden Arbeiten an der Akademie anderen überliess, so war er doch sehr darauf bedacht, dass alles vermieden wurde, was bei der Gauleitung und überhaupt bei der Partei irgendwie Missfallen erregen konnte. Die von ihm getroffenen Massnahmen sind daher zum grossen Teil nicht so sehr dem persönlichen Bekenntnis zu den Grundsätzen des Naziregimes entsprungen, sondern aus Anpassung an die von oben geltend gemachten Grundsätze und Forderungen.« Zitat aus einem »Gutachten *für* den Akademiedirektor Hermann Gradl – 1946« aus dessen Entnazifizierungsakte – das politische Profil des von den Nazis eingesetzten Kunst-Walters und -Verwalters erhält Kontur:

Hermann Gradl ist der Idealfall für Elitentausch.

Das Interessante an Hermann Gradl ist nicht Hermann Gradl. Interessiert, was sich in ihm an Überindividuellem materialisiert, suche ich nach dem Typischen, ich suche nach dem inneren Totalitarismus, der den Lauf der Geschichte immer wieder neu möglich gemacht hat.

Hermann Gradl ist nur ein Beispiel, aber ein besonders gutes, um die schiere, ungeheuerliche Normalität des ganz gewöhnlichen Faschismus zu begreifen. Wenn es gelänge, die Psycho-Logik dieser intimen und offiziellen Politiken mit Herz und Hirn zu fassen – dann.

Solange ein bayerischer Landtagsabgeordneter der Christlich-Sozialen Union während einer Tagung der Arbeitnehmervereinigung seiner Partei eine antisemitische Rede beklatscht und auf scharfe Kritik hin sich selbst entnazifiziert mit der Begründung, er räume ein, daß er möglicherweise geistesabwesend die Hände bewegt haben könnte, und sollte er dies getan haben, entspräche das nicht seiner Meinung, jedoch, das sei zugleich zu betonen, hätten die Repräsentanten der Juden in Deutschland beim Prozeß der Normalisierung nicht immer dazu beigetragen, Emotionen zu beruhigen, dann –.

Was also, frage ich mich, tut die Seele, wenn die innere Diktatur die äußere Diktatur ruft, oder die äußere Diktatur die innere Diktatur bereits geweckt hat? Falls nicht jeder Mensch in sich einen Diktator beherbergt, einen inneren Adolf adoptiert, einen intimen Hitler beheimatet, falls nicht jeder Mensch seine eigene Gestapodienststelle mit sich herumträgt oder seine persönliche Stasi-Agentur betreibt, um sich nach Ende des Dramas flugs zu entnazi- oder entstasifizieren.
Was tut die Seele?

Zurück zum Exempel, das Gradl statuiert.
Welchen Anteil hat an seiner Geschichte, an seinen Gradl-Gschichtn, an seinem Lebenslauf die Lüge? Die bewußte, geplante, freche, obszöne Lüge? Welchen Anteil die Not-Lüge? Welchen die Wahrheit, und sei sie noch so subjektiv?
Die Opfer-Anteile? Die Aktien an Aktivismus, Nutznießerschaft, Mittätertum, Mitläuferei?
Wie ist er damit fertig geworden?

Wann immer ich Gradls Bilder ansehe, und ich habe es ein Leben lang getan, immer besser wissend, daß ein einziges Bild zu kennen genügt, um über die anderen Kopien Bescheid zu wissen, kommt mir das Wort *Lüge* in den Sinn.
Lüge im Sinn von: neben der Wahrheit.

Kein Bild, das mir nicht als geschönt entgegenträte. Ich habe die Vorlagen Gradls in heutiger Realität und damaliger Fotografie aufgesucht. Immer wird aggressiv abgewehrt, aggressiv geglättet, kleinformatig harmonisiert. Es wird eine Wirklichkeit hergestellt, eine synthetische Wirklichkeit, die mit dem Realen nichts zu tun hat; gründend auf einer Wahrnehmung, die alles Unpassende, Störende, Sperrige, Quere, Widerständige, Häßliche, Un-Schöne schönt, alles Zeitgenössische ausblendet aus dem Geschönten. Keine Strom-Masten, keine Asphalt-Straßen, keine Spuren von Industrialisierung und Technisierung. Eine Wahrnehmung, die nicht wahrhaben will. Da in Gradls Kleinklein die große Perzeption, der gewaltige Wirklichkeitsentwurf eines Caspar David Friedrich oder eines Runge abgedämpft und nachgepinselt wird, wird er unwahr. Spitzweg lügt in seinen Bildern nicht. Es lügen auch nicht Gradls Generationsgenossen Ernst Ludwig Kirchner, Franc Marc oder Ludwig Meidner. Avantgarde ist Hermann Gradl als Maler nie gewesen. Das ist nicht zu verlangen. Aber sein Traditionalismus wehrt, potenziert durch die rassistisch-agrarideologische Kunst-Doktrin der Nazis, Avantgarde und Moderne aggressiv ab und verfälscht die Tradition.

Natürlich hat es Gradl Spaß gemacht zu malen – schließlich war er Autodidakt und erst einmal ein Sonntagsmaler. Aber als ausgebildeter Handwerker, der sich nach dem kleinen Geschmack des großen Publikums zu richten hat, will er existieren, spürt er und weiß, was der Kunde will. Hier begann die Lüge, sichtbar an der einen Modell-Landschaft, die alle anderen kopieren. Und dann kommt Hitler. Persönlich und politisch paßt ihm dieses Konzept in den Kram. Gradl muß nach 1933 seinen Stil nicht nazifizieren. Gradls Stil ist nazistisch.

Welchen Anteil also, frage ich, hat an all diesen Bewegungen die Lüge?

Das Bild ist immer nur ein Bild, Ab-Bild, Mimesis, Imitatio, Metapher, Symbol, Imago. Die gemalte Landschaft bildet die seelische Landschaft ab. Und wenn die immer die gleiche ist?

Lügt ein Maler, der auf der Leinwand lügt, auch im Leben?
Es ist eine seelenlose Malerei, die Hermann Gradl produziert; er spekuliert auf das Seelchen. Ob er je realisiert hat, daß es sich in ihm entschied, sich anzulügen, andere anzulügen? Ob er je realisiert hat, daß er das Immergleiche immer gleich verfertigt und das dann auch noch ein, zwei, drei, viele Male kopiert, auf den Abhub den Abhub setzt, bis nur noch die Schablone bleibt? Die Kopie der Selbstkopie?
Was bleibt, ist die Attitude.

»Und nun will ich verraten«, schreibt Hermann Gradl in den 1950ern über seine jungen Künstler-Jahre in München:
»Und nun will ich verraten, warum ich bei den Mädels so viel Erfolg hatte: Ich habe etwas anders ausgesehen als die Anderen; ich bin aufgefallen. Eine mächtige lockige Künstlermähne, ein schwarzer, breitkrempiger kühngeschwungener Hut, eine schwarze, seidene Künstlerkrawatte – in Biedermeierart mit einer geschmackvollen großen Nadel und eine gewaltige, faltenreiche dunkelblaue Pelerine mit schwarzem Samtkragen, dann meine schlanke sportliche Figur haben ihre Wirkung bei den Mädchen nicht verfehlt …
Anscheinend konnte ich die Mädels auch noch so lieb anstaunen, daß sie gerne mit den schönsten Würsten und den besten Sachen herausrückten.«
Hier spricht die Inszenierung selbst; das Künstlertum des Mittzwanzigers ist zur reinen Staffage geronnen, hinstilisiert auf Wirkung nach außen – er bedient sämtliche Clichés der Bohème und geriert sich in Symbol und Signal aller nur denkbaren Äußerlichkeiten; Hermann Gradl als Dekorateur seiner selbst, als Maler-Darsteller.

Mir ist, als spräche ich nicht über Ästhetik. Ich spreche über Gradls Entnazifizierungsakte und sein Leben.

Wie er die Realitäten verblendet und das verherrlicht, was er für die Realität halten will. Wie er versucht, sich unfaßbar, ungreifbar, unangreifbar zu machen. Wie er Täuschung und Selbsttäuschung nicht wahrhaben will, wie er die Lüge pflegt, weil er sich in seiner Lebenslüge eingerichtet hat. Wie er versucht, jedweder Auseinandersetzung – ob Baum, Strauch, Berg, Kuh, Hitler, Gauleiter, Partei, moderner Malerei – aus dem Weg zu gehen. Wie er unfähig ist, das Fremde oder auch nur den anderen Impuls aufzunehmen. Wie er sich vor Fehlern und Fehleinschätzungen abschottet. Wie er die linke Hand nicht wissen lassen will, was die rechte unterschreibt: »Heil Hitler!«

Ein parzelliertes Bewußtsein, das das Eigene machen will und das Andere nicht zur Kenntnis nimmt; eine kolonialisierte Wahrnehmung als Ausdruck einer kolonialisierten Seele. Indienstgenommen. Abgemauert vom Ureigensten, zugemauert das unterentwickelte Gefühl, und läßt nichts mehr zu. Der Rest ist Eitelkeit und Leere.

In seiner Akte präsentiert sich Hermann Gradl als Nichts. Als habe es nichts gegeben, als sei nichts gewesen, als sei er nichts gewesen und niemand war dabei, vor allem nicht er selbst. Nichts hat ihn fasziniert, nichts konnte ihn erfreuen an seiner Lebenszeit während jener Jahre. Hereingebrochen sind sie über ihn. Zu Allem gezwungen, zu Jedem vergewaltigt. Hat keine Reden gehalten, keine Briefe geschrieben, keine Bankauszüge kontrolliert, keine Kollegen ausjuriert und hat auch nicht jubiliert, als er zum 50. des Führers in Berlin eingeladen war. War seine Größe, sein Format, die Souveränität unter dem Hakenkreuz ein Trugbild? Tat er's oder tat er's nicht?

Er tut etwas, und leugnet's ab; er leugnet ab, was er getan hat. Objekt-Verleugnung, Subjekt-Verleugnung. Er löscht sich aus. Er löscht sich aus als Individuum, weiß nicht, was er sich selbst damit antut. Ist die Verleugnung so groß, weil 1945 der Schrecken so unerträglich? Wo aber ist Gradls Schmerz? Es gibt ihn nicht: Schmerz ist nicht zugelassen. Was dann?

Ubiquitäre Feigheit? Feigheit, ein männerbündischer Begriff, der wenig taugt – aber nicht einmal an den eigenen Ehrbegriffen dieser Herren lassen sie sich messen, und nirgendwo zu finden ist ein Ja, ein Ja zum Ja, ein Nachkriegs-Ja zum Vorkriegs-Ja.

Nicht zu stehen zu dem, was war, was man getan hat; nicht zur eigenen Haltung, nicht zur eigenen Handlung, nicht zur eigenen Geschichte stehen – das ist Ich-Auslöschung, das ist Identitäts-Austreibung, das ist Selbst-Verleugnung: nur so funktioniert der ganze Apparat.

Nur wenn ein Ich zur Verfügung steht und nicht in der Person verankert ist, kann die Identität einem Führer übereignet werden. Ist dieses Selbst erst einmal dem Führer übereignet, dann gibt es kein Ego mehr, das sich zu sich selbst bekennen könnte: Alles ist ins System übergegangen, und was das System damit macht, kann man persönlich nicht mehr verantworten, weil es ja nichts Persönliches mehr gibt, zu dem man stehen und sich stellen könnte.

Uneigentliches Leben.

Ein Muster-Mitläufer ist Hermann Gradl, der Kunstmaler, Professor und Akademie-Direktor aus Nürnberg. Er ist kein Einzelfall.

Gradl ist einer von allen Deutschen über 18 Jahren, die 1945 meldepflichtig waren. 70 % dieser erwachsenen Deutschen waren vom Entnazifizierungsgesetz nicht betroffen. Zu den 30 % der betroffenen Nazis gehörte Hermann Gradl. Hermann Gradl gehörte zu den 15 % aller jener betroffenen Nazis, die bestraft wurden. Hermann Gradl gehörte zu den 1,8 % aller betroffenen und bestraften Nazis, denen ein öffentliches Verfahren gemacht worden ist. Hermann Gradl gehört zu der Hälfte der 95 % betroffenen Nazis, die als Mitläufer verurteilt worden sind, die andere Hälfte der betroffenen Nazis ging straffrei aus.

Hermann Gradls Elite-Status im Nazi-System ist anerkannt, wenn er ursprünglich als Aktivist und Nutznießer eingestuft wurde. Unter die Kriegsverbrecher fiel er von vornherein nicht. Aber in der Schuld-Skala des Entnazifizierungsgesetzes hätte Hermann Gradl als kulturpolitischer Hauptschuldiger in die Stufe I eingereiht werden müssen.

In seiner Eigenschaft als Aktivist und Nutznießer wird Hermann Gradl von der Klage jedoch nur auf der Stufe II als Belasteter taxiert. Und was macht die Spruchkammer aus dieser Vorgabe? Unter Mißachtung der Stufe III des Minderbelasteten saniert der Urteilsspruch Hermann Gradl auf der erstrebten Stufe IV zum Mitläufer. Wie in diesen Verfahren üblich, wurde seine ökonomische Nutznießerschaft bagatellisiert: Prominenten-Bonus. Mit jedem kleinkriminellen Nazi ist anders verfahren worden.

Die Spruchkammern waren inkompetent – sachlich, juristisch. Zwischen administrativem Chaos und ständigem Zeitdruck, vier Verfahren durchschnittlich pro Tag, 20 pro Woche, laborierten die Laien überlastet vor sich hin, schlecht bezahlt – unberaten, hilflos und ohne Fach-Bildung die Beisitzer. Die eigenständige Ermittlungspflicht wurde sträflich vernachlässigt.

Nicht nur das Stereotyp der Entnazifizierung ist der Mitläufer; er ist auch ihr Ziel. Mitläufer zu werden ist die von allen betroffenen Nazis, auch die von Hermann Gradl, ersehnte Belastungsstufe. Sie ist die Entlastungsstufe par excellence – denn wem kann aus Mitläuferschaft schon ein Vorwurf gemacht werden? Wo doch alle anderen auch mitgelaufen sind! Die Mitläuferschaft ist die ersehnte soziale und gesellschaftliche Erleichterung, die politische Rehabilitierung:

Nazi gewesen zu sein wird zum Kavaliersdelikt.

Muster-Mitläufer ist Hermann Gradl auch mit den Argumenten seiner Verteidigung: Landesweit war er mit all den anderen betroffenen Nazis unter den Nazis »passiv«, hat sich anständig verhalten, hatte beamtenrechtliche Gründe und hat Naziverfolgten geholfen.
Keiner hat nirgendwo niemandem nichts getan.
Jeder zweite Erwachsene in Bayern hat einen Persilschein ausgestellt, 2.500.000 Persilscheine insgesamt. Landesweit wird in diesen Papieren den betroffenen Nazis das Lob des Unpolitischen gesungen, ihre innerliche Integrität bestätigt, ihre private Moralität versichert.
Auch Hermann Gradl aktiviert die obligatorische Persilscheinjüdin, er aktiviert die obligatorische Putzfrau aus der KPD; nur mit dem obligatorischen Persilschein-Pfarrer kann er nicht dienen, denn der Herr Professor war 1942 aus der katholischen Kirche ausgetreten.

Ein Muster-Mitläufer ist Hermann Gradl, weil er als prominenter Nazi in der Schuldskala hoch taxiert und typisch weit herunterbegnadigt wurde.

Nicht nur formal war Hermann Gradl der Nazi-Mustermann. Auch ideell ist er mustergültig, wenn er an der allgemeinen Geschichtstilgung teilhat und den Erinnerungsverlust pflegt.

Was ist das für ein Land, und welche Mentalität herrscht da, wenn jeder Erwachsene dem anderen Erwachsenen einen Persilschein ausstellt und allgemeines Entlasten flächendeckend geübt wird:
100 %ige Anführungszeichenentnazifizierung.

Eine Gesellschaft löscht sich aus:
sich selbst, ihre Schuld, ihre Erinnerung, ihre Identität.

Nichts wird bewältigt. Zielstrebig wird vergessen. Aggressiv verdrängt, verraten, verwischt, verschwiegen und vertuscht. Bereut wird nichts. Die Scham? Sie fehlt! Trauer? Gibt es nicht!
Der Nationalsozialismus wird kollektiv weggedrückt und abgesenkt, ins Unterirdische versenkt. Nahezu unbeschädigt in die Unsichtbarkeit abgetaucht wirkt er weiter und bleibt aktiv. Heimliche und unheimliche Nazis.

Und 50 Jahre später wieder die Fontäne des Faschismus.

23

Die Entnazifizierung ist politisch nicht geleistet, ökonomisch nicht vollzogen, geistig verschleppt und seelisch verdrängt. Sie wurde nicht gewollt. Sie wurde nach dem totalen Zusammenbruch und der bedingungslosen Kapitulation als Demütigung durch die Sieger empfunden, als von außen aufoktroyiert. Sie wurde abgewehrt.

Mangelnde Entnazifizierung heißt: 50 Jahre Schwelbrand. Der Nationalsozialismus wurde nicht begraben, er wurde verscharrt. Nirgendwo ein Friedhof für den Faschismus, kein ordentliches Begräbnis für seinen Führer, kein Leichenbegängnis, keine Bestattung, kein Totenmahl.

Die Toten waren immer lebendig, und wo sie hätten sterben können, haben wir sie wieder auferstehen lassen.
Das ist der status quo, 50 Jahre danach.
Der Neofaschismus ist nicht vom Himmel gefallen. Er war immer da.

Was für die zwölf Nazi-Jahre Normalität gewesen ist, war für die neue Gesellschaft nicht unnormal und wurde zum Regelfall. Perfektes Schweigen und blindwütige Abwehr, totaler Abbruch und manischer Wiederaufbau, Bruch in der Lebenslinie und Hochziehen der neuen Existenz fanden sich reulos, schamlos, trotzig, arbeitswütig, leistungsgeil, vorwärtsflüchtend in einer funktionsfähigen Koalition von Hirn und Herz, Seele, Gewissen und Gemüt. Das entband das Kollektiv und jeden Einzelnen davon, wenigstens einmal den Versuch zu machen, sich zu konfrontieren.

Stattdessen der Mitläufer als Held, das Mitlaufen als soziale Tugend und Dauerzustand, unterbrochen und gefestigt durch ein Überlaufen von Diktatur zu Demokratie.

Mitläufer, Überläufer, Dauerläufer: Laufbahn Bundesrepublik.

Wie Hermann Gradl nahtlos den Übergang vom einen

141

zum anderen System bewältigte, ist exemplarisches Beispiel und blanker Durchschnitt. Plötzlich schießt im Studium seiner Entnazifizierungsakte die Geschichte der Bundesrepublik zusammen wie der Kristall in der Lauge; plötzlich offenbart sich in der Akte der Akt: nackt steht es heute da, mein Land, hilflos wieder und unberaten. Als ob man nicht hätte wissen können, wie das Alles geschehen war.

24

Wer wäre von Mitläuferei nicht frei? Wer fände keinen Gefallen an der Lust an der Macht? Wer wäre nicht gerne dabei und aufgehoben, bequem und gewärmt im Dunst der Mitte, ohne Anstrengung um's Eigene und bedient, vom Willen erlöst, vom Denken befreit, dem Zweifel nie begegnet? Teilhaber zu sein und anerkannt, nicht ohnmächtig – ausgestattet mit Macht oder wenigstens einem Bruchteil davon.

Wie das gefällt! Wie das schmeckt!

Kein Täter sein müssen, keine Schuld haben müssen. Mitlaufen, mit dem Strom schwimmen, nur sich tragen lassen wollen. Passiv sein und den Lohn der Passivität haben wollen. Nicht schuld an irgendetwas. Tun können, ohne Täterbewußtsein haben zu müssen. Handeln können, ohne Verbrecher sein zu müssen. Mitläufer – kein Minderbelasteter, kein Belasteter, nicht Aktivist, nicht Militarist, nicht Nutznießer, und schon gar kein Hauptschuldiger. Nur seine Pflicht getan haben, höchstenfalls Befehlsnotstand. Wie alle anderen. Wie alle anderen auch:

Die Anthropologie des Mitläufers.

Gegen die paar Volksverführer da oben – wir, die hilflose Masse der Verführten. Gegen die wenigen Drahtzieher dort – die vielen Opfer hier. Selbstzuschreibung, Fremdzuschreibung.

Und die Amerikaner?

Hilflos: Verschwörungstheorie gegen Kollektivschuldthese. Elitentausch gegen die Ubiquität des autoritären Charakters der Deutschen.

Und ich?

Hilflos.

25

Rückwärts bergab.
»Am 29.III.1951«, schreibt Hermann Gradl, »habe ich mir endlich wieder ein neues Auto gekauft, ein DKW Kabriolett. (*Michel* wurde er von Lore mit Sekt getauft). Und damit begann wieder eine neue Zeit für mich!«

Autofahren war stets seine Passion. Anläßlich einer Feierstunde der Nürnberger Verkehrswacht wurde Hermann Gradl 1958 dafür ausgezeichnet, daß er 50 Jahre hindurch seine Automobile »ohne den geringsten Kratzer durch die Klippen des Verkehrs gesteuert« hatte. Der Kunstprofessor nahm die Ehrung zum Anlaß, von einer seiner ersten Abenteuerreisen zu berichten, die ihn 1908 in seinem zweizylindrigen, mit sechs Pferdestärken getriebenen Wagen – »Brennabor«-Fahrgestell und »Karosserie nach eigenem Entwurf« – nach Rothenburg ob der Tauber geführt hatte:
»Am steilen Berg hinter Feuchtwangen blieb das Vehikel plötzlich stehen, weil kein Tropfen Benzin durch die Fallrohrleitung mehr vom Tank hinterm Rücksitz in den Vergaser gelangte. Also – rückwärts bergab, gewendet und mit dem Hinterteil voran im Rückwärtsgang wieder der Bergkuppe entgegen!«

»Auf diese Weise«, konstatieren am 11. April 1958 die ›Nürnberger Nachrichten‹, »auf diese Weise bezwang der damalige Kunstgewerbler, der später ein bekannter Maler wurde, fortan alle Berge.«

26

Auch Marktheidenfeld ist nur eine Metapher.

Der Marktheidenfelder Umgang mit Hitlers Lieblingslandschafter als Umgang mit dem Nationalsozialismus ist exemplarisch. Gradl historisch ist Gradl aktuell.

Marktheidenfeld ist eine Metapher. Ich könnte Passau, Karlstadt, Forchheim, Alsenz, Tauberbischofsheim schreiben. Jede Stadt hat ihre Nazi-Leiche im Keller und sie stinkt. Aber den Schlüssel zur Kellertür will man nicht finden.

Marktheidenfeld ist austauschbar, aber unverwechselbar. Und unübersehbar vernetzt mit Passau, Karlstadt, Forchheim, unterirdisch verbunden mit Alsenz, Wallenfels und Kempten, subkutan veradert mit Tauberbischofsheim. Unentrinnbar die Serie, ein unheimliches, unheimlich aktives Geflecht lebendiger Faschismen, das seit 50 Jahren sprießt – verboten, geduldet, gefördert und erlaubt.

Hier habe ich meine Arbeit getan. Meine seelische, meine berufliche. Sonst nichts.

Was ich tue, ist für mich normal.

Meistens hat es mich gequält. Zweifel, Alptraum, Angst. Aber es gibt ein Grundgesetz, das mir freie Meinungsäußerung garantiert.

Ich habe das Schweigen gebrochen, ich habe dem Verstummen meine Stimme gegeben, ich habe für die Sprachlosigkeit meine Wörter gefunden und vor allem: das Material dazu. Mit zwei Veröffentlichungen 1988 im Bayerischen Rundfunk und 1990 in der Zeitschrift »TransAtlantik« habe ich Fakten vorgelegt.

Ich erlebe Jagdszenen in Unterfranken. Es sind die politisch schwersten Monate meines Lebens. Meine Arbeit ist nicht willkommen, ich werde dafür bis heute gehaßt.

Die Reaktionen grenzten ans Pathologische. Aus dem Mitbürger, aus dem Nachbarn wurde für die anderen der

Nestbeschmutzer. Aggressiv und renitent wurde alles Bewiesene abgewiesen, die Getroffenheit umgedreht in Treffenwollen – inoffiziell und unausgesprochen war ich preisgegeben, telefonisches und postalisches Freiwild. Es wird in den Hörer gerülpst und gefurzt, Männer drohen mit Mord, wollen mich kaltstellen, fertigmachen, um die Ecke bringen. Von Listen wird gesprochen. Frauen rufen »Rotzlöffel«, »Nestbeschmutzer«, »Vatermörder« oder »Verdammter Grüner« und »Schwuler Kommunist!«. Sie bemühen Hitler oder die Zigeuner. Manche bitten, bisweilen inständig: »Hören Sie endlich auf damit!« Keiner sagt seinen Namen. Niemand will mit mir sprechen. Eine Diskussion findet nicht statt. Die Post bringt Scheiße im Päckchen, Pariser, gebraucht, Monatsbinden, gebraucht, verrotztes Tempo und beschissenes Klopapier im Kuvert. Und nächtelang geht das Telefon.

›Ausgegrenzt‹ und ›sozial geächtet‹ – ich habe lange gebraucht, bis ich diese Begriffe für meine Lage gefunden hatte. Mit Hermann Gradl oder Adolf Hitler hatte das Alles nichts mehr zu tun. Greifbar war *ich*. Ich hatte das Tabu gebrochen, ich sollte gefaßt werden. Fremde rufen mit verstellter Stimme und erfundenem Namen an, ob ich Gradl-Gemälde zu verkaufen hätte; andere wollen wissen, ob mein Haus nun zu kaufen wäre, es hieße, ich zöge fort. In der Stadt, jeder kennt jeden, wechseln Mitbürger ostentativ die Straßenseite. Eine Geschäftsfrau bittet mich, nicht mehr in ihr Geschäft zu kommen – wegen der Kundschaft. Verlegenheit in anderen Läden, wenn ich sie betrete. Ein alter Mann ruft mir nach, er werde kein Buch mehr von mir kaufen. Eine alte Frau auf dem Fahrrad hält an, baut ihre verwitterte BDM-Gestalt vor mir auf, tritt bis auf Atemnähe an mich heran und mahnt mich scharf ab. Natürlich hatte sie nichts gelesen, nur gehört, »was man so hört!« Als ich sie auf die Zeitschrift »TransAtlantik« verweisen will, fällt sie mir ins Wort: »Ich habe schon immer gewußt, daß Sie mit dem internationalen Judentum kollaborieren!«

146

In den Lokalzeitungen »Main-Echo« und »Main-Post«
griffen junge Redakteure 1990 meine Dokumentation
auf, und die Gradl-Geschichte eskalierte. Die Blase platzt,
alles kommt hoch.
Ich mache verschärft und diesmal am eigenen Leib die
Erfahrung, was los war in dem malerischen Flecken an
Main und Spessart, als vor wenigen Jahren erstmals gegen die offizielle Gastfreundschaft für ehemalige SS-Leute
demonstriert wurde.

An Gradl bricht die ganze unerledigte Nazi-Scheiße der
kleinstädtischen Gemeinschaft auf: Die ältesten Rechnun-
gen werden wieder aufgemacht an Mittagstisch, Verkaufs-
tisch, Stammtisch, im Nebenzimmer, in der Kirchenbank,
beim Tanken, beim Kartenspiel und im Schützenverein.
Die Rechten rechnen den Sozis vor, wer von ihnen Nazi
oder in der HJ gewesen ist, die Roten rechnen den Rechten nach, wer damals Gradl gekauft hat und in wessen
Häusern sie heute noch hängen. Arisierer werden genannt, Entnazifizierer und Entnazifizierte, Profiteure von
Partei, Schwarzmarkt, Aufschwung. Gradl als Indikator.
Immer wieder die offenen und falschen Zuträger und
Informationen, die vom Nebentisch des Stammtischs berichten, was über Gradl oder mich berichtet wird, aus
Pinte oder Gourmettempel, aus »Eiche«, »Anker« und
der »Schönen Aussicht«. Da soll sich der an Logorrhoe
leidende Stadtrat nach der Sitzung für Schreib- und
Berufsverbot ausgesprochen haben, wenn schon meine
Ausweisung nicht möglich sei; – ein anderer: Adolf hätte
kurzen Prozeß mit mir gemacht, wenigstens wäre ich
interniert worden. Der Dritte: Das Handwerk solle man
mir legen, und der Vierte, ob man mir nicht Wasser und
Strom abdrehen könne. Im Briefkasten liegt – anonym
geschickt – eine Liste der Marktheidenfelder, die nach
45 als SS-Leute im Gefangenenlager der hiesigen »Düssel-
dorfer Siedlung« festgehalten waren. Mehrere wohldo-
tierte Witwen mit altem und neuem Parteiabzeichen, mit
Pension und Immobilien verraten mir, welche lebenden

»Hädefelder« die Toten der letzten Stunde auf dem Gewissen hätten – jene zwei Deserteure, die am letzten Kriegstag an der Friedhofsmauer erschossen und der dritte, der am Stadteingang auf der Brücke an der Telegraphenstange erhängt wurde. Aus dem Biergarten der nahen »Schönen Aussicht« hatte man rasch einen Klappstuhl geholt, und der, der diesen Klappstuhl weggetreten hatte, sei –. Aber niemand wollte mir den Namen vor dem Notar wiederholen.

Dafür treten in der Prunksitzung an Fasching die allseits beliebten »Bänkelsänger« auf und tragen ein Spottlied vor auf den Schriftsteller im Ortsteil Zimmern:
»Ein Dichterling in Zimmern droben
kritisiert Gott und die Welt;
fühlt über andre sich hoch erhoben,
hauptsächlich über Hädefeld!
Ihm fehlt scheint's Lob nur und Preis und viel Ehr.
Drüm möchte mir den Vorschlag mach,
daß er ein Denkmal kriegt, der Herr,
in unsrer Kläranlag!«
Dreifach donnerndes Helau. »Bombenstimmung« kommt auf, als einer der Bänkelsänger, ehemaliger Stadtrat, ein Schaubild entrollt: Mitten in der dampfenden braunen Kacke des Marktheidenfelder Klärbeckens steht auf einem Podest die Figur des Typs pomadiger schwuler jüdischer Asphalt-Literat der Berliner 20er Jahre mit geilem Gesichtsausdruck, blauer Bauhaus-Brille, rosa Schuhen, lüstern lechzend, notierend in ein Heft, auf dem »Kritik« steht. Urheber der fast lebensgroßen Darstellung ist der ortsansäßige Bierdeckelgraphiker, des Antifaschismus auch im Fasching vollkommen unverdächtig; zielsicher bedient er sich in der Zeichnung jüdischer Physiognomiemuster aus der Ikonographie des »Stürmer«. Daß der Graphiker mit der dampfenden Kacke gleichzeitig die Marktheidenfelder Situation widerspiegelt, ist unfreiwillige Selbstaussage. Und daß ein Schriftsteller konnotiert wird mit »Kläranlage«, also als Anlage zur Klärung des

Unangenehmsten aufgerufen wird, daß das Kollektiv ihm sein Exkrement, seine braune Scheiße anvertraut, die Entsorgung des Abgestoßenen, Ausgeschiedenen delegiert in denunziatorischer Ehrung, ist die zweite unfreiwillige Selbstaussage. »Bombenstimmung« kommt auf, und gelacht wird »bis zur Vergasung«!
Hitler lebt.

Zufällig steht in diesen turbulenten Tagen immer wieder stundenlang ein Polizeiwagen vor der Tür. Zufällig können die Beamten mir keine Auskunft geben, warum sie zufällig in diesen Tagen immer wieder stundenlang vor der Tür stehen, aus »dienstrechtlichen Gründen«. Sie grinsen. Gerade, daß die Fahrertürscheibe heruntergekurbelt wird. Zufällig marschiert der Herr Bürgermeister in diesen Tagen mit seinem Bauausschuß vor dem Haus auf und besichtigt die Straßenbreite. Zufällig wird wenig später vor dem Haus totales Park- und Halteverbot erlassen. Zufällig rückt in diesen turbulenten Tagen morgens um 7 Uhr der städtische Bautrupp an und mauert ohne Ankündigung oder Voranmeldung stadtseitig unseren Hofausgang zu. Zufällig wird in diesen turbulenten Tagen öffentlich diskutiert, ob nicht die neu aufzustellenden Müll-Container für Altglas ihren Platz auf städtischem Grund direkt neben dem Wohnhaus finden sollen. Die Bushaltestelle folgt wirklich. Zufall?
Zufällig wird uns zugetragen, daß man sich in der Direktion der örtlichen Kreissparkasse entschieden habe, den von uns als Festschrift zum 150. Jubiläum im Forschungsauftrag verfaßten sozialhistorischen Essay über die Geschichte von Armut und Sparen in Main-Spessart nicht öffentlich vorzustellen, da sich die beiden Autoren geschäftsschädigend verhielten und man damit »keinen Staat machen« könne.

Diffamierung und Denunziation statt Diskussion. Keine Streitkultur, keine Kultur der Auseinandersetzung, keine

demokratische Kultur. Statt zu problematisieren wird personalisiert und polemisiert. Die Methode heißt Mauscheln. Stammtische und Telefone laufen heiß, Dampf quillt aus der Gerüchteküche. Falls etwas läuft, läuft's hintenrum. Der breiten Bevölkerung ist eh nahezu Alles egal, den Namen Gradl hat kaum jemand wahrgenommen. Es herrscht die dumpfe Atmosphäre von Desinteresse und ergebener Gemütlichkeit. Die Großkopfeten machen, was sie wollen. Und verschanzen sich hinter Posten und Pöstchen. Nazi-Zeit? Ist denen völlig egal. Man will das Gesicht wahren und das Geschäft erhalten. Ja keinen Anstoß erregen! Nur nicht auffallen! Instinktsicher schätzt man ab, wie groß welcher Druck ist, wo man sich am Opportunsten beugt und am Profitabelsten abkassiert. Aussitzen, durchhalten, Kopf retten, abwettern lassen – in der nächsten Woche treibt man eine andere Sau über den Marktplatz. Aber dabei sein will man, auf einem möglichst guten Platz möglichst gut sehen und möglichst nicht gesehen werden. In sich und mit sich zufrieden, sind die Einheimischen hinter dem Vorhang heimisch, hinter den Butzenscheiben der Seele sediert: Die Sau ist immer der Andere. Der Andere kommt von draußen, ist draußen, bleibt draußen, zugereist, nicht von hier und nicht normal. Auch davon hat Hitler gelebt, auch damit wird Hitler belebt.
Es ist hoffnungslos.

Einzig die Angst vor der Öffentlichkeit. Das Einzige, was mich vor noch mehr Terror schützte, war die Angst vor den lokalen und den nationalen Medien. Panik und Bewunderung vor dem, der die mediale Öffentlichkeit herzustellen weiß und mit ihr umgeht. Und eine verschrobene, männerbündische Achtung vor dem, der nicht kneift. So schwer es oft fiel, so bange mir zumute war, ich habe das Kampfgelände nicht verlassen. Ich war beim Maibaumaufstellen, bei der Feuerwehr und beim Köhlerfest; ich saß am Sonnwendfeuer, in der Sauna, im Schwimmbad, im »Bräustüble« oder im Bierzelt der Laurenzimesse.

Ich bin Spießruten gelaufen, und das Scherbengericht ging mehr als einmal über meine Kraft.

Ich wollte sehen, was wird und wissen, wie weit man geht. Ich habe auch nicht aufgehört, *ich* zu sagen und *ich* zu schreiben, wenn von *meinen* Erfahrungen die Rede war, obwohl man es mir nahegelegt hatte. Ich machte mich mit meinem Ich angreifbar, wurde mir gesagt, und dieses Ich diene nicht der Sache.
Warum?
Natürlich geht es um mich. Es geht um meine Heimatstadt. Es geht um mein Heimatland. Es geht um meine Geschichte und um die Geschichte von Stadt und Land. Es geht um meinen Hermann und um meinen Hitler. Und wenn ich glaubhaft sein will, dann kann ich nur von mir erzählen und meinen Erfahrungen. Ich rede von nichts als von meiner Wahrheit. Das *Ich* ist Methode.

Kein Fakt ist bis heute widerlegt, auch wenn mich, als spräche er von sich selbst, der ortsansässige Bürgermeister in seiner Beweisnot und ob seiner Gradl-Geschichtsklitterung einen »selbstgerechten Lügner« nennt. Ich hatte zu mir, das heißt zu meiner Arbeit zu stehen – und sei es aus Mangel an demokratischer Kultur der Gegner nur durch physische Präsenz in der Stadt.
Meine Richtung war gezwungenermaßen gegenläufig – wie schmerzhaft auch immer.
Schmerzhaft auch die aufgezwungene Einsicht in die Wirklichkeit:
Hitler lacht.
Und Hitler triumphiert über meine biographische Loyalität gegenüber der geliebten Stadt, der Stadt meiner Pubertät, der immer noch eine kindliche Naivität gewidmet ist. Es tut weh, daß diese Stadt nicht so ist, wie ich sie mir wünsche, und daß sie so nie jemals war. Es tut weh, daß diese Stadt nicht einmal so ist, wie sie sich darstellt. Solange sie sich den Kunst-Exponenten eines Terror-Regimes als Bürger ehrenhalber hält – nichts

Höheres kann eine Kommune einem Menschen verleihen als ihre Ehrenbürgerschaft – solange ist Hitler hier ehrenhalber eingebürgert und Marktheidenfeld eine falsche Idylle.

Erst als bei einem Fest zu fortgeschrittener Stunde ein Rentner aus der Gegend, als Liberaler bekannt, nicht ohne Schlagseite sich meinem Tisch näherte, um einen Sitzplatz neben mir auf der Bierbank bat, sagte: »Passen Sie auf sich auf! Hier schützt Sie niemand! Wenn sich die Zeiten wieder ändern, und in Marktheidenfeld der erste Schuß gefallen ist, dann sind Sie tot!«
– erst dann habe ich die »TransAtlantik«-Redaktion verständigt und Publizisten außerhalb informiert.

Ich habe die Öffentlichkeit hergestellt und sie hat funktioniert. Gradls Nazi-Geschichte, in Marktheidenfeld zum Fall Roos umgefälscht, weggelogen, hingedreht, zurechtgebogen und verharmlost, war Thema in ZEIT und FAZ, in FR und SZ, in AZ und in der »Jüdischen Allgemeinen«. Rundfunksender berichteten, drei Fernsehanstalten drehten Filmbeiträge.
Was hat es genützt?

Otto Köhler, der Hamburger Publizist mit fränkischem Hintergrund, kommentiert in ZEIT und SWF:
»Der Bürgermeister von Marktheidenfeld bewegt sich mit seiner Treue zu Hermann Gradl auf einem festen Rechtsboden. ... Unser Staat zahlt der Witwe Roland Freislers Pension für die umfangreiche Mordtätigkeit, die ihr Mann als Chef des Volksgerichtshofs für den Führer entfaltete. Es wäre also systemwidrig, wollte man den Mann, der für den Führer und seine Reichskanzlei malte, durch Entzug des Straßennamens und der Ehrenbürgerschaft abstrafen. ... Wie stellt sich denn der junge Peter Roos eine Distanzierung Marktheidenfelds von dem Künstler vor, der immerhin von einem deutschen Reichskanzler zum größten Sohn der Stadt erhoben wurde. Marktheidenfeld

hatte nach dem Krieg jahrzehntelang der Rechtsnach-
folgeorganisation der 4. SS-Polizei-Division, einer Schutz-
staffel der NSDAP, für alljährliche Treffen Gastfreundschaft erwiesen – kann sich die Stadt da plötzlich aus der
fortwährenden Ehrung eines Malers ausklinken, der das
Gefallen des damaligen Reichskanzlers gefunden hat? ...
Marktheidenfeld wird weiterhin Hermann Gradl als größten Sohn der Stadt betrachten müssen – und das, finde
ich, ist für alle Beteiligten Strafe genug.«
Was hat es genützt?

Walter Boehlich, Frankfurter Publizist, kommentiert im
»Kritischen Tagebuch« des WDR:
»In der Provinz werden die Schlachten von gestern geschlagen. Dort ist man noch unter sich, dort kennt jeder
jeden und beinahe jeder die Vergangenheit aller anderen.
Nichts bleibt anonym. Man sieht einander, man trifft einander, man kann sich nicht isolieren, und das heißt: man
solidarisiert sich miteinander und rettet sich selbst vor den
Schatten der Vergangenheit, indem man die anderen vor
ihnen schützt. Es gibt da nicht die intellektuelle Öffentlichkeit, die das Leben in den Städten erträglicher macht,
sondern eine notgedrungene Kumpanei, in der die Gestrigen und die ewig Gestrigen das große Wort führen können, weil sie zu den Honoratioren gehören, und weil
Honoratioren dort noch etwas gelten. Mit andern Worten:
in der Provinz wird nach wie vor mitgemacht, selbst von
denen, die so gestrig gar nicht sind. Es geht da um politischen Einfluß, um Machterhaltung und Machtgewinn,
und für all das braucht man Mehrheiten, die man nur
dort holen kann, wo sie nun einmal zu finden sind. ...
Weh dem, der da aus der Reihe tanzt und Anstoß nimmt
an dem, was der Mehrheit heilig ist. ... Freilich, was geschieht, wenn dieses Heilige oder bloß Heimelige mit dem
Tausendjährigen Reich der Deutschen mehr zu tun hat
als gut ist? Und was geschieht, wenn einer hingeht und
den alten braunen Dreck unter dem Teppich hervorholt?
Dann kommt es zu einem Skandal, an dessen Ende nicht

die Klärung steht, sondern die Verdächtigung. Die alten Reihen werden fest geschlossen, alles Hochgespielte wird entschlossen heruntergespielt und der Störenfried als Nestbeschmutzer denunziert. Genau das hat sich in den letzten Wochen im Fränkischen, in Marktheidenfeld abgespielt, einem Örtchen, das man gemeinhin als idyllisch bezeichnen würde. ...

Hitler erkannte mühelos in Gradl einen, der malte, wie er selbst, Hitler, auch gemalt hatte. Also förderte er ihn, und weil *er* ihn förderte, hängten sich auch andere seine Schinken in ihre Dienstzimmer oder Wohnungen. Und Gradl, voller Dankbarkeit, schrieb: ›Ich hatte das unverdiente Glück, die höchste Auszeichnung, die sich ein deutscher Mann denken und erhoffen kann, zu erleben: Vom Führer empfangen zu werden, einige Stunden neben dem Führer verleben zu dürfen. Dieses herrlichste und unvergeßlichste Erlebnis, diesen Höhepunkt meines Lebens verdanke ich Ihrem Wohlwollen.‹

Bestünde Marktheidenfeld nicht noch immer darauf, Gradl zu ehren und stolz auf ihn zu sein, könnte man das wohl vergessen, aber die Marktheidenfelder können nicht beides haben: das bequeme Vergessen und den abgestandenen Ruhm. Da die Gesellschaft, die sie bilden, nicht offen ist, scheuen sie die Auseinandersetzung und retten sich in die Verleumdung. Das ist der falsche Weg. Sie könnten an den Bildern von Gradl etwas darüber lernen, was, wenn nicht faschistische Kunst, dann Kunst im Faschismus gewesen ist. Sie könnten auch etwas über sich selbst lernen – wenn sie Wahrheit wollten. Solange sie allerdings lieber den unschuldigen Peter Roos zu opfern bereit sind als den schuldig gewordenen Hermann Gradl in seiner Schuld zu erkennen, werden sie dort verharren, wo sie sind, in der tiefsten Provinz.«

Was hat es genützt?

Die kanadische Verlegerin des jüdischen Novemberhouse-Verlages ließ die Gradl-Geschichte aus »TransAtlantik« ins Englische übersetzen und organisierte eine internationale

Resolution, an deren Spitze sich Israels renommiertester Schriftsteller, Yehuda Amichai, stellte, 1924 in Würzburg als Ludwig Pfeuffer geboren, und in letzter Minute nach Palästina emigriert.
Was hat es genützt?

Keine einzige öffentliche Diskussion in Marktheidenfeld zum Fall Gradl. Die Angebote dazu bleiben unerhört. Keine Antwort auf Briefe. Rückrufe erfolgen nicht. Nur die SPD, von internen Problemen und Generationskonflikten geschüttelt, diskutiert. Der Juso-Chef, auf dem Absprung zum Ortsvorstand, treibt die Gradl-Chose kalkuliert voran, nicht zu seinem Nachteil. Erbärmlich versagen die Grünen. Desinteressiert, uninformiert, kunstfern, fraternisiert der grüne Solist im Stadtrat bestätigungshungrig mit der väterlichen Macht des Bürgermeisters. Birkenstock, Yogasitz und Radl – doch leider ohne Gradl. CSU und Freie Wähler stellen in natürlicher Allianz das gesunde Volksempfinden und tragen willig den Bürgermeisterwillen, möglichen Disput schon im Vorhinein zu ersticken. Folgsam segnet denn auch der gesamte Stadtrat ohne Diskussion und ohne Gegenstimme die bürgermeisterliche Verlautbarung ab, mit der sämtliche kritische Forderungen nach Aberkennung der Ehrenbürgerwürde, Umbenennung der Gradl-Straße und Schließung der Gradl-Galerie abgeschmettert werden:
»Der Stadtrat sollte … 1990 die in großer zeitlicher Nähe zu den Ereignissen des Dritten Reiches und mit besserer Kenntnis menschlichen Verhaltens in einer Diktatur in einem verbrecherischen System gefällte Entscheidung akzeptieren und die Ehrenbürgerschaft nicht aberkennen. Die Ehrenbürgerschaft schließt eine kritisch distanzierte Haltung oder Beurteilung Hermann Gradls als Person der Zeitgeschichte nicht aus. Auch die Bestätigung der Ehrenbürgerwürde wie die Auseinandersetzung um seine Person, sind nicht zuletzt auch zeitgeschichtlich bedingt. Daß Angehörige von Verfolgten des Naziregimes auch Mitläufer wie Hermann Gradl kritisch beurteilen, daß für

sie das Verhalten während der zwölf Jahre von 1933 bis 1945 allein zählt, ist verständlich. Sie sollen aber ein gewisses Maß an Verständnis dafür aufbringen, daß die Stadt nicht anders handeln kann. ... Die Gradl-Galerie zeigt keine Nazi-Kunst, denn Gradl hatte schon lange vor 1933 zu seinem Landschaftsstil gefunden und Gradl war auch kein künstlerischer Propagandist des Dritten Reiches. ...«

Bedauern und Unverständnis zeigt die Stadt angesichts des Stils der Auseinandersetzung um die Person Gradl: »Es ist weder berechtigt, die Stadt oder einzelne Personen, welche eine differenzierte Auffassung zu Person und Werk von Hermann Gradl vertreten, in die rechte Ecke zu stellen, oder gar Verstorbene wegen ihres Engagements oder ihrer Meinung zu diffamieren.«

Das fünfseitige Manuskript wird mir vorab mehrfach anonym zugeschickt, einmal mit dem staatstragenden Stempel »Top Secret«.

Jetzt werden gar jüdische Kunsthändler bemüht, die vor 1945 mit Gradl Geschäfte gemacht hätten und Freundschaft geschlossen und gleich nach 45 wieder weiter.

Ein Deutsch-Lehrer aus dem Vorstand des »Historischen Vereins« pumpt Hitlers Produzenten für stille Propaganda-Ware auf, redet ihn gar zu einem fränkischen Zille hoch. Und das Fremdenverkehrsamt der Stadt verleiht dem Künstler ohne Nazi-Fehl und Sozi-Tadel akademischen Adel – mit Ehrenpromotionswürde wird für die »Ausstellung Gemälde des Landschaftsromantikers *Dr.* Hermann Gradl« geworben. Soweit der Hospitalismus im Tourismusprospekt »Die gastliche Stadt an Main und Spessart«.

Dafür bleibt die Gradl-Straße weiter ohne Spezifikation; ratlos und ohne Traute wird nicht auf den großbraunen Sohn der Stadt verwiesen; seine Lebensdaten bleiben den zahllosen Gästen von nah und fern, ihren Taxi-Chauffeuren und Busfahrern verborgen, während jeder lokale Brauereibesitzer, Beethoven und Bürgermeister mit Geburtsjahr, Sterbejahr, Berufsbezeichnung ausgewiesen ist. Rückzug vom Gradlgrün? Bedenklich.

So verweigert der Bürgermeister selbst, ob seines rhetorischen Genies »Laber-Leo« gelobt, den rotarischen Freunden Rede und Antwort; in ihrem Montagskränzchen im Gasthof »Schöne Aussicht« wird er in Sachen Führer-Kunst zum Redner-Pult gebeten, aber süßsauer, so wird genüßlich kolportiert, lehnt er, gewohnt humorvoll, ab. Bedenklich.

Warum, fragen die sich, die sich einen Gedanken mehr zumuten, warum zappelt er sich so hilflos ab im Netz seiner Befangenheit? Warum bleibt er seinem Starrsinn so treu, dessen Opfer er längst ist? In was wohl, wüßte ich gerne, ist dieser Mann so heillos verstrickt? Welche familiale Altlast, welche nazistische Hypothek mag er wohl so verquer bewältigen wollen? Daß Andersdenkende er erst einmal Lügner und Hohlköpfe heißt? Und die von ihm Abhängigen so im Seelengriff hat, daß der Nestbeschmutzer naturgemäß nicht zu einer hausgemachten Kleintagung über den Begriff »Heimat« der örtlichen Volkshochschule eingeladen werden kann, denn, so, »her masters voice«, die Leiterin der VHS, jener Mann sei unserem Herrn Bürgermeister nicht zuzumuten.

Keine öffentliche Diskussion also, aber es war nicht Alles Gradl-Claque. Kritische Leserbriefe werden geschrieben und gedruckt, nicht nur in Marktheidenfeld. Ein Trost.

Doch die Telefone der Freunde blieben still. Ich nehme nur das Grundrecht auf Meinungsfreiheit wahr, und die Telefonate der Freunde, oder die man dafür hielt, bleiben aus. Kein Anruf, keine Anteilnahme, nichts. Jenseits von sachlicher oder politischer Differenz haben die vermeintlich Nächsten weder Nähe noch Loyalität gepflegt. Druck und Widerstand halten sie nicht aus. Die Ältesten, die Besten, die elterlichen Freunde, moralische Autorität in der Stadt, Unternehmer, gestandene Leute, wohlsituiert,

kultiviert, gebildet, aktive Christen, in der dementspre-
chenden bayerischen Partei – sie scheuen bei ihrem
Großfest das Treffen der Kontrahenten und opfern: sie
laden mich und meine Friederike aus. Tränenreicher
Höhepunkt und Absturz. Wochenlang Schreibhemmung,
nächtelang Angst, das Telefon geht, jemand traktiert uns
mit Trillerpfeife, stundenlang reglos am Tisch vor dem
weißen Blatt Papier, der geöffnete Füller trocknet aus.
Tagelang bewege ich mich in Hitlers Zigarettenalbum,
Fotos aus dem Leben des Führers, aber das führt zu
nichts. Ich kann die Botschaften seines Körpers nicht
lesen, seinen Blick nicht sehen, seine Stimme nicht hören,
seine Worte nicht verstehen, ich finde keine Erklärungen,
Lösung finde ich nicht.
Ich starre in die inneren Bilder des NS.

Natürlich war nicht Alles Gradl-Claque.
Ein Arzt, ich bin nicht einmal sein Patient, kommt während seiner Visite in unserer Straße vorbei und erklärt
seine Unterstützung. Eine Bekannte backt mir meinen
Lieblingskuchen. Maria gibt mir recht. Der Installateur,
der Ingenieur, ein Rechtsanwalt, der Zeitungshändler: die
fragen nach und wollen wissen. Eine einzige Person bittet
um die Einsicht in die Akten. Alle anderen halten sich
zurück, bedeckt, taktieren. Erosion der Freundschaften.

In meinem Namen und mit meiner Anschrift wird ein
gefälschter Leser-Brief in Sachen NS an die Presse geschickt.
Oder.
Ich muß nur einen kleinen autobiographischen Essay in
der Tageszeitung veröffentlichen, eine Nostalgie über das
»Alte Schwimmbad« der Stadt, von den Nazis baurecht-
lich bedenklich errichtet – schon ist am nächsten Tag ein
Denunziationsbrief verschickt, anonym, versteht sich, der
dazu noch nachts an diverse Schaufenster geklebt wird,
nur, weil ich auf die Nazi-Geschichte unseres Pubertäts-
paradieses hinweise.

Papier, Platzverteilung des Textes, Typographie, Wort-
wahl, Satzbau, Idiomatik, Metaphorik, Stil lassen wir lin-
guistisch und kriminaltechnisch untersuchen und verglei-
chen mit anderen Anonyma und dem Schrifttum zweier
Kandidaten, und man weiß, wer hier schreibt und spricht.
Hitler lacht.

Die Gradl-Affaire als Katalysator. Eine Bürgerinitiative
soll entstehen, ich gründe einen kritischen Arbeitskreis.
Wir sitzen zusammen. Fünf Marktheidenfelder suchen
mit Adreß- und Telefonbuch verläßliche und standhafte
Mitstreiter am Ort. Nach einer Stunde bleiben von 12.000
Einwohnern zunächst 24, dann 12 mögliche Kombattan-
ten. Das sind 0,1 % der Gesamtbevölkerung. 20 Unter-
schriften finden sich schließlich für einen offenen Brief
an die Stadtverwaltung, in dem eine dokumentarische
Begleitausstellung für die Gradl-Galerie gefordert wird,
um aus der bloßen Huldigung eine historische Einbettung
in die Zeit und in das kunsthistorische Spektrum zwischen
Regime-Kunst und »entarteter Kunst« der Moderne, der
Avantgarde, zu machen. Basis dieses Konzepts ist das
Projekt eines kunsthistorischen Lehrpfades, das ich zwei
Jahre zuvor den Verantwortlichen öffentlich vorgeschlagen hatte – die einzigartige Chance, als erste Kommune in
Deutschland eine solche Modell-Ausstellung zu präsentieren. Vergeblich. Keinen Eingang in den offenen Brief findet die Forderung, Gradl die Ehrenbürgerschaft abzuerkennen, die Gradl-Straße umzuwidmen für Ernst Ludwig
Kirchner, der im benachbarten Aschaffenburg geboren ist,
keine Gradl-Reklame mehr zu betreiben im Fremdenverkehrsprospekt und die Gradl-Galerie ersatzlos aufzulö-
sen. Karrieretechnisch nicht ungeschickt biegt der Juso-
Chef die Radikalform ab zu einer angeblich konsens-
fähigeren Scheibchentaktik. Der Rest der Gruppe schließt
sich zögernd der Strategie an: Friederike Hassauer, Litera-
turwissenschaftlerin, Peter Reidelshöfer, Graphikdesigner,
Bernd Dörfler, Maler und Kunsterzieher am örtlichen
Gymnasium und ich.

Als ehemaliger Schüler der Nürnberger Akademie, ausgebildet von Gradl-Schülern und dem Gradl-Nachfolger, Ex-Pg Otto Michael Schmitt selbst, weiß Bernd Dörfler, wovon er spricht, wenn er sich in Leserbriefen gegen die »Gradl-Horror-Picture-Show« exponiert; wenn er aus dem diffamierten Nestbeschmutzer einen »engagierten Nestreiniger« macht; wenn er die »schusselige Naivität … von selbstgefälligen Hobbykunstgeschichtlern und Dilettierenden in Sachen Kunst« unter den Dorfkaziken kritisiert, und wenn er programmatisch analysiert:

»Die Gradls gab und gibt es zu Hunderten in Deutschland. Ihr Repertoire und ihr Sujet beziehen sie aus dem 19. Jahrhundert. Das ›Gute, Wahre und Schöne‹ wird bei ihnen zum ›Süßlichen, Verlogenen und Belanglosen‹. Die ›Inhalte‹ dieser Mogelpackungen sind meist akademische Langeweile, abgelutscht, Redundantes, also altbackene und historisch verbrauchte Motive. Was von manchen fälschlicherweise ›romantisch‹ genannt wird, ist in Wirklichkeit eine Beleidigung für Caspar David Friedrich, Runge u.v.a.m. Die Gradls bevölkerten noch in den 60er Jahren als Professoren die Akademien; ihre Bilder waren gekennzeichnet von handwerklich gekonntem Manierismus bis zum Kitsch und hängen heute in den Ausstattungsgalerien des Klein- und Großbürgertums, sind auch in den sogenannten Kunstabteilungen großer Kaufhäuser nicht zu übersehen.

Als sich die Auseinandersetzung zwischen moderner und traditioneller Kunst nach 1900 zugunsten der Moderne entwickelte, wurden diese provinziellen Malerfürsten – wie Hermann Gradl es war – ins Abseits des Kunstmarktes gedrängt. Drittklassig, akademisch und antiintellektuell wie sie nun einmal waren, blieben ihnen nur die bürgerlich-konservative Kunstgewerbeklientel und die Lehrtätigkeit in den veralteten Akademiebetrieben.

Diese Situation änderte sich schlagartig, als die Nazis in Deutschland und die Stalinisten in der UdSSR an die Regierung kamen. Deren Ideologien waren gegen die Moderne eingestellt, und auf diesem Wege gelangten die bedeutungslosen Gradls aller Länder zur langersehnten Anerkennung. Ihren Stil mußten sie nicht ändern – er war immer danach.«

Natürlich waren nicht alle Gradl-Claqueure, aber wir waren in der Minderzahl und unterlegen. Die Formel dafür fand der Graphiker Peter Reidelshöfer, einige Jahre lang offizieller Stadtarchivar, jetzt resigniert und lapidar: »Dieser Marktheidenfelder Gradl steht für die Verdrängung der Bewältigung der unbewältigten Vergangenheit!«

Marktheidenfeld ist eine Metapher, Gradl ist eine Metapher, nur das Geschäft mit dem Maler in der Stadt ist real. Die Figuren sind austauschbar, die Chargen zum Verwechseln ähnlich, die Namen zu vernachlässigen – mir geht es um die Struktur des Geschäfts, um das ideologische, das politische, das ökonomische, das seelische Geschäft. Hitler lacht.

Gradl-Geschäfte. Der Vorsitzende des »Historischen Vereins« ist der erste Gradl-Hüter der Stadt. Nachdem unter seinem Amtsleben als Kreisbaumeister und Stadtrat die historische Altstadt ruiniert und ein kariöses Ensemble hinterlassen wurde – das Schleifen der Stadtmauer, Abtragen der Wehrtürme, Abriß des Gradl-Geburtshauses, Niedermachen jener jugendstiligen Landwirtschaftsschule, für die Gradl eigens einen großformatigen Blut-und-Boden-Schinken spendiert hatte – leistet der städtische Ehrenringträger jetzt ehrenamtlich sein Sühne-Opfer ab. Nimmermüde bewacht er den Gradl-Gral mit Jour-Diensten in der Gradl-Galerie, numeriert laienhaft Gradls Sperrmüllnachlaß durch und klebt gutmeinend auch schon mal den andernorts konservatorisch anrüchigen Tesa-Film über einen Riß. Seine Sühne heißt Hermann. Aber wehe, das ernste Geschäft der Wiedergutmachung wird gestört! Dann erklärt der damals Siebzigjährige meine Recherchen 1990 für eine »boulevardartige« Darstellung, für die »Unausgewogenheit eines jungen Mannes«. Das Ganze sei »wissenschaftlich vielleicht fundiert«, aber wie auch immer: »Aufwärmen alter Kamellen«. – Nur hat über die bislang nie jemand gesprochen. Dafür hört man stolz aus den Reihen der »Hysteriker«, wie der Verein in der Stadt genannt wird, wenn die Gradl-Galerie erinnerungsselig von SS-Männern der Leibstandarte Adolf Hitler besucht wird, die einst in des Führers Neuer Reichskanzlei vor den berühmten Gradls Wache schoben. Hitler lacht.

Das Geschäft in der Stadt mit Gradl geht auch an Gastronomie und Hotellerie nicht vorbei, die sich vom »kulturellen Gut« des »bedeutenden Sohnes« im Fremdenverkehrsprospekt Gewinn versprechen.

Endlich kann die kleine Stadt mit ihrem Gradl-Museum in der harten Städtekonkurrenz um Tourismuszuwachs punkten gegen die wohlsanierten historischen Kerne der umliegenden Rivalinnen, gegen Spessartmuseum, Glasmuseum, Verkehrsmuseum, SS-Museum andernorts.

Wehe, das ernste Gast-Geschäft wird gestört durch Pressekampagnen der Nestbeschmutzer, die der Stadt braune Flecken an die weiße Weste hängen wollen. Schon nach der Anti-SS-Demonstration wurden entgangene Übernachtungen, entgangene Mittagessen, entgangene Souvenirkäufe der 500 alten Recken und ihrer Gattinnen zu martialischen Verlusten hochgerechnet; und auch die Gefahr um Gradl mobilisiert wieder Werbegemeinschaft, Mittelstandsvertreter, Rotarier und Lions-Brüder. Als Menetekel an der Wand ist dann auch gleich durch einen braunen Standort schon Industrieansiedlung gefährdet.

Schuld der Defätisten, die neue Arbeitsplätze auf dem Gewissen haben!

Also macht auch die Unternehmersgattin, einmal nüchtern, Druck auf die Presse – schließlich kennt sie die Gattin des Chefredakteurs im nahen Würzburg.

Im »Bräustüble« dagegen freut sich die Wirtin. Zündstoff ist Gesprächsstoff und belebt das Geschäft; da können die Fernsehleute vom »Rotfunk« noch so kritisch sein – sie haben ordentlich Kohldampf und saufen nach dem Dreh das ganze Schnapslager leer.

Die hochgradlige Grande Dame der lokalen Hotellerie stellt alle Reserve hintan, wenn ich für das Fernsehteam Zimmer bestelle und sie den Herrschaften aus München, Frankfurt oder Köln die teuersten zuweist, Doppelzimmer nur für Verheiratete.

Die Zeche stimmt. Hitler lacht.

Gradl-Geschäfte betreibt vor allem der örtliche Zahngoldhändler und Drucker, der wöchentlich ein Werbeblättchen in die Postkästen werfen läßt. Mit Briefmarken, Münzen, Trödel und altfränkisch-völkischer Kunst handelt er ebenfalls. Gradl ist sein Geschmack. Und Gradl-Graphik zu kaufen ist für ihn auch eine Angelegenheit der Akquisition steuerlich absetzungsfähiger Druckvorlagen für geschäftliche Zwecke. Er dekoriert sein Blättchen, das schon mal eine doppelseitige Anzeige der Republikaner ziert, mit Gradliana aller Art, führt mit ihm betulich und verbissen, fanatisch und demagogisch seinen profitlichen Gradl-Kreuzzug. Und 1990 gab's für die Anzeigenkunden einen Gradl-Geschäfts-Kalender. Im Schulterschluß mit dem Stadtoberhaupt darf er unter bürgermeisterlicher Hilfe sein persönliches Gradl-Buch aus dem Eigenverlag in Deutschlands einmaliger »Gradl-Galerie« vorstellen – das dilettantische Elaborat feiert die Mär vom mißbrauchten Maler, großformatig, in plüschbraunem Velours für 138 Deutsche Mark. Gegen geschäftsschädigende »Stimmungsmacher« zieht der Hobby-Autor mit biedermännischer Renitenz zu Felde: »Anhäufung von Schmutz auf den Namen Gradl«, dem man eine braune Vergangenheit »anhängen« will. Nichts fürchtet er mehr als Wertminderung von Handelsware und Sammlung. Und dagegen geht er vor. Auch mit Denunziation. Vertrauliche Rückfragen aus Münchens Ministerien und Würzburgs Regierung von Unterfranken bestätigt aus dem örtlichen Gymnasium der Direktor: »Es gibt einen Vorgang gegen Roos!« Es gibt auch einen Vorgang gegen meine Partnerin, Ko-Autorin und Kombattantin in der Gradl-Initiative, Friederike Hassauer, an der Universität Siegen. Sie bekommt auf dem Dienstweg von ihrem Rektor mit ironischem Kommentar ein verhaltensauffälliges Schreiben zur Kenntnis, in dem in mangelhaftem Deutsch und mit tendenziösen Fotokopien aus ihrem wissenschaftlichen Werk die Berechtigung ihrer Lehrtätigkeit in Frage gestellt und die Entfernung ihrer Bücher aus der Universitätsbibliothek insinuiert wird – Absender: der Gradl-Drucker aus Marktheidenfeld.

Denunziation.

Später stiftet er, zum Schein der Heiligkeit, eine Kapelle. Im Volksmund genannt: »Gradl-Silo«. Paßt.

Hitler lacht.

Des Gradl-Druckers sehr nahe Mitarbeiterin und persönliche Sekretärin, daneben Nachwuchs-Stadträtin vom Jahrgang 53 für die bürgerlichkonservativen Freien Wähler und zudem noch unter dem bedeutungsschwangeren Namen »Ruminantia« gnadenlos populistische oberste Chefkolumnistin des Reklameblättchens, verlautbart gegenüber der Presse, ich sei »ein ganz armes, bedauernswertes Würstchen«, das mit seiner Gradl-Beschäftigung »nur die Traumata seiner wohl harten Kindheit ausleben« wolle. Hitler lacht.

Die Stadt dampft.

Am örtlichen Gymnasium bietet ein aufgeschlossener Geschichtslehrer den Leistungskurs »NS-Zeit, Aufarbeitung und Fortwirkung« an. Lernziel: NS-Test und Demokratie-Prüfung. Wird Nazi-Jargon erkannt? Ist Sensibilisierung bei der Bevölkerung vorhanden? Als offizieller Unterrichtsversuch will eine Schülerin probeweise beim Marktheidenfelder Reklameblättchen eine Testanzeige aufgeben:

»51 Jahre alter, rein arischer Arzt, wünscht sich männlichen Nachwuchs durch Heirat mit gesunder Arierin, jungfräulich, jung, bescheiden, sparsame Hausfrau, gewöhnt an schwere Arbeit, breithüftig, flache Absätze, keine Ohrringe.«

Das Inserat geht glatt durch: »Zuschriften unter Nr. 9331«.
Keine Textprüfung, kein Widerstand. Paßt. Hitler lacht.
Die Affaire um die »Arier-Such-Anzeige« geht hinauf bis
zu Staatsanwalt und »Spiegel«.
Auch hier wird wieder nicht braune Gesinnung und
brauner Besitzstand auf den Prüfstand gestellt. Rechtferti-
gungsdruck und Beweislast werden denjenigen gnadenlos
und bei Androhung von Disziplinarverfahren aufgezwungen, die den braunen Konsens befragen. Das Lackmus-
papier hat sich gefärbt. Hitler lacht.
Und in der Bibliothek des Gymnasiums hängt weiter für
die lernende Jugend Gradls Ackermann hinter dem Pflug.

In solchen Zeiten nimmt es nicht wunder, daß dem Maler,
Kunsterzieher und Gradl-Gegner Bernd Dörfler von seinem Gymnasialdirektor nahegelegt wird, auf eine Unter-
richtseinheit zu Gradl im Kontext der NS-Kunst zu
verzichten.

Es ist hoffnungslos.

Wie denn einer breiten Bevölkerung klarmachen, daß
Kunst Nazi-Kunst ist auch dann, wenn sie kein Hakenkreuz malt? Daß ein Gradl nur hochkommt auf dem
Kunstmarkt, weil die erste Garde der Malerei von den
Nazis getilgt, getötet und vertrieben wurde? Wie denn
einer breiten Bevölkerung ohne Kunst-Erziehung klarmachen, daß hier die Diktatur des Massengeschmacks
Kunstgewerbe an die Stelle von Kunst beordert per
Dienstanweisung? Wie denn einer breiten Bevölkerung
klarmachen, wenn nicht mit Erziehung zur Kunst, daß
der Angriff auf Gradl ihren Privatgeschmack zwar trifft,
aber seine Wahlfreiheit nicht tangiert, und daß das
Niveau einer öffentlichen Kunst-Politik und einer international orientierten Kunst-Praxis nicht durch das Plebis-
zit bestimmt werden kann?
Kein Wunder, daß Menschen, die einen Ernst Ludwig
Kirchner nie zu sehen gelernt haben, die aber mit den

Gradls dieser Welt über dem Kanapee aufwachsen, sich in ihrem privaten Wohnzimmer, sich in ihrem persönlichen Ureigensten angegriffen fühlen. In ihrer Not müssen sie Gradl-Geschmack mit politischem Geschmack gleichschalten, den Rücken an der Blümchen-Tapete.

Da mag ich im gleichen Jahr 1990 auf zwei Gradl-Sonderseiten des lokalen »Main-Echo« renommierte Künstler und Kunsthistoriker zur Gradl-Diskussion einladen, da mag der Maler und Kunsthistoriker Winfried Tonner Gradl vor dem Hintergrund der großen Landschaftsmalertradition des 19. Jahrhunderts analysieren als »aufgedonnerte Idyllen«, »unzusammenhängende Anhäufung von Effekten«, »geistig unbedeutend und in seiner Formkraft unselbständig«, in der Wirkung »kleinlich und unsicher« – die Gattin des Marktheidenfelder Polizeichefs nimmt die Presse zur Seite und mahnt die Schönheit der Gradls in der Berichterstattung an.

Es ist hoffnungslos. Hitler lacht.

»Käse«, sagt der Bürgermeister, »immer wieder derselbe Käse! Das Thema ist erledigt.« Aber nicht Gradl soll erledigt werden, sondern Roos. Den er »einen selbstgerechten Lügner« nennt, der einen »lockeren Umgang mit der Wahrheit« pflege. Meine Arbeit? »Ein ausgesprochener Witz, weil nicht enthüllt werden kann, was schon offen daliegt!«, sagt der Bürgermeister. Warum dann bin ich überall der Erste in den Archiven, der nach 40, 45 Jahren die noch unberührten Akten hebt, analysiert, publiziert? Zu den fremden Akten kann er mir den Zugang nicht sperren, die heimischen betrachtet er als seinen persönlichen Besitz – Einsicht gewährt er nur sich selbst und allenfalls noch denen, die ihm genehm sind. Schikanen.

Auch dieser Bürgermeister ist nur eine Metapher.
Er ist ein Schulmeister und weiß es sogar noch besser.
Dabei könnte der ehemalige Geschichtslehrer des örtli-

chen Gymnasiums, promovierter Historiker, es wirklich besser wissen. Aber er will nicht. Die ganze Geschichte ist ihm politisch nicht opportun. Was er will, ist: er will wieder gewählt werden. Und er will politische Karriere machen. Schlimm genug, daß er aus dem Bezirkstag flog. Nichts schlimmer als – dort ungeliebt! – wieder in die Schule zurückzumüssen, in die Unsichtbarkeit der dritten Reihe, unter die Weisungsbefugnis eines Direktors und wieder zurück in den Schlagschatten der bekannten Ärztin, die seine Frau ist.

Es ist alles nur eine Metapher.

Was solch ein Bürgermeister nicht will, ist, sich mit inopportunen Themen zu beschäftigen: Gradl.

Was der moderne Monokrator nicht will, ist, das Monopol seiner Meinungsführerschaft gefährdet zu sehen.

Demokratie? Eine einzige Stadtratssitzung genügt, und man weiß Alles. Es ist genau der Bürgermeister, den diese Kommune verdient. Sie hat ihn sich gewählt.

Über alle meine Arbeitsergebnisse wurde er von mir unterrichtet; mit freundlicher Kollegialität, mit Naivität, habe ich meine Informationen an ihn weitergegeben, habe meine Pläne, alternativen Konzepte, Vorstellungen ihm mitgeteilt. Von ihm höre ich nichts.

Nur, daß ich keine schlafenden Hunde wecken möge in Sachen Sperrmüllnachlaß Gradls aus dem Nürnberger Container. Sein Rechtsgefühl sagt ihm zu Recht, daß der Ankauf des Konvoluts vom Straßenrand durch den Stadtrat juristisch bedenklich abgelaufen sei – er fürchtet, die Stadt Nürnberg könne Ansprüche stellen, oder gar die gradligen Nachfahren, finanziell begehrlich, könnten ihm mit Rückforderungen kommen.

Sonst höre ich nichts. Nur daß Gradls nackte Rötel-Frauen ihm gefielen.

Ab der Sekunde, in der er erkennt, daß die Gradl-Geschichte keine Städte-Reklame abgibt, daß die Sache politisch brenzlig werden, wohletablierte Konsense stören und seine Akzeptanz mindern könnte, zieht er sich blitzschnell zurück.

Den einzigen größeren Sohn des kleinen Städtchens madig machen? Das Gemälde-Erbe womöglich zurückgeben müssen? Niemals!

Zusammenarbeit kommt nicht zustande, der Raum zur öffentlichen Diskussion um Gradl wird von ihm verweigert, er eskaliert den Ton der Auseinandersetzung, schmettert die Forderungen der Gradl-Gegner ab und hat am Ende die Genugtuung, daß Alles so bleibt wie es ist. Daß die Gradl-Straße Gradl-Straße bleibt, daß Gradl Ehrenbürger bleibt, daß die Gradl-Galerie Gradl-Galerie bleibt, dafür sorgt er erfolgreich. Einzig das Stellwändchen und der Leitzordner mit der zeitgenössischen Dokumentation liefern ein verschämtes Alibi in der Gradl-Galerie. Aber warum dieses Zugeständnis, wenn Alles »immer derselbe Käse« ist, und der von Lügnern?

Natürlich weiß er, der Ex-Geschichtslehrer, der Autor historiographischer Schriften über das regionale Judentum, viel zu genau Bescheid darüber, was hier wirklich läuft. Aber politisch opportun ausgedrückt lautet das in einer seiner Ansprachen relativistisch, der Rassismus des Nationalsozialismus habe nicht nur die Juden betroffen. Letztendlich sei die gesamte Bevölkerung rassehygienisch untersucht worden. Die menschenverachtenden Vorstellungen hätten irgendwann beinahe jeden betroffen.

Dann wundert es einen auch nicht mehr, wenn kolportiert wird, der Herr Bürgermeister wolle erst einmal einen toten Juden auf Gradls Konto sehen, bevor er in dieser Sache einen Finger krumm mache.

Für intellektuelle Redlichkeit kandidieren solche Äußerungen wohl nicht, eher schon für parzelliertes Bewußtsein. Es ist alles nur eine Metapher. Hitler lacht.

Mühelos fügt sich in das Syndrom deutscher Nichtbewältigung der allgemeine Philosemitismus ein, der den Bürgermeister sich konkret engagieren läßt für denkmalpflegerische Behandlung und Gedenkfeiern in der ehemaligen Synagoge des Nachbarorts, für die toten Juden dort. Und hier? Unter den Lebenden? In Marktheidenfeld? Im Schlagschatten des Gradl-Gedenkens? Partialisiertes Handeln mit nur einem Persönlichkeitsanteil.

»Ich frage mich«, fragt eine Schülerin in ihrem Leserbrief, »wie« der Bürgermeister »das für sich persönlich mit seinem Engagement gegen den Antisemitismus und seinen Kenntnissen als Historiker vereinbaren kann!«

»Käse. Immer wieder derselbe Käse!«

Es ist hoffnungslos. Hitler lacht.

Mittlerweile ist der Stadtrat mit seinem Sitzungssaal aus dem ehemaligen »Braunen Haus«, dem jetzigen Rathaus, umgezogen unter das Dach der Gradl-Galerie, wo in Tuchfühlung mit dem erlauchten Meister fortan über dem Wohl der Stadt getagt wird.

Es ist Alles hoffnungslos. Hitler lacht.

27

Es ist noch viel hoffnungsloser, es ist die gleiche Struktur überall. Egal, wie die Orte heißen. Es kann auch Kronach in Franken sein: Keine Gedenktafeln für die Zwangsarbeiter der beiden Außenstellen des KZ Flossenbürg in den Ortsteilen Gundelsdorf und Knellendorf. Antrag auf Gedenktafel abgelehnt.

Keine Gedenktafel an der Synagoge in Kronachs Ortsmitte, die nur deswegen noch steht, weil sie schon 1932 zum Lagerhaus entweiht wurde, 6 Jahre vor der Kristallnacht. Antrag auf Gedenktafel abgelehnt.

Kronach war schon immer früh dran:

1923 Gründung der SA-Ortsgruppe und der NSDAP-Ortsgruppe.

1925 Gründung der 1. NSDAP-Landtagsfraktion in Bayern.

1925 Gründung der drittältesten SS-Ortsgruppe im Reichsgebiet.

1925 1. Besuch Hitlers in der Stadt.

Auch in Kronach ein großer Sohn der Stadt: Gottfried Neukam, Heimatkünstler in Sachen Graphik, Malerei, Plastik, Film:

Mitglied der NSDAP.

Mitglied der NSDAP-Kreisleitung.

Kreiskulturleiter.

Filmwart.

Kunstwart.

Funkwart.

Ausschmückung des Nazi-Versammlungssaals in dem von der Gewerkschaft enteigneten »Ostmarkhaus«.

Gestaltung der Erinnerungstafel am Gründungslokal der NSDAP-Landtagsfraktion in Kronach.

Entnazifiziert als Mitläufer für 250 Reichsmark, zuzüglich der Kosten des Verfahrens über 80 RM.

Kronach heute:

Keine Straßennamen für Widerstandskämpfer gegen das NS-Regime.

Eine Gottfried-Neukam-Straße.

Die Gottfried-Neukam-Hauptschule.

Die Gottfried-Neukam-Kunstsammlungen im Franken-
wald-Heimat-Museum.
Die Stadt ist stolze Besitzerin des gesamten Nachlasses.
Der SPD-Bürgermeister ist dafür.
Dagegen ist der Bürgermeister, wenn Zugezogene, Orts-
fremde, »Reigschlafte« sich einmischen, Nachgeborene,
die die Toten nicht im Grabe ruhen lassen, und Unver-
schämte, die die ehrenwerten Bürger in schwerer Zeit,
die sich nicht mehr verteidigen können, in den Schmutz
ziehen.

Deutschland 50 Jahre danach.
Es ist alles nur eine Metapher.
Es ist überall dasselbe.
Es ist hoffnungslos.

28

Ich.
Jedes Ich ist eine Kollektivmeldung. Jeder transportiert das Ganze.
Jedes Ich trägt seine Generation in sich. Jede Generation hat ihren Ton.

Jede Generation muß sich neu bestimmen gegenüber der Welt, die sie vorfindet.
Warum also nicht das Eigene als Seismograph nützen?
Warum das Individuelle nicht verlängern ins Typische?
Wie definiere ich mich gegenüber dem Nazismus Adolf Hitlers? Dem Nazismus Hermann Gradls? Dem Nazismus meiner Eltern, Lehrer, Pfarrer?
Wo stehe ich? Welche Haltung nehme ich ein, welchen Gestus?

Was halte ich aus? Kann ich Hitler ins Gesicht sehen? Halte ich seinem Blick stand?

Wie ertrage ich, was geschehen ist?

Das Hakenkreuz in meiner Seele.

Was macht diese Geschichte aus mir?

Ich.
Macht die Besessenheit der Auseinandersetzung mich zu einem besseren Menschen?
Zu einem ehrlichen Humanisten, zu einem aufrechten Pazifisten, zu einem tapferen Antifaschisten?
Lasse ich mir ein Leben diktieren von der abgewehrten Gegenposition?
Wie staffiert mich diese Erfahrung aus?
Für die beiläufige und für die große Verführung? Für die Schweinerei nebenbei oder für die Souveränität am Sonntagmorgen?

Mein Vater hat mich angeschrieen:

172

»Ihr seid eine Generation schamloser Egoisten!«
Ich habe meinen Vater angeschrieen:
»Ihr seid eine Generation von Mitläufern!«

Hitlers Enkel.

Wie komme ich überhaupt dazu, mir *das Alles* aufbürden zu lassen?
Wer sagt eigentlich, ich sei schuldig?
Warum muß ich Schuld tragen? Abtragen?
Wessen Schuld?
Welchen Schuldner vertrete ich?

Ich will mich lösen aus dieser quälenden Verstrickung.

Ich habe keine Schuld. Schuldig werde ich für *meine* Untat. Ich bin nicht verantwortlich. Verantwortlich werde ich für *meine* Tat.

Wann hat Hitler mich gefangengenommen?
Wie mache ich mich von ihm frei?
Wie löse ich mich aus der Qual, die mir das Leben verdunkelt?

Es ist die Schuld der Väter. Es ist die Verantwortung der Väter. Wieso bin ich Kind loyal? Warum ist es nur die Schuld der Männer? Warum sollen nur die Väter verantwortlich sein? Warum bleibt meine Mutter stumm? Wieso attackiere ich den Vater und schone die Mutter? Ich hatte

Tanten, Kindergärtnerinnen, Lehrerinnen, und getauft wurde ich von einer Pfarrerin.

Ich werde des Feindes nicht habhaft. Ich kann nicht dingfest machen, was mich quält. Ich finde keine Klarheit. Vielleicht wäre »Klarheit« der Name meines Paradieses! Das, was ich nicht fassen kann. Was mir das Hirn verklebt, die Sicht verschmiert, die Gehörgänge vereitert, die Herzkammern mit flüssigem Blei verfüllt – das ist die Watte, die Luft, die Atmosphäre, der Traum, die Schatten, Nebel, Dunst, Schleim, Wolke, Rauch, Styropor, Wolle, Pufferfolie.

Ich möchte definieren, kategorisieren, unverrückbar festmachen, Eineindeutigkeit herstellen. Sonst. Ich bin krank. Hitlerkrank. Krank vor Nichtwissen.

Annäherung an das Leid. An das fremde Leid. Das Leid am Leid. Mitleid.

Wenn ich leide, dann ist es mein Leid und kein Stellvertreterleid. Aber Mitleid. Demut. Scham.

Warum ist *das Alles* meins?

Das Alles hat Namen.
Endlösung. Shoah. Holocaust.

Es ist mir, als habe ich all das begangen.
Es ist mir, als sei ich zu all dem fähig.
Es ist mir, als sei ich an all dem schuldig.
Es ist mir, als sei ich für all das verantwortlich.

Ich wäre dazu fähig.

174

Hitler ist mir manchmal näher als ich mir selbst.
Ist es den Vätern auch so ergangen?

29 Während meines Studiums in Deutschland habe ich mich mit politischer Ökonomie und Kapitalismuskritik, mit Faschismustheorien und dem Streit um den Primat von Politik oder Wirtschaft herumgequält. Während meines Studiums in den USA bei jüdischen Professoren, die ich erstmals in meinem Leben als Juden wahrgenommen habe, mußte ich in mir entdekken, daß ich zum Antisemiten erzogen worden bin. Nach der Rückkehr aus Amerika gab es keine Heimat mehr, höchstens die Ernst Blochs – dort, wo noch niemand war. Deutschland war nicht mehr mein Land, Vater Staat obsolet, die Muttersprache schaler Ersatz, denn jeder Vater Staat auf dieser Welt – das hatte mich die Fremde gelehrt – verfügte über eine Muttersprache. Also war Deutschland nicht über Allem.

Mitgelaufen ist Hitler überallhin. Auf den Reisen, die ich immer weiter weg von Deutschland führte. In Südamerika werde ich freigehalten, weil ich aus dem Land von Singer, Krupp, Schäferhund und Adolf Hitler komme. Deswegen zahle ich die Zeche selbst.

Von Hitler wollte ich immer mehr wissen, zum Schluß, ob er wirklich ein Mensch gewesen ist. Ein Mensch. Anfangs habe ich mich nicht an ihn herangetraut. Er war zu hoch oben, zu groß, zu mächtig. Auch hatte er mich in seiner Macht und hätte Nachforschung, Ausforschung, Erforschung nie geduldet. Gradl, ein Wichtelmann dagegen. Anfechtbar, und ohne seelischen Zugriff auf mich. Ein Flachkopf, Mindermaler, Künstlerdarsteller. Ein Leichtes, ihn in die Tasche zu stecken.

An Hitler wollte ich nie Rache nehmen, an Gradl immer. An Hitler habe ich mich nicht getraut. Zittrig bin ich an sein Privatleben herangetreten, als dränge ich in die Grabkammer der Pyramide ein. Daß er sich naß rasiert, daß er vegetarisch ißt, daß er Apollinaris und Fachinger trinkt und Eva Braun nur zum Vögeln benutzt – weiter in diese Richtung. Weiter in die Intimität des Faschismus, um meinem Elend auf die Spur zu kommen. Nutzlos war es nicht.

Erschreckend. Daß und wie krank Hitler war, on drugs zum Schluß und impotent. Der Führer. Wie einem Krankengeschichten naher Verwandter nahegehen. Alles hat ein Satz verraten, den ich entsetzt mich sagen hörte: »Wenn das Adolf Hitler wüßte!«

Die Inflation der Informationen nützt nichts.
Die Betroffenheitsherstellung stellt nicht mehr her als synthetische Betroffenheit. Die Erinnerungswut anläßlich der Erinnerungsanlässe ist nur offiziös.
Nicht nur an mir beobachte ich, wie die Wörter »bombensicher« oder »innerer Vorbeimarsch« oder »Großkampftag« oder »Vierteljude« oder »bis zur Vergasung« schon auf der Zunge liegen – wir haben die Zeit dieser Vokabeln nicht mitgemacht, aber wir sprechen sie, denken sie, fühlen sie und handeln danach.
Die Filme, die Fernsehsendungen, die Zeitungsartikel, die Ausstellungen, die Bücher. Die Angst, die ständige Begleiterin, wuchs. Die Aussichtslosigkeit wird fetter, frech negiert sie die Grenzen meines Ich. Immer wieder nur mit dem eigenen, kleinen Ich konfrontiert, und kein Rückzug möglich, oberbegrifflich und fußnotenfetischistisch, auf Akten und Archive, Bücher und Bibliotheken.
Ich hatte andere Fragen.
Zumindest das weiß ich jetzt.

Weihnachtenweise wurden meinem Vater Kriegsbücher unter den Tannenbaum gelegt, in schweres Geschenkpapier eingeschlagen und mit Seidenbändern verschnürt. Beides wurde nach Dreikönig gebügelt und verstaut bis zur nächsten schönen Bescherung mit Büchern über den Hitlerkrieg, den sie alle wollten, den totalen, ja, die da um den Tannenbaum herumsaßen.
Ich spielte mit den neuen Wiking-Autos.
»Wiking«.
Vater war gar nicht da. Er saß zwar im Sessel, aber er ritt auf dem Rußlandfeldzug herum und schlug mit der gleichen Reitpeitsche auf sein Pferd ein – er hat es dann,

als es im hohen Schnee angeschossen verreckte, fotografiert, bevor er es schließlich – »das nennt man Gnadenschuß!« – erschoß. Mit der gleichen Reitpeitsche hat er das Pferd geschlagen, mit der er, Hitlers Sohn, mich, Hitlers Enkel, gleich schlagen würde, wenn ich wieder mit Tannenzweigen an den Adventskerzen zündelte und Wachs auf die Weihnachtstischdecke tropfte, die Decke, die seine Mutter, also meine Großmutter und Hitlers Schwester, in den sogenannten schweren Zeiten, die ich ja nicht kannte, die zu kennen mir aber gutgetan hätte, mit den letzten anderswo aufgetrennten Fäden verziert – später habe ich entdeckt, daß das eingestickte Hakenkreuz nachträglich herausgetrennt und mit Gänseblümchen übersteppt worden ist.

Was Vater gesucht hat?

Die Bücher aus der Nazi-Zeit jedenfalls standen unsichtbar in der zweiten Reihe des Bücherschrankes, verschlossen, hinter Glas. »Das ist noch nichts für Dich!«

Sie haben so lange abgewiegelt wie es ging. Oft sich verraten. Wörter wie »Judenschule«, in der es »zugeht«. Die Tage waren voll davon. Schlaglichter, kleine Blitze aus einer anderen Atmosphäre. Hinweise. Aber gleich weg. Wollten sie Alle die Bürde des Geheimnisses nicht loswerden, oder konnten sie nicht? Sich preisgeben. Das haben die wenigsten Eltern getan. Und so sind wir Kinder konfrontiert gewesen mit jenem Etwas, was nicht anzufassen, also unfaßbar, was nicht anzugreifen, also unbegreiflich war: die unsichtbare Hypothek.

Watte, Luft, Atmosphäre, Traum, Schatten, Nebel, Dunst, Schleim, Wolke, Rauch, Styropor, Wolle, Pufferfolie. Deswegen ist unsere Generation nie wirklich jung gewesen, sie hat nur so getan, sie will noch immer nicht alt werden, sie kann nicht alt werden können wollen.

Juvenil bleiben, weil die längst vergangene Jugend mit

der Bürde, die nicht einmal für die Erwachsenen tragbar, noch nicht einmal ansprechbar war, immer überfordert gewesen ist.

Das Leben kann so nicht bejaht werden. Dafür quält man sich selbst.

Wieviel Raum will ich Adolf Hitler in meinem Leben eigentlich noch geben?

Schulderbe. Immerhin ist die Bundesrepublik Deutschland Rechtsnachfolger des Deutschen Reiches. Des deutschen Nazi-Reiches. Rechtsnachfolger. Du gehörst dazu.

Wütende Bereitwilligkeit, zu tragen, wenn in Italien, in der Schweiz, in Holland, in England, sogar in Wien nicht nur Besoffene mich nachts als »Nazi« beschimpfen. Da kann der Abend mit den Freunden, da kann der Wein, das Lamm, der Raclettekäse oder die Pasta noch so köstlich, die Luft noch so luftig, die Ausgelassenheit noch so ausgelassen gewesen sein – das Lasso Hitlers zurrt sich mir um den Hals, der Globus würgt, sofort bin ich brav bedrückt, defensiv und voller Selbsthaß, kehre heim in mein verschuldetes Land, mitten in der Fremde in die Fremde. Und falls die Nazi-Keule nicht auf meinen Schädel knallt – fehlt mir etwas.

Was also war?

30

War da nicht dieser Pharma-Vertreter, der alle vier Wochen ins Haus kam? Unheimlich waren die Besuche. Und keiner von uns Kindern wußte, warum. Wer war dieser stattliche Mann, der immer von Beethoven sprach? Warum ließ ich mich nicht berühren von ihm, rannte heulend davon, wenn er mich auf den Arm nehmen wollte? Weshalb mußten wir nach dem Kakao verschwinden, wieso wurde die Wohnzimmertüre hinter uns verschlossen, und das Kindermädchen führte uns auf den Marktplatz, obwohl sich in der Küche das Geschirr, das zu spülen ihre Aufgabe war, stapelte und Wäsche in der Waschküche haufenweise lag? Woher weiß ich, daß dieser Mann einen falschen Namen trug? Wer hatte gesagt, daß er einmal Arzt war? Mutter sprach seinen Namen französisch aus, das klang nach Autoquartett: »Renault« geschrieben, »Röno« gesprochen, das lange ›o‹ mit spitzen Lippen, als, so Mutter, »als würdest Du etwas nicht mögen!« Warum ist Onkel Röno kein Doktor mehr? Keine Antwort.

Aber über Jahre dieses ominöse Wort »Verfahren«, »sein Verfahren«, *das* Verfahren, und die Stadt Frankfurt tauchte dabei erstmals in meinem Leben auf. Irgendwann blieben seine Besuche aus; mein Vater, ein Telefongespräch, wollte nicht »in diese alten Sachen hineingezogen« werden. Fortan durften wir mitfahren, wenn er das »Furazin-Pulver« beim Arzneimittelgroßhandel selbst holte. Doktor Röno war die Zeit vor seinem Ausbleiben nicht mehr ins Haus gekommen, er war ins Haus geschlichen.

Vaters beleidigtes Gesicht. Mutter: »Die Franzosen haben ihm sehr weh getan!« Eine Tante war mit einem Pariser verheiratet. Alles Wörter. »Entnazifizierung«. Und immer wieder »Akten«. Schuld daran »die Franzosen«, die »die schweren Zeiten« noch schwerer gemacht haben. Jemand hat damals sehr geholfen, mit einem »Persilschein«. Dankbar sein, »ewig dankbar« sein. Und: »In Rönos Haut möchte ich nicht stecken!«

Was war mit diesem Juden in der Familie meiner Mutter? »Ahnentafel« hörte ich, »Ariernachweis« hörte ich. Frug vergeblich. Da gab es einen Kaufmann, »einen retuschierten Juden«. Aber keine Retusche nützte was, denn: »Bei Peter schlägt der Jude durch!« Der Jude schlug durch, als ich am 24. Dezember die Spielgeldwährung meines Kaufladens umstellte, harte Mark haben wollte für echte Markenware. Das ewige Getue mit den leeren Mini-Schachteln – langweilig. Ich füllte die Papp-Dosen und Spiel-Schächtelchen mit richtigem Reis, mit authentischem Ata, füllte Nudeln aus Mutters Küche in die Schütten und verkaufte offenes Persil. »Dulcolax – macht den trägen Darm mobil!« Diese Pillen-Proben erbat ich von Onkel Apotheker. Die Kugel für zehn Pfennig. Vater war entsetzt.

Im Wirtshaus trank er einen »Jüd«. Was ist ein Jüd? »Jüd ist Jüd!« Der Wirt erklärte mir in der Küche, wohin ich neugierig ihm folgte, ein »Jüd«, das sei ein falscher Wein, Wasser im Wein, eigentlich ein Betrug oder aber Schorle. »Prost!«
Und wenn die Wirtin stolperte, was sie öfters tat und immer an der gleichen Stelle, deutet sie auf die Schwelle und ruft »Da liegt ein Jud begraben!«
Im Schankraum nebenan karteln am Stammtisch die Bauern, und wenn einer bescheißt, dann »kartet er jüdisch«.

Vaters »innerer« Reichsparteitag.

Die dicke Tante beklagt »die jüdische Hast« der Neffen. Ihr dicker Onkel kriegt seinen Rößli-Stumpen nicht in Brand, den er nach dem Essen regelmäßig entzündet, und nach drei Zügen schläft er mit ihm ein, auf dem Kanapee – Kanapee, Kanaan, Kannitverstan. Heute will der Stumpen nicht, ein dicker Tabakklumpen blockiert den Zug. Er schimpft: »Da ist ein Jude drin!« Und wenn Onkel und Tante gleichzeitig dasselbe Wort aussprechen, daß zum

Beispiel Ben Gurion auf der Titelseite der »Rheinpfalz« aussähe »wie ein Jude«, dann überkreuzt die Tante Zeige- und Mittelfinger der rechten Hand, und der Onkel resümiert: »Jetzt ist grad' ein Jud gestorben!«

Wenn Röno kam, war ich still, mucksmann oder tot.

An Fasching durften wir uns in der Marktheidenfelder Mitteltorstraße Knallkörper kaufen, für fünfzig Pfennig »Judenpförz«.

Und in der Göllheimer Volksschule hatte mein Banknachbar eine »Judengummer« im Gesicht, die er nicht immer so neugierig in Alles hineinstecken sollte!

Onkel Röno war der einzige Gast der Eltern, der für die Kinder kein Mitbringsel dabei hatte.

»Alles judenrein!« hieß für uns Lausbuben, daß die Luft rein sei, keine Mutter, kein Vater, nichts Tante, nichts Lehrer in Sicht, und wir konnten zündeln und den »Judensprung« spielen: zwei Streichhölzer links und rechts in die geschlossene Schachtel gesteckt, halbe Länge sichtbar, Zündkopf nach oben. Zwischen die beiden Hölzer wird ein drittes waagrecht so geklemmt, daß Zündkopf auf Zündkopf stößt. Werden die beiden Köpfe in Brand gesetzt, springt »der brennende Jude« aus der Spannung heraus.
Und wenn uns das nicht genügt in unserer 50er Jahre Bandenseligkeit, dann wollen uns die Älteren anstiften, über die Mauer zu klettern. Die Mauer. »Gehen wir Grabsteine umstumben!« Judenfriedhof. Weit draußen vor dem Dorf. Das habe ich mich nie getraut. Jeden Sonntag fuhren wir daran vorbei, auf dem Weg zum Waldspaziergang, vorbei, an ihm, dem Judenfriedhof. Wenn ich da hin ginge, würde ich krank. Oder tot. Hieß es. »Ja nicht!« wurde gedroht. »Tracht Prügel!« Ein einziges Mal, wirklich nur einmal, habe ich mich, ich alleine

– ich stellte mich auf den Lenker meines Tretrollers, an der Mauer hochgezogen, mich auf die Platten gelegt, gewartet wie Winnetou, das Ohr auf dem Stein: die Luft war rein. Wind. Still. Sonne. Heiß. Dann, auf die Knie, dann in die Knie, dann aufrecht, und sofort ergriff mich Angst, Todesangst, Judenangst. Ich raste die Mauer entlang, falle auf den Hintern, strample, hechte mich ins Gras, stürzte mich auf das Trittbrett und floh und floh.

Ich bekam die Schwindsucht.

Die Synagoge Göllheim in der Pfalz. Wie oft waren wir in der Synagoge. Die Leute sagten »Schandfleck«, »Judenstall« oder »jüdischer Saustall«. Betreten verboten. Was heißt »Betreten verboten!« Untersagt. Streng untersagt. Ein Kitzel, schon deswegen. Und doch kannte ich dieses komische Wort: »Synagoge«. Woher hatte ich dieses komische Wort? Was ist eine »Synagoge«? Schweigen. Was eine Synagoge ist? »Nichts!« Was nichts? »Nichts für Dich!« Was ist das für ein Haus? »Was für ein Haus?« Die Synagoge? Keine Antwort. Wer hat da gewohnt? »Wo?« In der Synagoge! »Niemand!« Warum wohnt da niemand? »Gib endlich Ruh'!«
Natürlich wollte ich in die Synagoge, denn die Synagoge war verboten.
Räuber und Gendarm. Irgendwie drangen wir, heiße Ohren, zittrig, Schweiß und Knallangst, drangen wir von hinten ein, über einen Dachstuhl, die Wasserpistole baumelte am Hosenbund des großen Bruders. Tot. Alles tot. So still, daß man das Hören hören konnte. Wie wenn der Doktor Röno lautlos aus seiner Limousine stieg und von hinten kam.
Alles verwüstet. Schutt, Dreck, Scheiße, der beißende Geruch von Pisse, fahles Licht, die vernagelten Rundfenster, ein paar große Buben pinkelten im großen Bogen von der Brüstung. Zuhause haben wir uns gebrüstet, und das Kindermädchen hat gepetzt. Tracht Prügel. Fortan mußte ich die Gasse meiden: »Schau gar nicht hin!«,

sagte Mutter. »Sieh weg!«, wenn ich vorbei ginge, denn die Synagoge lag auf dem Weg zum Kindergarten: »Die ist Luft für Dich!« Sonst.
Sonst würde Vater böse.

Klingenmünster in der Pfalz. Heil- und Pflegeanstalt. Hungertod. Zwangssterilisation. Deportation. »Klingenmünster reißt die Tore auf, der Peter kommt im Dauerlauf!« Kinderspiel, Kinderspott.

An TBC erkrankt, und für fast ein ganzes Jahr in eine Lungenheilanstalt gebracht, in meine Kinderklinik. Die »Prinzregent Luitpold Kinderklinik« am Bodensee. »Eine gute Kinderklinik!«, sagte meine Mutter. Warum gut?, frag ich. »Weil!« Warum weil? »Weil Doktor Röno es sagt.« Was sagt Onkel Röno? »Er hat dort gearbeitet!«

Die Synagoge war ein Traum. Mutter, lies das Märchen nochmal! Scheherazade. Saladin. Wunderlampe. Runde Fensterlöcher, vier, oben in der Mauer. Hufeisenbögen an den beiden Fenstern, an der großen Türe links, an der großen Türe rechts, orientalisch, maurisch, wie im Märchenbuch. Mutter, ist der »Judensaustall« aus dem Märchen?

»Ist er Jude?«, fragt Vater sofort, als ich Erich Fried erwähne, der Lieblings-Dichter meiner Pubertät. »Jude, gell!«, sagt Mutter, als sie seinen Namen erstmals hört. Und ich hörte diesen Ton, diesen unverwechselbaren, bestimmten, bedeutungsvollen, unheilschwangeren, durchtränkten, besetzten, giftigen, hilflosen, unreinen, verzweifelten, bösen, schweren, kalten, erstaunten, entsetzten, leisen, servilen, schrillen, stillen, unhörbaren Ton – wie die Alle *Jude* sagten.
Dann studierte ich bei Bloch. »Jude?« Und dazu Kommunist.

Warum kam Doktor Röno immer von hinten?

184

Groß war er, mit roten Haaren, blaue Augen, sportlich, und im Fußball viel viel besser als wie ich: Gerd Rosenbaum, ein Klassenkamerad. »Jude?« Solange ich von ihm als »Gerd« nur sprach, agierte sie normal, die Mutter. Und mit dem Namen »Rosenbaum« war sie sofort verändert, und kein »Bring ihn doch einmal heim!« kam mehr über ihre Lippen.

Sein Vater hatte eine Druckerei; für unsren Zeichenkurs stellte er eigens Blöcke her im Überformat mit besonders gutem Papier zu besonders günstigem Preis. Ich nahm die Bestellung in der Klasse auf, bestellte in der Druckerei, holte ab, verteilte und sammelte das Geld ein. Für einen Block bekam ich eine halbe Mark. Macht in der Familie: »Du handelst ja wie ein alter Jude!«

Schwarz-Weiß im Familienalbum: Der kleine Peter auf dem Arm von Onkel Röno. Mit Händen und Füßen habe ich mich gewehrt gegen die Umarmung. Die Hände zur Faust geballt, die Arme ausgestreckt so straff es ging, die Fäuste gegen des Doktors Brust gestemmt, der Kopf, so weit der Hals es zuläßt, nach hinten gedrückt, die Beine des Fünfjährigen, unscharf, müssen wild gezappelt haben.

Die Unaussprechlichen und Unaussprechbaren waren, unüberhörbar für das außer Hörweite gewähnte Kind, die »Itzigs«, gezischt unter Zimmerlautstärke, und wenn wir einen ganz besonders blöden, gemeinen, ungeschickten, hinterhältigen Schulkameraden benennen wollten, nannten wir ihn »Itzki«.

Und »Sir«, der Englischlehrer, schrie jeden Tag ins Klassenzimmer, wenn's nach der Pause dort nicht mucksmäuschenstill schon war: »Hier geht's ja zu wie in einer Judenschule!«
Judenschule?
Ganz recht, die Strafe des KZs, befand Herr Pfarrer in »Reli«, im gymnasialen Religionsunterricht: »Wer hat denn schließlich Gottes Sohn ans Kreuz geschlagen!«

Es gibt eine Gerechtigkeit auf der Welt. Die Nazis haben nur das Blut des Herrn gerächt. Und wer das Neue Testament nicht anerkenne – er brach ab. Und warum Jesus die Juden aus ihrem eigenen Tempel – »Ist die Synagoge ein Tempel, Herr Pfarrer?« – gejagt hätte? Wohl zu Unrecht? Nein, nicht zu Unrecht. Juden sind die geborenen Betrüger, Schacherer, Profiteure, Kriegstreiber.

Juden sind intelligent, sagte Vater. »Zu intelligent«, sagte er, »zersetzend«, sagte er. Und Kommunisten sind sie auch. »Beziehungsweise«, fügt er im Judenton hinzu, »beziehungsweise *waren* sie!« In jedem Fall hat Hitler, »es war beileibe nicht Alles schlecht, was er getan hat!«, in jedem Fall »hat er uns vor dem Bolschewismus bewahrt!« Und musikalisch sind sie auch, sagt Vater, die Juden. Sehr musikalisch. Nicht schöpferisch musikalisch. Das sind nur die Deutschen, Mozart, Beethoven, Haydn, Schubert, Strauß, Chopin. Die Deutschen sind musikalische Genies. Die Juden hängen sich halt dran, die Juden sind nur »Nachschöpfer«. Und als David Oistrach in die Stadt kam, haben sie ihn alle sehen wollen, die Damen und Herren mit dem hohen »K« der Kultur, und danach in der feinen Weinstube wurden die Witze serviert, ob der Virtuose nun ein Originalgenie sei oder nur deswegen ein guter Geiger, weil sein jüdisches Kinn so wunderbar in die Kinn-Schale seiner Stradivari passe.

Und die Gattin des Kollegen ließ echauffiert den Malermeister nochmal kommen, weil er beim Lackieren geschlampt und die Gartenmöbel verhunzt und »Juden« hinterlassen habe, Juden – andernorts werden die nicht verstrichenen Farbtropfen »Nasen« genannt.

So etwas hätte es natürlich unter Adolf nicht gegeben.

Da gab es noch diesen Gerhard Schumann, Vaters Schulkamerad und Hitlers Lyriker, der aus des Führers Hand den »Nationalen Buchpreis« erhielt für seinen Gedicht-Best-Seller »Die Lieder vom Reich«. Zweite Reihe Bücherschrank. Verschämt, als ich die signierten Bände vorzog: »Muß das sein?«

Onkel Röno. Wenn er auf Besuch kam, hatte er eine undurchsichtige Brille auf der Nase.

In der »Tagesschau« tritt auf Golda Meir. Vater: »Die kann ihre Herkunft auch nicht verbergen!« Mutter: »Das ist mal eine Jüdin!« Und als dann der »Kaufmann von Venedig« ausgestrahlt wurde mit Fritz Kortner in der Rolle des Shylock, war er natürlich prädisponiert für diese Rolle als »richtiger Jude«.

Doktor Röno hatte einmal seine Querflöte mitgebracht und spielte zu Kaffee, Tee, Kakao, Tag-und-Nacht-Kuchen und Furazin-Pulver.

Plötzlich gab es die »Religiöse Schülerwoche Würzburg«, ein 60er Jahre-Übungspaket in Philo-Semitismus, eine philiströse Lehr-Einheit für uns Pennäler. Wir wußten von Nichts, und von *dem Allem* wußten wir nichts Richtiges. Und plötzlich kam ein Rabbi in die Schule. Und plötzlich hatten wir die Synagoge zu besichtigen. Und Alles in unserer Freizeit, und wieder konnten wir nicht Fußballspielen oder im Dallenbergbad den Delphin gegen's Brett springen. »Hätten die doch alle Juden vergast!«, mault Martin aus der Parallelklasse, »dann könnten wir jetzt Eisessen im Kleinen Lu!« Plötzlich war Einstein ein Jude und Mendelssohn Bartholdy kein Musiker mehr. Plötzlich hatten wir interessiert zu sein, sauber, nett, adrett, offen, und Freunde des jüdischen Volkes waren wir schon immer. Vor allem unsere Eltern zu Hause beim Braten, die Tantens vor der Glotze, die Onkels am zweiten Weihnachtsfeiertag, oder der Herr Pfarrer dort vorne neben dem Rabbiner, wo er sich sonst öfters an der gleichen Stelle auf den Boden des Klassenzimmers warf, um uns seinen herrlichen Abenteuer-Schützengraben vor- und nachzuspielen. Alles Freunde des jüdischen Volkes, das Christus ans Kreuz geschlagen hatte, das am zweiten Weltkrieg schuld war, am ersten sowieso, das die Pest neulich eingeschleppt, die Hostien der Katholen gefressen, den Meßwein gesoffen, die Frauen der Deutschen geschwängert, das jüdische Volk, das Wiedergutmachungsgelder für Nix aus der Staatskasse plünderte, die Russen nach Randersacker holte und dann gleich nach Würzburg, das jüdische Volk, das krumme Nasen hatte, breite Kinnladen, das absolute Gehör, das jüdische Volk, das beschnittene Eicheln und deswegen immer dicke Schwänze hatte und einen Sack voller Dukaten.

Keiner von uns hatte jemals irgendwo irgendwie einen echten Juden gesehen oder wäre daran überhaupt interessiert gewesen.
Dies Alles war ein anderer Planet.
»Help!« hörten wir von den Beatles.

Unser Onkel Röno ist Dr. Georg Renno. Der Flötenvirtuose war der berüchtigte Vergasungsarzt von Hartheim, ein Renaissance-Schloß bei Linz, in dem die größte Mordanstalt im Rahmen des Euthanasie-Programms des Dritten Reiches untergebracht war. Der nachmalige Schering-Pharma-Vertreter war als stellvertretender Leiter dieser Heil- und Pflegeanstalt mitverantwortlich für den Tod von mindestens 20.000 Menschen – der Anteil von Kindern besonders hoch. Bei seinen Untersuchungen war er vor allem an TBC-Fällen interessiert und am Zahngold der zu tötenden Patienten. Onkel Röno selbst hat den Gashahn aufgedreht und solange das Guckloch in der Tür zur Gaskammer observiert, bis er Vollzug melden konnte.
Die Gehirne dementer Epileptiker verwahrte er in Einmachgläsern.
Onkel Röno war als Leiter des österreichischen Kinder-Behindertenheimes Waldniel für die Vorbereitung zur dortigen Kindereuthanasie verantwortlich.
Onkel Röno wurde im Frankfurter Schwurgerichtsprozeß

von 1969 angeklagt; das Verfahren gegen den 62jährigen Arzt wurde wegen »cerebraler Störungen«, wegen »Herz-Insuffizienz«, wegen seiner Augen-Tuberkulose eingestellt.

Er lebt noch 28 Jahre, bei guter Gesundheit und vollen Pensionsbezügen.

Sein falscher Name war Reinig.

31

Nichts war rein. Nichts war reinig.
Es war keine Stille, es war keine Ruhe.

Stummheit und eisiges Schweigen, die Zähne aufeinandergebissen, den Kopf eingezogen, tief zwischen die Schultern. Wir waren wieder aus dem Paradies vertrieben, verstoßen aus dem Kinderland, in dem wir nie waren. Eden gab es nur in den biblischen Geschichten. Und jedes Kind hat das Recht auf sein Paradies.

Die Alten wollten nicht reden. Die Alten wollten sich nicht angreifbar machen lassen. Niemand sollte ihnen in die Karten schauen. Schon gar nicht die Jungen. Mit aller Kraft muß mein Vater seinen alten Soldatenarsch zusammengekniffen haben, der längst auf Grundeis gegangen war.

Und was hat das Schweigen aus mir gemacht?
Einen Inquisitor. Einen Rächer. Hilflos, verängstigt, verbittert, böse.
Und ohne Rat.

Nicht eine Sekunde im Freien gelebt. Immer hat Hitler mitregiert, und Vater hat seinen Willen ausgeführt.
Und Mutter? Hat Vaters Willen ausgeführt und mich zur Welt gebracht. Sie rauchte. Was Vater mißbilligte, auf das Schärfste. Und rauchte selbst. Aber schließlich war er der Mann.

Später dann, in der Oberstufe der Oberschule, in der uns der bundesrepublikanische Elitestatus vermittelt wurde, den wir nun beinahe schon erreicht hätten mit dem Abitur, kurz vor dem Eintritt in den Ernst des Lebens oder in die Bundeswehr, später dann mußten sie gezittert haben vor unseren Fragen. Auch wenn diese Fragen gar nicht gestellt worden sind. Allein die Möglichkeit einer Frage nach dem, was war! Wir waren ihnen ja schon biologisch überlegen und wurden uns dessen bewußt. Ihre

Seelen haben sich in den hintersten Winkel verkrochen und gezittert. Natürlich war das für mich damals nicht zu erkennen. Ich hatte Angst. Sie hatten Angst. Aber sie hatten die Macht, und ich hatte nichts als das abstrakte Wissen um die Möglichkeit, länger zu leben als sie, und sie wußten, sie würden eher sterben als ich. So wie sie wollte ich nie werden. Ich wollte immer jung bleiben. Ich war Brian Jones, Jimi Hendrix, Janis Joplin und James Dean. Sie waren Adenauer, Adenauer, höchstens Papa Heuss.

Entweder waren die Alten auf dem Rückzug, Richtung Autismus, schützten sich mit Sklerose und Vergeßlichkeit. Oder sie preschten vor in die Gewalt. Schläge, Strafarbeit, Hausarrest, Taschengeldsperre, Fahrradsperre, Radiosperre, Plattensperre, Partyverbot, Ausgehverbot, um zehn Uhr ins Bett und Licht aus. Die Disziplinierungswut war hilflos und immer nur kurzfristig erfolgreich.
Gegenüber meinen Fragen war die autoritäre Antwort mickrig, mies. So ließ sich das Feuer des pubertären Aufbegehrens nicht löschen. Ich wurde böser und fraß mich zornig in die Fakten des Faschismus.

Wie war 45, 46, 1947, 1948 möglich Und wie konnte ich 1949 gezeugt werden?
Wie konnten sie es wagen, mich 1949 zu zeugen?
Mich 1950 auf Hitlers Welt zu bringen?
Mich interessiert immer weniger 1933, und immer mehr, wie 1945 möglich war, die Zeit nach dem 8. Mai. Warum folgte der militärischen Niederlage nicht der psychische Kollaps? Wahrscheinlich hätte nur psychische Verelendung einen anderen Weg gehbar gemacht. Traurig waren sie wohl. Aber renitent und reuelos. Wie frech und dreist der egomane Wiederaufbau durchgezogen, auf welcher seelischen Blindheit diese windige Bundesrepublik errichtet wurde!
Die Ordnung unserer Kinderstuben, die Verbote, die Gebote, die Zucht, der Benimm an allen Tischen jener Zeit,

die Pomade, die Parade – Hitler lacht. Schon als Kinder hat er uns umarmt.

Ich werde des Feindes nicht habhaft, nicht habhaft meiner Unruhe, meines Agitiertseins. Ich werde krank daran. Der Führer dirigiert meine Schlaflosigkeit und grinst durch meine Träume, triumphal. Neongrün tanzt auf der Oberlippe sein gestutzter Bart.
Hitlerkrank.

Ich möchte eine Formel finden, mit der ich weiterleben kann. Ich muß meine Einstellung ändern, sonst kann ich nicht weiterleben. Ich bin nicht schuld, aber ich will mich nicht schuldig machen am Vergessen. Ich möchte Hitler seinen Platz zuweisen, damit ich weiß, welchen Ort ich habe.

Im Labyrinth.
Mit dem Kopf an der Wand.
Pappmaché.
In die Sackgasse.
Am Prellbock. Die Räder drehen durch.

Das Ich läuft mit. Es rennt in seinen Geschichten herum. Es irrt durch den Stoff. Suche ohne Finden, Rätsel ohne Lösung: Dem gestaltlosen Schweigen ein Profil geben. Dem eigenen Ich Deutlichkeit verleihen.
Den Erinnerungen nachlaufen, systematisch memorieren, was das Monstrum des erwachsenen Verschweigens unfreiwillig freigab: »Hermann-Göring-Werke« oder »entnazifizieren« – auch wenn der Volksschüler und Tierarztsohn »kastrieren« verstand und »Goethes Werke«. Das Wort »Konzentrationslager« war die elterliche Ermahnung zur »Konzentration!« Nicht spielen, »konzentrieren« sollte ich mich, für die »Hausaufgaben« und für die »Schule« – also war das »Konzentrationslager« gleichbe-

deutend mit »Schulhaus«. Und »Kaba der Plantagentrank« war »Kraft durch Freude«. Mutter: »Das darfst Du niemals sagen!«, sagte sie.

Das Ich läuft mit.

Zwischenruf: »Wenn Du den Nazi suchst, vergiß nicht, Dich selber anzusehen!«

Jahre könnte ich noch recherchieren. Die Forschung wird kein Ende finden. Aber. Um Hitler loszuwerden, muß ich die Laufrichtung ändern.

Zwischenruf: »Der Nationalsozialismus ist ungeheuerlich, beschreibbar bis ins kleinste Detail, so, wie Du es in Gradls Geschichte getan hast. Aber faßbar ist der Nationalsozialismus nicht!«

Den Bauch aufbrechen? Die Eingeweide ausweiden? Den Magen aufmachen? Das Hirn sezieren? Die Seele? Wo finde ich sie?

Zwischenruf: »Psychohistorie!«

Verfahren des Verstehens suchen. Exegese. Dekonstruktion. Das exorzistische Bemühen, die Nazi-Teufel auszutreiben. Obsession bis zur Dekompensation. Toben. Rasen.

Tumult.

Zwischenruf: »Wie im Märchen: Du mußt die böse Bestie lieben lernen!«

Ich möchte ein Engel sein, ein nazifreier Engel. Ich möchte rein sein, aus nazifreiem Ort. Ich möchte unschuldig sein. Ich will das Wort »Krieg«, das Wort »Gaskammer« nie gehört, das Wort »Übermensch«, »Untermensch«, »Unmensch« nie gesagt haben. Ich will die

Bombenruinen meiner Heimatstädte Würzburg und Ludwigshafen nie gesehen haben. Ich will dem beinamputierten Kriegsversehrten nie neugierig nachgeschaut haben. Ich habe lustvoll studiert, wie er sich mit gequälter Routine auf sein Damenfahrrad, das dazu an der Hauswand lehnen mußte, hievte, zwischen Lenker und Sattel die Krücken klemmte und sein Einbein mit dem Krüppelfuß unter Schmerzen in das Pedalkörbchen schob. Ich war dabei, als wir Buben ihm »Invalide! Invalide!« nachriefen – auch ein magisches Wort aus der Geheimsprache des Vaters. Wir planten, wie wir ihn am besten vom Fahrrad werfen könnten; wir malten uns aus, daß er wie ein Maikäfer hilflos auf dem Rücken läge, Krücke und Einbein rudern, wir tanzen um ihn herum, Rothaut um Bleichgesicht, singen »Krüppel! Krüppel!« Wir haben nichts vom Krieg gewußt, wir haben ihn geführt. Die Luft habe ich ihm nicht nur einmal aus den Reifen gelassen. Aber wenigstens waren es die anderen, die die Pumpe versteckt haben. Falls er uns erwischte, uns mit der Krücke kriegen wollte, haben wir gedroht, nie mehr »für's VdK«, für den »Verein deutscher Kriegsgräber« zu sammeln. Oder erst recht! Jeder von uns Buben hat in der elterlichen Garage geübt, so wie er auf sein Kinderfahrrad zu steigen, und wer der Beste war, den mußte Helga küssen. Den »Krüppel«, den wir »Invalide« nennen mußten, fanden wir ungewöhnlich, toll und spannend, und da er aus dem »Krieg« kam, der »Ausland«, »Rußland«, »Amerika«, »vom Mond« war, fanden wir auch »Krieg« ungewöhnlich, toll und spannend. Dauernd diese Bürsten- und Besen-Verkäufer an der Haustüre, ohne Beine, ohne Arme, nur ein Ohr oder gleich zwei blinde Augen, und wenn wir Mutter fragten, ob die auch im Zirkus aufträten, schaute sie nur entgeistert. Erklärt hat sie nichts. Schrieb dafür an Ostern und Weihnachten Kartengrüße, auf denen stand: »Mit dem Mund gemalt!« Wenn das kein Zirkus war! Und Onkel Gerd, der einen Weiher hatte, ein Jagdhaus besaß und schoß, den hatte »der Krieg« verschüttet, obwohl er dort »ein hohes Tier« gewesen sei mit

»einem eigenen Panzer«; das ganze Gesicht sei ihm abgebrannt, er sei nicht einmal mehr »Haut und Knochen«
gewesen, aber die Ärzte hätten ihm den »Popo ins Gesicht
geklebt«, weswegen wir uns nach dem Kakamachen
immer schön saubermachen müßten! »So etwas kann
nämlich jedem einmal passieren!« Wir haben nichts vom
Krieg gewußt, wir wurden von ihm geführt.

Zwischenrufe.

So viel Raum schon hatte Hitler in meinem Leben.

Zwischenrufe.

Wie *wir* die Nazis entnazifiziert hätten!
Mitten in der geselligen Runde gleichaltrig Geburtstags-
feiernder bricht wieder eine Diskussion los, und den Rest
der Nacht phantasieren wir mit akribischem Eifer, was
mit den Mitläufern anzustellen gewesen wäre. Keiner
ist verlegen um eine Grausamkeit, jeder weiß woher, wie
gequält, gefoltert, massakriert worden ist, und zum
Schluß ist keiner bereit, die Väter, Mütter, Tanten, Onkel,
die Lehrer und immer wieder die Pfarrer unter dem
Niveau des alttestamentarischen Auge-um-Auge, so hatten wir es ja im Kindergottesdienst gelernt, davonkom-
men zu lassen. Das Inventar der Eltern-Methoden war
vollständig, leibhaftig, lebendig. Pardon wurde nicht gegeben.

Nur der Drang, das Blei abzuwerfen, die Reinheit des
Herzens wieder zu gewinnen.

Erinnerungswut, Zwangspädagogik und Betroffenheits-
fabrikation haben nur Munition geliefert für die Perfektion unserer Rache. Rache für die veruntreute Jugend.
Rache. Vor und nach dem Alkohol, Rache, bruchlos
die Begriffe »bombensicher«, »innerer Vorbeimarsch«,
»Großkampftag«.

Rache.
Immun wollte ich sein gegenüber Totalitarismus und Gewalt.

Zwischenruf: »Heute ist das Verlangen nach politischer Immunität, siehe Bakteriologie und Virologie, ein Denkbild des 19. Jahrhunderts, das 1945 nicht mehr vorstellbar war. Die Paradoxie der Demokratie ist die Gewalt. Das haben ihre Gegner immer gewußt und eingesetzt. Immunität und Vorstellung von Totalität liegen eng beieinander. Immunität gibt es nicht total, auch nicht gegen Totalitarismus. Die weiche Zone, die rasenden ›Mutationen‹, die Unbestimmtheit hat Formen und Verläufe von Resistenz, auch Persistenz gebracht.«

Die Verantwortung der Väter ist nicht die Schuld der Söhne.
Warum nimmt der Sohn die Schuld des Vaters auf sich?

Zwischenruf: »Ich kann nicht meine mögliche Verantwortung übernehmen, wenn andere sich aus ihrer tatsächlichen stehlen dürfen!«

Ich bin heute nicht der Held und wäre gestern nicht der Held gewesen, der ich gerne wäre.
Ich halte mich zu Vielem fähig, wenn nicht zu Allem. Allein was ich Sprache werden lassen kann. Worte sind Taten. Und wen hätte ich nicht alles schon umbringen können!
Der virtuelle Nazi.
Ich habe Angst vor dem, was in mir steckt. Angst vor dem, was noch Alles in mir steckt. Deswegen ist mir, als sei ich an Allem schuld. Ich traue mir Alles zu. Ich habe Alles schon getan.
Der habituelle Nazi.
So unerträglich die Stunden im dunklen, kalten Kinosaal waren, als wir Claude Lanzmanns Film »Shoah« sahen,

kaum einer konnte weinen, war ich doch erkannt, nicht als Opfer. Großes Unheil. Katastrophe. Für mich.

Zwischenruf: »Wenn Du eine neue Runde der Auseinandersetzung mit dem Nationalsozialismus eröffnen willst, mußt Du endlich zum Eigentlichen kommen: Du mußt bereit sein, zum Kern der Sache vorzustoßen, nämlich zu Dir selbst!«

Wenn ich schon kein großer Held hätte sein können, dann wenigstens ein kleiner oder überhaupt einer.

Das Eigenleben meines Vaters anzuerkennen, fällt mir schwer. Deswegen übernehme ich seine Schuld. Mindestens hat er sich schlecht benommen und das nicht bei Tisch. Seine Geschichte ernst zu nehmen, die Geschichte all dieser Nazi-Vater-Männer, verlangte, sie auch verstehen zu wollen.
Wir hatten uns zu benehmen. Bei Tisch. Wir hätten uns rauszuhalten bei den Händeln des Alltags. Politik sei nichts für uns. Dazu seien wir zu jung. Das ginge uns nichts an. Daran wären schon andere gescheitert. Politik ist ein schmutziges Geschäft.
»Lieber stütze ich den Ellbogen beim Essen auf, als daß ich zum Gruß den Hitlerarm hochrisse.«
Diesen Satz hat er mit einer Ohrfeige quittiert.
Ich will ihn nicht verstehen. Soll er in seiner Welt walten. Möge er sein Eigenleben pflegen. Aber unterstehe er sich, es weiterzugeben. Das hat er getan. Das nehme ich ihm übel. Wäre Vater wenigstens ein Held gewesen. Kein Hosen- oder Ritterkreuzträger. Ein Held wie Max Beckmann, der 1921 schon eine Vorstellung von Hitler hatte. 24 Jahre vor der Kapitulation schon traumsicher den Führer als Erblindeten mit erhobener Rechten gemalt, beide Hände verletzt, verbunden; Blinde um ihn herum, ein Krüppel; ein Mädchen nur, sehend, rückwärtsgewandt.
Ich will nicht verstehen. Ich will nicht nachvollziehen.

Ich habe schon zu viel Schaden genommen. Es ist die Tätergeschichte meines Vaters und soll nicht meine Opfergeschichte werden. Ich schotte mich ab. Zu viel schon meiner Lebenszeit hat mein Vater, hat Hitler usurpiert, kolonialisiert.
Nur mein Leben interessiert mich jetzt noch.

Mit größten Widersprüchen um etwas ringen, was ich gar nicht kenne. An einem Standpunkt arbeiten, den es noch gar nicht gibt. Kein Vorbild. Ohne Leitbild. Auch der professionelle Antifaschist mag ich nicht sein.
Wohin?

Aber weg schon vom entnazifizierenden Rächer.
Ich nehme mir vor, mir vorzustellen, ich sei Hermann Gradl. Ich nehme mir vor, mir vorzustellen, ich sei mein Vater. Ich nehme mir vor, mir vorzustellen, ich sei Adolf Hitler. Ich mag es mir gar nicht vorstellen.

Die Fakten in ein Verhältnis bringen zur Seele. Fremdes von Eigenem trennen. Fremdes Leid, eigenes Leid, Mitleid. Fremde Schuld, eigene Schuldfähigkeit.
Schmerzanmaßung und Selbstüberschätzung auflösen.
Täter, Mittäter, Mitläufer. Opfer.
Ich war lange genug oft ungern der Sohn meines Vaters.

Ich stehe an einer Grenze.

32

Hitler lebt.
Alles ist sichtbar.
Das Reichsparteitagsgelände ist physische Berührung mit dieser Geschichte. Zum Glück steht noch der Koloß des Nazi-Kolosseums. Stünde er nicht mehr, hätten die Lügner, Schweiger und Verdränger weitere 223 Meter Breite, 290 Meter Länge und 40 Meter Höhe an Terrain für ihr Tabu gewonnen. 25 Quadratkilometer größer, so groß ist das Reichsparteitagsgelände in Nürnberg, wäre das Areal des Verschweigens.

Der nazistisch umbaute Raum steht mitten im bundesrepublikanischen Leugnen und in der Nürnberger Sprachlosigkeit. Hier nützt kein fehlender Wegweiser in der Stadt, hier nützt kein Wegsehen, hier lebt sich's nicht daran vorbei. Der aggressiven Ruhe entspricht die aggressive Präsenz der Ruinen; kein aggressives Herumsprengen konnte den aggressiven Bau-Körpern etwas anhaben. Nichts kommt hier zur Sprache als die schiere Hilflosigkeit gegenüber der Vergangenheit, die ungestaltet sich entfaltet.

Hitler hat recht. Sein Wort von 1935 gilt:
»Eine Halle soll sich erheben, die bestimmt ist, die Auslese des nationalsozialistischen Reiches für Jahrhunderte alljährlich in ihren Mauern zu versammeln. Wenn aber die Bewegung jemals schweigen sollte, dann wird noch nach Jahrtausenden dieser Zeuge hier reden. Inmitten eines heiligen Haines uralter Eichen werden dann die Menschen diesen ersten Riesen unter den Bauten des Dritten Reiches in ehrfürchtigem Staunen bewundern.«

Die Bewegung hat niemals geschwiegen – geschwiegen hat das Kollektiv des nicht ganz neuen Staates, der aufgebaut ist auf Tabu: Es sollte nichts mehr sein, es ist nie etwas gewesen. Alles war normal.
Das ist das Erbe. Das habt Ihr jetzt davon.
Wir. Ich.

Ich stehe auf der Hitler-Kanzel.

Waren Sie auch hier, Herr Gradl?

Ich stehe auf der Hitler-Kanzel, staune – fürchtig.
Gänsehaut.

Wie lange schon okkupiert er mein Interesse? Tot, kann er
ganz lebendig sicher sein meiner Aufmerksamkeit.

Sonniger Sonntagnachmittag. März. Die ersten Osterglok-
ken. Das Gras schon grün. Zuhause hängt der Winter-
mantel. Mit offenem Jackett im Biergarten – ich sitze mit
dem Rücken zur Wand, die Sonne hat die Hausmauer
erwärmt. Erdbeerkuchen, Sahne und Melange. Kinder
spielen, Skateboardfahrer fahren Skateboard, ein Pärchen
schmust, eine Schöne kämmt die Haare aus der Stirn und
cremt sich ein, ein Vater reitet den Sohn auf seinem
Schenkel, die Mutter dreht sich Zigaretten. Biker, Radfahrer. Tretboote auf dem kleinen See. Jemand pfeift, der
Kellner summt.
Im »Cafe Wanner« sitze ich, am Dutzendteich, in Nürnberg. Meine Augen liegen auf dem Kolosseum. Da ruht er,
der Riese des Reiches und macht aus der Idylle ein
Grauen.

Wer so baut, ermordet 6.000.000 Juden.
Du begreifst die Toten nicht, wenn nicht diese Steine
wären.
Schlag. Stein.
»Stein gewordener Ausdruck deutscher Kraft und deut-
scher Größe in einem neuen deutschen Reich«, Bürger-
meister Liebels »herrliches Führerwort«.
Steinschlag.
40 Meter Höhe. 25.000 Quadratmeter Innenhof. 45.000
Quadratmeter vermietet. 900.000 DM Mieteinnahmen

im Jahr. 800.000.000 RM Baukosten. 55.000 Zuschauer.
55.000.000. Millionen Tote durch die Nazis.

Das ist das Erbe. Das haben wir davon.

Die Bundesgartenschau sollte hierher mit Ausbau des
Riesen, Überdachung der Kongreßhalle und »Höhen-
Cafe« auf seinem Gipfel. Ein »Erlebniszentrum« sollte
hierher mit Parkhaus, Pools und Penthousewohnung, mit
Bistros und mit Boutiquen, Discos, Hotels, Kindergarten,
Klinik, Kinos und Kaffeehaus, Sauna, Squash, Senioren-
heim – Seniorenheim für Ex-Pgs.
Ein »Fußballstadion« sollte her, für den Bundesliga-
Fußball-Club Nürnberg FCN, und kein geringerer als Ruff,
Franz, Hitlers Bauleiter der Halle, entnazifiziert dient er
sich an, aus seinem, seines Vaters Nazi-Kolosseum einen
Fußball-Campus zu kreieren. Das Match der Auftrags-
akquise machte March, Werner – Hitlers Architekt für das
Olympia-Stadion Berlin – offiziell beauftragt von der ehe-
maligen Stadt der Reichsparteitage, 1962, ein kolossales
Stadion zu bauen.
Schamlosigkeit kennt keine Grenzen.

16.000 Quadratmeter Lagerfläche vermietet das Liegenschaftsamt der ehemaligen Stadt der Reichsparteitage an
die Fürther Firmengründung des Altnazis und Arisierers
Gustav Gradlfreund Schickedanz, dessen Versandhaus
heute noch mit der Heil-Hitler-Hand im Kringelkreis die
Kunden grüßt.
45 Mietparteien sind in Hitlers Halle mit von der Partie,
die Nürnberger Symphoniker, die Städtischen Bühnen
Nürnberg, das Schulmöbellager der Stadt Nürnberg,
ein Kanu-Verein, das »Technische Hilfswerk«, der »Zivile
Bevölkerungsschutz« und der »Bundesverband für
Selbstschutz« des Nürnberger Ordnungsamtes, Abteilung
Katastrophenschutz. Im Innenhof die »Rampe« – diesmal
von »Quelle«.
»Ein- + Ausfahrt« sind »Tag und Nacht« freizuhalten.

Ausrufezeichen. »Unbefugten ist der Zutritt« selbstverständlich »verboten«. Ausrufezeichen. Das »Betreten der Anlage«, der Anlage, das »Betreten der Anlage« ist »verboten«. Ausrufezeichen. »Rauchen verboten!« Und das Liegenschaftsamt der Stadt Nürnberg befiehlt: »Parken im gesamten Rundgang streng verboten!«

Die Container der Nürnberg GmbH »Unitrans« stehen deshalb folgsam vor der Tür und machen Reklame für »die sorgenfreie Frachtgutreise«.

Für die organisierte Freude ist in dieser heiligen Halle auch gesorgt: hier parkt und tagt die Volksfestleitung des süddeutschen Schaustellerverbandes.

Im Hof der Halle Hitlers, des Ex-ADAC-Mitglieds, ein ADAC-Container »d. Techn. Prüfdienstes«; Autoreifen; geklaute Autos, abgestellte Autos, sichergestellte Autos, zurückgestellte Autos für den Antikmarkt, ein kapitalistischer Ro 80, kommunistische Trabis; Leitplanken, ein Lastwagen, leck, ein Fahrradständer; Container in orange en masse und: ein fahrbares Scheißhaus. Schrott, Dreck und Müll, drinnen, hinter dem Rolltor aus Metall, automatisch dicht gemacht die Schotten. Schreibtische, Stühle, Bürolampen und Regale verrotten. Ratten.

Wenn das der Führer wüßte!

»Niemals wurden in der deutschen Geschichte größere und edlere Bauwerke geplant, begonnen und ausgeführt als in unserer Zeit. ... Deshalb sollen diese Bauwerke nicht gedacht sein für das Jahr 1940, auch nicht für das Jahr 2000, sondern sie sollen hineinragen gleich den Domen unserer Vergangenheit in die Jahrtausende der Zukunft.«

Nürnberg – Hitler, 1937.
Das ist das Erbe.
Über der Luitpoldarena wächst das Gras.

Unbewältigt ragt der Riese Hitlers in unsere Gegenwart. Führt ein Schild zu ihm? Keine einzige Hinweistafel zeugt von seiner Existenz. Er wird verschwiegen. Er soll nicht wahrgenommen werden. Er stört. Soll ungeschehen sein und nicht gebaut.

Unbewältigt: der Koloß von Nürnberg.

Ratlos, hilflos der Umgang.

Wie das da steht, als erratischer Block – immer noch ein Erfolg des Führers.

Mit der Halle kommt man nicht zurecht; stranguliert, paralysiert, befangen, gefangen, im Bann des National-sozialismus.

Nichts wird dem Monster entgegengesetzt – nichts als vier kleine pädagogische Schautafeln am anderen Ufer des Dutzendteichs.

Sich selbst und Hitler überlassen:

Was für eine Pyramide!

Hitler diktiert immer noch.

Nicht die Bürger und ihre demokratisch gewählten Stadt-räte bestimmen den Umgang mit dem Dokument aus Granit. Hitler drückt sich ein, drängt sich auf, noch immer.

Impression.

Imponiert.

Und immer noch ist man überwältigt von der Überwälti-gung:

faszinierte Fassungslosigkeit.

Zum Glück steht dieser Granit. Er kann nicht verschwie-gen werden. Er ist nicht zu entnazifizieren. Zu gewaltig das Monument.

Trotzig steht der Torso für das Ganze. Hitler hat vorge-sorgt. Daß wir ihn nicht vergessen. Das Mausoleum wird ihn memorieren. Wir haben uns an diesem Mahnmal zu bewähren.

Es steht in der Quere. Die frisierten 50er, die formierten und deformierten 60er, die restaurativen 70er, die luxurierenden 80er, die gewendeten 90er – kein bundesrepublikanisches Jahrzehnt ist an diesem Nazi-Fels vorbeigekommen.

Was nicht angenommen ist, kann nicht losgelassen werden. Sei es noch so mickrig, sei es noch so monumental. Das Monster ist Metapher.

Heil! Heil! Heile Welt.
Die dröhnend hohle Monumentalität der Kongreßhalle hat ihre Entsprechung in der plätschernd hohlen Minimalität des Gradlschen Kunstgewerbes. Das Kleinklein im goldigen Stuckrähmchen ist die Kehrseite des gernegroßen Nazi-Klotzes. Das Kolosseum wirkt nach außen, Gradls Idyllen nach innen. Der monumentalisierte Mensch bedarf des entlastenden Wohnzimmerschmucks – zwei Seiten des wildgewordenen Kleinbürgertums an der Macht.
Die Kongreßhalle kommt nicht ohne Gradl aus: nur so bleibt die Seele relativ stabil, pendelt sich aus und funktioniert über die Harmonisierung der Gegensätze.
Die Kongreßhalle kommt ohne Gradl nicht aus, und Gradl kommt zur vollen Entfaltung erst durch die Kongreßhalle – das eine war ohne das andere nicht zu ertragen:
Natur contra Disziplin, Landschaft contra Kolonne, Himmel contra totale Erfassung, Fluß contra Ritual, Baum contra Uniform, Wiese contra Propaganda, Wildwuchs contra Unterordnung, Hügel contra Härte, Häuslein contra Halle.
Was Hermann Gradl malt, ist nur scheinhaft das ganz Andere. Es ist der Auslauf als Ausgleich für die ubiquitäre Gängelei, die private Entlastung von der öffentlichen Monstrosität. Beides sind charismatische Zwangsformen,

beide unendlich wiederholbar und wiederholt: das Klein-
format gegen die Gigantomanie. Die gerahmte Landschaft
ist uniformiert, die Natur genormt.
Heil! Heil! Heile Welt.

Waren Sie auch hier, Herr Gradl?
Natürlich war er hier!
Und was hat er gedacht, der Herr Gradl? Welche Gefühle
haben sich bei ihm eingestellt angesichts der Kongreß-
halle, angesichts der Luitpoldarena, angesichts des Zeppe-
linfeldes, angesichts der »Großen Straße«, angesichts des
Modells des »Deutschen Stadions«?
Diese Architektur war niemals eine Versprechung. Diese
Architektur war immer Drohung. Hat Hermann Gradl
gespürt, womit gedroht wurde und was bedroht war?
Hermann Gradl muß das Alles wahrgenommen haben.
Hermann Gradl befand sich im Zentrum nazistischer
Macht und ihres ästhetischen Ausdruckswillens.
Hermann Gradl war Freund des Kongreßhallen-Planers
Ludwig Ruff; er war Freund, Gönner und Patenonkel des
Ludwig-Sohnes Franz, Hitlers Bauleiter der Halle. Als hät-
ten beide nicht oft über ihre Staatsaufträge gesprochen,
als hätten beide sich nicht wechselseitig in ihren Ateliers
besucht, ihre Skizzen und Entwürfe begutachtet.
Als hätte Ruff den Onkel Gradl nicht sonntags zur Bau-
stelle geführt!
Und wußte, wer in Berlin seine Kleinformate für großes
Geld erwirbt – nicht nur Goebbels, Göring, Ribbentrop
und Hitler, auch Speer war Kunde.

Und ich?
Im Säulenumgang der Kongreßhalle.
Ein Ruck geht durch den Körper. Spannung, von Kopf bis
Fuß. Der Rumpf geht in das Hohlkreuz. Der Brustkorb

wölbt sich, das Kinn hebt an, die Schultern empor, die Hände an der Hosennaht. Hier läuft man nicht: Gehen. Gehen wie Hitler. Straff. Bestimmt. Gezielt. Mit provozierender Langsamkeit. Schreiten. Die Fersen in den Boden schlagen. Der Hall der Eisen auf den Absätzen der Schaftstiefel. Der schwarze Ledermantel schlägt in die Kniekehlen. Ich spüre das Koppel in den Hüften.
Im Säulenumgang der Kongreßhalle.

Diese Architektur macht dich nieder. Diese Architektur verändert deinen Körper, nimmt dich in den Griff. Sie wirft dich weg, sie macht dich klein, dringt in dich ein, und sofort bist du wehrlos. Du spürst noch, daß die innere Abwehr zusammenbricht, du spürst, daß der Kollaps dich eins werden läßt mit dem Stein. Es gibt dich nicht mehr. Selbst nicht das kleine Ich. Hoch reißt es den Nazi-Kreuzgang empor und drückt dich sofort nieder.
Du existierst nicht mehr und doch.

Das Kolosseum springt dich an. Es überfällt dich.
Diese Macht ist meine Ohnmacht.
Den Kopf haut es einem ins Genick. Das Gebäude geht in den Himmel. Diese Breite, diese Schwere, diese Festigkeit, diese Massivität. Dieses Kolossale. Dieses Gigantische. Diese Überwältigung.
Die NS-Burg überfährt. Die Nazi-Festung überrollt.
Die Pyramide des Faschismus.
Der Juden-Mord war psycho-logisch.

Im Innenhof verenden dir die Worte auf der Zunge. Stumm wirst du. Höchstens Stammeln. Mit dem Hirn ist dies nicht mehr zu fassen. Monströs. Vernichtet das Menschenmaß unter dem entmenschlichten Unmaß.
So hätte vielleicht Gott gebaut – falls er. Was er nicht ist. Aber dieser Faschismus ist klerikal, liturgisch, religiös.

Überwältigungsarchitektur. Sie macht groß und löscht aus. Entweder Hitler oder Masse, einer oder Alle. Der

Einzelne ist Nichts. Kaum geht der Atem. Der Krypto-Kloster-Kreuzgang rund um den Nazi-Dom: keine Ruhe strahlt er ab, nichts kommt hier zur Besinnung. Nur Ausgelöschtsein. Demut kommt hier nicht mehr auf. Nur noch die Flucht bleibt, die Flucht aus sich selbst. Fertiggemacht. Das Ich will nicht mehr sein. Ich will *Es* sein und mich übereignen. Aufgehen. Ausgelöscht als Eigener.

Der Baukörper duldet keinen Menschenkörper. Nur organisierter Leib ist ein Gegenüber. Die Architektur hat mich übernommen, mich entgrenzt, mich mir entzogen. Längst bin ich aufgegangen in ihr. Die Kontur hat sich aufgelöst, das Profil ist verschwunden und hat sich dem Nebenmann, dem Nebenmann, dem Hintermann, dem Vordermann angeglichen. Entindividualisierung – Liquidation. Der architektonische Terrorismus siegt: ich bin sein Requisit, Statist – Aufbereitung dessen, was einst Menschen waren.

Jeder Schritt weiter in der Wandelhalle verläßt mich. Architektur und Aggression. Der Gebäudekörper übernimmt meinen Körper und macht mich zum Teilleib. Ich gebe mich auf: Architektur und Ohnmacht. Entgrenzt verschwimme ich in Masse.

»Vor uns liegt Deutschland, in uns marschiert Deutschland und hinter uns kommt Deutschland!«
Nürnberg – Hitler, 1934.

Ich erzähle eine deutsche Geschichte, eine Nürnberger Geschichte.

Ich stehe auf der Hitler-Kanzel der Zeppelinfeld-Tribüne. Ich werde Körper. Bilder fließen in mir zusammen: Filme, Fotos, Filme, Fotos. Die Massen marschieren auf. Spaten an Spaten, Gewehr an Gewehr, 30.000 Fahnen auf

28 Türmen, 70.000 auf den Tribünen, 200.000 auf dem Aufmarschplatz, 130 Flakscheinwerfer: Dom.

Hier hat er gestanden. Hier hat er gesprochen. Hier hat er geschwiegen, geschrien, geschmeichelt: »Deutschland hat euch als seine Soldaten lieb!«

Das Koppel spüren, den Stiefelschaft an den Waden spüren, die Uniformmütze auf dem Kopf spüren, den Scheitel, die Strähne, den Bart. Kinn hoch, Rücken straff, Brust raus. Kopf im Nacken. Stiefel knallen. Stiefel. Stiefel schreiten aus.

Kraft strömt auf die Kanzel. Kraft strömt zum Altar. Hinter mir der schwarze Chor. Ich werde. Ich werde sicher. Ich werde stark.

Ich werde Körper.

Fotos stehen, Filme flimmern, Heil!-Schrei aus der einen Kehle einer Masse.

Ich werde Hitler.

Ich erzähle eine deutsche Geschichte. Ich erzähle, wie man Hitler nicht sterben läßt. Wie man physisch an den Faschismus gerät. Wie er einen an der Hand nimmt, fortführt, verführt. Wie man bedingungslos wird und aufgeht in der Korporation.

Ich erzähle, wie machtvoll die Tribünen den physischen und psychischen Faschismus abstrahlen, welche Macht dieses Materielle noch heute hat. Hohle Kulisse, Theaterdonner, pathologisches Blendwerk. Und doch. Es wirkt.

Was nützt da der Begriff, was nützt da die Kategorie, was nützt da die Analyse, die ich schwer wiederfinde im Schraubstock der Faszination. Aufgeblasen, aufgedonnert, Architektur nur. Und doch.

Ich stehe auf der Hitler-Kanzel.

Plötzlich bin ich Hitler. Plötzlich strömt mir eine Macht zu, eine Kraft. Die Filme laufen vor mir ab, die Fotos, die Bilder aus dem Zigarettenalbum meines Vaters. Ich höre die Massen, ich rieche die Massen, ich sehe die Massen. Die Stille, wenn ich Stille will. Die Andacht, wenn sie mir gewidmet ist. Das Summen der Mikrophone. Die 50.000, 70.000, 100.000, 200.000 Massemenschen vor mir, stramm, stramm, Gewehr, Spaten, Sturmgepäck, mein Vater ist vielleicht dabei, ist sicher dabei. Das Licht. Jetzt das Licht, wie es zum Dom in den Himmel schießt. Wie die Spannung in den Körper steigt. Wie die Beine steif, die Knie hart werden. Wie die Füße in den Stiefeln im Beton stehen. Wie der Uniformgürtel um die Hüfte sich drückt, wie der Nabel die Schnalle spürt. Wie der Oberkörper sich wölbt, die Brust sich strafft, die Schulterblätter aufeinanderzugehen. Das Kinn hebt den Kopf.

Plötzlich bist Du Hitler.

Das ist so dicht an Dir, das ist so dicht in Dir. Immer hast Du diese Bilder gesehen, immer diese Filme, diese Fotos. Das ist Dir so vertraut wie Kindergottesdienst, so nah, als käme der Nikolaus, nah wie die Prügel und nah wie die Küsse.

Ich erzähle nur eine deutsche Geschichte.

Und Hermann Gradl?

Es gibt nichts zu bagatellisieren.

Ob ich *dem Allen* widerstanden hätte, ist keine andere Frage. Niemand legt die Hand für mich ins Feuer, am wenigsten ich selbst.

Gradl ist nicht Breker ist nicht Thorak ist nicht Ziegler.

Wer bin schon ich?

Gradl war Gradl und keine Bagatelle. Es gibt keine harmlosen Landschaftsbilder, schon gar keine, die Adolf Hitler gefallen haben.

Wäre ich Gradl gewesen – wie hätte ich mich verhalten?

Ich, heute noch überwältigbar von den Monstrositäten des Machthabers.

So viel, was ich zu wissen meine, und habe doch nichts
verstanden.
Ich verstehe *das Alles* nicht.
Ich erzähle eine Geschichte, eine deutsche Geschichte, die
zufällig in Nürnberg spielt.

Ich erzähle eine Geschichte, die ich nicht verstehe.
Ich begebe mich in das papierene Erbe eines toten Kör-
pers und liste die Daten auf; ich suche, finde, zeige hin,
weise nach; bin wütend, bin verzweifelt; sicher, todsicher,
gebeutelt zwischen Relativismus und Wahrheitsterror.
Aber immer bleibt Unstimmigkeit und dieses: *Aber.*
Ich begebe mich in das steinerne Erbe des lebendigen
Baukörpers hinein und lasse mich zum Verschwinden
bringen.
Ich wußte doch alles besser. Dachte ich.
Jetzt, am Ende, auf Distanz gehen.
Rächer und Richter nicht sein können.
Die Belastung ist nicht gelindert.
Sühne? Abarbeiten? Aufarbeiten?
Verdacht.
Nichts ist glatt.

Wie simpel, nachher zu sagen, was man vorher hätte vor-
aussagen können.

Selbstreinigung?

Klarheit. Wenigstens ein wenig Klarheit. Ein wenig *mehr*
Klarheit als zuvor.

Der Gradl hängt an der Wand.
Die Ruinen des Reiches stehen. Banalisiert zum
Squashen, Rollschuhfahren, banalisiert für Skateboard,
Fernlenkauto.
Hitler lebt.

Wir lassen ihn nicht sterben.
Warum ist er uns noch immer nicht gestorben?

Hofiert in Gradls Kitschier-Kunst führt der Führer sein
Wirken fort und sei es im Tabu.
In Nürnberg steht sein Mausoleum.

33

Vater schwieg,
Mutter stumm.
Hitler.
Ich.

34

Wie klein der Mond über dem Monstrum steht.
Den jedenfalls hat er dem Himmel nicht abnehmen können.

II

Die Gestapo-Akte und Ich

1

Ich erzähle die Geschichte von Ilse Sonja Totzke. Ich halte mich streng an die Fakten. Ich füge nichts hinzu.

Die Akte liegt vor mir. Sie ist 22,7 cm breit, 32,7 cm lang, und 118 mm dick. Sie wiegt 408 g.

Ich sitze im Staatsarchiv Würzburg, im Nordflügel der Residenz, im Lesesaal.

8 Uhr 15.

Hier lagern 18.892 Gestapo-Akten.

Ich habe brieflich einen formlosen Antrag auf Akten-einsicht gestellt, ich habe einen ordnungsgemäßen Antrag auf Zulassung zur Archivbenützung gestellt, ich habe mich telefonisch angemeldet. Ich habe sämtliche Fragen des Fragebogens des Zulassungsantrags zur Archivbenut-zung gewissenhaft beantwortet. Den Archivalien-Bestell-schein habe ich sorgfältig ausgefüllt und dem Herrn Amts-leiter übergeben, der den Verwaltungsbetriebssekretär, beide in grauen Kitteln, anwies, mir die gehobene Akte zur Lektüre im Lesesaal auszuhändigen. Das Bayerische Archivgesetz habe ich studiert, ein Passepartout, betref-fend meine moralische und rechtliche Verantwortlichkeit gegenüber den schutzwürdigen Belangen Betroffener, unterschrieben. Die Archivordnung habe ich zur Kennt-nis genommen. Mantel und Aktentasche mußte ich im Vorraum abstellen bzw. in einen Schrank hängen, dessen Schloß ich mit einer Deutschen Mark verschließen konnte. Ich wurde dahingehend belehrt, daß für Garde-robe keine Haftung übernommen wird.

16015. Es ist die schönste und grausamste Akte des Archivs.

8 Uhr 30.

Ilse Sonja Totzke ist am 4. August 1913 in Straßburg geboren. Der Vater war Konzertmeister, ihre Mutter ist Schauspielerin. Bis 1919 lebt sie in Straßburg. Von 1920 bis 1929 besucht sie in Mannheim und Ludwigshafen Volks- und Realschule. 1921 stirbt ihre Mutter. 1924 verheiratete sich der Vater erneut. Von 1929 bis 1931 besucht sie ein evangelisches Mädchen-Internat in Bamberg, von wo aus sie nach Würzburg zum Musikstudium an das Staats-Konservatorium wechselt, an dem sie bis 1938 angemeldet ist. 1934 führt sie erfolgreich einen Prozeß gegen den Vater, der ihr das von ihrer Mutter ererbte Vermögen vorenthalten und bereits teils verbraucht hatte. 1935 starb der Vater. Im gleichen Jahr 1935 verunglückt sie als Sozia auf einer Motorradfahrt nach Bamberg, erleidet einen schweren Schädelbruch; langer Krankenhausaufenthalt, schmerzhafte Spätfolgen, Arbeitsunfähigkeit, Abbruch des Musikstudiums. Keine Reifeprüfung. 1935, im gleichen Jahr, erhält sie den Reisepaß Nr. 830.

8 Uhr 45.

Vier Tischreihen mit je zwei Tischen zu drei Stühlen, die Sitzflächen gepolstert; vier Fensternischen, drei mit Tisch und Stuhl auf Podest, eine mit mannshohem Benjamini, je eine Neonröhre; braune Vorhänge; Schlieren auf den schlechtgeputzten Scheiben der in acht Felder durch Sprossen geteilten Fenster, die mit anthrazit gestrichenen, verschließbaren Gittern vergittert sind. PVC-Fußboden, beige meliert mit grauen Fugen. Kreuzgewölbe. Vier kreuzförmig angeordnete Neonlampen.

8 Uhr 55.

Heizungsrauschen, Telefonklirren. Autogeräusche, Motorbremse der Omnibusse.

9 Uhr.

Ilse Sonja Totzke. 16015. Die Akte wird eröffnet am 22. Juni 1936 mit dem Ersuchen der Politischen Polizei an die Reichspostdirektion um Postüberwachung.

9 Uhr 15.

Vor dem Archivfenster hält ein orangegespritzter Lieferwagen mit Plastikplane und der Aufschrift: »Wir verlegen Leitungen unterirdisch mit dem Grundomat, der zielgenauen Erdrakete von Tracto-Technik – Mannesmann.«

9 Uhr 16.

Von 1936 an ist »Frl. Totzke« Gegenstand der Gestapo-Beobachtung. Sie dauert an bis zum 16. Juni 1943. An diesem Tag wird die Akte mit der Feststellung geschlossen: »Die Schutzhaftgefangene wurde am 4.6.43. mit Sammeltransport nach dem KL.-Ravensbrück in Marsch gesetzt.«

9 Uhr 17.

Auf der Straßenseite gegenüber dem Archivfenster ein Omnibus mit der Aufschrift: »Hinaus in die Ferne – mit Hönle's Omnibus.«

9 Uhr 18.

Am 16. Juni 1943 heißt es unter Aktenzeichen 7466/42 II D.: »Unter Bezugnahme auf o. a. Verfügung berichte ich, daß der Obengenannten der gegen sie erlassene Schutzhaftbefehl gegen Unterschrift eröffnet wurde.«

9 Uhr 19.

Vor dem Archivfenster fährt ein Kleintransporter vorbei mit der Aufschrift: »Eilkurier: Wir sind schneller als Sie denken!«

9 Uhr 20.

»Die Schutzhaftgefangene wurde am 4.6.43. mit dem Sammeltransport nach dem KL.-Ravensbrück in Marsch gesetzt.«

9 Uhr 21.

»Spedition Spiess«. »Klaviertransporte Kraus & Papst«. »Steinhart Liefergesellschaft«. »Zustelldienst Angst & Pfister.«

9 Uhr 22.

»Totzke hat trotz Belehrung und Verwarnung weiterhin ständigen Verkehr mit Jüdinnen unterhalten.«

9 Uhr 23.

»Aurora mit dem Sonnenstern.«

9 Uhr 24.

»Wegen illegalen Grenzübertritts mit einer Jüdin, deren Flucht ins Ausland sie begünstigte, wurde sie am 28.2.43. vom Grenzpolizeiposten St. Ludwig festgenommen und hierher überstellt.«

9 Uhr 25.

»Carefree coaching holidays.«

9 Uhr 26.

»Auf hies. Antrag wurde gegen sie mit Erlaß des RSHA. in Berlin vom 12.5.43. Schutzhaft angeordnet und ihre Einweisung in das KL.-Ravensbrück verfügt.«

9 Uhr 27.

Vor dem Archivfenster hält ein Lieferwagen mit der Aufschrift: »Erdgas – wir sorgen für eine saubere Umwelt.«

9 Uhr 28.

Betrifft: Vorgang: Anlagen: Kartei zur Auswertung.

9 Uhr 30.

Ich sitze im Lesesaal des Staatsarchivs Würzburg im Nordflügel der Residenz. Ich erzähle die Geschichte von Ilse Sonja Totzke. Ich halte mich streng an die Fakten. Ich füge nichts hinzu.

Der Akt und das bürgerliche Leben enden 1943.

2 Ich habe nur ihren Namen.
Das Einzige, was sie in diese Akte selbst gegeben
hat, ist ihre Unterschrift. Fünfmal hat sie die Protokolle der Verhöre unterschrieben, viermal mit Bleistift,
einmal mit Tinte, immer mit Kraft. Viermal setzt sie an,
ihren Namen zu schreiben, bricht ab, bricht jedesmal nach
dem Großbuchstaben ab: Ihr »I« läßt sie stehen, bindet
aber das Sonja-»S« an »lse« und das Totzke-»T« an
»onja«. Am 1. März 1943, 96 Tage vor ihrer »Verschubung« ins KZ, unterschreibt sie nach ihrer Auslieferung
durch die Schweizer Fremdenpolizei an das Sicherheits-
polizeieinsatzkommando III/2 der Geheimen Staatspolizei
Mühlhausen mit spitzer, feiner Füllfederhalterfeder und
setzt nach ihrem Namen einen Punkt.
Das Ilse-»I« beginnt mit langem Aufstrich, das Sonja-»S«
sieht aus wie eine Acht, das Totzke-»T« ist ganz abstrakt,
energisch gibt sie diesem Namen fast ein Dach, und an ihr
letztes »e« knüpft sie eine Schlaufe, hängt es auf.
Punkt.
Der »apl. Krim. Assistent« benutzt den gleichen Feder-
halter.
Ilse Sonja Totzke.
Dieser Name ist gesetzt. Unterschrieben, unterzeichnet.
Immer wieder setzt sie nach dem Großbuchstaben ab,
abrupt, sachte setzt sie wieder an, wird fest, crescendo,
heftig, geht zackig aus dem sütterlinen »a« ins »T«, energisch hoch, verbindet Waag- und Senkrecht kraftvoll im
Legato, sparsames »o«, spitzes »t«, trotzig, bauchig »z«,
hartes »k«, energisch, das »e« ist wütend, dann setzt sie
ihren Punkt. Mit schwarzer dokumentensicherer Tinte.
Die Unterschrift ist wie ein Lied. Der Name singt. Er
macht mich froh, beschwingt. Wie würde ich ihn hören,
hätte ich ihn nicht bei diesen Nazis aufgefunden? Sofort
denk ich an Ilse, die ungeliebte Jugendliebe, an Ilse und
an Sonja, zwei Frauen, Schwägerinnen, die ich, lange
schon, befreundet, kenne, schätze, mag.
Ilse: Bilse-niemand-will-se, Märchenstunde, Mutterlieb;
Sonja: Sonne – ja! Und *Totzke* erinnert mich sofort an

»Trotz«, »trotzig«, »Potz«, »Potz Teufel!«. Da wußte ich noch nichts von ihrem Schicksal. *Sonja* – Sophia – Weisheit, *Ilse* – Elisabeth – »Mein Gott ist Vollkommenheit«, und in *Totzke* – Dotz – Totz steckt der kleine Mensch, im »-ke« das Menschlein. Da wußte ich dann doch von ihrem Schicksal.

Aber. Wie sie sich setzt in ihrer Unterschrift!

Da ist ein Swing in diesem Schriftzug, die Buchstaben sind Noten, sie brauchen keine Lineatur, ein Rhythmus, Takt, staccato, Bruch, Ausruf!, langer Atem; da ist die Fülle dreier Unterlängen; da steht der Strich neben dem Streicheln. Atem. Innehalten. Da flieht die Flucht neben dem Verharren. Offen und geschlossen, offenes »a«, geschlossenes »o«, »z« gestaltet, »j« geprägt, das »n« geduckt, niedrig, nivelliert, das erste »e« eliminiert.

Sonjas Violin-Schlüssel-»S« endet im KZ.

Ich sitze im Archiv.

Der Name schließt mir dieses Schicksal auf.

3 1936. Der Grund für die Überwachung der Post der Musikstudentin Ilse Sonja Totzke bleibt unbekannt, die Überwachung ohne Folgen. Folgenschwer wird der klassische Fall einer Denunziation. Denunziant ist der verheiratete Studienrat Dr. Ludwig Gründel, Vorstand des Hochschulinstituts für Leibesübungen bei der Universität Würzburg. 3. April 1939: Er verdächtigt die Studentin der Spionage. Er beruft sich dabei auf Informationen aus dritter oder vierter Hand. Er erklärt sich als Reserveoffizier zu dieser Meldung verpflichtet. Vierzehn Monate später wiederholt er in seiner Eigenschaft als Hauptmann eines Flakregiments die Denunziation. Den Denunziationen folgt eine Reihe von Vorladungen und Verhören, bei denen sich Tankwart und Lagerverwalter, Hausmutter und Tochter, Journalist und Gutshofpächter, Studienratsehefrau und ein Professor des Staatskonservatoriums, an dem die Denunzierte immatrikuliert ist, denunziatorisch äußern. Freiwillige und ersuchte Zusammenarbeit, reibungslose Amtshilfe von Mietgeber und Vermieter, von Nachbar und Nachbarschaft, von Einwohnermeldeamt, Standesamt, Arbeitsamt, Bezugsstelle und Feldschutz.
Dann. Der klassische Fall des anonymen Denunziationsbriefes. Konsequenz: zweite und dritte Postüberwachung. Ohne Erfolg. Hausdurchsuchung. Ohne Erfolg. Beschlagnahmung von Büchern – mit Erfolg. Beschlagnahmt werden die Bücher:

›Die Mutter‹ von Schalom Asch,
›Der Gezeichnete‹ von Jakob Picard,
›Eine Zeit stirbt‹ von Georg Hermann,
›Jüdische Geschichte‹ von S. Müller,
›Theodor Herzl, Biographie‹, von Alex Bein,
›Palästinisches Tagebuch‹ von Manfred Sturmann,
›Der neue Kreuzzug‹ von Benjamin Disrael,
 Broschüre ›Um die Frau‹.

Mit der Betreff-Nummer III-8283/40g· und dem roten Amtsstempel *»Geheim!«* wurde verfügt, daß die vorgelegten Bücher einzuziehen seien, da es sich um Werke handle, »die von jüdischen Schriftstellern verfaßt und vor 1933 erschienen sind«.

4 Seit 25 Jahren beschäftige ich mich mit den Nazis. Sie lassen mich nicht los. Sie beschäftigen mich, nicht ich mich mit ihnen.

Ich will über Ilse Sonja Totzke schreiben.

Es ist 12 Uhr.

5 Spionage wird Ilse Sonja Totzke vorgeworfen und Kontakte zu Juden. Sie sei auffällig. Sie wechsle häufig ihre Wohnungen. Sie lasse sich Post nachsenden. Sie gehe keiner geregelten Arbeit nach. Unterhalt und Lebensfinanzierung seien zweifelhaft. Sie lebe wohlsituiert, besitze Violine, Flügel und eine wertvolle Wohnungseinrichtung. Sie gehe zu einer Schneiderin, sie trage Männerkleidung und mache männerfeindliche Bemerkungen. Deutschfeindliche Bemerkungen werden notiert. Franzosenfreundliche Bemerkungen werden notiert. Sie lehne den Nationalsozialismus ab.

Antiwehrmachteinstellung. Interesse für militärische Anlagen, Kenntnisse deutscher Flugzeugtypen. Fotoapparat. Sie erwidere den Hitlergruß niemals. Sie habe Mietschulden. Sie erwidere den Hitlergruß. Sie zahle die Miete pünktlich. Sie lehne den Nationalsozialismus ab.

Kein Herrenbesuch. Männer lehne sie ab. Ihr Verhalten gereiche dem Deutschen Reich zum Nachteil. Sie sei eine Einzelgängerin, versteckt, verstockt, verdeckt, sonderbar überspannt, überdreht, ziehe sich zurück, meide Menschen, verlasse erst nach Einbruch der Dunkelheit das Haus, kehre erst morgens zurück, schlafe bis mittags und halte einen Schäferhund. Sie passe sich nicht an die Volksgemeinschaft an, füge sich nicht in die Volksgemeinschaft ein, habe einen jüdischen Einschlag.

Sie sympathisiere mit den Juden. Sie habe Kontakt zu Juden. Ein Mann wird bei ihr gesehen und trotz Dunkelheit als jüdischer Mann erkannt. Sie habe Verbindungen zu Juden, wohne bei Juden, gehe bei Juden ein und aus. Sie unterhalte Beziehungen zu Juden, zwei oder drei Jüdinnen führen mit einem neuen BMW vor, sie pflege Freundschaften zu jüdischen Frauen und kriege jüdische Mädchen rum. Sie hat keine normale Veranlagung und ist ein Judenweib.

6 Die Beschäftigung mit dieser Akte ist eine Beschäftigung mit den Pausen während der Beschäftigung mit der Akte. Immer nur Minuten, einmal das Viertel einer Stunde, dann muß ich von den Papieren aufsehen, wegsehen, raussehen; ich muß aufstehen. Ich muß herumgehen, ich muß mich umdrehen oder, ich muß, beschäftigt mich die Akte nicht im Archiv, mich ins Bett legen.

7 Verdacht umfassend. Ilse Sonja Totzke ist unter das Vergrößerungsglas der Gestapo gebracht worden; unter dem Brennglas ihrer Umgebung war sie bereits. Die Bürokratie hat sie erfaßt. Die abwehrpolitische Ausforschung hat nichts Verdächtiges ergeben. Der Vorwurf des Vergehens gegen die »Nürnberger Gesetze« bleibt bestehen. Die Verdächtige wird vorgeladen und verhört.

Frühjahr 39 bis Herbst 41: Die NS-Maschinerie arbeitet perfekt, aber hilflos; die Denunzianten denunzieren perfekt, aber hilflos. Beide funktionieren selbstverständlich.

Ilse Sonja Totzke ist mittlerweile mittellos, das mütterliche Erbe aufgebraucht – Studium, Wohnungseinrichtung, Krankenhausaufenthalt, Arztrechnungen, Genesungsurlaub. Doch immer noch jahrelang schwerste Kopfschmerzattacken, Spätfolgen der gravierenden Schädelverletzung beim Motorradunfall.
Konzentrationsschwäche. Arbeitsunfähigkeit. Rückzug in die Ruhe und Einsamkeit eines Gartenhäuschens vor der Stadt. Teilzeit in einer Drückertruppe für Trikotagen. Kunstgewerbliche Arbeiten. Zwei Gestapo-Verhöre. Zwischen Herbst 41 und Herbst 42 schweigt die Akte.
Am 28.10.1942 nimmt sie gegen Unterschrift zur Kenntnis, daß sie den Verkehr mit Juden einzustellen habe bei Strafe von Schutzhaft und Einlieferung in ein Konzentrationslager.

Die Akte liest sich wie ein Krimi; Scham über mein atemloses Lesen. Immer wieder wasche ich mir danach die Hände.

Beim ersten Verhör erscheint sie wie furchtlos. Sie redet direkt, offen, ehrlich. Nichts wird geleugnet. Sie sagt, was sie tut. War es ihr anfangs gleichgültig, wo sie zur Untermiete wohnte – und da sie keine arischen Wohnungsgeber fand, mietete sie sich bei Juden ein – so wuchs, sie bekennt sich selbst als Nicht-Jüdin, als Nicht-Kommunistin, so wuchs mit zunehmendem Antisemitismus und verordneter Judenfeindlichkeit ihre von ihr als unpolitisch apostrophierte selbstverständliche Haltung gegenüber den Juden. Am 5. September 1941 erklärt sie der Geheimen Staatspolizei: »Das Vorgehen gegen die Juden halte ich ... nicht für richtig. Mit diesen Maßnahmen kann ich mich nicht einverstanden erklären.«

Bei der zweiten Vorladung gerät sie unter Druck. Die erneute Vernehmung nur fünf Wochen später erfolgt aufgrund eines anonymen Briefes, der die Verführung einer Minderjährigen unterstellt, eine lesbische Verführung, die lesbische Verführung einer minderjährigen Jüdin. Die Denunziation erweist sich als gegenstandslos. Die angebliche fünfzehnjährige Jüdin ist eine 35jährige Arierin, deren jüdischer Ehemann bereits vor zwei Jahren nach Amerika emigriert war. Die Denunziation erwies sich als gegenstandslos. Aber sie erfüllt ihren Zweck. Ilse Sonja Totzke kann sich noch erklären, wiederholt ihre antinazistische, ihre projüdische Haltung und versucht, schon bedrängt, mit rhetorischem Geschick erfolgreich die Praxis der Rassengesetze zu unterlaufen: sie sei bis dahin von keiner Behördenstelle eigens und persönlich belehrt worden, den Verkehr mit Juden zu unterlassen. Totzkes sichere Kühnheit hat ihren Preis. Die eingehende Belehrung erfolgt jetzt sofort, eingeschlossen die Drohung der sofortigen Festnahme und Einweisung in ein Konzentrationslager im Wiederholungsfall. Zwangsbekehrung folgt. Aus Totzkes Glaubensbekenntnis – »Mir ist ein jeder anständige Mensch recht, ganz gleich welcher Nationalität er angehört« – wird die erpreßte Einsicht, wird die abgepreßte Zustimmung: »Ich bedauere mein Verhalten und muß erklären, daß doch ein Unterschied zwischen Ariern und Juden besteht.«

Für den selbstverständlichen Mut der Verhörten, der Erpreßten kommt die Zwangskonversion schon der Internierung ins KZ gleich. Totzke ist unbeugsam, Totzke ist nicht zu brechen.

8 Ein Jahr schweigt die Akte. Was macht Ilse Sonja Totzke?
Sie weiß Bescheid. Sie kennt die Situation. Sie hat unterschrieben. Sie kennt sich selbst.

Sie kehrt für zwei Monate ins Elsaß ihrer Kindheit zurück, sie fährt nach Berlin, um in der Großstadt eine Wohnung zu suchen und wieder zwei Monate zurück ins Elsaß, um einen Fluchtweg auszumachen in die Schweiz.

Längst hat sie endgültig die gutbürgerlichen Bahnen verlassen, müssen. Kaum vorstellbar, daß sie noch zu den selbst gelegentlich angefertigten kunstgewerblichen Arbeiten kommt. Lebensrettung ist zu ihrem Beruf geworden. Aber beim Aktenstudium stellt sich der Eindruck ein, durch ihre Bestimmtheit, Ruhe und Klugheit beherrsche sie die Lage und nicht die Lage sie. Ein nie formulierter Trost, eine nirgends ausgedrückte Sicherheit. Und dann kippt's.

Eine dritte Vorladung erreicht sie. Sie weiß nicht, warum. Sie fürchtet, es sei aktenkundig geworden: die Totzke hat den Verkehr mit Juden nicht unterlassen.

Sie flieht zurück nach Würzburg. Ihre Wohnung betritt sie nur nachts. Tags geistert sie durch die Nachbarorte. Sie flieht ins Elsaß. Sie wohnt täglich in einem anderen Hotel. Sie hat die Ruhe verloren, sie ist sehr aufgeregt. Fährt nach Würzburg zurück, fährt in den Spessart, irrt durch die Rhön, gehetzt und rastlos nach Berlin. Täglicher Zimmerwechsel. Ihre Freundin Ruth Sara Basinsky, die sie bei den letzten Berlinbesuchen nicht mehr in deren Wohnung angetroffen hat, fängt sie vor dem Lager ab, in das die Berliner Juden vor ihrer »Verschubung« in die Konzentrationslager des Reiches zusammengetrieben werden. Sie schlägt gemeinsame Flucht vor. Zweimal noch treffen sich die beiden Frauen, bis Ruth Basinsky zustimmt. Nach dreizehn Tagen Fahrt bei täglichem Zimmerwechsel erreichen sie die grüne Grenze, über die sie in einer Nacht zweimal fliehen. Die Schweizer Zollbeamten greifen sie auf, stellen Personalien fest, sperren sie den Tag über ein und schieben sie in der Dämmerung über die grüne Grenze zurück. In der gleichen Nacht übertreten die beiden Frauen an der gleichen Stelle erneut illegal die grüne Grenze und werden nach drei Stunden Flucht auf Schweizer Gebiet von Schweizer Zollbeamten aufgegriffen und in den Morgenstunden dem deutschen Zoll überstellt.

Jetzt ist Ilse Sonja Totzke ganz allein.

9 Immer bin ich sehr schnell sehr müde.
Warum werde ich immer so schnell so müde?
Über Tage hinweg traurig. Kein Sonnenschein kann mich trösten, keine Schokolade. Ich denke auch nicht mehr. Ich fühle nicht mehr. Ich bin dumpf und stumpf. Wie ausgelöscht. Ausgebrannt. Als hätte ich eine riesige, eine übermenschliche Arbeit getan und wäre daran gescheitert.
Ich mag morgens nicht aufstehen, abends kann ich nicht ins Bett. Und falls ich stehe, hängen meine Schultern und ziehen mich ins Grab.
Allein, daß es diese Akte gibt. Da es diese Akte gibt, gab es dieses Leben, dieses Schicksal, diesen Tod.
Und warum ausgerechnet bin ich es, der lebt?
Ich bin dieser Akte nicht gewachsen.

Immer wieder wünsche ich mir, ich könnte unbefangen ins Archiv gehen, meinen Mantel aufhängen, die Angestellten grüßen, mir die 16015 geben lassen, einen angenehmen Platz im Lesesaal suchen und mit der Arbeit beginnen.
Aber schon von der Vorstellung, daß dieses Barockschloß zur Hälfte im Krieg zerstört worden ist, kann ich mich nicht lösen, und erst recht vermag ich nicht, die Fotos von Adolf Hitler zu löschen, der auf dem Platz vor dieser Residenz in seinem offenen Daimler-Benz mit erhobener Rechter Paraden abgenommen hat, den Jubel der Bevölkerung entgegennahm, die Ehrerbietung des widerlichen Gauleiters – ein ehemaliger Zahnarzt, der in einer jüdischen Villa residierte – quittierte. Und der Mercedes-Stern glänzte womöglich in der Sonne. Unerträglich die Bilder der unendlichen Züge fränkischer Juden, die zum Bahnhof getrieben wurden, ob ihr Weg nun an der Residenz vorbeiführte oder oberhalb, am Hofgarten. Wahrscheinlich sind vor diesem Schloß auch die Werke meiner liebsten Schriftsteller ins Feuer geworfen worden, ich bin mir der Tatsachen nicht mehr sicher, die mir einmal jederzeit gegenwärtig waren, und vielleicht johlte unter den Bücherverbrennern mein Vater.

Ich kann die Ruhe nicht finden, die notwendig wäre, diese Tatsachen engagiert zwar, aber mit Gelassenheit zu betrachten. Immer wieder schäme ich mich meiner Tränen, der Angst. Manchmal denke ich mir, daß Ilse Sonja Totzke, vielmehr wünsche ich mir, daß einzig Ilse Sonja Totzke mich verstünde und hoffe, daß sie mich verstanden hätte.

Was soll ich nur tun?

Ich möchte mich nicht aufspielen. »Spiel Dich nicht auf«, spielte die Mutter meine Aufregung herunter, in die ich jedesmal hilflos geriet, wenn nach der Schule am Mittagstisch das Thema Nationalsozialismus »auf's Tapet« kam. Auch damals schon war alle Ruhe, falls Ruhe überhaupt vorhanden, dahin. Und die Unruhe, die nur knapp unter der Ruhe, also unter dem damastenen Tischtuch, verdeckt war, die bei jeder Gelegenheit durchbrach, diese allzeit gegenwärtige Unruhe mündete in Krach, laute, böse, häßliche Worte und Gewalttätigkeiten, und endete mit dem Machtwort, das, wie gewöhnlich, mein Vater sprach. Die Nazis kamen nicht von selbst einfach ›auf's Tapet‹ – ich habe dieses Thema angesprochen, weil es mir selbstverständlich und allgegenwärtig war – aber, genau das eben nicht.

Nun bin ich 46 Jahre alt.

So werde ich nicht erwachsen.

Wo doch meine beiden Eltern, die ich einstmals sehr liebte, immer wieder sagten, riefen, schrieen, drohten: »Wann wirst Du endlich einmal erwachsen?«

Niemand hat mich gelehrt, niemand mir wenigstens vorgelebt, wie ich mit all dem umzugehen hätte, wie ich mit all dem umgehen könnte, müßte. Wie ich's benennen sollte. Keine Sprache. Keine Wörter. Kein Begriff. Ich war immer und ausschließlich alleine. Auch jetzt wieder, hier, Staatsarchiv Würzburg, Nordflügel der Residenz, eisige Einsamkeit. Wo doch am Fenster meines Arbeitsplatzes im Lesesaal wochentags zwischen 6 und 22 Uhr 16.808 Autos vorbeifahren, und wo im vergangenen Jahr 346.652 Touristen das barocke Schloß besichtigten. Von der Akte 16015 hat niemand etwas gewußt. Daß in dieser Akte die Musikstudentin Ilse Sonja Totzke begraben liegt. Davon ahnen die heiteren Besucher des sommerlichen Mozartfestes nichts. In solcher Heiterkeit möchte man auch nicht zur Kenntnis nehmen, daß hinter diesen Fenstern 18.892 Gestapo-Akten lagern.

Ich bin also nicht alleine. Ich sitze vor einer Glaswand. Die Archiv-Videokamera ist auf mich gerichtet; irgendwer wird meine Arbeit wohl wohlwollend begleiten. Aber warum ist mir kalt? Das Quecksilber des Lesesaalthermometers steht exakt neben dem aufgedruckten Wort »Zimmerwärme« am roten Strich bei 18 $1/2°$.

Ich bin ja nicht das Opfer.

Ich habe zufällig diese Akte für mich entdeckt.

Ich möchte mich nicht aufspielen. Aber ich wünsche mir, daß jemand mit mir weint.

10 Ilses Freundin Ruth wird »zuständigkeitshalber« der Polizei Berlin »überstellt«, Ilse selbst mit dem nächsten Sammeltransport »in das Polizeigefängnis Würzburg verschubt«. Aus dem elsässischen Strafgefängnis wird ihr ins fränkische Polizeigefängnis die Armbanduhr nachgeschickt mit der Bitte, »den Empfang auf der beiliegenden Zweitschrift zu bestätigen«. Bei der Festnahme hatte die Festgenommene einen Deutschen Reisepaß bei sich, ein Familienbuch, die Mitgliedskarte des Unterfränkischen Tierschutzvereins und einen Studierenden-Ausweis der Deutschen Fachschulschaft. An Bargeld 40 RM. Aus der evangelischen Kirche war sie mittlerweile ausgetreten.

11 Ruhe und im glücklichsten Moment Ausgelassenheit empfinde ich, wenn ich ganz nah an meiner Akte sitze. Am liebsten ist mir der Lesesaal leer. Niemand stört. Niemand stört mich. Niemand stört mich und Ilse Sonja Totzke. Draußen können 16.808 Autos vorbeifahren, drinnen können 346.652 Touristen über die Treppen toben, das Telefon kann klingeln, die Archivangestellten können hinter ihrer Glaswand Witze erzählen. Ich bin mit Sonja alleine. Ich sehe sie mir an, ich wende mich ihr zu. Ruhe. Jede einzelne Seite ihres 84 Blatt starken Dossiers nehme ich zur Hand und führe sie unter meine Augen. Ich lese alles genau. Sie ist mir nah. Vor allem in den Protokollen ihrer Vernehmung. Mir ist, als hörte ich sie sprechen. Sehe ich sie nicht sitzen? Sie blickt mich an. Sie ist nicht tot.

Ilse Sonja Totzke.

Welch ein Zufall, daß diese Akte überlebt. Die SS hat vor den vorrückenden Amerikanern begonnen, ihr Archiv Aktendeckel für Aktendeckel zu verbrennen, bei »A« hat man begonnen, beim »H« waren sie besiegt; sie hätten aber genausogut bei »Z« beginnen können, und niemals mehr wäre jemals jemand auf die 16015 gestoßen. Sonja lebt.

Jetzt stürzen keine 18.000 Mappen mehr über mich, jetzt quält mich kein schlechtes Gewissen, keine Kraftlosigkeit höhlt mich aus, keine Panik, keine Flucht, keine Larmoyanz. Ilse Sonja Totzke. Ich weiß, daß es sie gibt. Ich weiß, was sie erlebt hat. Ich weiß, was sie erlitten haben muß. Ich weiß um ihr Wagnis, ihren Mut. Ich gebe ihr die Ehre. Das ist richtig. Das tut ihr gut. Das tut mir gut.

Tiefe Befriedigung in der Beschäftigung mit den 84 Blatt. Ich erstelle ein Inhaltsverzeichnis; ich setze den Ablauf des Geschehens zusammen, ich filtere aus den Tatsachen den Lebenslauf heraus. Es macht Spaß. Ich versuche, die Denunzianten zu verstehen, ich möchte die Machenschaften des Machtapparates durchschauen, ich will nachvollziehen, warum wer wann wie was und zu welchem Ende gehandelt hat. Und Alles über Totzke herausfinden. Sie würdigen. Ihr die Ehre erweisen. Ihr zu ihrem Recht verhelfen.

Ich bin nicht das Opfer. Ich bin kein Hinterbliebener des Opfers. Ich bin nicht Gott.
Wo ist mein Platz?

Wieder wird mir klamm. Was maße ich mir an? Wie konnte ich meine Lust an ihrem Leid gutheißen und die Neugierde genießen, mich des Erforschens erfreuen, wie geradezu Heiterkeit empfinden über das Glück, einem solchen Menschen begegnet zu sein?

Die Seele hat jenem Leben nichts entgegenzusetzen. Nichts taugt jetzt der Verstand. Der Intellekt setzt aus. Gerade noch kann ich jemanden herbeisehnen, der mich an der Hand nimmt und fortführt von der Lethargie, die sich amöbenhaft breitmacht überall, wo sie noch nicht saß. Was für Schulen habe ich besucht? Ach, die Lehrer! Die waren doch selbst nur Kinder oder kindisch, unberaten, linkisch. Und so kippt jedesmal die Forschereuphorie um in Apathie.

Mein Vater hat gesagt, wenn ich nicht endlich Schluß machte mit diesem Thema in seinem Haus, wenn nicht endlich Schluß sei mit der Vergangenheit, dann werde er mir zeigen, wie man mit mir umgegangen wäre im KZ.

12 So viel auch denunziert, recherchiert, observiert wird, so perfekt die Nazi-Bürokratie und ihr Polizeiapparat funktionieren, so lückenlos auch das Netz der Informanten und Trabanten geknüpft ist, so hilflos erstarrt die Maschinerie vor einem einzelnen unbeugsamen Menschen.

Sie kriegen nichts raus. Ilse Sonja Totzke bleibt verschlossen. Das Geheimnis ihres Lebens bleibt verhüllt. Keine Ausforschung bringt Klarheit. Immer gibt sie nur das zu, was man ihr schon längst beweisen kann. Dabei ist sie nicht unredlich. Das entwaffnet. Sogar die Ermittler. Ihr offensichtlicher Zorn und ihre spürbare Frustration sind der Klarheit einer Verweigerung geschuldet, die den Staat nicht in ihr Innerstes eindringen läßt. Nicht wie all die anderen, die längst in vorauseilendem Gehorsam noch die letzten Forts ihrer Herzen und die hintersten Bastionen ihrer Seelen dem Belagerer eigenhändig geöffnet haben. Sie kriegen nichts raus. Sie können nur vermuten, unterstellen, insinuieren, täppisch, ungelenk, infam – der unausgesprochene Prostitutionsanwurf, um die unerklärten und unerklärbaren nächtlichen Abwesenheiten doch noch zu klären.

Totzke ist eine Festung.

Noch 50 Jahre später geht auch der kundige Leser aus einer anderen Zeit, die mehr weiß, ratlos durch die Akte und ratlos aus ihr heraus, da sie nur das birgt, was jener Staat wißbar machen konnte. Es ging also auch anders. Es gab die Möglichkeit der Verweigerung, es gab die Möglichkeit des Rückzugs hinter Türen, die stets geschlossen bleiben würden. Ermutigung? Geholfen hat es nichts. Bestraft wird Ilse Sonja Totzke dafür, daß sie anders ist und anders sein will. Daß sie nicht in der »Volksgemeinschaft« und im »Reichskörper« aufgehen will. Unabhängig, unverheiratet, vermögend, künstlerisch, intellektuell, lesbisch, unausforschbar, uneinnehmbar. Apolitisch, hartnäckig apolitisch auf dem menschlichen Grundrecht der Freundschaft, auch zu Juden, beharrend. Wenn sie nicht

240

längst schon wegen ihres eigenen Profils ausgegrenzt
wäre, so grenzt zuletzt das Eintreten für Ausgegrenzte sie
zuverlässig aus. Um diesen Verstand herum und um dieses Herz eine Horde Denunzianten und Gestaposchnüffler. Männer und Frauen, deren ungelenkes Deutsch nur
allzu deutlich den Neid hervorstammelt, Sozialneid,
Sexualneid, Neid auf Ich-Entfaltung. Verstümmelte
Existenzen sind es, die da ihre Ängste und Sehnsüchte mit
fehlerhafter Rechtschreibung und stolperndem Satzbau in
die Schreibmaschinen klopfen, klopfen lassen. Sie haben
nicht Recht. Sie bekommen nicht Recht. Und doch haben
sie Erfolg. Aber.

Aber Ilse Sonja Totzke wendet den Blick ab. Zum Blickkontakt können sie sie nicht zwingen. Sie kriegen sie
nicht. Dafür muß sie zahlen. Das weiß sie. Sie weiß alles.
Aber was sie weiß, weiß ich nicht. Auch wenn ich mehr
weiß, als sie wußte.

Ilse Sonja Totzke wendet den Blick ab. Sie wendet die
Augen nach innen, sie ist schon fort, sie ist längst weg auf
diesem letzten Foto.

13 Sie ist tot. Ich kann sie nicht mehr lebendig
machen. Sie wäre 83 Jahre alt. Sie könnte
noch leben. Ihr Dossier endet mit Blatt 84, und
auf dieser Seite bleibt auch der Atem stehen. Dieses Blatt.
Din A 5 Querformat. Der bekannte Briefkopf. Das bekannte Aktenzeichen 7466/42 – und mitten über dem
Textblock der blaßrote, briefmarkengroße Amtsstempel
»Haft!« in Jugendstillettern – die Umrisse des »H« hat
ein Gestapo-Beamter beim Telefonieren aus Langeweile
nachgemalt. Heute, am 26. Mai 1943, bittet »im Auftrag«
ein Gestapo-Beamter namens Vogel den Herrn Polizei-
präsidenten in Würzburg, »die Obengenannte mit dem
nächsten von Würzburg abgehenden Sammeltransport
nach dem Konzentrationslager Ravensbrück zu verschu-
ben.« Er fügt hinzu: »Die für die Annahme im Lager er-
forderlichen Papiere wurden dem Lagerkommandanten
bereits übersandt.« Es folgt höflich die zweite Bitte, »die
erfolgte Verschubung ... mir schriftlich anzuzeigen.« »Für
die Richtigkeit« dieser Bitten setzt die Kanzleiangestellte
Becker unter die Abkürzung »F.d.R.« ihren Namen. Neun
Tage später, am 4.6.43. bestätigt der Polizeipräsident: »Die
Vorgenannte wurde am 4.6.43. verschubt.« Diese Bestätigung der »Verschubung« der »Oben-« und »Vorgenann-
ten« ging, laut Posteingangsstempel der Geheimen Staatspolizei zwei Tage später, am 6. Juni 1943, in der Dienststelle Ludwigstraße 2 ein. Ilse Sonja Totzke ist bereits auf
dem Weg. In den Tod.

Ich will hinterher. Ich muß ihr nachfahren. Ich nenne
diese Reise Recherche. Ich lege lange Listen an, was zu
tun sei, um Alles zu erkunden. Ich plane eine Reise ins
KZ, in alle ihre Wohnorte, in alle einschlägigen Standes-
und Einwohnermeldeämter samt Stadtarchiven; ich über-
lege, wie in den betreffenden Lokalzeitungen Artikel zu
verfassen wären, mit deren Hilfe ich Zeit- und Augen-
zeugen, Spiel-, Schul- und Studienfreunde ausfindig
machen könnte. Kein Geheimnis soll mehr sein um sie.
Alles ausgespäht, ausgeforscht, erschnüffelt. Hasenrein

möchte ich sie mir präsentieren bis in die letzten Winkel ihrer Seele, ihres Hirns, ihres Herzens, ihrer Haut; jedes Detail der Beweggründe ihres Handelns möchte ich, möchte ich haben, möchte ich dingfest machen, dingfest. »Dingfest« wie »verschubt«? Jetzt bin ich nicht mehr der liebe Gott, der Sonja das Leben wieder geben will, jetzt bin ich nicht mehr der zerknirschte Nachgeborene, der ob Totzkes Schicksal nicht mehr leben will, nicht mehr der Anwalt, der ihr zu ihrem Recht verhilft, nicht mehr der ehrgeizige Schriftsteller, der in Kleistscher Klarheit, Weiss'scher Gesinnung, Celanscher Reinheit den Fall Totzke zu gestalten denkt, nicht der Philosemit, der ihre Judenfreundschaft nachahmen möchte. Ich bin der Polizist, der Kriminale, der Detekteibesitzer, der Jäger und der rasende Rechercheur. Der Sex der Reportage hat mich gepackt. Die literarische Versuchung, die Erotik des Archiv-Materials läßt mich nicht mehr los, seit Monaten.
Und ich weiß nicht, was diese Akte noch alles mit mir macht.

Ich bin der Akte nicht gewachsen. Angstträume, Fluchtträume, Fallträume peitschen mich durch die Nacht. Ja, »peitschen«. Ich schreibe Gnadengesuche an Hitler, ich werde beim Gauleiter vorstellig, ich spreche Gebete im Dom. Nackt lege ich mich vor den Eingang der Gestapo Würzburg, Außendienststelle der Staatspolizeitleitstelle Nürnberg-Fürth, in der Ludwigstraße 2. Ich werde nach Ravensbrück verschubt, nachdem Doktor Mengele mich in Auschwitz nicht narkotisiert, punktiert, operiert, ektomiert, kastriert hat, um mich transsexualisiert transport-, haft-, arbeits- und lagerfähig im Frauen-KZ für die Siemens'sche Kriegsproduktion dienstbar zu machen. Dort unterwarf ich mich stellvertretend für Ilse Sonja Totzke der Rentabilitätsberechnung der SS über die Ausnutzung der Häftlinge in Konzentrationslagern und erwirtschaftete nach der kalkulierten durchschnittlichen neunmonatigen Lebensdauer RM 1.631,–. Das beinhaltete neben dem täglichen Verleihlohn durch die SS an

Siemens abzüglich Ernährung und Bekleidungsamortisation auch die Erlöse aus der Verwertung der toten Zwangsarbeiterin wie Kleidung, Geld, Gold, Zahngold, Haut und Haare, Knochen und die Asche. Abzüglich der Verbrennungskosten. Das Alles habe ich geträumt, aber Ilse Sonja Totzke wurde dadurch nicht lebendig.

Ich halte der Akte nicht stand. Ich habe nicht die Kraft. Ich kann nichts mehr ertragen. Ich gebe auf.

Ich beantrage die Aushändigung von Negativ-Duplikaten der Gestapo-Fotos Nr. 57/43. Der »Bestellschein für Lichtbilder« trägt die »Auftrags-Nr. 362/94«. Die Kostenrechnung Nr. 054312.04097-0 beträgt DM 25,00, zahlbar bei der Staatsoberkasse, Konto 790.01515 bei der Landeszentralbank Würzburg, Bankleitzahl 790.000.00.

Ich fliehe. Ich habe Angst. Berührungsverbot. Als dürfte ich nicht, als sei untersagt.
Scheu. Scham. Ausweichmanöver. Und trotzdem dauernd der Impuls, Lust, sogar, manchmal, mich wieder hinzusetzen. Doch kaum sitze ich vor der Mappe, vor meiner Mappe – ich habe mir den Vorgang Totzke für DM 96,30 in 107 Trockenkopien vervielfältigen lassen –, doch kaum sitze ich vor meiner Mappe, Mappe, Mappe, bricht mir der Schweiß aus, meine Finger werden steif, der Mund trocken, Kopfweh, die krankhafte Verhinderung des Denkens, und ein ungeheurer Druck auf meiner Brust.

Als ich zum ersten Mal im Archiv saß.
Ich habe Minuten, ich habe eine Dreiviertelstunde auf diesen Aktendeckel gestarrt, wie gebannt auf diese gelbbeige Pappe geglotzt, die Pappe, vorne vom Gebrauch weich und hinten vom Gebrauch aufgerauht; Ecken, Ober-, Unter- und Seitenkanten abgegriffen; wasserfleckig, mit Tesa-Krepp verstärkt, bestempelt. Dann habe ich aus den Fenstern gesehen, die Autos gezählt, die vorbeifuhren, und den Menschen nachgesehen, die vorüberlie-

fen. Ich habe mir den Lesesaal betrachtet und die Leute, die in diesem Lesesaal lasen. Habe die Rentner beneidet, die in Folianten herumstocherten, mit Vergrößerungsglas Faszikel entzifferten oder in Grundbüchern und Katasterverzeichnissen nach alten Wegerechten kramten, um die zerstrittene Nachbarschaft aufs Kreuz zu legen, oder um für die Chronik ihrer Dörfer nach ersten urkundlichen Erwähnungen zu suchen. All diese 70jährigen, und ich sehe sie vor mir in ihren SA-, SS-, Gestapo-Uniformen anonyme Briefe öffnen, Verhörprotokolle numerieren, Aktennotizen anlegen, stempeln, stempeln, stempeln. Dann wieder dieses Liebespärchen, das Cello-Mädchen und der Flötenjunge, die, es ist schon nach 11, die Europa Elomatic-Lesesaal-Uhr zeigt noch eine halbe Stunde an bis 12, die gerade vom Musik-Konservatorium herüberkommen, an dem auch Ilse Sonja, die Geigerin, ihr Musikstudium begann; die beiden, eng aneinander über den Zebrastreifen, stellen ihre Instrumentenkästen an die Buchshecke und schmusen.

Dieser Bann.

Ich habe natürlich die Gestapo-Fotos nicht bezahlt. Der braune Umschlag des Staatsarchivs lag wochenlang ungeöffnet in meinem Arbeitszimmer. Erst als die Bezirksfinanzdirektion die Mahnung mit dem Buchungskennzeichen 053.1204.097/222 schickte, mich mit der computerisierten Anrede »Sehr geehrte Frau, sehr geehrter Herr« des Zahlungsrückstandes zieh, von »Überprüfung«, »Forderung« und »Dienststelle« schrieb, »Fälligkeitstag«, »Überweisungsbeleg«, »Zahlungseingang«, »Verzugszinsen«, »Säumniszuschläge«, »Zahlungsfrist« anmahnte, »die zwangsweise Einziehung« und »Verwaltungszwangsverfahren« androhte, schickte ich der hochachtungsvollen Staatsoberkasse Würzburg die 25 Mark, ohne die Mahngebühren von DM 3 zu begleichen. Warum auch. Wer hatte hier zu mahnen?

Sind diese Lichtbilder rechtmäßig aufgenommen worden? Was hat der Gestapo-Blitz erhellt? Wie kann die Polizei eines Unrechtsstaates, die geheime dazu, rechtmäßige Fotos aufnehmen, in das Gesicht der zu Fotografierenden einfallen, die Augen aufbrechen, die Pupillen penetrieren, in den Mund eindringen?

Irgendwie, muß ich gedacht haben, stünden mir die Fotos fraglos zu und zwar unentgeltlich. Eine Familienangelegenheit. So fern und unerreichbar immer wieder alles schien, so nah war ich Ilse Sonja Totzke. Eine Verwandte, eine Schwester war zu mir gekommen nach 50 Jahren, wo ich mir immer eine Schwester gewünscht, zwei Schwestern hatte ich mir immer gewünscht, eine ältere und eine jüngere, und jetzt hatte ich sie beide statt meines blöden Bruders, beide, Ilse und Sonja; und die Frau Totzke, die heute 83 Jahre alt sein könnte, war mir eine Tante geworden, Tante Totzke. Oder wie Mutter. So eine Mutter, von so einer Mutter hatte ich immer geträumt.

Wenigstens die Fotos.

Wiederholt habe ich die gesamte Akte kopiert, Blatt für Blatt; oder ich habe die 84 Blatt in die Halterung des Vervielfältigungsgerätes gelegt und das Konvolut vervielfältigen lassen; der Sorter hat mir die Seiten sortiert und mir jeweils beliebig viele Exemplare gebündelt; der automatische Einzug und das Laufgeräusch ein Stöhnen, Seufzen, Atmen, und wenn ich die Totzke-Akte nur weiter vervielfältigte, kommt Ilse Sonja Totzke plötzlich wieder selbst zum Leben.
Diese Akte, die 16015, ist doch das Einzige, was von diesem Leben noch ist!

Ich habe mich sogar in die Dunkelkammer gestellt, und der Fotograf hat nächtelang nach meinen Wünschen Vergrößerungen, Verkleinerungen, Ausschnitte des Gesichts von Ilse Sonja Totzke gemacht. Scheinwerfer auf. Die

Dunkelkammer eine Grabkammer, nur daß wir Kunstlicht, Raumlicht, Rotlicht anknipsen konnten, und die Wärme der Entwicklungsmaschinen die Temperatur unerträglich hochtrieb. Der Geruch der Chemie, Natriumdampfleuchte. Der Fotograf legt das Negativ auf den Vergrößerer und fährt bei offener Bildbühne mit einem Dachshaarpinsel säubernd über Totzkes Negativgesicht, vorsichtig, sorgfältig, zärtlich. Ich habe ihm nicht erzählt, um was es ginge, wer diese Person sei. Ich wollte alles für mich behalten. Ihm war nicht einmal klar, daß es sich um eine Frau handelt. Warum wollte ich von ihm noch einmal den technischen Ablauf erklärt haben und noch einmal? Den ich doch nicht verstand, oder alles gerade Verstandene sofort wieder vergaß. Nun lag sie, »die Totzke«, als Negativprojektion auf der Grundplatte, der Vergrößerungsrahmen wird auf die gewünschte Bildgröße eingestellt, der Fotograf sucht eine kontrastreiche Kante, reißt das Fotopapier in schmale Probestreifen und legt sie über Sonjas Augen. Der Belichtungszeitschalter steht bei Blende 8 auf 14. Und so weiter. Ich bin ungeduldig, gereizt. Das hier ist doch nicht der OP einer Klinik, in der Unfall- oder Gestapo-Opfer reanimiert werden könnten. Und ich bin kein Wunderdoktor. Ich habe auch schon zweimal geträumt, daß ich im KZ Ravensbrück als SS-Mann aus Mitleid der vor Erschöpfung strauchelnden Gefangenen Totzke – die KZ-Nummer, in den Unterarm tätowiert, kenne ich nicht – eine Mund-zu-Mund-Beatmung mache, statt sie sofort zu erschießen. Im Traum öffnet Sonja kurz die Augen und sofort küssen wir uns, küssen uns heftig, und ich, der SS-Mann, zwischen Zucht und Zungenkuß, tarne meine Liebe, die schon lange in mir zu diesem Häftling schwelt, als Wiederbelebungsversuch, ich öffne ihr das Hemd und massiere ihren Busen, der lebt und bebt, und aus dem Zungenkuß wird ein Koitus mitten auf dem Appellplatz des KZs. Ich wachte krachend auf, kotze.

Sonjas Augen liegen in der Laborschale. Und für Stunden

wiederholt sich die Technik. Ich will, daß der Fotograf die Augen vergrößert, ich will, daß er sie größer und immer größer macht, und irgendwann morgens um zwei sagt er erschöpft, er habe die Augen jetzt so hochgezogen, daß er überhaupt nichts mehr sähe.

Ich wollte sie doch nur sehen. Ich wollte doch nur, daß sie mich sieht. Daß sie wieder blickt. Die Augen öffnet, die Lider niederschlägt und weiterschläft. Nur eine Sekunde wach und am Leben. Wäre sie lebendig geworden, dann hätte sie, entgegen den Praktiken dieses wunderbaren Staatsoberkassenstaates, eine Ehrenpension bekommen, eine mietfreie Dachwohnung mit Ausblick auf irgend etwas besonders Schönes, ihre Geige, ihren Flügel hätte sie wieder bekommen, ihre Bücher, Krawatten, Jacken, ihren Hund, ihr Gartenhaus, einen, zwei, viele Orden oder keinen, wie es ihr beliebte, und eine Straße, besser ein Platz wären nach ihr benannt.

Aber sie blieb tot. Tot mit zwei harten »t«.

Je mehr ich sehen wollte, desto weniger sah ich. Graue Flecken auf dem Fotopapier.

Augen, dauernd die Augen. Als wüßten sie Alles. Auch das Letzte. Auch die Qual. Die sie schon spüren. Klarheit, Trotz, Dunkel. Jetzt verstehe ich endlich einen Satz des Philosophen Walter Benjamin, der mich immer angezogen hat, der sich immer wieder von mir abstieß, mir wunderlich, verrückt, unverständlich, undurchdringlich vorkam, niemals zu verstehen. Der jahrelang unerhellt in meiner Seele stand: »Der Blick ist die Neige des Menschen.«

14

Immer wieder verliert sich mir in der Akte das Tröstliche.
Warum wurde Höß nur gehenkt?
Das ist ein Stück Schokolade gewesen für den Kommandanten von Auschwitz im Vergleich zu dem, was er seinen Häftlingen angetan hat.
Warum bleibt das Schöne, das Einmalige, warum bleibt das Gerade, das Redliche so klein? Der selbstverständliche Mut der Ilse Sonja Totzke.
Warum ist mein Mitleid so schnell bereit, in Selbstmitleid zu kippen? Warum wird aus der Schuld der Nazis die Schuldanmaßung durch mich?

Wo ist mein Platz?

Ich verziehe den Mund, wenn ich mir nicht täglich den Keks an die nachmittägliche Teetasse legen kann, wenn abends nicht mein Rippchen Schokolade auf dem Nachttisch liegt. Sie hatte die Hölle. Ich habe höchstens ein Höllchen und bin daraus jedesmal, mit einer Wunde mehr zwar, aber gestärkt, wie man sagt, hervorgegangen. Hat Totzke überhaupt überlebt? Ich mag es gar nicht einmal erhoffen. Und, ich rede mir ein, ich hätte das Recht, ich müsse mir deswegen, wegen all dem kein Schmerzverbot erteilen.
Ist es nicht genug, daß Ilse Sonja Totzke mein Leben verändert hat? Nicht weniger. Das weiß ich.
Wie sich mein Blick verändert hat, der Blick auf das Vertrauteste. Auf Friederike und unseren Alltag. Auf mich selbst. Auf die Gegenstände, die, so ähnlich, auch sie benutzt hat: Hemd, Krawatte, Weste, Jackett, das Einstecktüchlein für die Reverstasche.
Habe ich nicht beobachtet, wie mein forscher, frecher Blick verhalten wird, erstaunt, erschreckt?
Ich habe meine Bücher mit ihren Augen durchgesehen, die Blochs, die Benjamins, die Joseph Roths, und auch Kriminalsekretär Rhein von der Würzburger Gestapo hat das observiert. Ich höre anders die Musik und blicke

anders aufs Klavier. Wie klang ihr Violinspiel? Wie war ihr Anschlag? Ich sehe meine Nachbarn fremd und geh durch mein Adreßbuch nach dem wahren Freund.

Der Vorsatz steht, nicht mehr zu lügen, vor allem nicht mehr mich selbst zu betrügen, dann unterlasse ich's bei anderen erst recht. Auf's Wesentliche aus sein, von nun an, jetzt, sofort.

Es handelt sich bei Totzke vielleicht auch offensichtlich um eine lesbische Liebesgeschichte.

15

Wann war sie für sich? Wann war sie alleine? Wo war sie alleine? Wann war sie wo mit wem alleine?

Ich setze diese Frau mit diesen Fotos und dieser Unterschrift ein in all die Bilder, Bücher, Filme, Fotos, die ich gesehen, gelesen, wahrgenommen und mache sie mir lebend. Ich weiß, was aus ihr geworden sein muß. Ich weiß, was sie erwartet hat. Ich stehe auf ihren Schultern und weiß nichts.

Ich sehe ihren nackten Körper beim Zählappell stehen, im Winter, im Sommer, bei Tag, bei Nacht. Was hat sie mit ihrer Sexualität gemacht? Wen hat sie geküßt? Wer hat sie beschmust? Wer mit ihr geschlafen? Ob sie Ruth Basinsky wieder traf? Hat sie sich einer Wärterin hingegeben, um sich das Überleben zu erleichtern? Ihr Teddybär? Ihr Stoffreh? Ihr Wollhase? Waren es wirklich sechs Frauen auf einer Pritsche und 500 in einer Baracke? Die Bilder von Frauen, die versuchen, ihre Brüste mit verschränkten Armen zu schützen, wie sie mit gefalteten Händen ihre Scham verdecken wollen; die Fotos von 45, die Fotos der KZ-Kadaver, die einmal Körper waren, zur Geschlechtslosigkeit heruntergeschuftet, heruntergehungert, heruntergequält. Ich sehe hin. Ich sehe den Bulldozer der Roten Armee in Auschwitz, der die leblosen Leiber in eine Grube schiebt. War sie dabei? Ist sie untergepflügt worden? Ich sehe hin. Das tut weh. Drückt die Lider nieder. Aber immer wieder schaue ich hin. Der belgische Häftling, der abgerichtet war, aus den Schößen der vergasten Frauen die versteckten Eheringe herauszuwühlen. Ganz genau hinsehen, wie diesen Menschen das Eigenste enteignet worden ist. Wissen müssen, daß es so etwas gibt, sehen sollen, wie dies ausgeschaut hat, die Venusberge der Frauen, die wie Felsen aus den Unterleibern kragen, die Schwänze der Strichmännchen, nur noch dünne, weiße Ausrufezeichen. Scham Scheu Grauen Angst Tabu. Terror des Anblicks. Wo, in welchem

Duden dieser Welt fände sich welches Wort für diese Wirklichkeit.
Und dann fragst Du, sage ich mir, nach Sexualität im KZ?

Hinter der Baracke mit einer schönen, jungen Jüdin. Erwischt, abgeführt. Beim Appell es vor allen anderen machen, machen müssen. Die Wärterin, der sie sich verweigert hat. Vor dem Lagerkommandanten. Dessen Frau greift sie sich zum lesbischen Vergnügen am freien Nachmittag.

Es fällt mir schwer, daran überhaupt zu denken.
Es fällt mir schwer, das überhaupt zu denken.
Und falls ich daran denke, verbiete ich es mir.
Ich träume von ihrem Busen. Und halte meine Hände zurück, beiße mir auf meine Lippen, trete in meine Schreibmaschine, zertrete meine Füllfederhalter.

Es ist unanständig. Das macht man nicht. Redet man schon im Alltag nicht über Sexualität, dann redet doch keiner über Sexualität im KZ, Lust im KZ, Lesben im KZ, Lachen im KZ.
Aber ich will es wissen.
Es gehört zu mir, es gehörte zu ihr.
Ich denke an unsere weißen, frischbezogenen Betten, ich denke an unser beheiztes Schlafzimmer, an den Partner unserer Wahl neben uns und unter einer Daunendecke. Das Bett, die Bücher, die Krawatte, das Klavier, der Busen, der Kuß – anders ist alles geworden durch Totzke. Ganz neu sehe ich, wie, als sei Alles schon einmal verloren gewesen und gerade zurückgegeben oder gar geschenkt.

Wie dieser Aktendeckel mit der Nummer 16015 mir geschenkt ist, was ich nicht wahrhaben möchte, und wie nicht leicht fällt, nicht zu leugnen, welcher Erotik des Materials ich längst erlegen bin. Daß ich die Sinnlichkeit der Akten suche, und daß meine Beschäftigung mit ihren 84 Blatt mehr ist als hehre Aufklärung und Buße.

Wie sollte ich damit umgehen können?
Der Sex der Story, die ich schreibe und verkaufe und von der ich lebe. Ob Dichtung, hohe Literatur – Geld verdienen mit dem Leid ihres Leibes, das ist es. Auch.
Was nützt das sich Krümmen vor Scham? Wer blockiert wen? Und wie bringe ich Totzke wieder auf diese Welt?
Laß die Finger weg! Angst vor Ärger. Mit niemandem darüber sprechen. Erschreckt, welche Sensation für andere, die erfahren, ich hätte eine Gestapo-Akte in der Hand, eine echte, vollständige, wirkliche Gestapo-Akte.
Es kann niemand damit umgehen. Vor allem kann's ich nicht.

Sex im KZ – unanständig? Obszön? Nein.
Unanständig, obszön ist, wenn ein ganzes Bundesland mit allen Verantwortlichen einschließlich Ministerpräsident das Gelände des KZ Ravensbrück zur Ansiedlung von Firmen freigibt und schon Mietverträge mit der Tengelmann-Gruppe unterzeichnet hat, bis endlich erst weltweiter Protest verhindert, daß ein »Kaiser's Kaffeegeschäft« Wurst und Käse verkauft – dort.

16

Bin ich dieser Geschichte gewachsen?
Genügen meine Wörter?
Ich möchte klare Sätze schreiben.
Ich möchte einen harten, kalten Ton finden.
Ich möchte juristische, unangreifbare Sätze formulieren.
Ich möchte diesem Leben gerecht werden.
Ist Schreiben angemessen und Würdigung überhaupt?
Rein. Aseptisch. Den Schmerz bannen.

Ich möchte die Geschichte von Ilse Sonja Totzke erzählen
und sonst nichts. Ich halte mich streng an die Fakten. Ich
füge nichts hinzu. Aber das Material hat mich längst auf-
gesogen. Und ich habe mich zum Geliebten von Sonja,
zum Bruder von Ilse und zum Sohn von Frau Totzke
ernannt.

Ich habe Angst vor dieser Akte.

Eigentlich darf ich gar nichts.

17 Unerträglicher Gedanke, daß mein Vater damit überhaupt etwas zu tun haben könnte. Daß meine Mutter wieder leugnet, was sie einmal erlebt hat. Schon kräuselt sich das Kinn, ich kämpfe sofort gegen die Tränen und gegen ihr Pathos. Ich bin nicht das Opfer.

Schließlich war Totzke alt genug. Sie war klug genug. Sie war sensibel genug. Sie wußte, was sie tat. Sie hat am 28.10.1941 gegen Unterschrift zur Kenntnis genommen, daß sie bei Zuwiderhandlung mit Schutzhaft und KZ zu rechnen habe. Warum hat sie nicht stillgehalten? Wenn sie doch die Ruhe bewahrt hätte! Daß doch wenigstens die Flucht geglückt wäre!

Ich stelle keine weiteren Recherchen an.

Ich wende mich anderer Arbeit zu, aber meine Selbstgespräche sind gekappte Dialoge mit Ilse Sonja Totzke. Ilse Sonja Totzke – täglich dieser Name in meinem Mund. Ihr Mund. Schön, konzentriert, sinnlich. Ihre Nase eine Männernase. Ihre Lippen sexuell, die Unterlippe voll. Ansatz zum Doppelkinn. Ein komisches Profil. Und die Augen schauen mich immer mit dem gleichen Ausdruck an. Wie oft haben wir in jener Nacht ihr Gesicht, ich habe ihr Gesicht so vielfach vervielfachen lassen – keine Luft kam aus ihrem Mund. Nur einmal. Ich konnte den Fachjargon des Fotografen nicht mehr ertragen, geduldig erklärte er erneut »die Aktivitäten der Chemie«, von der ich nichts mehr wissen will, ich höre nur Gas.

Ich reiße die Dunkelkammertür mitten in der Entwicklung auf, schalte den Durchlauftrockner ein, heize ihn an, werfe die Totzke-Augen in die Chemie, lasse die Totzke-Augen in der grauen Plastikwanne des Fixierbades drei Minuten schwimmen, wässere die Totzke-Augen in der roten Wanne, entwässere sie in der grünen und schiebe sie mit Ungeduld zwischen die Walzen in die 85° Hitze des Durchlauftrockners. Ich begleite Totzkes Fotopapieraugen mit meinen Augen durch die Maschine, trete auf die andere Seite des Apparates, der pro 60 Sekunden 60 Zentimeter Fotopapier trocknet und sehe, wie die Augen plan und fast trocken zwischen den Walzen heraus von Motor ans Tageslicht gepreßt werden. Der Schub treibt das Restwasser wie eine Träne vor den Augen her.

18 Wie sah ihr Körper aus? Sie war lesbisch. Das sah ich am ersten Foto gleich. Das ist mir fremd. Das ist mir ganz und gar fremd. Ich wage nicht, über diese Frau als Frau nachzudenken. Sie ist keine Frau. Sie ist kein Mensch. Sie ist das mutige Monster aus dem Würzburger Gestapo-Archiv. Aber. Sie hat Lippen. Augen. Einen Mund. Sie hatte Brüste, Hüften, einen Schoß. Ich schreibe »Schoß«; »Möse« wäre vulgär, »Vagina« klänge nach Mengele. Sie hatte ein Geschlechtsteil. Sie hatte Haut, Haare, und sie hat menstruiert. Aber der Antifaschismus hat kein Geschlecht. Ich weiche aus. Ich kappe meine Neugierde. Und ich denke doch tagelang an nichts anderes als an ihre Sexualität. Mein Hirn wacht strengstens darüber, daß. Ich buchstabiere die Akte. Daß ich nicht übers Ficken und Vögeln im KZ nachdenke. Ich klammere aus. Ich klammere mich an die Aktenzeichen, Aktennotizen, Aktennummern. Akt. Geschlechtsakt. Alles in mir vermeidet es. Aber es formuliert sich unter der Zunge.

Hat sie geliebt?

Natürlich hat sie geliebt.

Hat sie im KZ geliebt? Hat sie im KZ koitiert? Hat sie verführt? Ist sie verführt worden? Hat sie vergewaltigt? Ist sie vergewaltigt worden? Lust? Trieb? Geilheit? Hat sie sich prostituiert? Hat sie sich hingegeben? Wem? Wie? Wann? Wo? Und was mochte sie am liebsten?

Hoffentlich hat sie geliebt. Hoffentlich wurde sie befriedigt, war sie befriedigt, befriedet, matt, erschöpft und nie zu müde zur Masturbation.

Hat sie sie in Ravensbrück wieder getroffen?

Ich schäme mich. Ich ekle mich. Ich ekle mich vor meinen Gedanken. Hab ich Unrecht heut getan, sieh es lieber Gott nicht an. Hatte sie große Brüste? Runde, spitze, lange, feste? Mochte sie ihre Brüste? Wollte sie geküßt, gebissen, gesaugt, geknetet werden? Klitoris. »Klitoris« – das darfst Du nicht denken. Je weiter meine Augen das Gestapo-Foto nach unten vervollständigen wollen, desto größer wird meine sexuelle Erregung. Meine Heldin. Mein Engel.

Meine Heilige. Meine Hure. Mein Mund wird trocken. Wieder und wieder sanktioniere ich. Mich. Den Kopf abschneiden, der zuläßt, daß diese Gedanken aus meinem Schritt aufsteigen und meine Stunden über der Gestapo-Akte Nr. 16015 prägen. Sie zieht mich an. Ilse Sonja Totzke ist eine sexuelle Attraktion. Nie wird über Sexualität und Konzentrationslager gesprochen. Verschämt, wie berichtet wird, daß es in Auschwitz ein Bordell gab. Ein einziger Satz im Film »Nacht und Nebel«. Spärlich die Hinweise, daß sich die SS schöner Jüdinnen bedient habe. Wenn Auschwitz das Tabu ist, ist KZ-Sex das Tabu des Tabus. Sonjas Sexualität interessiert mich nicht, interessiert mich eigentlich nicht, darf mich überhaupt nicht interessieren. Es geht um die Sache. Es geht um dieses außergewöhnliche Beispiel von Menschlichkeit und Mut. Da hat kein Kuß etwas zu suchen, kein Zungenkuß, kein Cunnilingus, keine Sucht, keine Sehnsucht, keine Lust.

Ich sehne mich nach ihr. Ich möchte in ihrer Nähe sein. Ich suche ihre Gegenwart. Ich möchte in ihre Aura treten, ich möchte ihre Kraft fühlen, sie soll wirken. Sie soll mich umfangen. Ich möchte bei ihr sein. Aber. Sie ist tot.
Ihre Blicke mögen auf mir ruhen. Sieh mich an. Ich möchte dich spüren. Ihre Augen, ihre Lippen. Sie soll mich küssen.
Ich möchte sie reden hören. Ich möchte alles wissen.
In der Akte ist sie 30. Ich bin 46. Dreißig war sie, als sie ins KZ kam. Ich bin 46. Heute wäre sie 83 Jahre alt. Das macht nichts. Seit Wochen lebe ich 1943.

Ich habe geträumt, daß ich sie vom Gestapofoto herab ausziehe. Zuerst habe ich sie angesprochen, aber sie schwieg. Ich strecke meine Hand nach ihr aus, aber die Gestapo hat ihre Hände nicht fotografiert. Ich hätte gerne ihre Hände geküßt, ich hätte ihr gerne die Hand geküßt, aber nicht einmal einen Fingerabdruck hat die Gestapo mehr von ihr genommen. Es war an jenem 12. März 1943, als der Polizeiangestellte mit der unleserlichen Unterschrift die drei Lichtbilder mit der Laufnummer 57/43 aufgenommen hatte, alles schon zu Ende. Sie hat nicht geweint. Sie hat mich nur ruhig angesehen aus dem mittleren Foto heraus, die Lippen liegen aufeinander. Ich fuhr mit dem Handrücken meiner rechten Hand über ihre rechte Fotowange, und sie hat es geschehen lassen. Mein ausgestreckter Zeigefinger streicht über ihren Nasenrücken, und dann habe ich sie einfach geküßt. Ihren Kopf in meine Hände gebettet, habe ich meine Nase an der ihren gerieben, aber sie hat nicht reagiert. Ich legte mein Ohr an ihren Mund, aber ich höre keinen Atem. Sie sieht mich immer nur an, eindringlich und schweigt. Ich nahm meine Hände von ihrem Hals, fuhr ihr noch einmal über das strenggescheitelte, in Männermanier straff nach hinten gebürstete Haar und umarme sie. Ich zog ihr das Jackett aus, knöpfte ihr die Weste auf und lockerte den Knoten ihrer Seidenkrawatte. Das Herrenhemd, das sie trägt, hat einen langen, spitzen Kragen und ist von feinster Baumwollqualität. Was dann geschah, darf niemand jemals erfahren, außer mir, der ich es träumte und ihr, die es nicht mehr erlebte. Mir war dann, als hätte sie gesagt, sie liebe keine Männer.

In der »Personalbeschreibung« notiert die Gestapo ihre Körpergröße nach Maß mit Fußbekleidung als 159 cm hoch, ihre Gestalt als schlank, ihren Gang als ruhig, ihre Gesichtsform als oval, die Gesichtsfarbe als gesund, das Kopfhaar dunkelblond und unter »Fülle und Tracht« des Fragebogens wird auf der mit Punkten vorgezeichneten Linie »lang und zurückgekämmt« notiert. Ihre Augen seien blau, grau, ihre Stirn senkrecht und hoch, ihre Nase gradlinig und klein. Die Ohren oval, rechtwinklig anliegend, der Mund klein. Die Zähne vollständig. Sie spräche etwas Französisch. Daß die Staatspolizei Würzburg die Abdrücke ihrer Finger bereits genommen hat, nimmt mein Traum nicht wahr. In der Akte jedenfalls sind sie nicht mehr erhalten.

Der Morgen nach diesem Traum war Scham und Qual. Kein Schlafzimmervorhang zu zu, keine Bettdecke über dem Kopf zu dunkel. Überall wird man es mir ansehen, als Triebtäter und Opferschänder werde ich verhaftet, verurteilt, bestraft und in ein KZ verschubt. Im Staatsarchiv hat man längst Hausverbot erlassen, meine Forschungsanträge eliminiert.

Aber. Ich bin bei ihr. Sie ist mir nah. Und sie ist nicht tot.

Sie lebt.

19 Ich kann ihr nicht mehr ins Gesicht sehen. Ich kann mir nicht mehr ins Gesicht sehen. Ich fliehe. Meide den Schreibtisch. Eine Fahrt ins Staatsarchiv breche ich mitten auf dem Weg ab. Ich gehe einkaufen, ich putze die Fenster, ich schäle Kartoffeln. Ich fülle meine Füllfederhalter und reinige die Schreibmaschine.

Ihre Fotos verfolgen mich.

Erst im Labor habe ich erkannt, was Fotografieren wirklich anrichten kann. Das, was die Gestapo-Kamera am 12.3.43. mit den Augen von Ilse Sonja Totzke gemacht hat, war Vorwegnahme des KZs am Gesicht. Nicht umsonst hat der Fotograf in der Dunkelkammer festgestellt, daß da geblitzt worden sei, die Gestapo habe »geschossen«. So sehr Ilse Sonja Totzke sich auch frontal präsentiert, mit Jacke, Weste, Hemd und Krawatte, zu ist bis zur Halskrause, die Lippen auf- und aneinandergelegt, die Nasenflügel weit ausgestellt, der Blick realistisch, klar und wissend, als sei hier nicht einmal Nichts mehr zu prüfen, gelingt es dem Objektiv doch, bis in die Seele hin durchzudringen. Das, niemals, kann der Kühnheit dieses Menschen Schaden zufügen. Da ist auch keine Arroganz, kein Anflug von Märtyrertum. Da ist nur diese Haltung, nein: das ist Haltung. Haltung gegenüber sich selbst und gegenüber den anderen. Diese Haltung räumt ihr für immer diesen Platz ein zwischen Heldin und Heiliger. Also: ein Mensch.

Was sind das für Gesellen von der Gestapo, die viermal auf den Auslöser drücken, die, wie ich, die Aktivitäten der Chemie, der Physik nicht verstehen und dabei nur Schaden anrichten. Ilse Sonja Totzke ist beschädigt. Das sprechen diese Pupillen. Aber ihr Licht ist nicht gebrochen. Was für ein schönes, klares Ich.

Was habe ich zu bieten?

Sie hat das Alles mit ihrem Atem bezahlt. Ich habe sie bereits um fünfzehn Jahre überlebt.

Wahrscheinlich ist ihr ihr Mut nicht einmal exzeptionell; für sie ist das normal. Und ich? Was ist für mich normal? Was wäre für mich normal?

Ich, der bei der geringsten Gelegenheit. Wer bin ich überhaupt, wenn ich schon bei einem mittleren Migräneanfall wimmere, ich würde für Kopfwehfreiheit meinen besten Freund verraten. Ich, der an Allem hängt, an seiner blauen Brille, an dieser lächerlichen blauen Brille, an meinen schönen Kleidern, an meinen Füllfederhaltern. Mein Notizbuch, meine Bücher, mein alter Stutzflügel. Dieses grauenhafte Verhaftetsein.

Was riskiere ich?

Es besteht Gefahr: Ich bin unzuverlässig. Man kann nicht auf mich zählen. Ich habe grauenhafte Angst. *Vor mir.* Mehr vor mir als vor den Zuständen. Zu Zuständen käme es erst gar nicht, wenn nicht meine Angst wäre, und meine Angst wäre unbegründet, wenn ich mich für zuverlässig hielte. Zu was Allem wärst Du fähig im Ernstfall? Zu was Allem ich nicht fähig wäre.

Wenigstens hat mich Totzke zu dem Bewußtsein gezwungen, keine Garantie abgeben zu können für mich, und daß ich spätestens im Licht der aufgestellten Lampe des Verhörs zu einem schäbigen Verräter würde. Mindestens an mir selbst.

Das wird mir auf eine wunderbar schmerzlose Weise klar. Es tut weh.

Es muß einen Grund haben, warum ich mich so an diese Figur klammere. Warum ich sie überhaupt finde. Ich. Kleinmütig, berechnend, ängstlich, zögerlich, zaudernd.

Für wen bürgte ich? Für was mache ich mich stark, außer für den Konto-Ausgleich, den Jahres-Urlaub, die Spesen-Abrechnung, BahnCard First.

20 Immer wieder denke ich »immer wieder«.
Immer wieder schreibe ich »plötzlich«. Ich
hänge an einem Gängelband. Ist es mein
Vater, der mich an der Kandare hat? Sind es die Lehrer?
Als sei ich ferngesteuert. Als habe diese Scham, als habe
dieses Verbot, als hätten diese Gebote nur zu sehr gerin-
gem Teil mit mir selbst zu tun.

Zwischen Berührungsverbot und Berührungsangst. Die
Blockade sitzt. Manchmal wache ich auf, und eine Hel-
ligkeit ist in mir, und ich halte etwas in der Hand, von
dem ich nicht weiß, was es ist, aber ich weiß, das ist es.
Und schon ist es weg. Mir fällt dieser Stein zwischen den
Fingern durch, aus der Hand, in ein tiefes, dunkles,
schwarzes, unergründliches Meer, und ist nie mehr
auffindbar. Ich träume vom Empire State Building in
New York, ich stehe mit Friederike ganz oben auf der
Plattform, ich beginne von Ilse Sonja Totzke zu erzählen,
plötzlich im Aufzug, und der Aufzug rast, alle Halterung
gebrochen, alle Seile geborsten, alle Sicherungen entsi-
chert, rast mit mir alleine in den Abgrund. Etwas also, was
mir nicht in den Kopf soll. Sobald es dort aufscheint, sinkt
es und wird unerreichbar hinuntergezerrt in den Bauch,
in den Schoß, in die Eingeweide.

16015. Was macht die Akte mit mir?

Ich wollte eigentlich gar nichts. Gar nichts machen mit
diesem Vorgang. Als ich davon erfuhr, zufällig, nebenbei,
das Archiv-Verzeichnis, eine Fußnote, brennt plötzlich
eine Neugierde in mir, eine Stichflamme schießt auf,
faucht, und ich lichterloh ins Archiv. Ich wollte nur wissen, was da ist. Was da sei. Was da sein könnte.

Im Archiv komme ich dann mir vor wie ein Grab-
schänder. Die Akte ist ein Sarg. Der Aktendeckel ein
Sargdeckel.

Als der graugekittelte Archivangestellte mir die 16015
aushändigt, ich sie zunächst unbefangen in die Hand
nehme, fährt plötzlich ein pelziges Gefühl in meine

Finger, als habe der Zahnarzt sie betäubt. Völlig gefühllos trage ich das Bündel in den Lesesaal, wundere mich, daß es nicht selbstverständlich aus meiner Hand geglitten und zu Boden gefallen ist. Ich hätte mich nicht gewundert, wenn die 16015 geflohen, sich mir entzogen. Mit niemandem darüber gesprochen. Das Gewicht dieser 84 Blatt in meiner Hand, es war mir auch wichtig zu wissen, wie schwer diese Akte wirklich ist – und wieder kann ich meinen Satz nicht vollenden. Jedenfalls, dachte ich, jedenfalls hältst Du hier den Tod in der Hand.

Als sei ich einer von denen. Die Gestapouniform, der Schreibtisch, die Schreibmaschine, der Bleistift, Füllfederhalter, die Lampe, die Stempel, das Stempelkissen und so fort. Oder der Medizinalrat Dr. Stegmann vom Staatlichen Gesundheitsamt, der den Auftrag hatte, die »Haft-, Transport-, Arbeits- und Lagerfähigkeit« der »Obengenannten« zu untersuchen, der die »Vorgenannte« sicher sich frei machen ließ, um dann am 19. März 43 zu attestieren, daß »die Untersuchung ... keine Anzeichen von Krankheit, Mängeln oder Gebrechen« ergab: »Die Untersuchte ist haft-, transport-, arbeits- und lagerfähig.« Unterschrieben »I. A.«, das heißt »im Auftrag«, als hätte nicht er, er selbst, Herr Medizinalrat Dr. Stegmann persönlich, diese Untersuchung vorgenommen, auch auf Grund derer die Untersuchte ins KZ »verschubt« werden konnte. Und wer war ich noch? Pyramidenräuber einer ägyptomanen Jugendzeit, Grabräuber, die alle sterben mußten. Und Totzke war ich auch.

Wie die Akte vor mir lag. Als sei nichts. Draußen fahren die Busse vorbei mit zuverlässiger Pünktlichkeit, die Johanniskirchenturmuhr schlägt, auch auf sie ist Verlaß, im 50er Jahre Männerpissoir stinkt es nach Pisse, nach Sperma; die Kondomautomatenfirma hat einen Zettel an den Kondomautomaten geklebt: »Beraubung zwecklos! Geld wird täglich entnommen!« Chromarganbecken. »Zuerst die Gesundheit schützen mit Qualitätskondomen.« Stark, extrastark, elastisch, superelastisch, feucht, extra feucht, spezial. 5 Stück 5 Mark, und vor dem Pissoir das Wahlplakat eines ortsansässigen Postministers mit der Aufschrift: »Der Kanzler kommt!«

Alles so unanständig wie anständig. Unter mir, in den Gewölbekellern dieses Barockschlosses, lagern die trockenen und halbtrockenen Frankenweine. Im Hofgarten belästigen irgendwelche Schweine alte Frauen und junge Mädchen. Und kümmern sich nicht darum, daß es »Anlagenvorschriften« gibt für die Hofgartenanlage, deren zufolge den »Anordnungen des Anlagen-Aufsichtspersonals« Folge zu leisten ist, Radfahrer haben abzusteigen, Hunde sind anzuleinen und »um 18 Uhr wird der staatl. Hofgarten geschlossen«. Halt. Ich habe vergessen: »Fundsachen sind beim Städtischen Fundamt im Rathaus abzugeben.« Die Akte liegt immer noch da. Immer noch fährt der Bus schon wieder mit beängstigender Pünktlichkeit vorbei. Ich kriege wieder Kopfweh. Der Rolling Stones-Satz »Who killed the Kennedys, when not after all, it was you and me«. Auf dem Residenzplatz steht mein Auto dort, wo auch Hitlers Auto stand, aber heute ist, ich nehme mein Parkticket in die Hand, »dieser Parkplatz vollautomatisiert«: das Parkgeld ist vor Abholung des Wagens zu zahlen. Das Parkticket ist sorgfältig zu behandeln. Bei Verlust ist die volle Tagesgebühr zu zahlen. »Mit Entgegennahme des Parktickets werden die Benutzungsbedingungen der SVG und bei Benutzung als Fahrausweis innerhalb der Kernzone die Beförderungsbedingungen und die Tarifbestimmungen der WSB/APG anerkannt. Die Preise verstehen sich incl. MwST. Parküberwachung Rüdigerstraße 3«. Um die Ecke ist die Ludwigstraße 2. Dort, am Platz des ehemaligen Gestapogebäudes verkauft der Auto-Bedarf-Basar Millik & Flach GmbH den MTX Vergaser-Reiniger, der Rückstände im Vergaser abbaut, und in Brennräumen. Hält den Motor sauber. Sorgt für AU-gerechte Abgaswerte. 8 DM 50.

Alles normal.

Bleib ruhig!

Was ist hier los. Der Bus. Der Parkwärter. Die Akte. Ich. Ich habe sie dann doch geöffnet.

Das Geheimnis.

Es ist dir zwar verboten, was du hier tust, und vielleicht steht darauf die Todesstrafe, die Todesstrafe, die Vater vollstrecken wird mit Messer und Gabel. Aber vielleicht beginnt hier das Ende der Qual. Vielleicht kann ich, vielleicht kann ich. Hier Ruhe finden. Vielleicht kann ich an diesen 84 Seiten endlich Alles verstehen. Soll mir Vater mit seinem Tomatenmesser die Kehle durchschneiden und das Hirn vom Herzen trennen. Aber vorher habe ich mir Klarheit verschafft und die Qual hat ein Ende. Ich möchte mir nicht mehr sagen wollen müssen, daß ich nicht mehr zurechtkomme mit allem. Endlich muß Alles auf den Tisch. Und auf dem Tisch liegt die Akte.

Ich habe sie geöffnet. Ängstlich, vorsichtig, lustvoll. Ich habe einfach frech in die Mitte hineingegriffen, nicht wie Vater das zu tun vorgeschrieben hätte, daß man einen Kriminalroman oder ein Lehrbuch nicht vom Ende her liest, weil jede Zeile ja links beginnt und rechts endet, wir sind hier nicht bei den Juden! Ich habe nach ziemlich hinten gegriffen. Ich hatte plötzlich das letzte große Verhör in der Hand, ich habe angefangen zu sehen, zu schauen, zu stottern, zu buchstabieren, zu lesen, ich konnte nicht mehr auf meinem Archivlesesaalstuhl sitzen, ich bin auf die Zehenspitzen, die Waden haben den Stuhl nach hinten gedrückt, der Po hat sich erhoben, Zeitlupe spüre ich am ganzen Körper, er erhebt sich, ich höre mich plötzlich lesen, für mich, dann laut, lauter, Zimmerlautstärke, gleich rufe ich, deklamiere – da tritt dieser seit Tagen mit seinem widerlichen PC laut tackernde Computerstudent auf mich zu, macht mich aufgebracht auf die Archivordnung und die Lesesaalbestimmungen aufmerksam, und falls ich denen nicht Folge zu leisten im Stande sei, müsse er den Herrn Archivrat holen lassen.

Sofort brechen plötzlich alle Wasser aus mir heraus. Ich lasse die Akte fallen, schiebe den Computerstudenten zur Seite, dränge mich zwischen den Archivbenutzern zur Lesesaaltür und stürme und stolpere zum Klo. Männer.

Ich heule vor Wut. Heule in das »Hostess einmal Handtuch« hinein, immer wieder, obwohl es ein Einmalhandtuch ist, ich knalle kopflos an die geschlossene Aborttür, »Besetzt«, schon schreit einer »Besetzt!«, ich mache durch den Tränenfilm und durch die beschlagene Brille das »Frei«-Zeichen an der anderen Klotür aus, obwohl die andere Klotür offen steht, ich pisse und kacke bei offener Klotür, obwohl ich sie verschließen könnte, um das Emaille-Schild auf »Besetzt« zu drehen. »Nur Toilettenpapier verwenden!« steht an der Wand. Ich verwende nur Toilettenpapier, ich trockne mein Geschlechtsteil korrekt mit »Recycling Comfort«-Klopapier, aber die Panik läßt nicht nach. Automatisch wasche ich mir die Hände und trockne mir die Hände, wie es der Händetrockner »Baege-Super Nr. 37167« mir vorschreibt:

1. Seife sorgfältig abspülen
2. Hände abschwenken
3. Knopf drücken
4. Langsame kräftige Waschbewegungen inmitten des Luftstromes.
   Schaltet automatisch ab.

Abgeschaltet stehe ich da.
»Es wird gebeten, die Aborte sauber zu halten und während der Wintermonate darauf zu achten, daß die Abortefenster außer zu kurzem Lüften ständig geschlossen bleiben.«
Ich lese. »Die Aborte« – schwarz unterstrichen, »der Wintermonate« – schwarz unterstrichen, »die Abortefenster« – schwarz unterstrichen, »ständig geschlossen zu halten« – schwarz unterstrichen, »sauber zu halten« – schwarz und rot unterstrichen.

»Ich trage mich schon seit längerer Zeit mit dem Gedanken aus Deutschland zu flüchten, da ich mich unter der Regierung Adolf Hitlers nicht wohl fühle. Vor allem habe ich das Nürnberger Gesetz unbegreiflich gefunden, aus diesem Grunde habe ich auch die Beziehungen zu den mir bekannten Juden aufrecht erhalten. (...) Ich möchte nochmals erwähnen, daß ich aus Deutschland flüchten wollte, weil ich den Nationalsozialismus ablehne. Vor allem kann ich die Nürnberger Gesetze nicht gutheißen. In Deutschland wollte ich unter keinen Umständen weiterleben.«

Das hätte ich auch sagen wollen!

III

Eva Braun
und Ich

1

Die Ehe sei nicht annulliert, sie habe aber ihren Mädchennamen wieder angenommen.
Eva Braun sitzt mir gegenüber.
Ich habe sie erwischt.

Nürnberg 1995. Uraufführung eines Zweipersonenstückes an den Städtischen Bühnen, Titel: »Adolf und Eva in N. – Eine dokumentarische Phantasie über Frau Hitler und Herrn Braun«.
Vergeblich bin ich in die ehemalige Stadt der Reichsparteitage gefahren. Ich habe keine Karte mehr bekommen.

Sie werden eine alte Frau nicht verraten, sagte sie, ohne Ausrufezeichen. Freundlich, bestimmt. Sie sind nicht nur eine alte Frau, sagte ich. Wieso?, unterbrach sie. Sie sind Eva Braun, sagte ich. Als sie erwidern wollte, sagte ich rasch: »Ich weiß es!«
Ein kurzer, scharfer Blick, gleich mild und dann erleichtert. »Gut!«, sagt sie. »Setzen wir uns!«

Schon im Kassenraum des Theaters war sie mir aufgefallen. Unter den 20- und 40jährigen, die ihre Karte abholten oder auf Rückgaben warteten, eine Erscheinung von unauffälliger Auffälligkeit. Immer wieder wurde sie angesprochen und nach einer Karte gefragt. Auch ich hatte mich ihr genähert; aber das, was sie um sich hatte, ich habe mich nicht getraut, ihre Aura zu durchbrechen. Ich trat zurück und behielt sie im Blick.

Sie werden mich nicht verraten, sie werden mir jetzt 30 Minuten zuhören, meine Stunde ist gekommen. Was dann geschieht, lege ich in ihre Hände. Von jetzt an sind Sie mein Gast, hier, und solange sie atmen.

Ich hatte die Nacht in einer billigen Pension verbracht, nicht ohne diese Dame aus dem Theater kommen und in das Hotel »Deutscher Hof« gehen zu sehen. Ich schlief mit dem Geruch verbrannter fränkischer Bratwürste ein und in Gedanken an jene alte Frau, und da ich mit den gleichen Gedanken und demselben Geruch erwachte, floh ich Gasthof und Pension »Zum Schwänlein« Richtung »Lorenz«, das, was man ein postmodernes Etablissement nennen könnte. Aber Restaurant mit Café und Bar waren bereits bevölkert von gepflegten Damen und Herren mittleren Alters, die Champagner tranken und ihre Brillen ins Haar geschoben hatten. Ich lief in die Ruhe der sonntäglichen Glocken der nahegelegenen Kirche hinaus in Gedanken an die auffällig Unauffällige und sah sie sogleich auf das Restaurant zusteuern; sie studierte die weißen Kreidebuchstaben auf der schwarzen Schiefertafel, die das Brunch beschrieben.

Warum trieb es mich Richtung Bahnhof?

Warum, fragte sie, habe ich diesen einen Löffel geklaut? Den ersten silbernen Löffel meines Lebens? Das erste Mal geklaut in meinem Leben überhaupt?

Wenigstens 1 Löffel aus dem Nürnberger »Grand-Hotel«, 50 Jahre zu spät.

Etwas hatte mich vom Bahnhof in das »Grand-Hotel Nürnberg« getrieben, und erst, als ich in dem prachtvollen Jugendstil-Empfang stand, ließ diese innere Unruhe nach; ich wußte, daß ich hier am Ziel war.

Ich hatte mir immer gewünscht, mit ihm in diesem Hotel abzusteigen. Ich hatte mir immer gewünscht, als die Queen neben ihm bei den Reichsparteitagen einherzuschreiten oder auf einer Sänfte durch die Stadt getragen zu werden; wenigstens hatte ich im Zimmer 105 des »Deutschen Hofes« neben ihm im Doppelbett liegen wollen. Natürlich wurde keiner dieser Wünsche mir je erfüllt; ich weiß nicht einmal mehr, ob ich sie ihm gegenüber einmal geäußert hatte. Vielleicht habe ich das Alles damals nur geträumt?

Mit meinen Wünschen konnte er immerhin noch besser umgehen als mit meinen Träumen.

Wo ich doch nur voller Erwartung war, er möge mir mein Innerstes von den Augen ablesen.

Eva Braun saß bereits beim Brunch, und im Moment, in dem ich den Frühstücksraum betrat, sah ich, daß sie einen silbernen Kaffeelöffel im linken Ärmel ihres Jackenkleides verschwinden lassen wollte.

In seiner sogenannten Kampfzeit hatte man ihm die Übernachtung im »Grand-Hotel« verwehrt. Also zog er trotzig in den »Deutschen Hof«, wo er tagelang Tomatencremesuppe aß, Rühreier mit Karotten, Erbsengemüse und Bratkartoffeln, zum Nachtisch Kompott.

Als er dann in Funktion war, schlichen die Grand-Hotels nur so um ihn herum. Er aber blieb dem »Deutschen Hof« treu; nur mich betrog er während der Reichsparteitage mit all seinen Männern in diesem Hotel, zu dem Frauen der Zutritt streng verboten war.

Der fette Göring hielt fortan während der Reichsparteitage Hof in diesem fetten Hotel. Ich spüre das heute noch. Dieses Haus ist heute noch ein fettiges Göring-Hotel und wird immer ein fettiges Göring-Hotel bleiben. Und ich sage voraus, daß, falls dieses fettige Göring-Hotel jemals zu einem fettigen Geburtstag eine fettige Festschrift herausgeben lassen wird – die fettigen Jahre mit dem fetten Göring werden keine Zeile der Erwähnung finden.

Aber wenigstens einen silbernen Löffel wollte ich haben, einen.

2

Was ich getan hätte in den vergangenen fünf Jahrzehnten?

Ich habe in Kliniken gearbeitet, als Grünrock, unentgeltlich. Ich habe in Kantinen von Jugendhäusern, Landschulheimen, Jugendherbergen ausgeholfen. Ich habe Betten gemacht im Nachtasyl und dort die Männerpissoirs geputzt.

Ich war als Putzfrau in meinem ehemaligen eigenen Haus tätig, München Wasserburgstraße 12, heute Delpstraße 12.

Habe gelesen, habe studiert.

Bin tagelang auf meinem Bett gelegen, habe meinen Atem gesucht, und versucht, meinen Puls zu spüren, mein Herz zu hören, meinen Leib zu orten.

Wochen zur Decke gestarrt.

Und mich siebundvierzigmillionenmal gefragt, ob ich lebe, falls ja, ob ich gelebt habe, und ob ich noch leben dürfe.

Alle Bücher, Filme, Fotos über die Nazizeit sind vor meinen blinden Augen verschmolzen zu einem einzigen Panorama, und regelmäßig endete und verendete ich in einem Konzentrationslager. Ich hatte das Wort »Konzentrationslager« zwanghaft auszubuchstabieren. Meine Phantasie hat mir nicht einmal gestattet, dieses Wort in »KL«, wie wir damals sagten, oder »KZ«, wie es heute heißt, abzukürzen.

Mein Sex war stillgestellt oder manchmal so wild, daß es meinen Körper auf dem Laken herumschnellte, wie es den Körper einer Forelle herumschnellt, die gerade mit einem Holzknüppel erschlagen worden ist, und mein Geschlecht war so gierig, daß es meinen ganzen Arm verschlingen wollte und den Gewehrkolben des SS-Mannes, der mich in Ravensbrück bewachte.

Die Blutung blieb aus.

Und plötzlich hatte ich alle Masturbationsraffinesse vergessen.

Ausgelöscht lag ich da.

Und doch immer wieder, wie ein kleines, scheues, bengalisches Feuer, das Wissen, daß ich da durch müsse, aushalten, durchhalten, den Mund öffnen, die Zähne nicht zusammenbeißen, den Schmerz sehen wie den Blitz am Himmel.

»Du mußt durch!«

Laß Alles in den Leib ziehen oder im Leib sein, was drinnen ist, und laß es wieder heraus. Nicht anders wirst Du erlöst. Eine Läuterung wird es geben. Klösterlich war's.

Und nach einem solchen Schub von Wochen Dauer, stand es in mir auf, trug mich ins Badezimmer, das ich lange Zeit nicht gesehen hatte, höchstens die Toilette suchte ich auf und das so selten wie nur möglich, und als ich mein Gesicht im Spiegel sah und mich erkannte, entspannte sich alle Verkrampfung, der Schmerz löste sich auf, die Augen öffneten sich und ich mußte furchtbar lachen: »Na Du Nazinönnchen!«, habe ich zu mir gesagt: »Genug gesühnt?«

Dann konnte ich wieder wie ein ganz normaler Mensch leben und arbeiten, ging in die Universitätsbibliothek, aß in der Mensa, gab mich als späte Studentin der Historie aus und befragte die Buben nach Hitler.

Davon natürlich kam ich nicht los, davon wollte ich auch nicht Abschied nehmen, die Zeit dazu war noch nicht gekommen.

Als Ferienvertretung assistierte ich im »Institut für Zeitgeschichte«, und als Serviererin habe ich gekellnert in Hitlers »Osteria«.

Im »Studienkreis Widerstand« habe ich lange in der Arbeitsgruppe »Frauen im KZ« mitgewirkt; dabei hat mich vor allem interessiert, wie Frauen mit ihren Gefühlen umgegangen sind, Ängsten, Lüsten, Träumen, Wünschen, Eros und Erotik, Sexualität und Prostitution.

Die schlimmste und gesündeste Zeit verbrachte ich als Mädchen für Alles im jüdischen Altersheim in Würzburg. Wie erleichternd, wie erlösend, diesen Menschen etwas Gutes zu tun, das Banalste zu tun: da zu sein, Ohren zu öffnen, die Seelen zur Zunge zu begleiten, Nachtwache, eine Hand aufzulegen, Zeit zu geben. Einmal hat eine alte Dame, ich habe sie sehr geliebt, ich habe ihre Geschichte wie eine Hebamme aus ihr herauszugebären geholfen, Tränen, Schreie, Klammern, Krallen, Todeswunsch – nachdem ich ihr ein Butterbrot mit Hiffenmark geschmiert und gebracht hatte, hat diese alte Dame zu mir gesagt: »So wie Sie hätte wohl Eva Braun als alte Frau Hitler ausgesehen!«

Ich wurde rot, sie wurde rot. Sagte schließlich, die Pause war unerträglich, mit Blick zum Boden:

»Entschuldigung!«

Als ich mich ihr sieben Wochen später offenbaren wollte, starb sie.

Klingt meine Geschichte plausibel?

3 Menschen?

Eine kurze Bekanntschaft im Mietshaus ist mir erinnerlich. Sie war eine Dissidentin aus der DDR, nach dem Wechsel in die BRD verlassen worden von ihrem Mann, der sie, den sie schon drüben betrogen hatte. Tagsüber trank sie, abends telefonierte sie und nachts nahm sie Schlaftabletten. Sie arbeitete freiberuflich für einen Benimm-Buch-Verlag. Labil. Schwer geschädigt. Alles hing an ihr herunter, die Haare, die Backen, die Brüste. Aber, das sagte sie immer wieder, Frauen seien »faschismusuntauglich«. Auch sie hitlerkrank. Geschlagen. Der Vater nahm noch auf seinem Totenbett die ersehnte Anerkennung zurück, sie sei eben nur eine Frau, sie sei kein Mann. Durch und durch getränkt von DDR und infiltriert von DDR-Vorstellung, was Faschismus sei, was Antifa zu sein habe. Trotz 20 Jahren in unserem Land höchstens die Anstrengung der Assimilation, »DKW« war ihr kein Begriff, »Dekawuppdich« völlig fremd, in der größten Not soff sie am liebsten russischen Wodka. Und je mehr sie getrunken hatte, unsicherer wurde, desto tiefer fiel sie in den ehemaligen Sozialismus, der ihr Schicksal war. Ich nannte sie »die lallende Lektorin«.

In der Wohnung daneben und mit ihr befreundet ein Mann Mitte 40 mit seiner stählernen Frau aus Moskau. Er, leicht aufgeschwemmt, ein leichtfertiges, flaches Männlein, ein infantiler Hosenträger, eine dämliche DKP-Maus, die nur die Etiketten von den eigenen Gedanken genagt hatte, sie aber weiterhin ungehindert ausschied. Als Student einst Studentenkader, abgesandt von der Partei nach Moskau, um dort Russisch zu lernen, die Prinzipien des sogenannten »Stamokap« oder Staatsmonopolitischen Kapitalismus, und seine Stahlfrau. Ich nannte ihn den »impotenten Bibliothekar«, der, wenn wir über den Nationalsozialismus redeten – »mein Spezialgebiet«, rutschte immer über seine näßlichen, ausgefransten Lippen, die völlig zerraucht wie Zeige- und Mittelfinger der rechten Hand dunkelbraun waren. Zum Hohn trug er

eine Trotzki-Brille. Seelisch lebte er auf Kosten der lallen-
den Lektorin. »Mein Spezialgebiet« hatte weder Alice
Miller noch Helm Stierlin zur Kenntnis genommen,
weder Erich Fromm noch Theweleit, und Joachim Fests
Biographie schmiß er mit dem Kommentar zur Seite,
»dieses Machwerk habe schon genügend Verwirrung
in den Köpfen der Deutschen gestiftet!«, da brauche er
keinen »Bruder Eichmann«, »Bruder Hitler«, »Wir Eich-
männer« oder »Hitler in uns« mehr zu lesen. Holocaust
und Sexualität, Gefühle und Genozid hätte nichts miteinander zu tun. Die Keule der Stamokap-These aus der
Sowjetunion, die er zur Theorie hochschwadronierte, mit
der er im Nebel seiner Dummheit herumfuchtelte – ich
kannte ja alles buchstabengetreu bis zum Erbrechen.
Dafür allgemeines Herumdämonisieren. Er hatte nichts
wirklich verstanden. Er hatte nicht kapiert, was nicht zu
verstehen ist, was von niemandem niemals zu verstehen
sein wird. Auch die Frage der eigenen Hitlerhaftigkeit hat
er stets strikt abgelehnt und weit von sich gewiesen, das
aufgeschwemmte Riesenbaby. Mein Gott, habe ich mir oft
gedacht, welch ein Glück, daß solche Figuren die Revolution nicht haben machen können. Er war ein zutiefst
faschistoider Charakter. Alleine die Begründung seiner
Beschaffungs- und Einkaufspolitik in seiner Bücherei-
sparte »Gesellschaftspolitik« – nicht zu fassen. Und den
Job hatte er nur bekommen, weil sein Vater, Mann mit
Einfluß, ihn dorthin laviert hatte. Fristlos einmal gekün-
digt, hat's dann der Herr Papa doch wieder gerichtet.
Undsofort.
Unerquicklich, unproduktiv, eine kurze Begegnung nur.
Aber mir kein Einzelfall. Ich hätte an der Hoffnung ver-
dursten können. Der Kontakt wurde für mich schädlich.
Ich brach rasch ab und grüßte fortan freundlich.

Menschen!
Verstehen Sie?

Dann diese lange und quälende Bekanntschaft mit dieser

Rechtsanwaltswitwe, die Hitler die Hand drücken durfte, und der die ganze Familie über zwei Wochen verboten hatte, diese Hand zu waschen. Der ehemalige Ehemann, ein Gestapo-Jurist, ich habe ihn nicht gekannt. Sie erzählte noch in den 60ern, mit glänzendem Auge erzählte sie noch in den 60ern von diesen Sekunden in Berchtesgaden. Eine sympathische Person. Gepflegt, auch geistig nicht ungepflegt, wir waren im Kino, im Kabarett. Sie las. Aber sobald die Konversation abriß und die Seele aufriß, war sie eine Adolfine, bis in die letzte Ritze und Liebesader dem Führer ihrer Jugend ergeben. Ich hielt es nicht mehr aus.

Freundschaften hatten fast keine Chance. Der pensionierte Lateinlehrer, wenn er sterben wird, steht in der Lokalzeitung, er sei durch und durch ein Humanist gewesen. Ich war ihm nah. Nicht sehr, aber. Für meine Verhältnisse. Bis er, nahezu beiläufig, aber absolut dominant, erzählte, er habe »bis zur Vergasung telefoniert«. Ich bin sofort und für immer gegangen.

Soll ich von den Taxifahrern erzählen und dem Hohelied auf die Reichsautobahn? Vom stellvertretenden Direktor der Kreissparkasse, der am 20. April Geburtstag hat und jedesmal am 20. April und das ganze Jahr über sowieso erzählt, er habe an Führers Geburtstag Geburtstag? Vom Zahntechniker, der »Adolf« mit Vornamen heißt und seiner Mutter Wahl gutheißt noch im Jahre 1984. Der Journalist, der die Nazi-Jahre des Malers Martin-Amorbach einfach überschreibt, die Rezensentin, die die Fotobände einer Frau Riefenstahl hochschreibt und ihren Ruhm rühmt, den sie zu Recht habe, ohne zu berühren, woher dieser Ruhm rührt und wie bekleckert er ist, und schließlich der Redakteur, der dies alles und noch mehr unredigiert ins Blatt setzt – ich kannte sie alle. Die Frau Pastor, die den Holocaust hochrechnet als Rache für die Kreuzigung ihres Herrn Brötchengebers, der katholische Vikar, der eine Unterhaltung mit mir über Kleinkriminelle beendet mit einer zackig geführten Bewegung der flachen Hand am Hals entlang und, als habe ich die Botschaft

nicht verstanden, im Freislerton nachfaßt und triumphal zwei Worte setzt: »Kopf ab!« Oder unser bayerischer Gauleiter. Oder die Tierärztin, die über »Rassehygiene« spricht, der Geographielehrer, der das Wort »Lebensraum« gedankenlos im Mund herumführt. Menschen. Nicht nur die Abziehbilder der sogenannten Ewiggestrigen, die die hitlertrunkene Banalität durch den Schaum der Tage schwätzen. Falls ich auch nur anmerke, was es mit dem Wort »Lebensraum« auf sich habe, sehe ich an den Augen schon, ich hätte besser geschwiegen, als daß ich den wütenden Ausbruch der Damenoberbekleidungskauffrau miterleben muß, sie faucht: »Wir haben ihn orgiastisch geliebt!«
Menschen?
Lebenszeitvergeudung.

4 Ich ahne, wenn ich nicht sogar weiß, wozu ich fähig gewesen wäre als Hitlerine, wenn ich durch Biographie, Geschichte, Politik und allgemeine Seelenlage an diesen Ort, den Adolf Hitler mit uns und für uns eingenommen hat, gestellt worden wäre.

Ich befürchte, ich mache mir nichts vor.

5

Warum ich überlebt habe?
Wie ich überlebt habe?
Wieso er mich leben ließ?

Ich habe ihm gesagt:
»Wenn Du mich auch nur eine Sekunde geliebt hast,
dann gib mich jetzt frei!«
Er hat keine Sekunde überlegt.
Er hat mich in seine Arme genommen, mich leicht und
zittrig gedrückt, so stark er mich eben noch drücken
konnte; und sprach: »Geh!«
Pause.
Dann: »Aber wahre den Schein!«
Das war im Bunker.
Ich habe genickt und mich den Rest meines Lebens an das
Nicken gehalten.
Ich bin ihm treu geblieben – ich habe mich verleugnet.
Treu seinem Herzen, diesem verkrüppelten Ding hinter
seiner Uniformjacke, treu der unterentwickelten Seele,
treu dem unentdeckten Gemüt.
Verleugnet habe ich mich als öffentliche Person. Aber ich
habe alle Anstrengung unternommen, mich zu entdecken
und mir treu zu werden.

Wie? Wann? Wo?

Er hat mir eine Giftkapsel gegeben, für alle Fälle. Er hat
veranlaßt, daß ich ausgeflogen würde und ich wurde ausgeflogen. Er hat mir eine Zyankali-Phiole und einen geladenen Revolver mitgegeben, auf daß ich, wenn sein Pilot
– »mein treuster Mann!« – sich nach der Landung nicht
befehlsgemäß selbst erschieße, nachdem er die Maschine
in die Luft gesprengt hätte, daß ich ihn entweder er-
schösse oder ihm Gift gäbe oder am besten beides.
Ich habe ihn leben lassen.
Noch im Flugzeug haben wir uns die Adern mit einer

Stecknadel geöffnet, das Blut an den rechten Handgelenken ineinanderfließen lassen, Schweigen gelobt. Einmal im Jahr hatten wir an den jeweiligen Geburtstagen, zufällig war auch er am 6. Februar auf die Welt gekommen, Kontakt. Er ist einsam und unerkannt vor zehn Jahren gestorben.

Wie ich zu mir gekommen bin?
Mit welchen Methoden ich mir treu geblieben bin?

Therapie.
Drei habe ich hinter mir. Drei in 50 Jahren. Dreizehn Versuche zuvor und zwischendrin, den richtigen Therapeuten zu finden.
Eine Ärztin kam für mich niemals in Frage.
Alle haben mich für verrückt erklärt. Alle hielten mich für verrückt, weil ich unnachgiebig darauf bestanden habe, Eva Braun zu sein. Nicht wenige Therapeuten, vor allem ein Analytiker, hätten mich am liebsten sofort einliefern lassen. Die meiste Angst hatte ich vor Psychologen, die noch etwas werden wollten oder glaubten, Schriftsteller zu sein. Ich wußte, ich wäre der wahnsinnigste Stoff; irgendwann, wenn die Zeit dafür gekommen sein würde, vielleicht im nächsten Jahrtausend erst. »She was Adolfs widow«. Wenn genug Abstand läge zwischen Geschehen und Geschehenem.
Die erste richtige Therapie, die geglückte Therapie, dauerte drei Jahre, die zweite zwei, und Anfang der 90er habe ich mit der letzten Seelenarbeit begonnen und nach vier Jahren erfolgreich abgeschlossen.
Im Erstgespräch zur letzten Behandlung habe ich dem Therapeuten eröffnet, ich wußte sofort, das ist mein Mann, daß ich die Ehefrau Adolf Hitlers gewesen sei und also seine Witwe. Das entspräche der Wahrheit, sei nicht diskussionsfähig und folglich zu akzeptieren. Es gäbe für mein therapeutisches Begehren keine Prämisse außer

dem Wunsch, weiter an der seelischen und politischen Klarheit in meinem Leben zu arbeiten und die Treue zu diesem Leben zu festigen und zu bewahren. Wenn ich dabei wieder lernen könnte, dieses Leben und überhaupt zu genießen –.

»Ich bin nicht verrückt!«, habe ich ihm gesagt. Und: »Ich bin Privatpatientin.«

Den Schock, den er sichtlich erlitten hatte, überwand er in den folgenden dreizehn Sitzungen. Ob er mir je geglaubt hat, war unerheblich; nie hat er auch nur einmal meine Identität in Frage gestellt, und diese Arbeit, mit Wut, Liebe, Sex, Tränen, Schrei und viel Lachen hat mich noch einmal auf die Welt gebracht.

Er war der einzige Seelenkundige, der sich auf meinen Nationalsozialismus eingelassen hat.

6 Therapie, Meditation, Yoga und Atemübung garantieren natürlich keine seelische Stabilität. Ich habe lange gebraucht, um zu verstehen, daß Seelenarbeit keinen neuen Menschen aus mir machen kann. Es hat mir sehr weh getan, mich von dieser Vorstellung zu verabschieden. Alles hat sich in mir widersetzt zu akzeptieren, daß ich im glücklichsten Fall nur lernen könnte, als die alte Person anders und besser umzugehen mit meiner Geschichte und meinem Geschick. Sehr viel, wie ich heute weiß.

Und natürlich gab es immer wieder Anlässe, die die Gesundung, meine Therapieerfolge, ins Rutschen brachten.

Zweimal schon hatte ich zu seiner Zeit Hand an mich gelegt. Und viele tausend Mal danach mit dem Gedanken –, nicht gespielt, ich bin mit dem Freitod, sagen wir, ›umgegangen‹. Eine Möglichkeit. Ein Konjunktiv des Überlebens. Ich hatte ja noch seinen geladenen Revolver bei mir, die Giftkapsel, die Zyankali-Phiole. Das hätte für einige Suizide gereicht. Der kalte Ring der Lauföffnung an meiner Schläfe war mir manchesmal sogar Trost: »Es steht also in Deiner Macht, dem Leiden ein Ende zu setzen!«

Aber immer wieder habe ich das Leben vorgezogen.

Und aus jeder Krise bin ich frischer und jünger hervorgegangen.

Das Wort »Selbstmord« lehne ich ab.

Ich bin übrigens dreimal zur Welt gekommen, und von drei Männern habe ich mir das Leben schenken lassen, von meinem Vater Fritz Braun, von meinem Mann Adolf Hitler, von meinem letzten Therapeuten. Und natürlich habe *ich* mir das Leben geschenkt, nachdem ich es mir immer wieder selbst genommen hatte.

Das Wort »Selbstmord« lehne ich deswegen ab, weil es für mich eine zutiefst militärische und damit männliche Parole ist, die von ungeheurer Gewalt und Selbstvernichtung spricht. Und aus Feigheit, Verantwortungs- und Lebensflucht noch einen virilen Profit schlägt. Helden sind dann die Herren unter sich.

Ich habe natürlich sorgsamst meine Entleibung geplant.

München, wo ich die meiste Zeit meines Lebens verbrachte, war mir oft schwierig bis unerträglich. Vor allem
die Wasserburgstraße. Wie oft gesagt wird: »Eine Villa«.
Es ist ein Einfamilienhaus, das er mir lediglich zur Verfügung gestellt hat. Und manchmal nannte er es doch ein
»Geschenk«! Und mitten hinein in mein Wohnzimmer
hat er mir diese ranzige Kitschidylle seines ranzigen
Lieblingslandschaftsmalers Hermann Gradl gepflanzt.
Keine Villa. Egal. Im November jedenfalls gehe ich ab
und zu durch die Delpstraße. Tausendoft. Hans Pfitzner
wohnte hier. Hier war ich nicht unglücklich. Aber oft
alleine. Manchmal besuche ich nach diesen Gängen das
Sheraton-Hotel am Arabella-Platz, gehe ins Schwimmbad,
in die Sauna, zur Massage; ein wenig Fitness, was den
Bademeister immer wieder überrascht. Jetzt wohnen in
meiner ehemaligen Wasserburgstraße diese ängstlichen
BRD-Bourgeoisspießer mit ihren BMWs und Daimlers,
die Häuser vergittert bis zum Dach, bewacht von Video-
kameras bis zum First, bestückt mit Sirenen, noch nicht
einmal Werbung darf in die Briefkästen. Eine tote Straße.
Die Zeiten sind vorbei.
Kein Namensschild an meinem ehemaligen Haus.
Nur Klingel und Sprechanlage.

Mein Name stand ja im Telefonbuch.
Ich war in München gemeldet.
Kein Historiker, kein Journalist kam je auf die Idee, kein
Psychologe – die sind alle nicht an Nahaufnahmen inter-
essiert. Haben Angst. Halten sich alles Persönliche vom
Hals, vom Leib, vor allem von der Seele.
Ich bin nicht gekränkt darüber. Nur verwundert.
Die Leute, selbst die sogenannten NS-Spezialisten, sind
tiefenpsychologisch, also als sie selbst, völlig desinteres-
siert, unausgebildet, unreif oder von Anfang an panisch
verbarrikadiert. Es sind die Ingenieure der NS-Forschung,
Historiographen halt.
Ich bin doch auch zu denen hingefahren und habe sie
gehört.

Entleibung, zurück. Normalerweise neige ich nicht zur Abschweifung.

Ich habe mich immer wieder eingemietet ins Sheraton-Hotel, um die Logistik meiner Entleibung zu planen. Ich wollte jederzeit schnell und effizient über diese Möglichkeit verfügen. Sie schien mir todsicher. Nur, ich hatte die Rechnung ohne meine Seele gemacht. Aber, die Vorsorge war bereits die halbe Rettung.

Es sind dort diese Juniorsuiten im 18., 19. oder 22. Stockwerk, mit Schilftapeten, Rattanmobiliar, TV-Anlage mit Hotelpornos, in denen alle Männer allen Frauen in den Arsch oder ins Maul ficken, zwei Minuten Probe-Peepen kostenfrei. Panoramafenster, drei, zwei davon ohne Griff, nur ein Stahlrahmen ist zu kippen. Bei Föhn die schönsten Blicke auf die Alpen, auf die Stadt, auf mein Haus in der ehemaligen Wasserburg-, heute Delpstraße, wenn die Bäume anfangen, sich tot zu stellen und die Blätter von den Ästen springen. Im fenstergrifflosen Fenster ein Fensterschloß, für das ich mir Vierkant und Sicherheitsschlüssel besorgt hatte. Als die Fenster mir dann offenstanden, konnte ich nicht mehr. Einmal zu viel Tavor, ein andermal zu wenig Valium. Beim dritten Mal mißglückte der Cocktail von starkem Rotwein und Nobrium, der Kellner des Zimmerservice, der mir plötzlich rassig und deshalb begehrenswert erschien, riß mich aus der depressiven Verstimmung, denn es war noch keine richtige Depression, aus der nämlich hätte mich keine Begehrlichkeit wecken können, außerdem war dieser Zimmerkellner nicht nur kein Deutscher, er war Ausländer, schwarzes Haar, kaffeebraune Haut, olivene Lippen, auch damit habe ich zu Zeiten immer wieder zu kämpfen, jedenfalls erwachte ich mit Schuhen, völlig bekleidet, am nächsten Morgen auf meinem Grandlit, war nicht aus dem Fenster gesprungen, und die Video-Männer rammten ihre Video-Schwänze immer noch in die Video-Ärsche der Video-Frauen. Dann wieder der Höhenflug bei Föhn, unvorstellbar. Unvorstellbar, in diese Klarsicht hineinzufallen, statt sie anzuschauen, sich zu freuen, welches Sehwunder die

Atmosphäre meinen Augen schenkte. Also warum? Die Klarsicht ließ mich selbst wieder Alles klar sehen. Ein andermal kam eine Migräne dazu, oder ich war selbst zum Suizid zu traurig.

Neben der jüdischen Emigrantin im Würzburger Altersheim hat ein japanischer Fotograf im Aufzug des Sheraton mich erkannt: »Excuse me!«, sagte er: »You look like an old version of Eva Braun!«, lachte blöd und stieg im 16. aus. Ich hatte 1817 gemietet. Erst hätte ich ihm am liebsten in die Hoden getreten. Aber dann. Freitod? Ich? Eva Braun? Was hätte ich tun sollen? Suizid? Für wen? Lustvoll in die Hitlerkrankheit gehen? Das NS-Syndrom pflegen? Das war, nachdem die Illustrierte »Der Stern« die angeblichen »Tagebücher« gefunden hatte. Das war die letzte Versuchung.

Meine Therapieen, Medikamente und Selbsthilfen haben übrigens 146.306 Mark gekostet.

7

Ich war nach 45 jahrelang stumm und habe kaum geatmet.
Alle zwei, drei Jahre bin ich in den 50ern umgezogen.

Klingt meine Geschichte plausibel?
Falls nicht, egal. Ich habe sie gelebt.
Das genügt.

Soll ich Dir erzählen, wieviele und welche Bücher ich gelesen, wieviele und welche Filme ich gesehen habe?

Ich habe Tausende von Tonbändern besprochen, ich habe mich selbst angerufen, ich hatte mir ein Alibiphon gekauft in den 60er Jahren, weil ich mir immer wieder vorgestellt habe, daß er bei mir wohne und das Band abhören würde, auf dem ich ihm Alles erklären wollte. Ich habe reden wollen, und er hätte schließlich geschwiegen und endlich einmal zugehört. Weniger mir als dem Telefon und seinem Alibiphon, wie man damals den Anrufbeantworter nannte. Er hatte ein sexuelles Verhältnis zum Telefon. Überhaupt war er bei all seinem kruden und verlogenen Vergangenheitsromantizismus auf eine magische Weise magnetisiert von Technik.

8 Mein Leben war ein einziger Monolog.

Ich war immer ein Nichts.

Das Nichts einer Tochter, das Nichts einer Fotogeschäfts-verkäuferin, der ein zukünftiger Diktator unter den Rock schaut, als er das Geschäft betritt, sie auf der Leiter steht, um Filmschachteln und andere Waren einzuordnen. Ein Nichts in einem Rock.

Ich war ein Nichts, ein offizielles Nichts während des sogenannten Tausendjährigen Reiches.

Ich bin immer noch 1 Nichts.

Ich bin fast 30 Jahre wie ein Nichts im Leben gestanden.

Erst Mitte der 70er Jahre war 68, das, was man mit dieser Zahl benennt, bei mir angekommen; mit sieben Jahren Verspätung habe ich begonnen, anzufangen zu verstehen. Vorher ist es mit mir herumgelaufen.

Unter den Nazis als Nichts, und wenn ich unter Adolf gelegen habe, war ich noch weniger oder ein bißchen mehr, ein Nichts mit einer Fotze.

Auch hat mich der BRD-Staat nie zur Kenntnis genom-men. Ich war überall ordnungsgemäß gemeldet, regi-striert, numeriert. Von wegen »verwaltete Welt«, Herr Professor Adorno. Auch für die Wissenschaft bin ich nur die in sieben Fußnoten verbannte Fotze der Zeitge-schichte.

Eine Frau meines Alters mit dem Namen Eva Braun nicht zu beachten –, ja, was mag dies bedeuten?

Ein Diktator liebt nicht. Sein Nichts wurde nicht einmal negiert, nicht einmal vernichtet. Ein Nichts existiert nicht. Und:

Lieber hat man jemanden, der sechs Millionen Juden ver-gast, als man jemanden hat, der jemand liebt, der sechs Millionen Juden vergast hat.

9 Ich war in Bochum an der Ruhr-Universität bei
den Vorlesungen des Professor Mommsen, in Stuttgart bei Professor Jäckel, in Frankfurt bei Horkheimer; in Tübingen hörte ich die berühmte Ringvor-
lesung und Ernst Bloch. An der Fernuniversität Hagen
habe ich ein Studium beim Entnazifizierungs-Nietham-
mer begonnen. Ich habe den »Hilflosen Antifaschismus«
studiert und die »Unfähigkeit zu trauern«; Monate im
Bundesarchiv Koblenz; im Berlin Document Center,
Monate. Hunderte von Büchern habe ich gelesen. In
München in der Ausstellung »Hoffmann & Hitler«, in
Wien im Stadtkino die Filme zum Holocaust. Soll ich sie
alle aufzählen, Erich Fromm, Alice Miller, Helm Stierlin?
Ich habe versucht, zu verstehen.

10

Ich habe wochenlang im Bett gelegen.

Das Zimmer war abgedunkelt.

Das Telefon leise gedreht und in Decken gepackt oder ausgestöpselt.

Die Türklingel abgestellt.

Geschlafen. Gedöst. Sinniert. Trance.

Jede Pore der Decke bekannt.

Das Muster der musterlosen Vorhänge wie ein Gitter über meinen Augen, deren Lider nahezu geschlossen, schwer jedenfalls, drücken sie auf den Augapfel.

Die Ohren nicht putzen, die Nägel nicht schneiden, leise vor mich hinrülpsen, den entsetzlichen Mundgeruch riechen, sympathetisches Furzen in der Hoffnung, die Blähungen zerrissen wenigstens mich; kaum Hunger, wenig Durst, die Menstruation bluten lassen und die Scheiße stehen lassen in der Kloschüssel.

Lautlos laufen die Tränen links und rechts an den Wangen herunter.

Verenden wollen.

Warten darauf, wie lange das Leben mich hält.

Aus der Wohnung stinken wollen, ins Treppenhaus hinaus stinken wollen, bis irgendwann einmal jemandem der süßliche Leichengeruch der verwesten Möse des Machthabers doch zu sehr in die Nase steigt.

Trotz und Kraftlosigkeit.

Und die Verzweiflung, daß nie niemals jemand jemals mir meine Existenz überhaupt würde abnehmen wollen, und schon gar nicht würde einmal auch nur ein Mensch an meine, darf ich sagen: »Läuterung« glauben?

Warum also auch nur einen Atemzug?

Ich war eine junge Frau. Jahrgang 12. 1942 war ich 30 Jahre alt.

Ich wollte gemocht werden.

Liebe, Zuneigung, Vertrauen.

Ich wollte zärtlich sein, Zeit haben, spielen.

Natürlich wollte ich Sex.
Natürlich hat mich seine Macht angezogen und der Sex seiner Macht.

Jetzt bin ich alt und habe ein Leben ohne Liebe verbracht.

Glauben Sie, junger Freund, Sie könnten mich befriedigen?
Das Vorspiel wäre der Rest meines Lebens.

Natürlich hatte ich Sex. Natürlich bin ich fremdgegangen. Ich war hungrig, ich war unterernährt. Bormann war unter meinem Rock, Göring war zärtlich, aber impotent; die befriedigendste Affaire hatte ich mit dem geilen Goebbels, der eine Potenz hatte wie die ganze Führung zusammen, dazu die Angst, daß ich ihn verriete, die Angst, von ihm verraten zu werden, die Angst, daß *es* raus käme – was meinen Sie, hätte Adolf Hitler mit mir gemacht? Auschwitz wäre eine Tafel Schokolade dagegen gewesen. Auch Hans Frank war ein passabler Liebhaber.
Ich war nicht nur Freiwild, aber Freiwild war ich auch. Alle wußten ja um seine Suppensexualität, seine Wiener Buchstabensuppensexualität, zumindest dachte ich, daß es Alle wüßten. Und daß alle diese Männer wüßten: Hitler hat nur einen Hoden. Weil alle wußten, daß er den Mitwisser, seinen Jugendfreund, wegen Mitwisserschaft sprich Führerbeleidigung hat ermorden lassen. Vor allem Bormann. Ich ließ ihn mich kitzeln, mehr nicht, und schon hatte er eine nasse Uniformhose, in der Reichskanzlei, immerhin.
Wenn Adolf Hitler Sexfotos mit mir ansehen wollte, dann hat mich das, widerwillig zwar, aber, es hat mich stark erregt und gleichzeitig getötet, weil. Ich wußte, daß eine Tortur auf mich zukommen würde und kein Liebesspiel.
Machte nicht mein Ex-Chef Heinrich Hoffmann die Aufnahmen mit den denkbar vollbrüstigsten Frauen, die unter ihren Brüsten das Koppel tragen mußten? Wahrscheinlich sind sie nach den Aufnahmen vergast worden.

Drehte nicht auch die Riefenstahl Sexstreifen für ihn?
Es war alles für die Katz.

Er, bitteschön, hat, wenn Sie so wollen, den Telefonsex
erfunden. Er, bitteschön, hat mir eine Extraleitung legen
lassen schon ganz früh. Und ich mußte ihm Hoffmanns
Nacktfotos beschreiben, ganz genau beschreiben, durch
das Telefon, München-Berlin.
Er war ein Meister in der Telefononanie.
Auch auf dem Berghof mußte ich ihm von den Brüsten
einer Brekerfigur erzählen – er hat dabei den Telefonhörer
abgenommen, nicht aber gewählt oder wählen lassen; er
hat ein erfundenes Telefongespräch mit Breker geführt
und sich dabei von außen mit der anderen Hand, um die
die Telefonschnur schmerzhaft straff gewickelt war, befriedigt. Ich hatte zu reden.

Er konnte die Klitoris nicht finden, weder mit dem Penis,
noch mit dem Finger, schon gar nicht mit der Zunge.
Vielleicht wußte er gar nicht, daß es so etwas überhaupt
gibt.
Seinen Penis, ich hatte immer Mühe, mußte ich richtigge-
hend in meinen Schoß einfädeln.

Er konnte die Klitoris nicht finden.
Er war zu ungeschickt mit den Händen.
Er konnte mit den Händen nur reden.

Meist waren seine Masturbationen, soweit ich sie habe als
Erregerin miterleben müssen, ebenfalls ein manuelles
Malheur.

Dumm dumm, der kurze Schuß der Aggression.

Leni Riefenstahl.

Er hatte doch wohl mit ihr eine Affaire beziehungsweise sie mit ihm.

Er war ihr nicht gewachsen; worin die Faszination für ihn bestand, weiß ich nicht, vielleicht darin, daß er ihr nicht gewachsen war. Worin diese Faszination bestand, ist mir bis heute verschlossen geblieben, und eine eigenartige Sperre verhindert jetzt noch intensiveres Nachdenken über diese Beziehung. Eine dicke Brust jedenfalls hatte sie nicht, aber ich habe nicht nur Vermutungen, Verdächtigungen, Unterstellungen für diese Affaire, ich habe Belege, ich habe Beweise, ich weiß.

Wie oft habe ich ihn aus seiner Einsamkeit geküßt, wenn er so dasaß, erbärmlich, apathisch, nur die Uniform hielt ihn, und er wütend in seinen Zähnen herumstocherte. Wie oft habe ich versucht, ihn aus seiner Einsamkeit herauszuküssen.

Aber ich konnte nicht nur vergeblich versuchen, ihn aus seiner Einsamkeit herauszuküssen, ich war in Fegelein verliebt. SS-Gruppenführer Fegelein, Sexsex-Gruppenführer; es hat mich schier zerrissen, auch, weil die Geschichte nicht sauber war. Betrug an ihm. Dann habe ich ihn mit meiner Schwester verheiratet, um noch etwas für meine Lust zu haben. Hitler hat ihn mir weggeschossen.

Ich bin ja der Grund des Geli-Suizids.

Minderjährige Mädchen und buttermilchbrüstige Muttertiere. Das war's.

»Es gibt doch nichts Schöneres, als sich ein junges Ding zu erziehen: Ein Mädchen mit 18, 20 Jahren ist biegsam wie Wachs!«

Unzählige Male gehört.

Geli Raubal.

Mitzi Reiter.

Hitlerdusen. Hitlerdosen.

Er war ein einsamer Wolf. Und hatte keine Freunde. Nicht einmal einen Freund.

Vielleicht war ich sein einziger Freund.

Riefenstahl. Diese reaktionäre Ziege. Die irgendeine sexuelle Macht über Hitler hatte. Über ihn als Mann. Was eine Frau nie wird verstehen können. Da ist nichts Politisches. Da herrscht nur das Diktat der Hormone. Sie hätte auch Willy Brandt verfilmt, Dimitroff, Stauffenberg, Mahatma Gandhi. Ich tue ihr nicht Unrecht. Es ist die reine Mösenmacht, die manche Frauen über Männer haben, wie es umgekehrt die reine Schwanzmacht der Männer über manche Frauen ist.

Und Hitler hat bei Riefenstahl sexuell versagt.

Ich weiß es.

Warum der Löffel?

Löffel sind Symbole für Sexualität und Selbstmord. Für mich. In meinem Leben.

Hitler hat mir mehrfach befohlen, daß ich, wenn ich ihn masturbieren sollte, entweder sein Sperma mit einem monogrammierten Reichskanzleisilberlöffel aufzufangen hätte, was bei seinen epileptischen Zuckungen, der mickrigen Flugbahn und der Mindermasse seiner seltenen Ergüsse nicht einfach war, oder ich hatte seinen Samen auf der Bauchdecke zusammenzukratzen, von der Bauchdecke aufzunehmen und in den Löffel zu schieben. Wobei er so tat, als hätte er zweieinhalb Liter 1 A Samen gespritzt. Meist waren es zwei, drei magere, dünnflüssige Tröpfchen, die ich dann mit dem Zeigefinger auf den Löffel schob, um sie ihm, er wollte sie unbedingt sehen, zu zeigen. Sekundenlang stierte er auf den mäßig gefüllten silbernen Teelöffel, als mustere er darin schon das Heer des neuen deutschen Mannes, begleitet mit den Wiener Wörtern »Rotz«, »Gernsaft«, »Eierspeis« oder »Schlagobers« für den Auswurf.

Endlich rang er mir ein Kompliment für das Monogramm auf dem Löffelgriff ab, das er selbst entworfen hatte.

Ich strich ihm über sein fettiges Haar.

Seine Kacke, einmal hat er ein einziges Mal diesen Wunsch geäußert, seine Kötel wünschte er sich, daß ich sie äße, und hat dabei, verlegen, jungfräulich errötend, bübisch grinsend wie gestanden, es werde ihm gut tun, er fiel ins Wienerische, es werde ihn »aufganseln« und »laxieren«, wenn er sehen dürfte, »mein Linzer Törtchen zwischen Deinen Zähnen«. Auch wünschte er sich mehr als einmal, von mir gewickelt zu werden. Mehr als einmal.

Sein Penis war nicht der größte, auch erigiert nicht.

Es war ein zu groß geratener Bubenspitz.

Vielleicht, findest Du, vielleicht ist Dir mein Standpunkt zu sexuell?

Nimm's hin. Und nimm die Sexualität als innere Affaire.

Nichts Anderes interessiert mich mehr als innere Affairen.

Der Zugriff von außen greift ins Leere.

Die innere Ordnung wiederherzustellen, darauf kommt es mir an.

Mich zu reinigen vom faschistischen Infiltrat.

Es gab Zeiten, da fühlte ich mich davon so getränkt, daß ich fürchtete, ich würde daran ertrinken. Wie Waschmittel an einer Flußschleuse, so schäumte mir die ganze Nazi-Geschichte die Speiseröhre herauf und schwappte inwendig über mich hinüber und zwang mich, alles wieder zu schlucken, ohne ein Wort.

Jesus bringt das Gute, Adolf das Böse in die Welt, und wenn ich immer wieder vernünftige Menschen Deiner Generation 1995 reden höre von ihrem »inneren Reichsparteitag«, vom »Großkampftag«, von »Bombenstimmung«, Tätigkeiten, die man »bis zur Vergasung« betreibe, dann weiß ich, daß das peinlich Kleine erst der Anfang ist, der Beginn des Großen, das »gigantisch« sein wird. Du hättest sehen sollen, mit welcher Aggressivität Adolf Hitler oft seinen Binder bändigte, quälte und um seinen Hals schlang, als wolle er erst seine Krawatte erdrosseln und dann mit seiner erdrosselten Krawatte sich selbst; auch diese Blähungen, die ihm schier das Arschloch zerrissen und den After zerfetzten – er flatulierte, weil pathologisch, weit über die Schamgrenze mir gegenüber hinaus, Doktor Kösters Antigaspillen für die Katz, das komplette Alpenvorland, meine schamvolle Vorstellung, echote von des Führers Fürzen, jedenfalls habe ich mit Tonnen Vaseline ihm die Kimme geschmiert, gewindelt wollte er werden, winselte er, »gewindelt«: meine Monatsbinden habe ich ihm ins Arschloch gedrückt.

Und mir dann zweimal gedacht: »Wenn das Churchill wüßte!«

Natürlich war ich eifersüchtig.

Die Frauen, die ihn mit einem Blitz-Strip überwältigen wollten, die Heiratsanträge, Kinderwünsche.

Am 1.11.32. Der erste Suizid-Versuch.

28.5.35. Zweiter. 35 Pillen hatte ich damals geschluckt und hielt es für eine todsichere Angelegenheit. Unity Valyrie Mitford war der Anlaß. Titten oder Adel. Am besten Titten mit Adelstitel. Sigrid von Laffert, zwei kleine Augen, wundervoller Körper, reizender Busen, zwei lange Beine, der kleinste Mund der Welt, und sie schminkt sich nie. Keine Unterwäsche. Gretl Slezak aus Wien. Aus Wien die Theimer, Gretl. Die Piano-Bechstein, die Verlags-Bruckmann, die Wagner Winifred, die Autobahn-Troost, die BDM-Scholtz-Klink, die Film-Riefenstahl.

Gab es überhaupt Grund zur Eifersucht?

Hatte er Affairen?

Ich jedenfalls.

Natürlich hatte ich meine Affairen.

Ich, das bestbewachte Nichts der Nazizeit.

Hitlers Eifersucht war grenzenlos. Seine Eifersucht war so grenzenlos wie, kein Wie-Vergleich fällt mir dazu ein. Sicher war ich bei meinen Affairen nur, weil man nie geglaubt hätte, daß *ich* überhaupt wagen würde. Darauf stand der Tod. Mehr als der Tod. Das KZ, und wahrscheinlich mehr als das KZ. Das heißt. Man hätte es gar nicht für möglich gehalten. KZ ist schon das Letzte. Also.

Hätte man sich eine schlimmere Rache vorstellen können als die des gehörnten Führers?

Adolf Hitler selbst wäre sprachlos gewesen.

Er hätte sich nicht einmal mehr wie in außerordentlichen Fällen seiner äußersten Anfälle in die Faust gebissen, bis Blut floß. Dies wäre über sein Fassungsvermögen gegangen.

Ich hätte mich 1944 von einem versteckten Juden ficken lassen sollen, von einem versteckten, kommunistischen, homosexuellen Wiener Juden. Das hätte er nicht überlebt, und ich wäre in die Geschichte mit einem beispiellosen Tyrannenmord eingegangen.

Einen Verdacht gab es bei Breker. Aber es war nur ein Verdacht. Unsere Geschichte ist ganz in seinem Kunstgewerbe aufgegangen. Kolbe, Hitlers Busenbildhauer, weniger begabt als Breker, hat mich nachgebaut. Da hatte ich mehr Angst. Beide wußten, was es bedeutete. In Kolbes Figuren bin ich eingeflossen. Dann gab es da noch einen Wilhelm Hempfing, der sein und mein Leben in höchste Gefahr brachte, 1941, mit seiner »Sitzenden Blondine« im Münchner Haus der Deutschen Kunst. Zum Glück wurde dieser Halbakt keine Hinrichtung, sondern Onanievorlage.

11

Natürlich hatten wir Streit.

Keinen lauten Streit.

Immer jedoch war im Streit seinerseits eine sexuelle Note. Wir hatten wenig Streit, und wenn wir stritten, stritten wir lautlos. Wegen der Ordonnanz? Des Personals?

Als wolle er keine Mitwisser, keine Mithörer. Und. Er wollte auch den Streit für sich.

Die Aggression war schnell gewendet in eine sexuelle Aktion, und so schnell konnte ich nicht schauen, hatte er mich zu einer sexuellen Handlung gebracht. Ich habe nie verstanden, wie dies geschehen konnte. Aber es geschah.

Nur einmal bin ich laut geworden und habe jede Gewalttat mit Schreien begleitet. Ich habe ihm mit meinem Schuh in den Sack getreten und ihn angeschrien, ich trete Dir in Deinen jämmerlichen Sack, der aussieht wie der schlecht gerupfte Bürzel eines Wienerwaldhendls; dann habe ich ihm mit dem Knie sein Einei zusammengedrückt und geschrien: »Ich polier Dir Deine verdatschte Mozartkugel!« Und dann habe ich ihn an seinem mäßigen, winzigen Wienerwürstl durch den Führerbunker gezogen, er winselnd hinter mir her mit mäßig erektivem Erfolg. Sein Stalingrad.

Ich habe ihn geliebt.

12

Ich habe ihn geliebt.

Du weißt, Du kennst den Unterschied. Der Unterschied zwischen Verliebtsein und Liebe, bitte. Lieben ist mehr als Verliebtsein. Verliebt war ich auch. Aber. Ich durfte nicht heiraten, ich durfte nicht empfangen, ich durfte nicht gebären, nicht stillen, nichts.

Das Nichts durfte nichts.

Wenn ich schwanger würde, hat er einmal gesagt, müsse ich sterben. Natürlich bin ich schwanger geworden.

Er würde mich höchstpersönlich erschießen. Das sagte er mit Schmerz und mit Genuß. Er würde zuerst den Embryo erschießen. Er würde mir den lebenden Embryo aus meinem lebendigen Leib herausschießen und dann mich erlegen. Den Embryo hinrichten und mich standrechtlich.

Natürlich bin ich schwanger geworden.

Zweimal bin ich schwanger geworden.

Zweimal habe ich mir das Leben nehmen wollen.

Einmal hat eine Freundin einer Freundin eine Abtreiberin gefunden, illegal zu normalem Preis die Abtreibung vorgenommen, sie wußte nicht meinen richtigen Namen und meine wahre Stellung und konnte nicht ahnen, welchen Fötus sie da in den Mülleimer warf. Das zweite Mal hat sein Leibarzt den Abortus vorgenommen. Nicht, ohne daß ich mich für ihn frei zu machen hatte und, da die Fotze dem Führer vorbehalten sei, mich in den After begatten zu lassen.

Ansonsten Praecox, Interruptus, Roulettes aller Art, Präser.

Oder Angst bis zur nächsten Blutung.

Angst ist eine gute Abtreibung.

Am Schlimmsten war das Gebärverbot.

13

Wie konnte ich so jemanden lieben?

Er war ja auch ein unendlicher Spießer, ein kleiner Kleinbürger mit all seiner Sepplhosenpeinlichkeit, die keine körperliche Nähe zuläßt, beim Verkehr die Uniform anläßt, den Orgasmus durchs Hosentürl. Die eingezogenen Schultern, die verkrampften Hände vor dem versteckten Geschlecht zwischen den verklemmten Beinen. Die eleganten Maßanzüge, die maßgeschneiderten Uniformen, ich habe das –, jedenfalls habe ich damals deutlich gesehen.

Von allem anderen, allem Politischen, war ich ausgeschlossen und: man hat vor mir geschwiegen.

Die kleine Fotomaus, Hoffmanns kleine Fotomaus andererseits – ich war unberechenbar. Keiner wußte, was ich ihm im Bett hätte flüstern können. Dem Monster zwischen meinen Schenkeln.

Wie oft habe ich mich über diesen Bildern erbrochen.

14

Mein weißer Angora-Hase.
Seine Liebe zu Autos.
Die 29 Stunden-Ehe.
Nächtliche Telefonate.

15

Es war Alles furchtbar, aber ich habe ihn geliebt.

Wie tausend andere Frauen auch, und es waren nicht die blödesten. Sie haben ihn angestarrt, angestaunt, sie haben ihn beträumt. Sie wollten seinen Samen, seinen Namen und haben ihm Kuchen gebacken. Kisten voller Liebesbriefe. Heiratsanträge.

Muß ich denn alles erklären können, nur weil ich alles verstehen können möchte?

Sympathy for the devil.

Bitte, ich habe ihn geliebt.
Es hat lange gedauert, bis ich wußte, ich bin nicht verrückt, ich bin nicht pervers.
Verrückt sind all die anderen auf der Welt, die sich nicht vorstellen können, daß ein Diktator Liebe braucht, vielleicht mehr Liebe als Mahatma Gandhi. Und. Daß er vielleicht nur deswegen Diktator geworden ist, weil er zu wenig geliebt worden ist.
All die sind pervers, die sich nicht vorstellen können, daß es eine kleine Eva Braun gibt, die den großen Diktator liebt, ganz einfach und kleinbürgerlich mit Gummibaum und Hakenkreuzhäkeldeckchen *liebt*.
Ich weiß, das ist alles prekär.
Es ist überhaupt prekär. Aber es ist wahr.

Es war furchtbar genug vor 45, aber nach 45 war es für mich nicht einmal mehr vorstellbar.
Ich habe gedacht, in den wenigen Momenten, in denen ich noch zu denken imstande war, ich werde verrückt.

Bitte. Das Recht auf Liebe.

Was eigentlich ist pervers daran, einen Massenmörder zu lieben? Er war ein Mensch.

Er war nur kränker als die meisten Deutschen krank waren.

Er war, so habe ich mir das einmal in mein Tagebuch notiert, er war das Brennglas der deutschen Sonne.

Zweimal hat er mir seinen »Kampf« nachgeworfen.
Warum er litt, konnte er mir nie erklären –
es war sofort ein einziges Schwallen und Schwafeln, Stoßen und Schreien, das in rhythmischem Zucken der Hüften, aber nur kurz, endete und einem kleinen, nassen Fleck irgendwo um den Hosenlatz herum.

Ich habe die Juden nie gehaßt.

Ich habe seine Krankheit übernommen, nur im Stillen. Stillgestellt wie ich war.
Weiß ich denn, zu was ich fähig gewesen wäre, wenn schon diese Bagage wildgewordener alter impotenter Männer einen solchen Terrorstaat hat in so kurzer Zeit aufbauen können –
ich, eine junge Frau von 30 Jahren!

Ich habe seine Krankheit übernommen, nur im Stillen und gegen mich gerichtet, was er laut und gegen andere getan hat.
Die Juden habe ich nie gehaßt, warum auch. Und wenn ich sie gehaßt habe für ein paar kurze, heftige, wütende Momente, dann habe ich sie gehaßt, weil er unter ihnen gelitten hat und ich ihn geliebt habe.
Warum er unter den Juden gelitten hat, konnte er mir nie erklären –
es war sofort ein einziges Schwallen und Schwafeln,

Stoßen und Schreien, das in kurzem rhythmischem Zuk-
ken der Hüften endete und einen kleinen nassen Fleck
irgendwo um den Hosenlatz herum hinterließ.

Zweimal hat er mir seinen »Kampf« nachgeworfen, den
er mir in blauem Nappaleder überziehen und mit einem
rotgoldenen Hakenkreuz verzieren ließ, zweimal. Das sei
ein »Best-Seller« – das Wort hatte er übrigens, man glaubt
es kaum, von Ossietzky, »Weltbühne« – 1929, jedenfalls
ein »Best-Seller«, hat er mich angeschrieen, besser verkauft als die Bibel, das ganze Volk habe es gelesen, nur ich
hätte es nicht verstanden.

Er war nicht nur krank. Er war hitlerkrank.
Und Du bist es auch.

16

Er konnte so lachen, daß mein Herz schmolz wie eine Kerze in der Mikrowelle. Ich weiß, das darf man nicht sagen. Aber es war so.

Hitler privat. Hitler lacht.

Willst Du wissen, daß er »Apollinaris« trank und ich deswegen nach 45 zwanzig Jahre kein »Apollinaris« trinken konnte und in Laufschritt verfiel, wenn ich ein Reklameplakat dieser Firma sah oder ihr Logo oder mir ein Kellner eine Flasche »Apo« reichte, dann, dann mußte ich fluchtartig das Lokal verlassen. Jedes rote gleichschenklige Dreieck brachte mich aus der Façon. Daß die »APO« so viele sieben Jahre später bei mir ankam, wer weiß, hatte es auch damit zu tun?

Daß er sich naß rasierte?

Daß er Nichtraucher war?

Daß er Antialkoholiker war?

Daß er vegetarisch aß, massenhaft Medikamente einnahm, ich kenne sie von A bis Z, Belladonna, Calcium, Cardiazol, Coffein, Coramin, Euflat, Glukose, Glyconorm, Homatropin, Dr. Kösters Anti-Gaspillen, Mutaflor, Pervitin, Progynon, Prostrophantin, Strophantin, Strychnin, Sympatol, Testoviron, Vitamuttin, Veritol –

daß er unter krankhaften Blähungen litt, und er hatte Mundgeruch, der einem den Atem verschlug.

Ich habe mir Listen zusammengestellt mit all seinen persönlichen Angewohnheiten und Marotten, um herauszufinden, wer er ist.

Wie oft habe ich meine Zimmerdecke angerufen:

»Was willst *Du*?«

Wie oft habe ich hinaufgeschrieen:

»Wer bist *Du*?«

Er hat ja selbst im Bett vom »deutschen Volk« geschwafelt und die Juden verflucht, selbst im Bett, selbst zwischen meinen Beinen, während mein Blick mich an der Speerschen Deckenlampe hielt. Verdammtes deutsches Volk!

»Ich bin's, Wölfchen!«, habe ich geflüstert, »ich«.

Aber er hatte es wieder nicht gehört, nur »Scheißjud!« gezischt, weil es, wieder, zu früh ejakulierte.

Wann habe ich ihn je erreicht?
Ist es mir auch nur einmal gelungen, an seine Seele zu tupfen? Ich rede gar nicht von Erkennen, Durchdringen, Penetration, invasiver Medizin – mit der Sonde in seine Seele, das wäre es gewesen.
Aber.
Ich war zu jung.
Er konnte ja nicht einmal seine sexuellen Wünsche nennen, wenn er sie überhaupt kennen konnte.
Obwohl.
In sexuellen Situationen wäre er am ehesten erreichbar gewesen, aber. Aber seine Sexualität spielte sich meist außerhalb des Bettes ab; ich konnte die Erektion sehen vor der Parade, bei der Parade, und ich wußte um den nassen Fleck im Hosenlatzbereich nach der Parade, einer Rede.
»Deine sexuellen Wünsche, bittesehr!«
Ich hätte, hitlerkrank, ich hätte auch seinen Urin getrunken, aber er hat sich diesen Wunsch zu äußern nicht getraut –
Alles hinter seinem Latz war tabu. Deswegen hielt er seine Hände davor. Die Münchner Ausstellung »Hoffmann & Hitler« hat mir das wieder gezeigt.
Ein, zwei, dreimal war er sexuell geständig.
Ich habe seine Wünsche erfüllt, welche zu benennen ich hier nicht mehr über die Lippen bringen möchte, ich habe ihn geliebt. Danach aber hat er sich nur noch gekrümmt und wenig später herumgebrüllt, das Personal schikaniert und, denke ich mir heute, Erschießungs- und Vergasungsbefehle erteilt.

17 Millionen als Ertrag aus dem Verkauf seines »Kampfes«.

Er war, wie man heute sagen würde, ein total kaputter Typ.

Biologisch gezüchtete Salate und Gemüse.

Seelenloser Autist.

Zehn, zwanzig Übersetzungen seines »Kampfes«.

Dr. Dralles Birkenwasser. 4711. Odol. Fachinger. Lufthansa.
ADAC-Mitglied, Mitgliedsnummer 1.

18

Ach mein kleiner Busen.

Noch heute lasse ich mir Prospekte für Brust-vergrößerungen kommen.

Ich bin zur Laienspezialistin für plastische Chirurgie und Silikonforschung geworden.

Immer mußte ich ihm von den großen Brüsten der voll-busigen Frauen erzählen, mußte sie ihm beschreiben – derart bekam er wenigstens einen feuchten Mund und leckte sich über die Lippen.

Mein armer lieber kleiner nichtiger Busen.

19

Welche Funktion hat die Fotze des Faschismus?
Warum sollte man sich mit mir beschäftigen?

Es ist immer schwierig, etwas zu legitimieren, was man nicht schlüssig begründen kann –
mathematische und juristische Seelen haben es gerne und zweifelsfrei eineindeutig,
vor allem, wenn 6 Millionen Vergaste dahinter stehen.

Ich muß mich fragen, als sei ich mir selbst eine Fremde:
Was waren das für 15 Jahre, die mir heute so fern sind bei aller Nähe, und die das 50jährige Leben danach ausschließlich bestimmt haben. Ich möchte, nein, es ist keine Frage des Willens, ich *kann* das Frl. Braun und die mehrstündige Frau Hitler nicht abspalten von der Eva Braun, die ich heute bin.

20 Vielleicht kannst Du Dich über mich ihm annähern?

Ich war immerhin über fünfzehn Jahre ihm, wenn es in dieser Causa so etwas gibt, menschlich die Nächste; ich durfte, konnte, mußte, sollte und wollte ihn anfassen, seine Haut, seine Seele, seinen Sex. Seine Liebe berühren. Auch jetzt verkrampfen sich meine Finger wieder und die Haut über meinen Händen spannt sich, der Teufel hat dich gefickt, des Monsters Penis hast du geleckt, geküßt, aufgenommen in Mund, Möse, After. Wo ist die Liebe? Wie fühlte sie sich an?
Alles weg!
Nur noch die Zahlen der Opfer, die Fotos, die Bilder, das Nichts in den Därmen.
Grausen rast die Rücken hinunter und Gänsehaut steigt auf, wenn ich daran denke, wie ich ihn berührte und er mich –
ich kann seit 1945, seit ich Alles weiß, nicht mehr den Originaleindruck trennen vom reflektierten, denke die Grausamkeiten mit, verspanne mich, bin blockiert. Ich schäme mich, mir graut; wie oft wollte ich jeden Kuß zurückgeben, meine Küsse wieder haben wollen und träumte von ungeküßten Küssen, die als bunte Herbstblätter im Wind meiner flachen Nächte schaukelten.

21

Warum hast Du mich erkannt?
Hast Du nach mir gesucht?
Bist Du an mir interessiert?

Du hast mich gefunden. Jedenfalls.
Wir sitzen nebeneinander, eine Beziehung entsteht oder
wird realisiert.

22 Was willst Du von mir?
Was willst Du wissen?

Du willst Deine Unruhe befrieden, das verstehe ich; nichts anderes habe ich in den vergangenen 50 Jahren versucht. Ich habe an mir, mit mir, über mich gerätselt, habe Alles, was mir erreichbar war, über ihn gelesen und diese Zeit, habe mit Spezialisten der Seele und mit Profis der Politik darüber verhandelt, und immer war da ein Rest, und gleich, nachdem ich dachte, ich hätte es, »Ich hab's!«, war der Rest Alles.

Ich weiß nicht, ob Dir meine Figur nützt, das zu verstehen, was nicht zu begreifen ist. Ich kenne den Punkt, von dem aus man glaubt, man wird verrückt, weil man das Geheimnis nicht lüften und nichts wirklich zu fassen bekommt.

Was nütze ich Dir?
Was überhaupt nützt die Befassung mit mir?

Ich lebe mittlerweile in einem labilen Gleichgewicht mit dem, was war; ich habe gelernt, gefaßt zu sein und damit zu existieren, daß ich nichts begriffen habe, obwohl ich ihn begreifen konnte.
Vielleicht hat es Sinn, daß sich kaum jemals jemand mit mir als Person und Funktion befaßt hat.

23

Als ich jetzt meine 16mm-Filme wieder sah –
was da war?

Tortur, Qual, Erleichterung.
Bestürzung. Und die Gewißheit, daß ich ihn geliebt habe.

Als ich erfuhr, daß im Münchner Stadtmuseum meine
eigenen Schmalfilme gezeigt werden sollten, 28 Rollen
Agfa Color-Material, stürzte mich das in Sekunden in eine
tiefe Krise. Es war, als sei ich in einen hundert Meter tie-
fen Schacht gestürzt und unten gelandet in einem großen
Hörsaal, vollbesetzt, Neonlicht. Vivisektion. Zwei Tage,
zwei Nächte voll Gedankenlosigkeit und mit Bomben-
angriffen meiner Nazi-Migräne.
Schnell kam ich wieder zu Bewußtsein. Aber jetzt quälte
mich die Klarheit der Frage: Hingehen?
Meiden? Mich stellen? Flüchten?
Einstweilige Verfügung?
Sollte ich mich outen?
Suizid.

Es hat mich die Vorstellung amüsiert, daß ich mich bei
Museumsdirektor Dr. Till anmelden ließ, in sein Büro ein-
träte, er amüsiert vielleicht ob dem »Frl. Braun aus der
Wasserburgstr. 12«, ich ernst und auf seine nicht un-
heitere, ironische Frage: »Was kann ich für Sie tun, Frau
Hitler?«, antwortete: »Haben Sie um das Recht der Vor-
führung meiner Privatfilme nachgesucht?«
Oder so ähnlich.
Albern.
Ich weiß, er ist ein seriöser Mann. Aber ich war noch
nicht so weit.

Jedenfalls hielt ich mich für stark genug, und ich war es
auch. Lächerlich, Eva, sagte ich zu mir: Du wirst doch
nicht nach 50 Jahren vor Deinen Privatfilmen kneifen.

315

»Stell Dich!« Und ich stellte mich.

Natürlich war Eitelkeit dabei, natürlich Neugierde; ich wußte, es würde mir irgendwie nützen, und ich hatte das Gefühl, daß es der Öffentlichkeit nützen konnte, aber ich wußte es nicht. Wieder das Nichtigkeitsgefühl. Das »Tschapperl« eben, wie er immer sagte. Angst auch und Wut, mit welcher Vorgefaßtheit sicher wieder gesehen werden würde, aber nicht geschaut. Jedenfalls.

Und? Die Filme?

Ich war jung.
Stark, sportlich, kraftvoll; unkompliziert.
Was war ich, wie man damals sagte, was war ich für eine »Frohnatur«! Der Typ Freundin, der Typ Kumpel. Per Du. Naiv. Unverdorben. Witzig, lustig und voller Freude. Voller Leben, Seelisch im Lot. Zu Sport, Spiel und Blödeln aufgelegt. Und bezaubernd.
Daran habe ich mich wieder erinnert, auf meine bezaubernde Wirkung, Männer.
Sogar Speer, der erektionsfähig nur war, wenn er einen Zeichentisch, ein Lineal und einen Blei sah.
Zurückhaltung fiel mir nicht schwer. Ernst konnte ich sein. Eleganz machte mir Spaß, was Hitler »grandezza« nannte, und scharmant war ich auch, wie er.
Unverdorben war ich – was kann man mehr, ich habe nachgelesen, was ich damals über mich notierte, von »einem einschichtigen Weiberl mit 23 Jahren« erwarten?
17 bittesehr, 17 Jahre jung, ein Teenie, als ich ihn traf, er um mich warb. Alles andere ist Polit- und Politologengeschwätz.
Hitler war mein Willy Brandt. Hitler war mein John Lennon, mein Michael Jackson, mein Rudi Dutschke. Kennedy.

Ich hatte Ausstrahlung, ohne es groß zu wissen.
Ich wußte nicht, wer ich war, aber ich war. Und Menschen waren nicht ungern in meiner Nähe.
Verliebt war ich erst, und dann habe ich geliebt. Na und? Lebenslustig, und dann diese zwei Suizidversuche. 35 Pillen beim 2. Mal, die »todsichere Angelegenheit«. Wie geht das?
Das Tagebuch der Depression.
Warten auf Adolf Hitler.
Die ewige Tischdame von Bormann-Minimonster, das geheime »Tschapperl« des Megamonsters. Die ewige Papiersekretärin. Die geheime Haushälterin. Das ewige »Frl. Braun«. Backfisch, Backfisch, Backfisch. Auch psychisch war ich ein Backfisch.
Ich war viel zu jung. Für *Dich* war ich jung genug. Du warst ausgebrannt, erschöpft, schlaff, matt und flach. Einsam, menschenscheu, isoliert; ein Autist. Ich war *da*, Du warst *weg*. Energetisch abwesend, während ich *da* war, ich war so etwas von da, so physisch anwesend, psychisch präsent. Eine Quelle, ein Herz. Und Du warst der Blutegel dazu.
Wie magisch, das sieht man in den Filmen, wie magisch legst Du Deine Hand auf, auf Kind und Hund und Eva Braun und nimmst Dir, was Du nicht, nicht mehr, nie hast – Kraft.
Welch eigenartiger Anschluß an andere Seelen!
Ich habe Dich wirklich geliebt, Du mich nach Maßgabe Deiner Möglichkeit.
Deine Liebe, falls dies da das richtige Wort sein könnte, besser: Deine Kraft hatte einen anderen Ort. Der war nicht meiner, der war nicht bei mir. Du hast »Kraft« ja auch nur gespielt, vorgeführt, und bei mir gab es dann keinen Auftritt mehr. Nur Blähungen. Die Luft, die vor dem Volk und Deinen Mikrophonen vorne heraus ging, bei mir ging's nach hinten los. Ich war zu wenig Publikum, ich war nur Dirndl plus Möse. 17, 18, 19, 20, 29, 30, 31, 32. »Die Geliebte des großen Mannes Deutschlands und der Erde« habe ich damals in mein Tagebuch ge-

schrieben. Oder so. »Er braucht mich nur zu bestimmten Zwecken«, hatte ich geschrieben, oder so.
Ich hätte ihn umbringen können!

24

Warum habe ich ihn nicht ermordet?

Wie oft hat mich diese Frage gequält.
Und auch die rasche Antwort darauf hat mich mehr belastet als sie mich hätte erleichtern können: Liebe.

Ich wäre die Einzige gewesen, die ihn hätte am Sichersten töten können.
Ein nachgereichter Vorwurf.

Warum hätte ich ihn damals töten sollen?
Ich habe ihn doch nur geliebt!

Der 20. Juli und ich.
So.
Ich hatte nur Angst um ihn. Und gehofft, er ginge jetzt endlich in Pension, wir zögen nach Linz, bauten das Haus, das er mir beziehungsweise sich selbst immer versprach – und endlich kehrte Ruhe ein. Heirat, Kinder, Familie, Kunst.
Nein.
Er hat mich gezwungen, er hat mich mehrfach gezwungen, die Hinrichtungsfilme auf dem Berghof anzusehen, Generalfeldmarschall Erwin von Witzleben am Fleischerhaken, nackt, mit Todeserektion, gedreht von Leni Riefenstahl. Mitten in der Nacht. Riefenstahl?
Manchmal rief er mitten in der Nacht von Berlin aus an und zwang mich telefonisch, diese Filme anzusehen und mißtrauisch, daß ich einen Rühmann-Film einlegte, ließ er mich den Ton so laut drehen, daß er in Berlin das Knacken des Rückgrates des Generalfeldmarschalls Erwin von Witzleben am Fleischerhaken, nackt, mit Todeserektion, gedreht von Leni Riefenstahl aus den Lautsprechern des Berghofes hörte. Riefenstahl? Hätte ich dies nicht getan, viel lieber wäre mir gewesen, er hätte mich zwölfmal in einer Nacht vergewaltigt oder die Leibstandarte über mich gehetzt, als daß er mich zwang, mir immer diese Filme anzusehen – er hätte mir meine 16mm-

Kamera genommen; das war die Drohung, und dabei wäre es nicht geblieben.

Er hat meinen Schwager, seinen Schwager, den SS-Fegelein, innerhalb 24 Stunden erschießen lassen.

Er hatte eine unglaubliche Rücksichtslosigkeit zur Verfügung. Nicht einmal das Haus, das er mir schenkte, war auf meinen Namen im Kataster eingetragen. Geschenkt? Geschenkt! Sämtliche seiner Eigenhändigkeiten mußten vernichtet werden, auch die an mich, wie spärlich sie auch immer waren.

Ich hätte, ab dem zweiten Selbstmordversuch, mich nicht einfach trennen können von diesem Liebhaber! Ab 28. Mai 1935 – nur als Leiche wäre ich frei gewesen. Ich wußte wenig, hatte aber zu viel gesehen. Ich war Zeugin. Immerhin.

Und dann sagte, nach der Filmvorführung in der Diskussion im Münchner Stadtmuseum, eine Wissenschaftlerin: »Eva Braun ist eine lebenslange Fiktion!« Historisch sei sie nicht existent, und sich ihr »als Mensch« zu nähern, wäre eine »contradictio« und »manieristisch«. Also was? Sie hat so recht, wie sie unrecht hat.

Wer war ich?

Seit 1939 ausgestattet mit dem ersten Fernsehempfänger des Landes, die 29-, 39-Stunden-Ehefrau; die brillantumrandete smaragdringverehlichte Luxusnutte mit Scotch-Terrier »Negus« und »Stasi«, Flugreisen, Mercedes-Fahrten, Cabriolet, Chauffeur, Foto- und Filmkameras plus Material bis in die letzten Kriegstage, seidene Unterwäsche, eine Diva-Garderobe, Nummernkonto in der Schweiz.

Wieder wäre ich gerne aufgestanden und hätte die Dame im Stadtmuseum eines Besseren belehrt. Ich weiß ja mittlerweile bei allen Zweifeln, wer ich bin und wer ich war –

jedenfalls mehr als das »Handkußtschapperl« aus der Wasserburgstraße 12.

Natürlich war ich eine Fiktion, aber für »fiction« wäre ich heute mindestens Material, wenn nicht Gegenstand, und schon als Zeitzeugin könnte ich, verehrte Diskutantin, Frau Doktor, Zeugnis ablegen, zumindest psychopolitisches Zeugnis, das sonst niemandem zu Gebote stehen kann. Und schon verteidige ich mich wieder.

Rauchen, Charleston tanzen, Swing hören, Lachen, Sachen machen. Einkaufen. Zur Schneiderin gehen.
Tennis, Turnen, Schwimmen.
Schön sein wollen. Gepflegt. Appetitlich. Gut riechen. Rein.
Gefallsüchtig? Nun ja. Junge Frau aus einfachen Verhältnissen, kein Abitur.
Adrett. Sauber. Verführerisch. Ja, auch verführerisch sein wollen.
Ich war taktvoll. Ich war zurückhaltend. Ich wußte immer, wo meine inneren Grenzen waren und kannte die Grenzen, die er mir und die die Situation, also er, absteckten.
Natürlich hatte ich Einfluß, bei den kleinen Dingen des Alltags, die sich oft genug unmerklich an das Große anschmiegen. Aber Macht?

War ich gedankenlos? Oder nur am Anderen interessiert?
Nie jedenfalls war ich Mitglied der NSDAP.
Natürlich war ich offiziell und inoffiziell von allem Politischen abgeschirmt. Es hat mich auch nicht interessiert. Folglich nicht belastet.
Ich wäre gerne Tänzerin, Kunstturnerin geworden, Schauspielerin; ich hätte gerne mit Bewegung gearbeitet. Zeichnen, filmen, fotografieren. Kunst. Kunsthandwerk. Mich ödeten die ewigen Uniformen nur an, diese kahlgeschorenen Kahlnacken, die Bücklinge, die Uniformen, die Uniformen fressen und Uniformen scheißen und uniformiert herumschleimen – manchmal kamen mir die Speers und die Generäle, so pervers standardisiert war das Publikum, als Einzige kreativ vor. Sogar die Künstler inmitten dieses Trauerspiels von Männern – wie eine Sekte, machten keinen großen Unterschied, dieser Breker auch,

der Schamhaarziegler, dieser Stuttgarter Vorortmörike Gerhard Schumann, der Tübinger Studentenbudenhölderlin, oder dieser ranzige Hermann Gradl mit seinem dümmlich-bauernschlauen fränkischen Rotzgesicht, von Frau Riefenstahl möchte ich bittesehr nicht erst beginnen. Was hätte aus mir werden können?

Immerhin war ich die Wirtschafterin des Berghofs, habe meine gesellschaftliche, organisatorische, ästhetische und buchhalterische Aufgabe perfekt gemeistert.

25 Natürlich hätte ich Fotografin werden wollen und können. Schon deshalb war mir Frau Riefenstahl eine Rivalin.

Und was bin ich geworden?

Eine Amateurin und eine Geliebte und schließlich deutsche Ehefrau. Auch hier dilettierend.

Wissen Sie, was das bedeutet, als 80 Jahre alte Frau gewahr zu werden, daß man das ganze Leben lang eine Amateuse gewesen ist?

Auch er war ja so ein Nichts; nichts gelernt, nichts gekonnt, nichts wirklich gekonnt. Nur hassen, und nicht einmal den Haß hatte er studiert. Also kein professioneller Haß, der eingesetzt hätte werden können und auch wieder zurückgenommen. »Mein Kampf« und sein ganzes Geschwätz – Alles angelernt und angelesen. Und diese ewigen Kränkungen im Künstlerischen!

Ein ganz trauriger Fall von Tyrann, ein Heimwerkertyrann, ein Do-it-yourself-Diktator. In dieser Sparte allerdings perfekt. Im Nichts war er Alles und absoluter Perfektionist.

Wenn Du mich eine Intellektuelle nennen könntest, eine seelenvolle, dann.

Hört sich das peinlich an?

Vermessen?

»Aus Dir hätte etwas werden können!«

Was für eine Rede!

Ich habe etwas aus mir gemacht.

Ich bin nicht unstolz.

Ich bin stolz darüber, was ich aus meinem Leben gemacht habe, aus den 15 Hitlerjahren.

Natürlich waren die letzten 50 Jahre nicht nur Nazizeit.

Schauspielunterricht habe ich genommen, Tanz. Tennis, Sport aller Art. Marathon. Die morgendliche Gymnastik. Radfahren.

An Männern und ihren einschlägigen Angeboten, auch das, was man »echte Liebe« nennen könnte, mangelte es nie.
Aber unterirdisch war ich immer nur mit Einem beschäftigt.

Ich habe mir keinen seelischen Schlendrian geleistet.
Hochmütig war ich nie, und Demut, im ganz profanen Sinn, habe ich gelernt.
Ich war hart gegen mich und habe mir keinen einzigen Gedanken durchgehen lassen. Nachsicht ließ ich nicht zu.
Ich ahnte, daß es einen inneren Maßstab gab und machte mich auf die Suche. Ich wußte, ihn zu finden würde all meine Kraft kosten.
Ich glaube, ich habe das Eigene gefunden. Die Hauptsache.
Ich bin der Maßstab meines Lebens.
Kein anderer kann *mich* leben.
Verantwortung kann und darf *mir* niemand nehmen, Verantwortung kann und darf ich nicht abgeben: die Verantwortung gehört mir.
Ich muß das eigene Leben führen.
Ich will das eigene Leben führen.
Ich führe es.
Nie nicht das, was die Anderen denken.
Mein Gleichgewicht ist entscheidend.
Ich habe nicht nur die Millionen erlebt, die ihm ihr Ich übergeben haben, ich habe sein Umfeld erlebt, vor allem habe ich mich selbst erlebt. Bis 1 Promille vor dem Tod wollte ich mich ihm opfern.
Ich habe erlebt, aber nicht begriffen.
Verstanden habe ich erst später.

Mein größter Erfolg war, den Schmerzpunkt zu erreichen, an dem ich zu der Erkenntnis gekommen bin, daß eine Situation, die erklärt ist, noch lange nicht begriffen werden kann. Daß mit dem Kopf zu kapieren, allemal leichter fällt, als dies im Gemüt umzusetzen. Und damit sich abzufinden, daß man im Fall Hitler und Holocaust nicht die letzte Klarheit vom Intellekt erpressen wollen kann und hinzunehmen hat, daß es Reste des Unbegreiflichen gibt. Etwas verweigert sich dem omnipotenten Verstand; der sogenannte »subjektive Faktor« rächt sich am intellektuellen Vermögen, das die Perfektion des industriellen Holocausts ermöglicht hat.

Es gibt auch Strapazen für die Wirklichkeit, und die Wahrheit läßt sich nicht strapazieren.
Vielleicht könnten wir das letzte Wissen über diese zwölf Jahre der Menschheit gar nicht verkraften?

26

Kannst Du Dir das vorstellen?
50 Jahre habe ich bis zu diesem Moment gebraucht.

Jetzt bist Du mein Sohn.
Hör mich an.
Ich habe vielleicht nur noch 30 Minuten Zeit.
Hier sind die beiden Schlüssel für mein Haus in München und für die Wohnung in Berlin.
Du wirst Alles erben.
Du wirst auch die Geschichten erben, die ich Dir erzähle.
Das Erbe der Historie hast Du bereits angetreten, unter deren Bürde Du schon 45 Jahre hindurchwankst. Ob Du hören willst oder nicht, spielt keine Rolle. Fühlen wirst Du müssen, und ich weiß, daß Du schon lange fühlst.

Ich danke Dir, daß Du mir Deine Ohren, Dein Gesicht, die Augen geliehen hast – so konnte ich in Dich hineinsprechen.

Ihr müßt alleine damit zurande kommen.
Das ist wie Jesus, nur das Gegenteil.
Jede Generation neu.

Ich bin eine alte Frau, ausgetrocknet, jede Minute kann ich umfallen. Hoffentlich kriege ich diese Geschichte noch hin.

Du könntest mein Sohn sein.

Für meinen Mann wärst Du ein Enkel, für mich bist Du ein Sohn.

Ich darf sterben. Darüber bin ich erleichtert. Du mußt leben.

Meinen Anteil an der Geschichte hatte ich; vielleicht gibst Du mich weiter und damit ein Stück Lösung.

Verlier dabei die Phantasie nicht; die brauchst Du in der
größten Not. Da ist sie zwar kein Spiel mehr, aber sie hilft
Dir überleben.
Verkrampfst Du Dich, wird Dir nichts einfallen, erst recht
nichts zufallen.
Ich habe lange gebraucht, den Kopfschmerz zu deuten,
die Migräne zu verstehen, Herzstechen, ausbleibende
Blutung, der Kloß im Hals, die stahlharten Verspannun-
gen im Schulterbereich.
Erst jetzt, nahezu beschwingt, –
und schon fällst Du mir zu.

27 Hätte ich mich früher veröffentlichen sollen?

Soll ich mich Herrn Professor Mommsen zu erkennen geben, mich Herrn Professor Jäckel öffnen, Joachim Fest, der mich »eine Unperson« nennt?

Hätte ich mich, vor diesem Moment jetzt, wie man heute sagt, »outen« sollen der Wissenschaft, der Publizistik, der Bevölkerung in Deutschland?

Diesem Taschenbuchprofessor Maser wären mit Sicherheit keine Informationen durch mich zugegangen – seine Hände habe ich mir immer als schmutzige vorgestellt, Dreck unter den Fingernägeln und Sabber ums Maul, wie er der braunen Kacke hinterherrecherchiert und in den Unterhosen meiner Tagebuchreste herumschnüffelt.

Wie gerne hätte ich mich erleichtert.

Bei Erich Fromm erleichtert, sicherlich. Aber er ist schon tot.
Alice Miller? Dazu bin ich jetzt zu alt.

Garantiert wäre ich an die Medien verpfiffen worden als Adolfs Anastasia, von Talkshow zu Talkshow, bis mich endlich auch das Zweite Deutsche Fernsehen entdeckt hätte für Guido Knoops eitle Selbstdarstellungs- und Hitlerhorrorpictureshow.

Hätte ich mich dem »Stern« verkaufen sollen?
Ich hätte mich an den »Stern« verkaufen können. Damals, als die sogenannten »Hitler-Tagebücher« aufgetaucht gewesen sein sollen – was muß ich noch Alles erleben, hatte ich mir gedacht; damals hatte ich schon das Kursbuch in der Hand, um nach Hamburg zu fahren und jenem Herrn Nannen zu sagen: »Junge, Du bist verrückt!« Ich war nahe daran, mich zu outen. Aber ich hatte

befürchtet, daß die Illustrierte mich zu Adolfs Anastasia macht.

Gleichzeitig den Gedanken, mich an Augstein zu wenden, der mir immer seriöser erschien als Nannen, und mit dessen Nachrichtenmagazin mich eine eigenartige und eigenartig tiefe Beziehung verband. Aber. Was hätte er mit mir gemacht?

Da aber auch im Fall »Spiegel« die zehn Prozent Unsicherheit über Nacht nicht gewichen waren, beschloß ich, mich mit meiner Geschichte ins Grab zu nehmen und den dummen Deutschen ihre Hamburger Sensation zu lassen, mit unruhigem Genuß zu sehen, wie lange wohl die Historie sich solche dreiste Verrücktheit wird gefallen lassen.

Was für ein Land, welche Menschen, daß so etwas wieder möglich ist, wenn auch nur für Wochen!

Als seelenpolitische Wasserstandsmeldung für deutsche Lande hatte mir schon genügt, daß eine ganze Redaktion sich länger als 24 Stunden mit dieser pathogenen Wiederkehr befaßte.

Und immer wieder dieses ZDF mit seiner flachen, unappetitlichen Hitlerei, die das Fernsehpublikum mit schlecht gemachten Bekanntheiten bespielt, der Moderator sich mit wadenlangem Designermantel onduliert vor das KZ-Tor stellt und, Kamera ab, Belehrendes salbadert.

Die ganze Oral-History-Meute sah ich plötzlich in meiner Wohnung, die sich alle meines Lebensstoffs bemächtigen wollten – hätte ich Hans Magnus Enzensberger anschreiben oder Martin Walser anrufen sollen oder das Material an Herrn Hochhuth nach Basel oder Herrn Weiss nach Stockholm,

ich breche ab.

Zum Schluß hätte jemand noch eine Revue über mich geschrieben oder eine Fickstory oder was! In der »Bunten« etwa: »Wölfchen – Ich liebte den Führer«.

Hätte ich die gelackten Journalisten alle die Fragen stellen lassen, mit denen ich seit 50 Jahren leben muß? Und dann wären meine Antworten auf 1'30" zusammengeschnitten und versendet worden? Die ganze Atemnot in einer Minute und 30 Sekunden?

All diese Fragen, die meine Freunde sind, zuverlässig, treu, ausdauernd – hätte ich es nicht vorher schon gewußt, Aaron Bodenheimers Buch »Von der Obszönität des Fragens«, ich habe es inhaliert. Dümmliche Lektoren, schädliche Lektorinnen.

Sie hätte mich zerfetzt und gefeiert, aber niemand hätte *mich* wahrgenommen, und dieses Recht wenigstens darf ich auch als Kebsweib des Tyrannen reklamieren.

Die gesamte Bundesrepublik hat mich nicht wahrgenommen, bei Herrn Fest bin ich eine höhere Fußnote oder 13, 14 Seiten und nicht einmal die Fotze der Zeitgeschichte.

Warum ich mich nicht geoutet habe?

Darum habe ich mich nicht geoutet!

28 Ich hatte immer genügend Geld.
Es gab Engpässe. Vor allem zwischen 45
und 50.

Damals mußte ich sehr viel Teppich, Möbel, Seide, Geschirr, Kristall, Silber und Schmuck tauschen.

Dann fuhr ich zwei- bis sechsmal im Jahr nach Zürich, um mich meines und seines Nummernkontos zu bedienen. Hitler hatte sich für mich, ohne daß ich es wußte – er war immer besorgt darum, daß ich genug Geld hätte und sichergestellt sei, nicht ein einziges Mal habe ich ihn um irgendetwas Materielles, geschweige denn Geld angegangen – er hat mir ein Konto mit der Nummer 621912 angelegt und mir in der Stunde des Todes sämtliche Unterlagen auch für sein privates Konto 2041889 überreicht. Er ist davon ausgegangen, daß ich für mein Leben reich beschenkt wäre, er nannte es »Vermögen«, mein Haus in der Münchner Wasserburgstraße, sein Berghof, die Rechte an »Mein Kampf«. Und so weiter. Daß ich 45, wenig später, eine der Luxuseditionen in zwei Bänden, numeriert, signiert, dediziert, auf Bütten gedruckt, mit seidenem Lesebändchen, in blauem Saffianleder gebunden, im Schuber, mit rotem Schweinsleder bezogen, vergoldete Kanten, ein Hakenkreuz, weißgoldgefaßte Brillanten und so weiter, einem verrückten amerikanischen Offizier, der sich als Antifaschist ausgab, aber Bewunderer des Militärführers sei und vor allem bibliophil, deutschsprechend, M.A. der Political Sciences und Diplom einer Militärakademie, verkaufte, für viele hundert Dollars –
was hätte er wohl dazu gesagt?

Mir klopfte bei diesem ersten Verkauf das Herz, der Atem ging hektisch, aber ich war sehr erleichtert, und Alles in einer Sekunde.

Das Geld auf 621912 stamme aus den Urheberrechten des Briefmarkenkonterfeis, hatte er mir versichert.

Wie ich mich gefühlt habe in der Schweiz?
Wie eine Nutte. Mies. Ekzem. Und Angst. Klatschnaß, bis ich über die Grenze war. Das ganze Schweizer Land ein

Hochsicherheitstrakt, so kam mir die Schweiz immer vor. Eine Hochburg des Nichtnazistischen. Die Grenzer mußten mich doch kennen! Und gleich verhaften!

Und dann, auf der Bank, immer das Gefühl: Die kennen Dich! Die wissen, wer Du bist! Und sie achten Dich, weil sie wissen, wer ich bin, vor allem, weil sie das Geld achten. Das einzige Mal in 50 Jahren, daß ich wahr- und ernstgenommen worden bin: jedesmal, wenn ich in diesem Nummernkontobesitzerseparee der Schweizer-Bank-Gesellschaft am Zürcher Albisriederplatz saß, drängte sich mir das Gefühl auf, erst jetzt ein Mensch zu sein. Oft habe ich mich gleich nach der Übergabe des abgehobenen Betrages in die Kloschüssel der Geschäftsleitung übergeben, regelrecht mich übergeben, mit Panik ins nächste Taxi und den schnellsten Zug zurück nach München.

In den siebziger Jahren, all das Achtundsechzigerische ist erst, wie gesagt, Mitte der 70er bei mir angekommen, immer das Gefühl, gewaschenes Zahngold aus den Zähnen der vergasten Juden gebrochen oder das Gold der Eheringe aus den Schößen der vergasten jüdischen Frauen in meinem Brustbeutel zu tragen. Von wegen Briefmarkenkonterfeilizenz! Ich glaubte ihm kein Wort mehr! 50 % der abgehobenen Beträge habe ich gespendet, das war Programm. Ich habe sie anonym an die Verfolgten des Naziregimes geschickt, das Rote Kreuz erhielt gezielt für Projekte Geld, ich habe riesige Bücherpakete einschlägigen Inhalts zusammengesucht, gekauft, gezahlt, packen und an Bibliotheken schicken lassen; mit erfundenen Absendern habe ich Wissenschaftler, vor allem habe ich Schriftsteller finanziell unterstützt, deren Arbeit mir literarisch und politisch gefiel und von deren finanzieller Bedürftigkeit ich wußte oder sie ahnte; irgendwann haben diese Damen und Herren tausend, dreitausend oder zehntausend Mark im Briefumschlag in ihren Postkästen gefunden, druckfrische Franken- oder Markscheine, und der Tag, die Woche, die folgenden Monate oder vielleicht sogar das nächste Buch waren gesichert.

Aus einer diffusen Solidarität habe ich auch, ohne wirklich auch affektiv zu verstehen, was sie wollten, die rebellierenden Studenten der Universität München bedacht. Jugendhäuser sowieso. Dann eine Zeit die Naturschutzbewegung, die Grünen und GreenPeace.

Viele Monate konnte ich nicht reisen, vor allem nicht in die Schweiz. In der Zeit, als sich die Vorstellung in meinem Kopf verfestigte, mein Vermögen speise sich nicht vom Konterfei des klebrigen Briefmarkenhitler, sondern aus jüdischem Vermögen.

Ich mußte leben. Ich brauchte Geld.

Ich trennte mich, auch ein Therapie-Erfolg, von meinen Modellhüten, meinem schwarzen Lederkoffer mit all den Souveniraufklebern, dem Tenniskoffer mit den beiden Schlägern; die zwei Lieblings-Zigarettenetuis aus Silber, Hitler waren sie immer ein Dorn im Auge oder Ziel seines Spottes, das eine mit dem blauemaillierten Kleeblattmonogramm, das ich selbst entworfen hatte mit meinen zueinandergekehrten Initialen, das andere mit dem aufgelegten Hakenkreuz im Strahlenkranz mit Similisteinen, das eine von Martin Bormann, das andere von meiner Schwester Gretel; der silberne Schmuckanhänger in Blütenform mit Hakenkreuz im Zentrum, Similisteine; das silberne Medaillon mit beidseitigen Klappdeckeln, Fotos von Adolf Hitler und mir; die goldene Puder-Dose mit silbernem Monogramm, besetzt mit Similisteinen – Alles Geschenke von ihm, Alles habe ich verkauft. Oder in Auktionen geben lassen, der knöchellange Brokathausmantel mit dem schwarzen Seidenfutter, die lachsroten Büstenhalter aus Atlasseide mit den lachsroten Schlüpfern, das goldene Parteiabzeichen mit der Zeile seiner Gravur: »Fräulein Eva Braun – Adolf Hitler«, Likör- und Weinkaraffen.

Je mehr ich abgab, desto leichter und gescheiter wurde ich. Niemals in der Partei, war mir der Verkauf des goldenen Parteiabzeichens doch deshalb sehr nahe gegangen, weil dies von ihm Ausdruck wirklicher Wertschätzung bedeutet hat.

Natürlich konnte ich imaginieren, welche widerlichen Nazispanner meine BHs ersteigerten und in meine Unterhosen onanierten, eine ekelerregende Phantasie, aber eher wahrscheinlich Wirklichkeit und also zu akzeptieren.

Sperrmüll?
Kleidersammlung?
Alles lange überlegt. Verworfen, weil es mir historisches Stückgut geworden war, das irgendwanneinmal Erkenntnisträger werden würde. Wenn die Zeit sich so verändert hätte, daß die bloße Anschauung von Hitlers Lesebrille, auch die habe ich zur Versteigerung gegeben, die Erkenntnis des Nationalsozialismus befördern würde. Denn alleine an dieser Brille und dem Verbot Hitlers, ihn damit abzubilden oder zu fotografieren, ließe sich seine Selbststilisierung, das Genie seiner Demagogie, die Rhetorik seiner Blicksprache, das Hüten dieses Geheimnisses und seine Wirkung verstehen.
Außerdem war da ein kleiner Triumph in meiner Seele. Das Zeug der Banditen im Pfandhaus, dort zurück, woher sie gekommen waren, Pfandhaus, wenn auch in der etwas höheren Form des Versteigerungsinstituts, und ich als Banditin in BH mit goldenem Parteiabzeichen, Schlüpfer mit Puderdose, übergeworfener Hausmantel, »Stasi«, das Hündchen anbei – mittendrin,
das Hitlerhürchen mit der Nazimuschi,
ich breche ab, es tut weh.
Der totale Ausverkauf und: die intimen Geheimnisse preisgegeben, offenlegen, einsichtig machen, sichtbar werden lassen und dem Dämonischen entreißen.
Alles Menschen, die meisten grauenhafte Spießer –
Adolf in seinem piefigen Nachthemd, aber Monogramm auf der Brusttasche, Hitler unter seiner weißwollnen Nachtmütze mit eingenähtem Wäschezeichen »A. H.«.
Anfangs war ich noch massiv aufgebracht, beleidigt und gekränkt, wenn meine Dessous unter dem Nennwert oder gar liegenblieben. Aber der Schimmer des Argwohns mir

selbst gegenüber wuchs, und ich war erleichtert, daß es vielleicht doch nicht so viele Adorationsnazis mehr gab, und andererseits das kultur- und alltagswissenschaftliche Interesse noch nicht geweckt war.

29

Du wirst Alles erben.

Das Haus in München, die Wohnung in Berlin, das Chalet in der Schweiz und die Nummernkonten bei der SBG Zürich-Albisriederplatz.

Auch das alte Cabrio gehört Dir.

Natürlich kannst Du dieses Erbe verweigern.

Aber alles Andere erbst Du sowieso, Du könntest Dich nicht einmal auf's Pflichtteil setzen lassen, denn Du hängst mitten drin.

Ich rate Dir: Nimm's!

Nimm beides. Die Tonbänder, das Tagebuch, meine Manuskripte, das Geld, die Immobilie. Und Alles, was nicht Gold ist: unsere Geschichte.

Und noch etwas rate ich Dir:

Kein philosemitischer Eiertanz.

Tu' was Gutes! Tu' Dir etwas Gutes!

Und gib's weiter!

30

In Wien übrigens habe ich Hitler erst verstanden.
Adolf Hitler war Österreicher. Er hatte nichts Deutsches an sich.

Wie oft hatte ich geträumt, ich hätte Adolf beim Heurigen getroffen, hinter einem Glas Grünen Veltliner oder auf dem Karlsplatz hinter einer Staffelei, als Charmeur oder als Maler – er konnte so scharmant, zuvorkommend, hilfsbereit, geradezu reizend sein, verführerisch; für Sekunden hatte er manchmal etwas von dieser wohlerzogenen, gezähmten, eleganten, vielleicht etwas öligen Wiener Virilität eines Hietzinger Oberkellners, die auf mich aber wie ein Aphrodisiakum wirkte – sehr gefährlich für Frauen. Leider war er kein großer Küsser; er hatte zu wenig Lust auf der Zunge, zu wenig Küsse im Mund, immer nur Wörter. Es wäre ihm auch zu intim gewesen, das Küssen. Aber dafür stellte seine Kultur ihm einen Ersatz zur Verfügung, der zu seinem Metier wurde, der Handkuß, den beherrschte er, formvollendet und distanziert. Darin war er ein Meister. Obgleich bisweilen pomadig, überwand er damit für einen Sonntagnachmittag seine Kleinbürgerlichkeit. Er hatte Sinn für Form, wie krude und größenwahnsinnig er sie dann gebärdete.
Aber ich schweife ab.

31

Wer hilft uns, unsere Träume und Alpträume
zu verstehen?

32

Schauen Sie sich mein Gesicht an!
Kaum eine Falte, die es nicht gibt. Augenlid, Tränensack, Nase und Lippen sind kaum mehr zu unterscheiden von meinen Falten, die ich lange meine »Hitler-Falten« genannt habe, aber dann, zum Glück, irgendwann, habe ich mich begriffen als »die Furche Eva Braun«. Dazu gehört auch, was ich spöttisch und bitter meine »Nazi-Migräne« getauft habe, die jedesmal in Form einer Uniform über mich herfiel, den Stahlhelm mir über den Kopf zwängte, wenn wieder etwas war – ein Bild, ein Buch, ein Film, ein Alptraum, das harte, weiße Licht einer aufgestellten Gestapo-Lampe beim Verhör kalt in meinen Augen, die Hitlerjugend, die durch meinen Magen knallte, der Geruch, der süßliche, aus den Schlöten, ich breche ab. Jedenfalls. Nach jedem Schub, der sich oft drei und vier Tage meines Lebens nahm und mich das Nazi-dolce-vita büßen ließ, die süße Zeit, zartbitter, jedesmal danach 94 Furchen mehr, oder wollen Sie zu den Menschen gehören, die mit Babyface ins Grab sinken? Oder geliftet durch's Alter humpeln? Ich sage nur Riefenstahl!

Es war mein Leben. Es waren allesamt meine Entscheidungen. Auch, daß ich nach 45 weiterleben wollte. Wie leicht wäre es gewesen, als die Märtyrerin bei den ewigen Nazi-Kreisen in die Endlosigkeit einzugehen?
Bis 45 war es die Vorhölle; erst dann begann die Hölle wirklich.
Natürlich war es nie KZ.

33

Ich darf jetzt sterben.

Ich werde gern sterben. Weil ich gelitten habe, gelebt und geliebt. Eine Person. Und durch sie die Hölle.

34

Ich wäre gerne ein freier Mensch.
Vor allem machte ich gerne Schluß mit dem Hadern!

Habe ich denn nicht eine höhere Freiheit gewonnen, als ich mit meinem Schicksal nun wenigstens gelernt habe, umzugehen?

Die Tragik loslassen, die Tür aufmachen, jemanden einlassen und mich ins Freie fallen lassen können ohne Suizid?

Was seid Ihr doch für armselige Nachkriegswürmer!
Was seid Ihr für Nachkriegswürmer, windet und suhlt Euch in Schuld und Scham.
Da war ich lieber direkt dabei, wie stillgestellt auch immer.
Lieber aktiv und aus erster Hand, als im Nebel einer Nachauflage.

50 Jahre für die Beantwortung einer Frage, und nicht den Anschein ihrer Beantwortung.

Unerträglich, dies stehen zu lassen.

Aufhören mit dem Hadern!
Das Hadern mit meinem Schicksal und dieser Geschichte ist Lebenszeitvergeudung. Sollte ich denn Frau Speer gewesen sein wollen? Die Wandlung meines Mannes vor den Medien erleben? Diese Leerseele? Ich habe Gitta Sereny gelesen.

Jetzt, wenn Du über mich sagen könntest:
»Aus dem Fotomädel ist eine Intellektuelle geworden!«, wär' ich's glücklich, und mein Leben hätte sich gelohnt.
Ich darf sterben – Du mußt leben.
Erleichterung.
Meinen Anteil an der Geschichte habe ich erlebt. Vielleicht gibst Du mich weiter, damit ein Stück Lösung.
Und nimmst Dich an als meine Notadoption.

35

Ich.

Schon im Theaterfoyer diese auffällige Un-
auffälligkeit.

Wie sie die Sätze abbricht.

Die Kellnerin kommt vorbei.

Plötzlich duzte sie mich und kehrte genau so plötzlich
zum Sie zurück.

Sie gibt mir einen Briefumschlag mit Schlüsseln und
Adressen, Vollmachten und Dokumenten.

Lange Pausen, die zum Atemholen zu kurz waren.

Man spürte, daß sie das Große und Grausamste berührt
hatte –
als ich gerade diesen Satz zu mir gesagt hatte, sagte sie:
»Ich habe das größte menschlich denkbar Grausamste
berührt!«

Der Brunch kostete 45 Mark, inklusive Säfte und Kaffee.

Wohlinformierte alte Dame, nicht böse, nicht verhärmt
– klar.

Wir hätten auch zum Candlelightdinner gehen können,
69 Mark pro Person, ein Glas Champagner inklusive.

Lautlos bewegt sitzt sie da.
Wenn sie schweigt, bleiben auch die Geräusche stehen,
der Brunch friert ein, die Muzak setzt aus, und die Kellnerin hält mitten im Abservieren inne.
Sie sprach vom stillgestellten Sex.

Wie labil sie einmal war!
Oder, mein Bild von ihrer Labilität, das labile Fick-
nüdelchen von Hoffmanns Foto-Theke, suizidgefährdet,
verwöhnt, aufstiegsgeil, nichtsnutzig, Mätressenluxus
und gleichzeitig werden Millionen vergast, Nummernkonto in der Schweiz, seidene Bettwäsche, damastnes
Tischzeug und so fort.
Mir gegenüber. Heute. »Im Schmerz gefestigt«, irgendwo
in der Literatur hatte ich einmal diesen Satz gelesen und
behalten.
Sie sagt: »Nach 45 bin ich auseinandergebrochen. Ich
hätte nie gedacht, daß ich jemals würde wieder aufrecht
gehen können!«
Was wußte ich schon von Frau Hitler?
Jetzt saß sie mir gegenüber.
Träumte ich?

Plötzlich duzte sie mich: »Du könntest mein Sohn sein!«

Ich habe ihr auf Aufforderung fünfzehn Minuten von mir
erzählt, erzählt von meinem Vater, vom KZ-Arzt in der
Familie, von meinen NS-Recherchen in den Archiven,
von meinen Träumen, dem verschatteten Lachen –,
»Auch Du bist hitlerkrank!«,
sagte sie.

Sie spricht druckreif.
Sie spricht wie jemand, der jahrelang nur gelesen hat, gebündelt, zügig, konzentriert; jemand, der weiß, daß nicht
mehr viel Zeit ist, aber nicht gehetzt, nicht panisch, zügig
spricht sie, alles im Kopf schon 100mal formuliert.

Sie sieht mich von der Seite an.
»Nimm den Kopf hoch!«

Wie sie sich vorgekommen sei, fragt sie sich, wenn sie
in der Schweiz das Geld abholte? Immer wieder fragte
sie sich, indem sie Fragen stellte, die ich gestellt haben

könnte, aber nicht stellen konnte. »Wie eine Nutte kam ich mir vor! Aber diese servilen Schweizer, alles Bankbeamte, behandelten mich wie eine Dame!« Schweigt. »Und heute erwischt mich ein junger Deutscher, der mit all dem nichts zu tun hat, wie ich Görings Silberlöffel klaue und mir ein Stück meiner Träume zurückholen will!«

Plötzlich duzte sie mich.

Wenn ihr Blick mich streift von weit her, erinnert an erloschene Glut, Kraft, ein Restchen Lachen, gute Augen.
Geknickte Kraft, geknickter Blick.
Hall von lautem Lachen, gebrochener Blick. Lustig. Freude, Unbescholtenheit, direkt, die Beine übereinandergeschlagen, wenn auch alt, so doch nicht ohne frische Grazie, mit begabter Bewegung, Charleston, Swing.

»Steh auf!«, hör ich sie sagen. »Nur mit Kraft kannst Du diese Geschichte bestehen.
Immun wirst Du nicht, immun wird nie jemand, so sehr er es sich auch wünschen mag –
aber Du kriegst Stand!«

60 Minuten ohne Punkt und Komma. Ohne zu atmen.
Manchmal ein abgerissener Satz. Den die Stille vollendet.

Sie übergibt mir das Kuvert.
»Jetzt kann ich sterben!«, sagt sie
und fällt vom Stuhl.

Egon Schwarz

HITLERKRANK?

Über literarische Entnazifizierung

Ein Wort danach

1 Ein gelungenes Kunstwerk wie das vorliegende, noch dazu ein dokumentarisch beglaubigtes Kunstwerk, das den Leser in seiner eigenen Sprache und in der eigenen Umwelt aufsucht, erklärt sich von selbst. Wozu also ein Nachwort? Es findet seine Berechtigung darin, daß Peter Roos die Diagnose einer schweren Krankheit stellt, die nach einer zweiten Perspektive verlangt, einer Stimme, die imstande ist, die Fundiertheit der ersten mit anderen Mitteln zu erhärten, in Analogie etwa zu einem zweiten ärztlichen Gutachten.

Um bei dem medizinischen Vergleich zu bleiben: Wer ist der Patient? Ist er ein Unheilbarer, dem ohnehin nicht mehr zu helfen ist, oder ist die Härte des ärztlichen Urteils gerade ein Zeichen dafür, daß noch Hoffnung besteht, daß bei Hygiene und vernünftiger Selbstzucht eine Gesundung eingeleitet werden könnte? Ein total Süchtiger zum Beispiel, der dem seinen Körper und Geist unterminierenden Laster bereits so tief verfallen ist, daß er die in seiner Gesellschaft geltenden Normen gar nicht mehr anerkennt, kann kaum gerettet werden. Er wird zu immer neuen, auch kriminellen Maßnahmen greifen, um der Gefräßigkeit seiner Leidenschaft die nötige Nahrung zuzuführen. Aber ein Gelegenheitskonsument, der mehr aus Unachtsamkeit, aus Gedankenlosigkeit und nachahmender Bequemlichkeit auf Abwege geraten ist oder aus seelischer Trägheit langsam versumpft, den kann ein strenger Warnruf noch erreichen und auf den Weg der Einsicht und Genesung führen. An ihn wenden sich, mutatis mutandis, beide Diagnosen.

Die eindringlichere, das Krankenbild in aller Breite ausmalende Diagnose stammt natürlich vom Autor, dessen Eltern Deutsche waren und ihn somit in einem unverwechselbaren Moment deutscher Geschichte zu einem Deutschen gemacht haben. Peter Roos, 1950 geboren, so alt wie die Bundesrepublik, stellt sich die schwerwiegenden existentiellen Fragen: In was für eine Welt bin ich hineingesetzt worden? Wieso war meine Heimatstadt, ja jeder andere Ort, in den wir kamen, zerbombt? Warum ist es so schwer, herauszubekommen, wie es dazu gekommen ist? Warum spürt man sofort Ablehnung und Widerstand, wenn man Geschehnissen vor meiner Geburt auf den Grund gehen will? Was haben meine Eltern und ihre Generationsgenossen getan oder zu tun unterlassen, daß der gesittetere Teil der Welt mit Abscheu von den Deutschen spricht? Wieso sind die Leitfiguren, an denen sich meine Generation orientiert, die Freud, die Adorno, die Horkheimer, die Marcuse, die Benjamin, die Elias, Ernst Bloch – Juden und wieso herrscht ein bleiernes Schweigen, ja geradezu eine Konspiration des Schweigens, wenn man fragt, wo die deutschen Juden jetzt sind? Wer sind die Schuldigen, was hat man getan, sie der Gerechtigkeit zu übergeben und so das Gemeinwesen von Schuld zu reinigen? Warum lasten schwere Tabus auf allen zum Verständnis der eigenen Existenzlage unverzichtbaren Dingen, an die man nicht rühren kann, ohne Empfindlichkeit, Unwillen und Angst aufzuwühlen, so daß man gezwungen ist, wie ein Blinder in einer mühsam aufgerichteten und doch unendlich zerbrechlichen Kulissenwelt herumzutasten, stets in der Furcht, ein prekäres Gerüst umzustoßen? Wer bin ich selbst, der ich zu so einem Herumtappen in der Unwahrheit verurteilt bin? Und am schlimmsten, weil niemals zu beantworten: Wie hätte ich mich verhalten, wenn – ? Es ist eben nicht unbedingt eine Gnade, spät geboren zu sein, in einer von alter Gewalttat und ungesühntem Verbrechen zerrütteten Welt heranzuwachsen und sich in ihr zurechtfinden zu müssen. Einen nachdenklich gearteten jungen Menschen umschwärmen diese Fragen wie Gespenster, die seine Ruhe stören.

Diese stummen Fragen zu beantworten, ist das Anliegen des Ich in »Hitler Lieben. Roman einer Krankheit«. Die drei Kapitel dieses Werkes, »Der Mitläufer und Ich«, »Die Gestapo-Akte und Ich«, »Eva Braun und Ich« stehen für die unzählbaren wesenlosen Gespenster, die in Deutschland herumspuken, denn gespenstisch ist bekanntlich eine verleugnete Vergangenheit, die ewig wiederkehrt, solange sie nicht erledigt ist; und die Krankheit, die es zu heilen gilt, ist das obstinate Vergessen, die gewollte Amnesie, die das Wohlleben auf den Schindackern unmerklich vergiftet und in Unlust verwandelt, schlimmer als der Atommüll, von dem man auch nicht weiß, wie ihn loswerden.

»Der Mitläufer und Ich« ist der erste Teil der Trilogie. Die Lektüre dieses Dokumentardramas ist zwar eine moralische Pein, aber ein intellektuelles Erlebnis. Die aesthetische Befriedigung, die es zweifellos ebenfalls gewährt, liegt freilich an der künstlerischen Bewältigung der Stoffmassen, den immer treffenden Formulierungen, der intuitiven Sicherheit, jeweils das *mot juste* zu finden, an der Verfremdung geläufiger Ausdrücke und Alltagsphrasen in Zusammenhängen, wo ihnen eine neue Nuance, ein verborgener Sinn abgewonnen wird; sie ergibt sich aus den Wortwiederholungen und immer wieder aufgenommenen thematischen Anklängen, die dem Werk eine beschwörende, lyrische Struktur geben.
Eine der wichtigsten Wirkungsquellen ist der Detailreichtum, die geschickt orchestrierte Einsetzung von Fakten über Fakten. Dem Ganzen liegt eine wissenschaftliche Akribie, eine philologische Genauigkeit zugrunde, die jedem Historiker Ehre machen würde, aber auch Ausdauer und verbissene Zähigkeit, die an den vergleichbaren Fall von Anna Rosmus, das »Schreckliche Mädchen« von Passau, erinnert. Nirgends wird die Richtigkeit von Thomas Manns Verdikt deutlicher, daß die Kunst des Erzählens nicht aus der Erfindung, sondern der Belebung des Stoffes besteht. Das alles macht es zu einem der besten Dokumentarstücke, die ich kenne. Wie in der großen Karl Krausschen Tragikomödie der Menschheit geht die tiefste Wirkung von der grausigen Tatsache aus, daß alle diese Dinge wirklich getan und gesagt wurden. Es ist nämlich ein anderes, zu wissen, daß die »Entnazifizierung« ganz oberflächlich und halb, ja »achtelherzig« durchgeführt wurde und daher nichts genützt, wahrscheinlich sogar geschadet hat, und wieder ein anderes, schwarz auf weiß zu lesen, wie sie im konkreten Fall hintertrieben wurde. »Der Mitläufer« *ist* die unterbliebene literarische Entnazifizierung.
Nicht vergessen soll aber auch die zweite Hälfte des Titels sein, das *Ich*. So schonungslos wie mit dem Mitläufer und *seinen* Mit-

347

läufern geht das Werk nämlich auch mit dem Ich um. Nirgends ist die These »Hitler lebt« glaubwürdiger und erschreckender dargestellt worden. Nirgends wird das immer lauter erklingende »Was geht's mich an, ich bin ja nach dem ganzen Rummel geboren« oder das »Jetzt bin ich's leid, wann wird das endlich aufhören?!« gründlicher widerlegt, Brechts Aussage »Der Schoß ist fruchtbar noch« bekommt seine unerwartete und originelle Bestätigung, weil glaubhaft gemacht wird, daß nicht irgend eine ferne monströse Gebärmaschine, sondern die anfällige Psyche jedes achtlosen Einzelnen, aus der das Bedrohliche sickert, an der Arbeit ist.

Noch eine Besonderheit der Darstellung muß hervorgehoben werden. Sie zeigt die Komplizität von Kunst und Kultur, die keineswegs peripher und von der herrschenden Kriminalität abgehoben in Erscheinung treten, sondern als den Gewaltstaat stützende und durchwaltende Kräfte. Sage mir, was dein Geschmack ist, und ich sage dir, wozu du fähig bist! Am eindrucksvollsten erweist sich diese Einsicht dort, wo die Mikromanie des Kunstgehabens als Pendant der staatlichen Megalomanie entlarvt wird, wo die brutale Außenseite sich als die bloße Rinde einer zarten Innerlichkeit ausgibt. Man kennt das aus den Aufzeichnungen des mondscheinsonatenspielenden KZ-Mörders Höß; und der ganze Nationalsozialismus ist ja als eine einzige verhunzte, aber verführerische Ästhetik bezichtigt worden, aber so unwiderleglich und bildhaft wie hier ist es noch nicht geschehen.

Soviel über die inneren Antriebe und Darstellungsmittel des Werkes. Wie steht es aber um die angedeutete Perspektive des »Zweitgutachters«? Um diesem Versprechen gerecht zu werden, wird er im Gegensatz zu den Gepflogenheiten des unpersönlich bleibenden, als bloßer Schatten über dem beurteilten Werk schwebenden Kritikers von sich selbst sprechen müssen. Er ist ein Überlebender. So wie Peter Roos in eine christliche, bin ich, ohne um meine Meinung befragt zu werden, in eine jüdische Familie hineingeboren. Das hatte Konsequenzen: frühe Diskriminierung, zur Hitlerzeit Lebensbedrohung, illegale Grenzüberschreitungen, Deportationen, Niemandsland, Flucht aus dem Lager, Aufenthalt in dem von Tausenden Flüchtlingen wimmelnden Prag, endlich ein bolivianisches Visum. Das Deprimierendste dabei war wohl die Behandlung als Auswurf, als untermenschlicher Abfall, den niemand haben wollte. Aber darf man sich beklagen? Mit anderen ist man noch ganz anders verfahren!

Während der Überfahrt nach Südamerika erschien eines Tages auf dem Anschlagbrett unter manchem Trivialen die Nachricht: Prag von den Nazis besetzt. Wie durch ein Wunder waren wir unter den letzten, denen es gelang, durch eine Masche des immer enger sich zusammenziehenden faschistischen Netzes zu schlüpfen; und darauf folgte ein zehnjähriges Wanderleben in den Anden, von La Paz nach Cochabamba, nach Sucre, Potosí, Santiago, Quito, Guayaquil, Cuenca. Als Ungeschulter, der mitten aus dem Gymnasium gerissen war, glitt ich auch von einer Beschäftigung in die andere: Ich war Maurer und Elektriker, Hausierer, Kürschner, Dolmetscher und Buchhalter. Die schwersten drei Jahre verbrachte ich in den bolivianischen Zinngruben. Irgendwie habe ich dann doch ein Abitur und in den USA eine Universitätskarriere gemacht. Doch das ist eine andere Geschichte.

Zu derjenigen, die ich hier erzähle, gehört jedenfalls, daß in all den Jahren der Blick trotzdem auf Deutschland fixiert blieb. Unter den Flüchtlingen war das ewige Gesprächsthema die »Heimat«, wie man mit einem jeden verfahren, wie er entkommen war, wie derlei im »Land der Dichter und Denker« geschehen konnte, ob die ganze Bevölkerung an den Menschenrechtsverletzungen Schuld trage oder nur ein verbrecherischer Klüngel, der durch Zufall an die Macht gelangt war. Als die Nachrichten von den Vernichtungslagern sogar in unsere Weltabgeschiedenheit drangen, hörten diese Diskussionen freilich auf. Bei Kriegsende erreichte uns durch das Internationale Rote Kreuz das Telegramm eines Onkels: Resté seul. Von einer großen, weitläufigen Familie war allein er übrig geblieben, alle anderen, die Großeltern, die Tanten und Onkel, Kusinen und Vettern, waren umgebracht worden.

Von brennendem Interesse blieb jetzt die Frage, wie mit den Verbrechern umgegangen wurde. Ein paar der allerprominentesten nahmen sich selbst das Leben, ein paar wurden von den Siegern hingerichtet, vielen gelang mit Hilfe irgendwelcher Duodezdiktatoren die Flucht ins Ausland. Was man aber vor allem zu wissen wünschte, war, wie die Deutschen selber mit dem Pack umgehen würden, das ihre Söhne in einen mörderischen Krieg getrieben, das Millionen Menschen aller Nationen hingeschlachtet hatte, dem die Zerstörung der deutschen Städte und die Heimatlosigkeit von zahllosen »Volksgenossen« zu verdanken war und das mit maßloser Menschenschinderei und wahnsinniger Mordlust Hekatomben von unschuldigen Menschen in den

Vernichtungs- und Arbeitslagern geopfert hatte; was der neue Staat angesichts des größten Greuels der sogenannten zivilisierten Welt unternehmen würde, dessen Makel am deutschen Namen haften bleiben wird, solange es ein historisches Gedenken gibt.

Und hier setzt die tiefe Enttäuschung ein. Es geschah nichts. Niemand nimmt den Deutschen übel, daß sie flugs darangingen, die Trümmer wegzuräumen und die zerbombten Städte aufzubauen, niemand mißgönnt ihnen den Aufschwung, der sogar zu einem »Wirtschaftswunder« wurde. Wir, die unrechtmäßig Vertriebenen und Beraubten, wurden nicht zurückgerufen, uns an ihm zu beteiligen. Kein Ruf nach uns ertönte, wir wurden nicht vermißt. Damit auch das gesagt sei: Für uns aus der »Ostmark« Verjagten gab es nicht einmal die »Wiedergutmachung«; die Deutschen behaupteten, dafür seien die Österreicher zuständig, und die Österreicher beriefen sich darauf, daß es ihren Staat gar nicht mehr gegeben hätte. Seit kurzer Zeit vermehren sich die Stimmen, die sich der Ermordeten, Vertriebenen, Mißhandelten und Verschwundenen erinnern. Sogar eine kleine Vergütung ist über ein halbes Jahrhundert nach dem Geschehenen an die noch nicht Verstorbenen ausgezahlt worden. Jetzt kann in den Geschichtsbüchern der Satz eingefügt werden: »Auch Österreich hat eine Wiedergutmachung verfügt«.

Aber die Rechtsanwälte und die Richter, die die absurdesten Gesetze befolgten, Menschen in Gefängnisse, in Todeslager, an den Galgen brachten? Die Ärzte, die an ungeheuerlichen Experimenten mit Menschenleibern beteiligt waren? Niemand zog sie zur Rechenschaft. Helfershelfer, die den korruptesten Staat Europas aufrecht erhalten und dabei in Glanz und Glorie gelebt haben? Sie gelangten in die höchsten Regierungsstellen. Ehemalige Nazis wurden Universitätsrektoren; einer, der von Berufs wegen KZ-Gebäude entworfen hatte, wurde gar Präsident der Republik. Die Schergen und Handlanger der Mordmaschinerie bezogen unangefochten ihre Renten. Und die große, anonyme Masse der Bevölkerung? Sie wußte von nichts. Erst nach Jahrzehnten haben ihr zwei dubiose Spielfilme erstaunte Reaktionen abgerungen. Doch das Abstoßendste waren die Reden: die Beschönigungen, Entschuldigungen, Euphemismen, Ausflüchte, Verleugnungen, Verrechnungen, die lahmen Alibis und die neuen Ausgrenzungen eines unglaubwürdigen »Philosemitismus«.

Dieser hat in den letzten Jahren großen Aufschwung genommen. Tagungen werden abgehalten, Übertritte zum Judentum finden statt, Lehrstühle werden eingerichtet, man lernt Hebräisch und Jiddisch, Ausstellungen wandern von Stadt zu Stadt. Daß das nötig ist, zeigen die Proteste der Ewig-Gestrigen, der Unbelehrbaren, für die weder der Krieg vorüber ist noch der Nationalsozialismus. Es ist eine Binsenwahrheit, daß Menschen nicht gerne von einer qualvollen Vergangenheit sprechen, daß sie Geschehnisse, in denen sie eine unrühmliche Rolle gespielt haben, am liebsten verdrängen. Aber heute geben die aufgeschlosseneren Enkel der Dabeigewesenen den Ton an. Wer kann zweifeln, daß viel echte Besinnung dabei ist. Dennoch droht bereits ein neues Massenphänomen, das sogenannte »Pathos der Betroffenheit«, das Zerreden des Geschehenen in den Medien und im Publikum, »das peinliche Potpurri aus gebetsmühlenhafter Beteuerung und flottem Übergang zur Tagesordnung. Aus der sprachlosen Abwehr ist eine redselige geworden«, wie es ein kluger Beobachter formuliert hat.

Wonach man in dieser geistigen Wüste wie ein Verdurstender lechzte, war ein Tröpfchen Wahrheit.

Und jetzt kommt ein Schriftsteller, der in der Greuelzeit noch gar nicht auf der Welt war, dreißig Jahre jünger als der Schreiber dieser Beobachtungen, er geht in die Archive, er kämpft mit den Hütern des Schweigens, aus staubigen Akten erforscht er eine scheinbar beliebige Biographie! Mit der Sprachkraft seines Talents und seiner Empörung sprengt er die Verkrustungen der Lügen und beleuchtet die Mechanismen der Verdrängung, und im Handumdrehen wird aus einem auf den ersten Blick harmlos anmutenden Dutzendfall, der Geschichte eines wenig bedeutenden Malers und Kunstbeamten ein Paradigma – nicht einer Vergangenheit, die ohnehin nicht zu bewältigen ist, sondern einer Gegenwart, in der die Zwillingsübel des Völkermordes und der Verleugnungen wuchern und gedeihen. Was ist nicht nach Auschwitz alles ans Tageslicht gedrungen, welches Vokabular war man gezwungen, allein in den letzten wenigen Dekaden, sich neben dem Namen dieses Jahrtausendverbrechens einzuprägen: Gulag, Vietnam, Kambodscha, Afghanistan, Uganda, Sudan, Somalien, Burundi, Ruanda, Palästina, Guatemala, El Salvador, Bosnien, Argentinien, Haiti, Irak, Nicaragua – die Aufzählung kann nicht vollständig sein, und schon gar nicht soll sie die Deutschen entlasten; dazu ist ja auch gar kein Anlaß, die brutale Fremdenverfolgung geht in Deutschland und Österreich, wenn auch in kleinerem Maßstab, munter weiter.

Vielleicht ist die Menschheitsgeschichte ein sinn- und hoffnungsloses Gemetzel. Wer aber trotz allem einen Funken Verantwortungsgefühl behalten hat, der sollte bei dem »Tua res agitur« aufhorchen, das uns Peter Roos im »Mitläufer« so eloquent zuruft.

2 Das zweite Drama der Trilogie heißt »Die Gestapo-Akte und Ich«. Es beruht auf der gleichen akribischen Nachforschung und unbestechlichen Geisteshaltung wie sein Vorgänger. Nur, auf das Satyrspiel folgt nun die Tragödie. Das Gerechtigkeitsgefühl des Autors erforderte, daß nach dem Röntgenbild eines jener Zahllosen, die das Regime stützten, ja es überhaupt erst möglich machten, der viel seltenere, aber dennoch exemplarische Fall eines Menschen zur Darstellung gelange, der Fall einer unerschrockenen Frau, die ihre Menschlichkeit, die ebenso deutsch war wie die Unmenschlichkeit der anderen, mit dem Leben bezahlen mußte. Was mich bewegt, auch dazu Stellung zu nehmen, möchte ich in der Form von persönlichen und allgemeinen Begründungen darlegen.

Erstens meine Freundschaft für Peter Roos, den ich vor Jahrzehnten als jungen, ungemein wißbegierigen und immer anregenden Studenten kennengelernt habe, und meine Bewunderung für den vielseitigen und engagierten Schriftsteller, der aus ihm geworden ist, für sein Werk, das nicht nur die Interessen unserer Zeit spiegelt, sondern ihr selbst einen kritischen Spiegel vorhält.

Zweitens meine Anteilnahme an Deutschland, das nicht mein Land ist. Als gebürtiger Österreicher und in Amerika ansässiger Zeitgenosse besitze ich die nötige Distanz zu den deutschen Verhältnissen. Als jemand mit angeheirateten Familienbindungen und häufiger Besucher Deutschlands verfüge ich andererseits über die für ein einfühlsames Verständnis erforderliche Sympathie. In den überregionalen amerikanischen Zeitungen wird über Deutschland unweigerlich berichtet, wenn wieder einmal ein Asylantenheim in Brand gesteckt wurde oder wenn sich herausstellt, daß das offizielle Touristenbüro in New York Weisungen bekommen hat, Juden und dunkelhäutige Besucher von der Bundesrepublik fernzuhalten. Ich bin der Meinung, daß es wichtig ist, auch das andere Deutschland, das es immer gegeben hat, zu Wort kommen zu lassen.

Drittens meine Sorge um die Zukunft dieses Landes. Ich möchte nicht zu jenen gerechnet werden, die bei einem Verstoß gegen die Menschenrechte lediglich daran denken, welcher Schaden

den deutschen Handelsbeziehungen daraus erwachsen könnte. Nein, ich denke an die zukünftigen Generationen. Als die Vereinigung der beiden deutschen Teile gelang, entstand das größte und stärkste Staatsgebilde in der Mitte Europas, und schon hört man im Ausland Töne, die alte (und nicht aus der Luft gegriffene) Befürchtungen vor der deutschen Arroganz und Machtgier wachrufen, und im Inneren des Landes erschallen kongruente Stimmen, die ein neues, der potentiellen Macht entsprechendes Auftreten predigen. Ein Übungsplatz für solches Verhalten schien bereits die ehemalige DDR zu sein. Zu diesem Nationalismus gehört es offenbar auch, den Deutschen ein gutes Gewissen zu ihrer Vergangenheit einzureden, es gehört dazu die Relativierung und Beschönigung der Greuel, die in der ersten Hälfte des Jahrhunderts hier möglich waren. Nun, auch diesem Unfug tritt »Die Gestapo-Akte« entgegen. Hier wird nichts beschönigt und nichts relativiert.

Viertens mein Interesse an einer historischen Epoche, in der die normalen, ein zivilisiertes Leben ermöglichenden Regelungen in Deutschland und unter deutscher Anleitung auch anderswo außer Kraft gesetzt wurden. Es kann nicht mein Wunsch sein, die damaligen Machthaber und die Millionen ihrer willigen Mitläufer zu entschuldigen, aber gerade die Dimensionen dieser Beteiligung zeigen, zu welchen Ungeheuerlichkeiten die Menschheit überhaupt fähig ist. Historiker verkünden es schon lange, daß *der* die Geschichte wiederholen müsse, der sich weigere, aus ihr zu lernen. Analog dazu warnen die Tiefenpsychologen vor der Wiederkehr des Verdrängten. Peter Roos ist ein entschlossener Gegner der Verdrängung, ein Archäologe des Schweigens und Vergessens. Seine Ausgrabungen bringen das Dunkel an den Tag, dienen dazu, die psychischen Schäden der Verdrängung zu mindern und der Wiederkehr einer finsteren Geschichte entgegenzuarbeiten.

Fünftens mein Staunen über den Heroismus der jungen Person, die im Mittelpunkt dieses Dramas steht. So wenig sich die große Mehrheit der deutschen Bevölkerung um die Geschehnisse, ja die bloßen Fakten des Dritten Reiches gekümmert hat, so fleißig ist die historische Forschung gewesen, sie herauszustellen. Wer wissen will, wie es zum Sieg der Nazis gekommen ist, wo sich die über dreihundert Konzentrationslager, die es in Deutschland gab, befanden, was sich in den Arbeits- und Vernichtungslagern des Ostens abspielte, etc. etc., dem steht heutzutage eine enorme Literatur zur Verfügung. Um so erstaunlicher ist die Tatsache, daß auch die Zunft der Historiker selektiv vorgegangen ist. Man sollte meinen, daß eines ihrer intensivsten Anliegen die Erfassung aller derer gewesen wäre, die von dem kollektiven Wahnsinn der Nazis nicht angesteckt wurden und trotz ihrer kreatürlichen Ängste Verfolgten geholfen haben. Aber solche Nachrichten sind spärlich. Immerhin haben ein paar Tausend Verfemter und von der tödlichen Methodik der Nazis Bedrohter durch die Courage ihrer Mitbürger überlebt. Ich kann mir den Mangel an Informationen über diese Retter nur mit der Scham über ihre Seltenheit erklären, mit der halb unbewußten Ahnung, daß es trotz der landläufigen Meinung sehr wohl möglich war, Verfolgten zu helfen. Jeder dokumentierte Fall einer solchen Hilfe beleuchtet grell das Versäumte, und von einer solchen Hilfe ist in dieser »Gestapo-Akte« die Rede.

Sechstens die Gelegenheit, die sich mir bietet, zu betonen, daß *eine Frau* dieses Heroismus fähig war, daß eine einzelne, völlig alleinstehende Frau den Mut hatte, wiederholt den Furor der Nazis herauszufordern. Der ostentative Austritt Ricarda Huchs 1933 aus der Dichterakademie, der sie unter der Führung der Nazis nicht angehören mochte, wurde nachträglich so kommentiert, daß sie der einzige »Mann« in der Akademie gewesen sei. Das Lob ist berechtigt, die Ausdrucksweise falsch. In unserem Fall ist es besser zu sagen, daß Ilse Sonja Totzke, deren Geschichte Peter Roos aufgezeichnet hat, die Feigheit von Millionen Männern bezeugt.

Siebtens die Erkenntnis, daß Kunst und Eros Mächte sind, die im Widerstand gegen eine brutale Diktatur eingesetzt werden können. Ilse Sonja Totzke war eine musische Frau, Musikstudentin in Würzburg. Ich weiß natürlich, daß Musiker wie Pfitzner, Furtwängler, von Karajan, Knappertsbusch und, damit die Frauen auch hier nicht vergessen werden, Elisabeth Schwarzkopf keine Schwierigkeiten hatten, mit den Nazi-Autoritäten zusammenzuarbeiten, manche von ihnen mit Begeisterung. Es wäre schön, wenn sich wenigstens bei einigen ein Zusammenhang herstellen ließe zwischen ihrer musischen Beschäftigung und ihrer Kraft, der Inhumanität zu widerstehen. Und was den Eros betrifft, so entsprang auch er bei Ilse Sonja Totzke offenbar einer Alterität, die von den Nazis verfolgt wurde. Ihr Beispiel ist deswegen instruktiv, weil es zeigt, wie gleichgültig die Richtung der Sexualität ist, die einen solchen menschenfreundlichen Eros ausstrahlt.

Achtens meine Dankbarkeit einem Autor gegenüber, der jahre-

lang in staubigen Akten gewühlt hat und nun Geschichten erzählt, die alle Menschen angehen, aber mich besonders. Sowohl
sein Gegenstand wie sein Ich sprechen es deutlich aus: Tua res
agitur. Es geht mich an.

Aus dem Figuren-Material der tabuisierten NS-Welt werden
Menschen gemacht, sogar aus denen im KZ. Daß Henker und
Opfer in dieser Hölle, daß sogar Unmenschen noch Menschen
waren, mit allem, was dazu gehört, sogar mit ihrer Sexualität,
gerade das zu vollziehen, fällt den Verdrängern schwer. Indem
man eine Tote liebt und begehrt, holt man sie unter die
Lebenden zurück.

Zum Verständnis des Werkes von Peter Roos ist aber in aller
Kürze noch etwas zu sagen. Gute Geschichten erzählen sich
nicht von selbst. Ohne seine Sprachkraft und Formkunst blieben
die Geschichten, die seinen Roman »Hitler Lieben.« ausmachen
– die des Mitläufers Gradl, diejenigen der Ilse Sonja Totzke und
der Eva Braun – das, was sie seit Jahrzehnten waren: in der
Finsternis der Archive ruhende, niemanden anrührende Akten-
bündel. Erst Peter Roos' Dichtertum macht sie zu erlebbaren
Kunstereignissen. Aus dieser unleugbaren Tatsache ergibt sich
aber ein Dilemma. Wir alle haben die Aussage vernommen, nach
Auschwitz könne man keine Gedichte mehr schreiben. Was uns
jedoch mit dieser Trilogie geboten wird, ist eine literarische
Schöpfung mit all den Erscheinungen, die ein Dichtwerk aus-
zeichnen: dem artistischen Verhalten zur Sprache, der Neugierde
auf fremdes Leben, der Lust, Verborgenes herauszukriegen, der
Freude, sich in die Gestalten hineinzuversetzen, also auch in
deren erotische Verstrickungen, kurz mit dem ganzen sinnlichen
Engagement des Autors. Aller dieser spielerischen, ästhetischen
Dinge mag er sich angesichts des bitteren Ernstes einer solchen,
im Holocaust mündenden Geschichte vielleicht sogar schämen.
Es ist ein Dilemma, mit dem sich diese Literatur von Anfang an
herumschlägt, mit dem wir alle leben müssen, der Verfasser und
wir, seine Leser. Dabei dürfen wir nicht in den groben Fehler
verfallen, dem manchmal auch gewiefte Literaturkenner erlie-
gen: Das *Ich*, von dem in den Titeln »Der Mitläufer und *Ich*«,
»Die Gestapo-Akte und *Ich*«, »Eva Braun und *Ich*« die Rede ist,
darf niemals mit dem Ich des Autors verwechselt oder gleichge-
stellt werden. Es ist weit über alles Autobiographische hinaus das
anonyme Ich der Gesamtheit, unser aller Ich als Mitlebende und
Zeitgenossen. Durch dieses Ich sind wir aufgefordert zu sagen:
Nostra res agitur – das geht uns alle an.

3 Im dritten Text der Trilogie, »Eva Braun und Ich« ist das Augenmerk ganz auf die Bundesrepublik übergegangen. Durch das Ich der beiden ersten Teile und seine Perzeption ist schon viel Bundesrepublik in die literarische Bestandsaufnahme geflossen; hier aber wird etwas wie eine sozio-psychologische Studie Deutschlands seit 1945 vorgelegt, und das alles – geniale Unwahrscheinlichkeit! – aus dem Mund der Eva Braun, die überlebt und eine Reihe von charakteristischen Wandlungen durchgemacht hat. So wird diese Kunstfigur zur Quintessenz bestimmter Strömungen in der Bundesrepublik. Welches Wagnis, diese Figur ins Leben zurückzurufen und ihr eine Entwicklung zuzutrauen! Damit wird der Weg frei für alle, die willig und fähig sind, umzudenken, umzukehren. Auch einem Mitläufer wird das Recht eingeräumt, kein Mitläufer mehr zu sein.

Eva Braun, die fiktive Eva Braun, hat nicht nur überlebt, sie ist untergetaucht, niemand beachtet sie, bis eben zu dem späten Augenblick – sie ist schon achtzig Jahre alt –, in dem unser Ich sie erkennt und stellt. Aus einer Nichtperson des Dritten Reiches ist eine Nichtperson des Nachkriegsdeutschland geworden. Sie hat das Wirtschaftswunder erlebt, sie hat Dissidenten aus der DDR, Altkommunisten kennengelernt, sie ist Judenfreundin geworden, hat in jüdischen Altersheimen Samariterdienste geleistet, sie hat dem Suizid widerstanden, Therapien durchgemacht, ist zur Intellektuellen mutiert, hat studiert und rational umgedacht. Aber emotionell hat sie sich nicht von der Nazizeit, von der Erinnerung an den »Führer« lösen können, wie so viele, weil er ihre Jugend war. Sie kennt die ganze Aufarbeitungsliteratur, kennt die Forscher bei Namen. Noch einmal bewährt sich das Dokumentarische als starkes Wurzelwerk, das den Stamm der Fiktion trägt und der Krone der Phantasie Raum zur Entfaltung gibt – stärker als in der »Gestapo-Akte«, stärker noch als im »Mitläufer«, wo exemplarisch dokumentarisches Erzählen vorgeführt wird. Der Roman emanzipiert sich von den Fakten. Alle Autoren, alle Buchtitel sind auch in »Eva Braun und Ich« authentisch, könnten in einem Schulbuch für deutsche Geschichte stehen. Das Wort »Gib mich frei«, das sie am Ende Hitler zuflüstert und ihre ganze spätere Metamorphose möglich macht, ist die beschwörende Formel, die das ganze Land seit Jahrzehnten vor sich herstöhnt, ohne vor sich oder der Welt Gehör zu finden. Also geht alles weiter. Hitler in uns. Jetzt sitzt Eva Braun dem Ich der Trilogie gegenüber, das allmählich eins wird mit dem Wortschwall, der ihr entströmt.

Spätestens wenn sie erzählt, an welchen Universitäten sie inskribiert war, welche Archive sie aufgesucht hat, hört sie auf, sie selber zu sein, wird sie zur allegorischen Gestalt, eine deutsche Nana, die sich, wie die Zola'sche Courtisane über Paris, riesengroß über dem Sumpf der deutschen Vergangenheit und der deutschen Gegenwart erhebt, wobei auch Österreich, die Heimat des »Führers« und faschistische Kraftquelle, das ihm Gebührende abbekommt. Das Leiden an sich selbst, der Schmerz um das Geschehene, das nicht mehr ungeschehen zu machen ist, sind die des zuhörenden Ich, sind die unsrigen.

Dabei fließt auch viel Hitler*gossip* der Nachkriegsjahre mit ein, mitsamt den uneingestandenen sexuellen Phantasien, die sich seit eh und je um ihn gerankt haben. Dazu war eben Eva Braun nötig, die es »am eigenen Leib« erlebt hat, nah an der höchsten Macht und doch mit dem Anspruch auf Unschuld und Nichtsgewußthaben. Nichts wird dem Leser erspart, Hitlers schwache Potenz, seine ekelerregenden sexuellen Praktiken, sogar die bekannten Schwärmereien der Frauen flackern wieder auf. Es entsteht ein ganzes Psychogramm des Führers als verbrecherischer, abscheulicher und doch unwiderstehlicher Popanz, hassenswert, zu kompulsiver Liebe verführend. Hitler durchschauen, kritisieren, verachten, ja; von ihm loskommen, niemals.

Am Ende des langen Monologs vermacht Eva Braun ihrem nachgeborenen Gegenüber all ihren Besitz, symbolisch bezugnehmend auf »Hitlers Enkel«, dem geheimen Subtext des Werkes – sagt's und fällt tot vom Stuhl.

Damit hat sich Peter Roos hoffentlich den Nationalsozialismus von der Seele geschrieben: die Diagnose einer schweren Krankheit wird so auch zum »Roman einer Genesung«.

Wien/St. Louis, Mai 1998

EGON SCHWARZ, 1922 in Wien als Sohn eines jüdischen Kaufmanns geboren, mußte nach der Zwangsentlassung aus dem Gymnasium zusammen mit seinen Eltern über Preßburg, Prag, Paris nach Bolivien fliehen, wo er sich alleine als Hilfsarbeiter durchschlug. Über Chile kam er nach Ecuador; dort hat er sein Abitur gemacht und mit dem Studium begonnen, das er 1949 in den USA fortsetzte. Er wurde Professor für Literaturwissenschaft an der Washington University in St. Louis/USA. Schwarz war Mitbegründer und ist der Doyen der Exil-Literatur-Forschung. Zu seinen Hauptwerken gehören »Das verschluckte Schluchzen – Poesie und Politik bei Rainer Maria Rilke« und der Essayband »Dichtung, Kritik, Geschichte«. Schwarz wurde zum »Most distinguished Germanist of the Year 1981« gewählt, er erhielt den Humboldt-Preis der Bundesrepublik Deutschland, die Ehrendoktorwürde der Universität Wien und ist Mitglied der Deutschen Akademie für Sprache und Dichtung. Einem breiten Publikum wurde Schwarz bekannt durch seine Autobiographie »Keine Zeit für Eichendorff« und durch seine zahlreichen Rezensionen und Essays in der »Frankfurter Allgemeinen Zeitung«.

Peter Roos

DER NAZI UND DER NESTBESCHMUTZER

Wie die fränkische Kleinstadt Marktheidenfeld
am Main mit ihrem großen Sohn, Hitlers Hof-Maler
Hermann Gradl umgeht

Eine Reportage über die Wirkungsgeschichte dieses Buches

1 Ich bin ein Nestbeschmutzer. Ich lebe in Marktheidenfeld.
Marktheidenfeld ist nazifrei! Will der Bürgermeister, will
seine CSU, will die Stadtratsmehrheit, will das gesunde Volksempfinden.
Seit zehn Jahren beweise ich das Gegenteil. Das ist kein Spaß
in der Provinz.
Trillerpfeife, Prügeldrohung, Mord am Telefon; rote Regelbinden,
nasse Pariser, kalter Kot im Briefkuvert, und die Freunde
schweigen. Schikanen von der Stadtverwaltung, die Polizei steht
vor dem Haus.
Warum?

Der große Sohn der kleinen Stadt – den beschmutze ich.
Er war ein Muster-Nazi ersten Ranges, reinsten Wassers und so
exemplarisch wie im Lehrbuch: *Hermann Gradl,* der Idylliker aus
der Idylle. Höchstdotiert an Hitlers Hof, der Lieblingslandschafts-
maler, gesegnet und gesalbt vom Diktator höchstpersönlich,
handverlesener Gast beim 50. des höchsten Führers, Privat- und
Staatsauftrag. Macht, Mittel, Titel – im Handstreich beförderte der
GröFaZ die Staatsschule Nürnberg zur »Akademie der Bildenden
Künste der Stadt der Reichsparteitage«, um Höfling Hermann als
Direktor einzusetzen. Natürlich mit eigener Landschaftsklasse.
Hitler hievt den Kitschier ins Haus der Deutschen Kunst an pro-

minente Wände, und prompt wird der Promi zum PG, Ratsherrn der NSDAP, Ehrenbürger der Nazi-Uni-Erlangen und mit seinem Führer Ehrenbürger von Marktheidenfeld. Sofort läßt der Hofstaat bei Gradls malen, der Kundenkreis ist das Who's who des Nazi-Reiches: Goebbels, Göring, Grundig, selbstverständlich Speer und Arisierer Schickedanz an Nürnbergs Quelle. Profite ohne Ende, Privilegien bis zum Schluß: Sonderration Sprit noch am letzten Kriegstag für's braune Künstler-Kabrio von BMW. Rasch runterentnazifiziert für 2.000 RM, rasiert der unschuldige Mitläufer die Hitler-Bürste ab und wird Rotarier. Volle Bezüge für den Pensions-Prof. und a. D.-Direktor von Hitlers Kunstschule. Der Rentner-Spitzweg verteilt fröhlich weiter sein Gradlgrün zu großen Preisen auf kleine Leinwände. Und fröhlich zählt der Malermeister nach 1945 neben Grundig und Quelle-Schickedanz »auch Amerikaner und Juden zu ihren Käufern – die Arbeiten wurden gut bezahlt! Die Käufer meiner Bilder waren immer diejenigen, die gerade wirtschaftlich am stärksten sind!« Kein schmutziges Geschäft. Denn: »Ich habe mich in meinem ganzen Leben niemals und in keiner Weise irgendwie politisch betätigt!«
Marktheidenfeld ist nazifrei.
Das alles weiß man erst durch mich.
Fünfzehn Jahre Arbeit im Archiv, von Berlin bis Washington; zehn Jahre Schreiben, Literatur und Publizistik, Fernsehen, Rundfunk, Theaterstück, Uraufführung; zuletzt die 400 Seiten der Trilogie »Hitler Lieben. Roman einer Krankheit«.
Und?
Marktheidenfeld ist trotzdem nazifrei!, sagt der Bürgermeister. In Ordnung ist Marktheidenfeld, und so bleibt es auch. Wem das nicht paßt, der soll gehn!, sagt der zweite Bürgermeister, dito CSU.
Die Stadt beharrt auf der Gradl-Ehrenbürgerwürde von NSDAP & CSU; sie beharrt auf der Gradl-Straße, sie beharrt auf der Gradl-Galerie, sie beharrt auf dem Blut & Boden-Gradl, der breit und bräsig in der Bibliothek des Lokalgymnasiums hängt, ohne Kommentar. Wer kommentiert, der ist ein Nestbeschmutzer.
Denn Marktheidenfeld ist nazifrei.

Da können FAZ und SPIEGEL, da können RUNDSCHAU, SÜDDEUTSCHE und ZEIT sich in Sachen Nazi-Zeit gestern und heute die Seele aus dem Leib schreiben – in der Provinz tut sich nichts. Es ist, als rauschten alle Reportagen am flachen Land vorbei.

Bundespräsidialappelle an den Antifaschismus? Daß endlich Österreich hergenommen, daß endlich auch die Schweiz gebeutelt wird? Rothschild-Kunst und Nazi-Gold von Wien bis Zürich? Es ist, als habe die scharfe nationale Revision nicht eine einzige Turbulenz in die gute Luft der Provinz geblasen. Es ist, als habe die scharfe internationale Revision in Nazi-Sachen keinen einzigen Riß in das ruhige Gewissen von Fachwerk, Fichtennadel und Frankenwein, von Hopfen und Hausmacherwurst getrieben.
Marktheidenfeld ist nazifrei. In der Provinz tut sich nichts, fast nichts. Und sowieso tut sich nichts ohne Druck. Auf freiwillige Einsicht ist nicht zu hoffen – reagiert wird einzig auf Zwang.

Marktheidenfeld ist nicht allein, Marktheidenfeld ist nur Metapher. Ich könnte über Karlstadt schreiben, über Mettmann, Tauberbischofsheim oder über Kronach. Kleinstädte. Alle haben sie ihre Nazi-Leiche im Keller, und sie stinkt. Überall sind die Schlüssel zur Tür irgendwie verschwunden worden. Finden will man sie nicht können. Alles wissen soll man schon gar nicht wollen. Unsre Stadt ist nazifrei.
Alle haben sie geerbt: Karlstadt eine Sturmartilleriebastion für alte und für neue Kämpen; Tauberbischofsheim Nachlaß, Immobilien, Urheberrechte, Ehrenbürgerschaft und Straßenname von Hitlers Chorkomponisten, Propagandasänger Richard Trunk, Professor; Mettmann: Görings Lieblingsfalkenmaler Waller, Renz mit Adlerhorst in Buchenwald; Kronach: Nachlaß Gottfried Neukam, NSDAP-Kunstmann, dem Straße, Schule, Kunstsammlung gewidmet sind.
Alle haben sie geerbt. Alle wollen alles lassen wie es ist, öffentlich und städtisch finanziert – das Karlstädter Militarismus-Museum im historischen Kulturturm der Kommune; die Tauberbischofsheimer Räte machen Ferien am Ammersee in Trunks 50er-Jahre-Villa, und in Marktheidenfeld blühen die Gradyllen. Dafür wird in Kronach nicht gedacht –
keine Tafel an der Synagoge, kein Gedenken für die Opfer der KZ-Außenstellen. Dafür dauert es in Forchtenberg über 50 Jahre, bis man die dort geborenen Geschwister Scholl mit einer Straßentaufe ehrt.

Werde ich verrückt?
Wochenlang vibriert das intellektuelle Land unter der Bubis-Walser-Debatte. Monatelang flimmert das ZDF seine reißerisch aufgedonnerte Hitlerhorrorpictureshow noch ins letzte Wohn-

zimmer. Der Mahnmal-Streit in Berlin auf allen Kanälen der Republik. Und?

»Das Thema Gradl ist für Marktheidenfeld erledigt!« sagt der Bürgermeister. Erledigt? Eine Debatte hat hier niemals stattgefunden! Roos ist ein »selbstgerechter Lügner«, der einen »lockeren Umgang mit der Wahrheit« pflegt, sagt der Bürgermeister vor zehn Jahren in der Zeitung über meine Gradl-Recherche. Der das sagt, ist bis heute den Beweis schuldig geblieben für seine unwahre Tatsachenbehauptung. Der das sagt, ist ein Geschichtslehrer mit Doktor-Titel, der heimatkundliche Aufsätze zum regionalen Judentum geschrieben hat. Schizo?

Das ist Provinz. Provinz ist kein Spaß: Fernsehn und Zeitung vergehn, / die Bludwurschd bleibt bestehn!
Ich werde nicht verrückt, aber oft fehlt nicht viel.
10 Jahre Jagdszenen in Unterfranken.

Ich lebe gerne hier. Ein Landschaftstraum in Deutschlands Mitte. Ich liebe die zurückgezogenen Dörfer, die sanften Hügel unter meinem Rennrad, den hohen Wald des Spessart. Ich trinke gern das starkgehopfte Bier, halbtrocken ist mein Wein, und eine Wurst gibt's hier, daß mir im Mund das Wasser gleich zusammenläuft. Mainschleifen um alles herumgeschlungen, Südhänge und Barock und Gelbsandstein und Rotsandstein – Marktheidenfeld, einst Feine, wo ich erwachsen wurde.
Aber schon damals war das Städtchen gnadenlos in Ordnung. Der Rest? Munkeln, Tuscheln, alles hinter vorgehaltner Hand. Professor Gradl visitierte seine Kundschaft der gehobenen Stände, die auch nach '45 weiter malen ließen. Bürgermeister, Landrat, Pfarrer, Lehrer, Arzt, Geschäftsmann, Brauereibesitzer – die ganze Bourgeoisie läßt es sich partout nicht nehmen, auch eine zweite Visite offiziell zu empfangen: Hochwillkommen ist 25 Jahre lang das Kameradschaftstreffen der »4. SS-Polizei-Panzergrenadier-Division«, der Greueltaten bei der Besetzung griechischer Städte angelastet werden. Die alten Schergen treffen sich bis heute in der Stadt: SS-City.
12.000 Einwohner wohnen hier, angebunden an die Autobahn Frankfurt–München. Marktheidenfeld ist Schul- und Einkaufsstadt mit Brauerei, Gastronomie, Hotellerie. Altersheim, Krankenhaus, Sport- und Freizeitanlagen. Mittelständisches Gewerbe. Handwerk. Schifferei. Braun-Elektro, Warema-Sonnenschutz.

Musterstadt Marktheidenfeld.
Hier kenne ich mich aus. Zur Konfirmation zog ich fort. Und
als ich 20 Jahre später wiederkomme, ist alles noch beim Alten:
Noch immer wird geraunt. Ich beginne die Recherche.

15 Jahre später wird mein Gradl-Buch »Hitler Lieben. Roman
einer Krankheit« in der Stadt verkauft, und neun Monate nach
Erscheinen sucht man es noch immer vergeblich in der Büche-
rei. Der Bürgermeister sagt darüber in der Zeitung, er habe es
»nicht gelesen«, aber es »ergeben sich keine neuen Fakten!«

Musternazi Hermann Gradl. Musterhaft der Umgang seiner
Heimatstadt mit ihm, und mustergültig der Umgang mit mir,
dem gefürchteten Nestbeschmutzer.

Was habe ich getan? Ich wollte nur wissen. Fakten. Ich habe
erstmals die Tatsachen ans Licht gebracht – von Hitlers Atelier-
Besuch bis zu seiner letzten Überweisung, vom Führertele-
gramm zu Gradls 60. bis zu seinen Kotaus, von Steuererklärung
bis zur Entnazifizierungsakte. Ich habe den kollektiven Konsens
des Verschweigens zerstört. Ich habe das Tabu gebrochen. Ich
habe das Denkmal demontiert. Dafür habe ich zu zahlen: »Zwei
Drittel der Marktheidenfelder spuckt innerlich vor Ihnen aus!«
sagt mir vertraulich eine Dienststellenleiterin in der Stadt.

Unbefragt, naiv und selbstverständlich suchte ich zu Anfang das
Gespräch. Funde und Befunde lege ich dem Bürgermeister vor
– nichts. Ich entwerfe das Konzept für einen alternativen
»Kunst-Lehrpfad«, der die Gradl-Galerie in den Kontext der entarteten Kunst stellt – keine Antwort. Das war 1988. Trotzdem
bleib ich dran. Und publiziere meine Texte.

So wird aus einem Nachbarn der Nestbeschmutzer. Man wechselt demonstrativ vor mir den Bürgersteig; nur mit gesenktem
Blick überreicht der Schuster die reparierten Schuhe; eine Geschäftsfrau bittet mich verlegen, meine Brötchen anderweit zu
kaufen: »Die Kundschaft! Sie wissen!« Am Stammtisch überlegt
man nach der Stadtratssitzung, wie man mir das Schreiben
untersagen könnte, ob Wasser nicht und Strom klammheimlich
abzustellen sei. Ein Autofahrer zeigt den Stinkefinger. Inständige
Bitten von Wohlmeinenden, ich möge endlich »damit« aufhören. Ausladung des Eingeladenen. Kein Freund hat mehr den

Mut, jenseits politischer Differenz zum Telefon zu greifen. An Fasching wird der »Dichterling« verspottet, man entrollt fast lebensgroß ein Bänkelsängerbild von ihm im antisemitischen »Stürmer«-Stil und errichtet dem »Schreiberling« ein Denkmal mitten in der braunen Scheiße der Kläranlage dieser Stadt. Auf der nächsten Prunksitzung wird ein Landwirt aufgefordert, dem Intellektuellen eine Fuhre Mist vor's Haus zu kippen.

Tätä! tätä! tätä!

»Käse!« sagt der Bürgermeister, »immer wieder derselbe Käse! Das Thema ist erledigt!« Aber nicht der Nazi-Gradl soll erledigt werden, sondern Nestbeschmutzer Roos.

Hitler in der Heimat.

Wer dagegen in der Provinz den Mund aufmacht, der ist mit Haut und Haaren haftbar. Und unterliegt unentrinnbar dem Gesetz der Personalisierung. Nie ist die Botschaft schlecht, immer der Überbringer! »In Marktheidenfeld wurde nicht etwa das dortige Gradl-Museum geschlossen«, wie die ›Frankfurter Jüdische Nachrichten‹ diagnostizieren, »sondern Roos und seine Lebensgefährtin beschimpft und anonym terrorisiert!«

Meister solcher Denunziation ist der ortsansässige Zahngoldhändler und Reklamedrucker, der auch mit altfränkischer Kunst handelt und Gradl-Graphik zusammenkauft zur Akquisition steuerlich absetzungsfähiger Druckvorlagen. Höhepunkt seiner jahrelangen Attacken ist der Versuch, per Sippenhaft die Lebensgefährtin bei ihrem Arbeitgeber anzuschmieren, weil er meiner bei den Medien und an Regierungsstellen nicht habhaft werden kann.

Erfolg hat er im Lokalgymnasium, wo er Auftrittsverbot für den Autor erwirken will.

Der Direktor gibt statt, und statt findet nichts: keine Lesung, keine Diskussion. Bis eine Schülerin vor dem Abitur per Leserbrief es wagt, mit dem moralischen Rigorismus einer 18jährigen öffentlich in den Gradl-Ring zu steigen. Der Direktor tobt. Solche Unbotmäßigkeit ruiniert seinen Ruf. Nicht umsonst hat ihn die Regierung eingesetzt, dort, wo sein gradlfanatischer Vorgänger den Laden bewirtschaftete wie ein Dorfmüller, Zucht und Ordnung durchzusetzen. Zackzack stellt der Alte Herr und sturmfeste Hardliner, erprobt als Mann für's Grobe auf den Outposts Moskauer und Argentinischer Auslandsschulen, ein Tribunal auf die Beine. Unter dem Gradl in der Bibliothek. Der Name des

Nestbeschmutzers wird peinlichst vermieden. Den 50 Oberstüflern wird indes eine mehrstündige Bild-Belehrung darüber exekutiert, was Kunst zu sein, und warum Herr Gradl hier zu hängen habe. Punkt.

Der innerhalb der Mauern seiner Anstalt stets als »Herr Doktor« Anzusprechende geht gerne auf die Jagd und hat schon manchen Bock geschossen: »Ich trinke Jägermeister«, witzeln vorlaute Schüler, »weil der rote Roos meine Schule braun anfärben will!« Prost.

Im Bierzelt kommt ein Rentner auf mich zu und warnt: »Wenn sich die Zeiten wieder ändern, und in Marktheidenfeld der erste Schuß gefallen ist, dann sind Sie tot!« Und sagt: »Hier schützt Sie niemand!«

Die SPD? Duckt ab, laviert. Die Grünen? Birkenstock, Yogasitz und Radl – doch leider ohne Gradl.

In der Provinz tut sich nichts. Fast nichts. Und sowieso tut sich nichts ohne Druck. Der muß von außen kommen. Zehn Jahre Schreiben über Gradl und jetzt der »Roman einer Krankheit«. Mit seiner nationalen und übernationalen Rezeption. Und überall ist Marktheidenfeld genannt. Die Temperatur im Kessel der Stadt steigt. Erste Risse an der Oberfläche, in der Front bröckelt es, und die vorsorgliche Planung eines möglichst geordneten Rückzugs kündigt sich an. Der läßt sich bewerkstelligen, weil Roos der Böse bleiben kann. Das Scherbengericht geht munter weiter, in der Schlammschlacht der Leserbriefe tobt Volkes Stimme sich ungeniert aus.

Gleichzeitig beginnt die Stadt, mit Salami-Taktik die Wendespur zu befahren. In geteilter Unverantwortlichkeit ermannt sich der Kultur- und Sportausschuß und setzt eine Teilzeitkunsthistorikerin per ABM-Stelle kostengünstig in Lohn & Brot. Die bringt auftragsgemäß eine lauwarm temperierte Vorlage zuwege, die in einer Sowohl-als-auch-Galerie einen Wenn-und-Aber-Gradl zeitgemäß bedenklich schminkt, um ihn wieder guten Gewissens vorzeigbar zu machen.

Und woher kommt die Vorarbeit zur Vorlage, die ohne jeglichen Nachweis und bar jeder Fußnote dahertappt? Aus dem namenlosen Nirwana! Wenn man den Bösen nicht personalisiert, dann negiert man ihn.

Ein Dollpunkt folgt jetzt auf den andren. In der einschlägigen öffentlichen Ausschußsitzung, der ich ohne Rederecht als stummer Gast sprachlos beiwohne, werde ich gemieden wie ein lepröses Nichts – mit Blicken und Worten, freilich nicht mit Taten. Da bedient man sich schamlos der Resultate einer Dekade meiner Arbeit. Eine Gespensterstunde lang umwabert gremiale Verhüllungsrhetorik jene ominöse Vorlage, die der Bürgermeister wie ein Staatsgeheimnis behandelt, selbst vor der Presse und selbstverständlich vor mir, der ich längst zum Unsubjekt tabuisiert bin. Daß anderntags in der Zeitung steht, das tolle Topsecret läge seit Wochen auf meinem Schreibtisch, freut den Meister seiner Bürger nicht.

In Berlin treiben derweil Rechtsradikale eine Sau über den Alexanderplatz, den Wanst bemalt mit David-Stern und auf der anderen Seite beschmiert mit dem Namen »Bubis«.
Pro Monat werden im deutschen Land 17 Judenfriedhöfe geschändet.

Natürlich ist nicht alles Gradl-Claque.
Da backt mir eine Mutter einen Kuchen; da bringt ein Lehrer eine Flasche Wein; ein Anwalt schreibt mir einen lieben Brief.
Der Handwerker von nebenan schenkt mir einen Schinken.
Aber alle Unterstützung bleibt privat – man hat Kinder an der Schule, und der Arbeitgeber ist in der Partei.
Angst, Apathie, Melancholie.

»Daß Sie sich sowas traun!«, sagt die Verkäuferin in der Bäckerei zu mir: »Das kann doch morgen alles wieder komm'!«

2 Und?
Es geht alles so weiter!
Hitler lacht.

Der Aufruhr war unbeschreiblich in der Stadt, als der Wortlaut dieses ersten Kapitels ins »magazin« der ZEIT gerückt wurde. Die Telefondrähte liefen heiß, die Faxgeräte rotierten, der Stammtisch glüht. Das Erscheinen des ZEITmagazins war in den Lokalzeitungen angekündigt, und am Donnerstagabend gab's in Marktheidenfeld keine ZEIT mehr – jetzt wurde wie Teufel kopiert und kolportiert, und frohlockend orderten die Zeitschriftenhändler nach, partienweise Wochenzeitungen vom Grossisten, weil das ZEITregal ratzekahl gekauft war, wo dort doch normalerweise am Freitag schon die Remittenden herumlungern.

Wie eine Bombe schlug der Text im Direktorat des Lokalgymnasiums ein. Dort sitzt der Herr Schulleiter mit rotem Kopf und grünem Marker dampfend an seinem Schreibtisch und versucht sich an einer Exegese der Reportage, die er von der Redaktion der örtlichen »Main-Post« gefaxt bekam. ZEITleser also scheint er nicht zu sein. Über das, was drinnen steht, kann er »nur lachen«, sagt er dem Journalisten. Und läßt sich mit verspanntem Gesicht, Streßfalten und grimmiger Miene nirgendwo anders ablichten als vor Gradls Franken-Schinken, der Hitlers Blut-und-Boden-Verdikt malerisch alle Ehre macht. Bedrängt gibt er dann doch zu, nur rhetorisch gelacht zu haben. »Peinlich berührt« sei er und getroffen. Wo? »Unter der Gürtellinie!« Ist da sein G-Punkt?

Die lokale höhere Schule steht fortan im Mittelpunkt der Niederungen des Gradl-Gezerres. Nahezu alles, was in der ZEIT steht, stimme nicht, und deshalb sei nahezu das Gegenteil von all dem wahr. Daß dies nur die direktorale Unwahrheit sei, sagt fünf Tage später laut und deutlich eine Schülerin ihrem Schulleiter ins Gesicht und damit der gesamten Lehrer- und der ganzen Ortschaft. Es ist jene Abiturientin Annabell Lorenz, die schon vier Monate vorher den aufsehenerregenden Leserbrief veröffentlicht hatte. Jetzt, wenige Tage vor ihrer Reife-Prüfung, stellt sie in einem zweiten Leserbrief mutig und unmißverständlich klar, daß es an ihrer Schule keine Diskussion um den Hitler-Maler G. gegeben habe, daß bis zum Gradl-show-down die Mehrheit der 679 Pennäler den Namen »G-R-A-D-L nicht einmal buchstabieren konnte«; daß der nestbeschmutzende Schriftsteller »faktisches Auftrittsverbot« in der Schule habe; daß sein Buch »Hitler Lieben.« nicht in der Schulbücherei stehe, weil der Autor, laut Gymnasialleitung, »ein schlechter Schriftsteller und als literarisches Exempel für die Schülerschaft ungeeignet« sei. Die Abiturientin attestiert ihrem Direktor literarische Inkompetenz und beweist sie am literarischen Exempel. Am Ende der Epistel steht der Herr Doktor vor der gesamten Öffentlichkeit in der Unterhose da. Denn Annabell plaudert aus der Schule: deren Leiter habe den gymnasialen Pressesprecher und Mathe-Lehrer nötigen wollen, einen Bericht für die kommunalen Medien zu verfassen, über jenes Gradl-Tribunal, dem er gar nicht beiwohnen durfte, weil ihn der Chef selbst eigens in den zeitgleichen Physikunterricht geschickt habe.

Gürtellinie?

Grantig habe der Herr Direktor sie bereits ob ihres ersten Leserbriefes nötigen wollen, vor der Oberstufenöffentlichkeit der Lehranstalt »eine Begründung abzulegen«!

Hitler lacht.

Der Herr Direktor zu seiner Abiturientin: »Damit hättest Du doch rechnen müssen!«

Reifeprüfung? Gürtellinie!

Das Abi hat Frau Lorenz trotzdem bestanden, trotz beispielloser Zivilcourage in Hitlers Schatten – sie war von Besorgten aus der Stadt, die das Manuskript ihrer Analyse kannten, auf die möglichen Konsequenzen aufmerksam gemacht worden; wiewohl diese Besorgten dafür Sorge getragen hatten, daß im Falle von durchaus zu erwartenden schulleiterischen Ein- und Übergriffen innerschulische und mediale Schutzmaßnahmen sofort hätten ergriffen werden können.

Fazit mit 18 Jahren: Hitlers Lieblingslandschaftsmaler und der Nationalsozialismus waren in ihrer gymnasialen Schulzeit ein Tabu.

Das Lehr-Beispiel indes geht weiter.

Wochenlang brauchen Kunsterzieher und Deutschlehrer, bis sie einen Kommentar zum hauseigenen Gradl zusammenstoppeln, bis sie die Wahrheit über Nazi-Maler Hermann und seinen nationalen Sozialismus zusammengebastelt haben. Der Herr Direktor selbst legt, mit Wissen der beiden Urheber?, letzte Hand an und feilt, feilt, bis die peinlichen Fehler auf den Hinweistafeln, die der Hausmeister in bewegliche Holzrähmchen geleimt hat, in einer Reportage der »Nürnberger Nachrichten« scharf kritisiert werden: »Um historische Genauigkeit ging es nicht«, liest man dort, wenn zum Beispiel aus ›Nazi-Opfern‹ salopp ›KZ-Opfer‹ werden.

Hitler lacht.

Immerhin nennt sich der Herr Direktor Herr Doktor, und er pflegt sich auch dem gegenüber, der's gar nicht wissen will, als Historiker auszuweisen mit einer Dissertation zum Thema: »Hitlers Außenpolitik«. Wie gesagt: Jener lacht, und dieser, der Direktor, hat schon manchen Bock geschossen.

Daß der Gradl-Artikel der Abiturientin für die hauseigene Schülerzeitung »Nuntius« nicht erscheinen durfte; daß der Artikel

eigens im Auftrag des Chefredakteurs verfaßt wurde; daß der Chefredakteur Sohn der hauseigenen Lehrkraft für Erdkunde, Wirtschaft und Recht ist – wundert's wen?
Nicht umsonst übersetzt das Schüler-Lexikon Latein-Deutsch den Postillen-Titel »Nuntius« auch mit »Nachricht« und »Botschaft« – kapiert? Wunderbar!

Daß die Hakenkreuz-Installation aus Blech, mit der der hauseigene Künstler-Kunsterzieher den Blu-Bo-Schinken vergittern wollte, nie das Gradl-Grauen vergattert hat – kein Wunder!
Daß der gymnasiale Pressesprecher und Mathe-Lehrer in seine gymnasiale Berichterstattung den einschlägigen Abiturientenscherz nicht aufnimmt oder, daß er ihn aufgenommen hätte, wäre ein Wunder gewesen: die auf Reife Geprüften hatten nämlich den pflügenden Bauern von Hitlers Hermann auf fränkischer Scholle pampersdick mit Christo-Klo-Papier eingepackt. So konnte sich die interessierte Marktheidenfelder Kunstszene weder ärgern noch delektieren über eine jugendliche Delinquenten-Delikatesse um des Diktators Pinselhalter.
Gradl? Der Direktor der Nazi-Kunstakademie der Stadt der Reichsparteitage, dortselbst eingesetzt von des Diktators Gnaden? »Das war kein Nazi!« diktiert der Hitler-Experte Dr. H., Direktor des Balthasar-Neumann-Gymnasiums zu Marktheidenfeld, dem Nürnberger Journalisten in die Feder:
»Kein Nazi!«

Wenn es nur eine Lokalposse wäre, könnte man darüber lachen, peinlich berührt sein oder getroffen werden, selbst unter der Gürtellinie. Aber die Lokalposse ist Metapher, Exempel und steht als solche für das Ganze. Hyperdeutlich, und dies gelingt nur am Exempel Provinz, am Detail erkennbar und als solches zu beschreiben: als langer Schatten des Herrn Hitler.

Aber, der Anschauungsunterricht ist noch immer nicht zu Ende. Denn da agiert noch der erwähnte Deutschlehrer, der unbedingt ZEITkolumnist werden will. Als verbeamteter Bello vom Gymnasium wirft sich jetzt der ehemalige Würzburger Uni-Maoist und Schulungsleiter irgendwelcher »Roter Morgen«-Kommunisten für seinen Herrn und Direktor in die Bresche und will die Gegendarstellungskartoffeln aus dem Hamburger Feuer holen. Als in der nächsten ZEITleserbriefspalte sein ellenlanges, wirres Elaborat nicht aufscheint, greift er gleich zum Hörer und mahnt ebenso renitent wie devot den korrekten Marktheidenfelder Antinazismus und seine schöne Schule an. Nützt nichts. Zweiter Leserbrief. Aber auch der Chefredakteur bleibt ungerührt, zumal der sogenannte »Fachleiter Deutsch« nicht einmal in der Lage ist, das korrekte Geburtsjahr des schulbeschmutzenden Schriftstellers anzugeben: es muß schon schwer sein, selbst als Philologie-Pauker in Kürschners Literaturlexikon bis zum Buchstaben »R« wie »Roos« zu blättern.

So faßt sich lechts und rinks das doppelte Literaten-Lottchen dieser höheren Bildungsanstalt an der Hand und wandelt im Doppelpack durch des Führers Gradl-Grün.

Die endlose Geschichte.

Denn der abgehalfterte ortsansässige Bundestagsabgeordnete der SPD greift in die PC-Tasten und verfaßt, verfaßt, verfaßt einen offenen Brief und klagt und klagt und klagt – vor allem beklagt er, daß im ZEITmagazin keine Silbe vom ruhmreichen Kampf der lokalen Sozis gegen Schwarz, Braun, Rechts zu lesen sei, ohne dabei zu bemerken, daß gerade die SPD und ihr Wahlobertaktiker und Ex-MdB in Sachen Gradl kläglich versagt haben. Die leserbriefschreibende Abiturientin will man freilich für die Jusos keilen.

Eine endlose Geschichte.

Denn der Zahngoldhändler handelt weiter mit Zahngold und mit Gradlingen und sagt, er handele nicht mit Gradlingen und nicht mit Zahngold.

Endlos die Leserbriefe pro und contra, meist contra. Ohne Ende die anonymen Telefonate, das Klingeln in der Nacht und das Schweigen im Hörer.

Geschichten immer wieder mit Briefen ohne Absender.

Und?

Es geht alles so weiter.

Denn der Bürgermeister wirft sich erneut in die Gradlei. Nein, sagt er der Presse ins Mikro, der Nestbeschmutzer sei gar kein Nestbeschmutzer, sondern nur ein Selbstbeschmutzer. Und im übrigen verlautbart er im Politjargon: »Es gibt aber auch sonst, lassen Sie mich dies ganz deutlich feststellen, keine Angst und Heimlichkeit der Stadt vor ihrer Geschichte im Dritten Reich.«

Von wegen »keine Angst«, von wegen keine »Heimlichkeit«.

Die Geschichte ist endlos.

Denn der Bürgermeister intrigiert erneut im Gradl-Geschäft.

Heimlich, hinter dem Rücken der ABM-Kunsthistorikerin und

am sogenannten »Sport- und Kulturausschuß« vorbei, zensiert er höchstpersönlich die bereits abgesegneten Texte zu Gradl-Leben und Nazi-Kunst für die ominöse neue Gradl-Galerie. Und, man staune, die lokale Sozialdemokratie merkt's, und, was Wunder, die Sozis mucken endlich auf. Da lügt der Bürgermeister die eh schon lauwarme Formulierung von »Gradl und die ›konservative Revolution‹« um in »Gradl, der ›unpolitische Landschaftsmaler‹«. Und überhaupt seien seine Werke und seine Einstellung nur »vereinbar mit dem Dritten Reich«. Da wird bürgerlich verharmlost und meisterlich geglättet, unterschlagen und verdreht, nivelliert, harmonisiert und entpolitisiert.

Bei der Eröffnung der Ausstellung grinst nur einer in die lokalen Pressekameras: der Bürgermeister.

Endlos, diese Geschichte.

Hitler lacht.

Chronik:

DER MITLÄUFER UND ICH

Vor zehn Jahren, 1988, wurde die erste Vorstudie zu »Der Mitläufer und Ich« im Bayerischen Rundfunk/Studio Nürnberg durch Wolfgang Buhl als das Hörbild »Zwischen Malerei und Macht« zur Ausstrahlung gebracht.

Zwei Jahre später beförderte Reinhard Hesse den zweiten Teil, meine ›Dokumentation in 30 Aufzügen‹ unter dem Titel »Braune Bilder in Marktheidenfeld« im Kulturmagazin »TransAtlantik« Nr. 2/1990 in den Druck.

1994/95 schrieb ich im Auftrag der »Städtischen Bühnen Nürnberg« die Theaterfassung »Der Mitläufer und Ich« als vierstündigen Monolog – Anlaß: die Gedenkwochen »Nürnberg im Herbst – 1935/Trauer, 1945/Dankbarkeit, 1995/Selbstverpflichtung«. Die Uraufführung fand am 23. September 1995 unter dem Titel »Der Mitläufer und Ich – Eine dokumentarische Bühnenerzählung für einen Nachgeborenen« unter der Regie von Stefan Lehnberg statt – im »Goldenen Saal« der Zeppelin-Tribüne auf dem ehemaligen Reichsparteitagsgelände in Nürnberg spielte Eckard Rühl.

In verschiedenen literarischen und publizistischen Gattungen habe ich in verschiedenen Foren wie der »Süddeutschen Zeitung«, dem »Main-Echo«, der »Stuttgarter Zeitung« und anderen das Thema mit immer neuen Materialien und verschiedenen ästhetischen Zugriffen bearbeitet.

Die hier vorliegende Fassung als I. Kapitel des ›Romans einer Krankheit‹ entstand 1995 und erfuhr bis 1998 an ausgewählten Passagen eine Aktualisierung.

DIE GESTAPO-AKTE UND ICH

Dieser Text entstand 1995/96 und wurde erstmals im Rahmen der Projektförderung durch das Kulturreferat der Stadt Würzburg am 16. März 1996 in einer szenischen Lesung im Stadttheater Würzburg vorgestellt – Anlaß: Gedenken zum 51. Jahrestag der Zerstörung Würzburgs durch die britischen Bomber als Revanche für die Zerstörung Coventrys.

Die hier vorliegende Fassung als Kapitel II ist die überarbeitete Fassung von 1996.

EVA BRAUN UND ICH

Dieses Kapitel entstand 1997.

HITLER LIEBEN. ROMAN EINER KRANKHEIT.

In Marktheidenfeld konnte dieses Buch nicht geschrieben werden.
Erst der Distanz des Schreiborts Wien verdankt es seine Entstehung.
Zwei markante Impulse trieben meine Methode heraus und das
Schreiben voran:
die Uraufführung von Arnold Bernfelds Zweipersonen-Stück »Little
Hitler oder Der Konjunktiv des Plusquamperfekts« mit Klaus Weiss als
Sigmund Freud, mit Jan Schreiber als Adolf Hitler in der Inszenierung
von Marcel Keller am Staatstheater Stuttgart 1993 und
die Aufführung des Dokumentar-Film-Opus »Shoah« von Claude
Lanzmann anläßlich der »Holocaust«-Filmwoche des Wiener Stadt-
kinos 1994.

Quellen und Dank:

1

Keine literarische Arbeit, die sich auf das »Dokumentarische als starkes Wurzelwerk«, wie Egon Schwarz schreibt, verläßt, kann ohne
Quellen- und Archiv-Arbeit auskommen, vor allem, wenn diese
Archiv-Arbeit selbst literarisches Sujet ist. Das schließt Dank ein für
jahrzehntelange Zusammenarbeit mit vielen ArchivarInnen und
BibliothekarInnen, die Neugierde, Such-Sucht, Finder-Lust, Detail-
besessenheit und Besessenheit überhaupt bedienten, sogar teilten und
sich davon, im besten Fall, inspirieren ließen und halfen, Akten ans
Tageslicht zu heben, von deren Existenz man vorher allenfalls ahnen
konnte.
Natürlich gab es auch die Blockierer, die das Thema boykottierten oder
die Bestände vor den Benutzern zu schützen trachteten – zum Glück
die politisch und geistig beamtete Minderheit.

In Nürnberg genoß ich die größte archivalische Förderung meiner
Arbeit, weit über Öffnungsstunden und Dienstzeiten hinaus.
Allen voran sei bedankt der einmalige Herbert Schmitz vom Stadt-
archiv Nürnberg, ohne dessen Spür-Nase, Such-Geschick, Material-
Kenntnis, ohne dessen Humor und Anteilnahme dieser Roman nicht
hätte so geschrieben werden können: ob dieses Buch ihm Finderlohn
sein kann?
Dr. Eckart Dietzfelbinger folgt auf den Fuß; dem Betreuer der For-
schungsgruppe Reichsparteitagsgelände der Museen der Stadt Nürnberg war kein Schritt auf das Gelände der alten und neuen Nazis
zuviel, meine Fragen akribisch zu beantworten.
Alexander Schmidt vom Verein Geschichte Für Alle hat mich in das

braune Nürnberg ein- und immer wieder in ihm herumgeführt; auch postalisch, auch fotokopistisch.

Staatsarchiv, Archiv der Städtischen Bühnen, Pädagogisches Institut, Bildungszentrum, Germanisches Nationalmuseum hießen mich willkommen, was ich vom Gerichtsarchiv und vom Archiv der Akademie der Bildenden Künste nicht behaupten kann – dennoch, auch widerwillig gewährte Informationen sind Informationen.

Nebenan Erlangen, dessen Universitäts-Archiv offenes Haus ist.

Sachkenntnis und Geduld und vielfache Unterstützung erfuhr ich durch Dr. Herbert Schott vom Staats-Archiv Würzburg, verquere Heimat für Monate.

Hilfreich die Universitäts-Bibliothek Würzburg, die Stadtbücherei, das Stadt-Archiv und das Archiv der Städtischen Galerie.

In München wurde ich vom Archiv der Stadt, vom Bayerischen Hauptstaatsarchiv und vom Institut für Zeitgeschichte immer prompt unterstützt.

Das Berliner Bundes-Archiv, vor allem das Bundes-Archiv Koblenz fanden Alles, was ich suchte und stellten zur Verfügung, was ich explizit gar nicht angefragt, aber mitgemeint hatte.

Die Zentrale Stelle der Landesjustizverwaltung Ludwigsburg war allzeit auskunftsbereit.

Ohne das Berlin Document Center wäre meine Arbeit nicht denkbar.

Das Leo Baeck-Institut New York und die National Archives Washington beantworteten alle Fragen und Materialwünsche.

Die Forschungsstelle für die Geschichte des Nationalsozialismus in Hamburg war den Besuch wert.

Und Roland Paul vom Institut für Pfälzische Geschichte und Volkskunde Kaiserslautern forschte und fand.

Produktiv auch die Zusammenarbeit mit dem ehemaligen Stadtarchivar von Marktheidenfeld, Peter Reidelshöfer.

Auch die telefonischen, faxischen und materiellen Auskünfte der Archive von Zeit, Spiegel, Frankfurter Allgemeine Zeitung, Frankfurter Rundschau, Süddeutsche Zeitung, Main-Echo und Main-Post waren unentbehrlich.

Genauso die Pfadfindereien der Antiquariate Bub / Würzburg, Ad Artem-Meissner / München, Löcker/Wien und Burgverlag-Schoisengeier / Wien.

Nicht zu vergessen das Dokumentationsarchiv des Österreichischen Widerstandes im Alten Rathaus Wien.

Am Ende seien bedankt die zahlreichen Privat-Archive, die nicht namentlich aufgelistet werden möchten – sie haben mit ihren Leitz-Ordnern, Bücher-Regalen und Keller-Fluchten wahre Fundgruben und Materialmassen zur Verfügung gestellt, dem Detektiv Nachhilfehilfen gewährt oder oft nur den Punkt zum letzten tüpfellosen »i«

374

übergeben – so geschehen in Bretten, Bruchsal, Pforzheim, in Markt-heidenfeld, Zimmern, Würzburg, Nürnberg, Fürth, Erlangen, Dillin-gen, Ellingen, Weißenburg, in Wien, Sydney, New York, Vancouver, Zürich, Tel Aviv.

2

Keine Phantasie kann über ein Jahrzehnt ohne Soziologie auskom-men. Kein Autor schreibt ein Buch alleine. Unzähligen Menschen ver-danke ich unzählbare Informationen, Hinweise, Rückverweise, Zu-weisungen. Hilfreich waren mir unter anderen Prof. Dr. Renate Berger, Hannes Doblhofer, Bernd Dörfler, Johannes Erasmus, Heinz Eschenbacher, Eva von Freeden, Prof. Dr. Robert Gellately, Christa Gott, Dr. Hansjörg Graf, Arthur und Erna Haas, Dr. Helmut Häußler, Maria U. Hammer, Prof. Dr. Berthold Hinz, Prof. Dr. Arno Herzig, Gerhard Jochem, Sabine Kartte, Prof. Dr. Uwe K. Ketelsen, Charles Klotzer, Walter Kohl, Gertrud Krainhöfner, Lutz Kroth, Uri Kuchinsky, Monika Kunz, Susanne Läger, Horst Liebler, Manfred Loimeier, Roy Malone, Heide Mersmann-Grasnick, Prof. Dr. Hans Ernst Mittig, Birgitta Müller, Tilman Niemeyer, Ewa Reinhardt, Dr. Fritz Rumler, Prof. Dr. Willibald Sauerländer, Wolfgang Schimmel, Angela Sey, Walter Schinzel-Lang, Christian Schmid, Ingrid Schmitt-Götzner, Valentin Schwab, Cherie und Buddy Smith, Erwin Thorn, Dominica Volkert, Christa Winzenhöler, Dr. Hans Wollschläger.

Für »Zwischenrufe« aller Art, für Zu- und Widerspruch, Streit und Streit-Gespräch, für Förderungen, Forderungen, für Ermahnung, Ermunterung, Ermutigung, für Denkmale, gute und böse Briefe, Schlecht- & Gutachten, für Zugänge zu Personen und Archiven, für Zuschuß, Zu- und Abrat, für Emphase, Empathie, Sympathie danke ich Dr. Anke Gladischefski, Dr. Hermann Kinder, Hubert Klöpfer, Uschi Knahn, Prof. Dr. Reinhard Koselleck, Prof. Dr. Hans Mommsen, Dr. Tilmann Moser, Prof. Dr. Adolf Muschg, Dr. Reto Niggl, Anja Prölß-Kammerer, Reinold Rehberger, Dr. Claudia Strobel, Dr. Helmut Teufel, Winfried Tonner, George Tabori.

Besonders und vor allem danke ich Rainer Kippe für brüderlich-fach-männlichen Zuspruch, danke ich Elisabeth Wäger für schwesterlich-fachfraulichen Widerspruch, beide mit der richtigen Nervosität des Seismographen.
Ich danke Albrecht Mahr für die Begleitung Richtung Klarheit.
Egon Schwarz war väterlicher Mentor aus der Entfernung, Literatur- und Lebenslehrer mit großem Herz und kritischem Blick, humorvoller Souveränität und der Großmut des Opfers.

Friederike Hassauer – mit niemand Anderem auf der Welt hätte ich die neuneinhalb Film-Stunden im Wiener Stadtkino durchgestanden, als wir Claude Lanzmanns »Shoah«-Film gesehen haben; niemand Anderer hätte die Träume und Albträume, den fränkischen Gradl-Terror miterlebt, mitgetragen, ausgehalten als sie; niemand hätte mit mehr Wärme der Geduld, mit mehr Unbestechlichkeit des Verstandes, mit mehr Kühle des Intellekts Horror und Lust des Schreibens begleitet vom ersten Buchstaben bis zur letzten Zeile als sie – besonders und vor allem.

Ich danke.

Wien, am 30. Juni 1998   *P. R.*

Inhalt

Die Rechtschreibung in diesem Buch folgt nicht immer dem alten Duden und nie den sogenannten ›neuen amtlichen Rechtschreibregeln‹.

Die Motti von Adolf Muschg sind einem Gespräch von Sven Gächter mit dem Büchnerpreisträger A. M. entnommen, das unter dem Titel »Der Mensch ist ein Skandal« im österreichischen Nachrichtenmagazin »Profil« Nr. 41/Wien 1994 erschienen ist.

Die Stiftung zur Förderung der Philosophie, Mönchengladbach-Korschenbroich unterstützte 1990 und 1991 meine Studien des Nationalsozialismus in Verbindung mit meinem literarischen Zugang durch das großzügige Paul-Reichartz-Literatur-Stipendium.

Das Kulturreferat der Stadt Würzburg und die Koenig & Bauer-Kultur-Stiftung Würzburg, unter der Leitung von Dr. Claudia Strobel haben 1995/96 die Arbeit an diesem Buch, vor allem die Entstehung des Kapitels II, »Die Gestapo-Akte und Ich« maßgeblich und großzügig gefördert.

Die Realisierung der ›Nürnberger Fassung‹ des I. Kapitels »Der Mitläufer und Ich« als Monodrama, uraufgeführt von den »Städtischen Bühnen Nürnberg« 1995, wurde gefördert durch die Nürnberger »Kunst- und Kultur-Stiftung Dr. Joseph E. Drexel«, der als Mitglied des Ernst Niekisch-Kreises die KZ Mauthausen und Flossenbürg überlebte; er war Begründer und Verleger der »Nürnberger Nachrichten«.

Zu keiner Förderung war dagegen das Kulturreferat der Stadt Nürnberg in den Amtszeiten Dr. Hermann Glaser und Dr. Karla Fohrbeck gewillt.

Winfried Seibert
Das Mädchen,
das nicht Esther heißen durfte

Eine exemplarische Geschichte

309 Seiten. Mit 16 Abbildungen. RBL 1572. 24,– DM
ISBN 3-379-01572-5

Seibert hat mehr als nur einen – vergleichsweise – harmlosen Fall sorgfältig rekonstruiert. Er rollt das Dritte Reich
sozusagen von innen nach außen auf [...].
In Seiberts Buch fließt kein Blut, niemand wird umgebracht oder gefoltert. Es geht nicht einmal um Juden. Seibert führt den ganz normalen Betrieb des Dritten Reiches
vor, wie er mit Hilfe der Justiz organisiert wurde [...].
Indem Seibert den Alltag und nicht Auschwitz zum Maßstab der praktizierten Barbarei nimmt, stellt er die Pro-
portionen des Schreckens wieder her.

Henryk M. Broder in: Die Woche

Der akribische Bericht, noch jede Anmerkung lesenswert,
gibt im kleinsten Ausschnitt das große Bild der diszipli-
nierten Verwüstung, des Debakels der bürgerlichen Institutionen, der pedantischen Niedertracht, die Deutsche
zwölf Jahre getragen, ertragen haben.

Johannes Gross in: Frankfurter Allgemeine Magazin

RECLAM-BIBLIOTHEK

Victor Klemperer
LTI

Notizbuch eines Philologen

368 Seiten. RBL 125. 16,90 DM
ISBN 3-379-00125-2

Kompositorisch ist dies eine dokumentarische Montage, was erklärt, weshalb man LTI unter immer neuen Aspekten lesen kann. Es ist Zeitgeschichte als Sprachgeschichte, aber auch ein Psychogramm des Widerstands; es ist eines der wenigen Zeugnisse jüdischer Überlebender innerhalb Hitlerdeutschlands, aber LTI ist auch profunde Analyse der geistigen und kulturellen Voraussetzungen des Mitläufertums ... Die einzigartige dokumentarische Substanz des Buches, durch die es zu einem der lebendigsten Lehrbücher zur Ideologie des Faschismus wird, besteht darin, daß hier exemplarische Ausschnitte aus der Alltagskommunikation im Dritten Reich festgehalten sind. Die »Lingua Tertii Imperii« ist mehr als eine Menge typischer Vokabeln, Wendungen und Stilfiguren – sie ist ein komplexes Bedingungsgefüge gesellschaftlich bestimmter Verhaltensformen, innerhalb derer die sprachlichen Ausdrücke als Mittel und Indikator fungieren.

Ewald Lang, Osnabrücker Beiträge zur Sprachtheorie

RECLAM-BIBLIOTHEK

Bernhard H. F. Taureck
Nietzsche und der Faschismus

Ein Politikum

304 Seiten. RBL 1687. 24,– DM
ISBN 3-379-01687-X

War Nietzsche ein Wegbereiter Hitlers und Mussolinis?
Nach dem Schema: »Denker Nietzsche – Täter Hitler«?
Der größte Teil der Literatur zu Nietzsches politischer Philosophie bewegt sich in Extremen: einerseits ereilt Nietzsche das Verdikt »Zerstörung der Vernunft«, andererseits
gibt es zahlreiche Versuche, das Idol reinzuwaschen.
Taurecks differenzierte, mit präzisen Belegen fundierte
Darstellung grenzt sich von den Pauschalurteilen ab und
verdeutlicht die Ambivalenz von Nietzsches Philosophie.
Weder Idealisierung noch Verteufelung können ihr gerecht werden.

»Was Taurecks Buch so wertvoll macht, ist, daß es nicht
im simplen Pro und Contra aufgeht, daß es den Sinn für
die entscheidenden Differenzen wahrt und daß es ehrli-
cherweise mit offenen Fragen endet.«

Süddeutsche Zeitung

Bernhard H. F. Taureck lehrt Philosophie an der Technischen Universität Braunschweig. Zuletzt erschien bei
Reclam Leipzig sein »Nietzsche-ABC« (1999).

RECLAM-BIBLIOTHEK

Gedächtnisbilder

Vergessen und Erinnern in der Gegenwartskunst

Herausgegeben von Kai-Uwe Hemken
366 Seiten. Mit 37 Abbildungen. RBL 1546. 28,– DM
ISBN 3-379-01546-6

Erinnern hat Konjunktur.
Obgleich ein uraltes Menschheitsthema und seit langem
in verschiedenen Wissenschaftszweigen erforscht, gewinnen die kulturellen Phänomene VERGESSEN und ER-
INNERN immer größere gesellschaftliche Bedeutung. Die
Beschreibung von Geschichte, ihre Interpretation gelten
nicht mehr nur als Angelegenheit der Wissenschaften,
sondern sie sind eine wichtige künstlerische Position. Was
bedeutet ERINNERN, was VERGESSEN für die heutige
Kunst? Wissenschaftler und Künstler reflektieren über
diese Zusammenhänge. Die Beiträger sind prominent:
Jean-Christophe Ammann, Aleida Assmann, Peter Burke,
Hans Haacke, Jürgen Habermas, Hans-Ernst Mittig, Wolf-
gang Pehnt, Christian Boltanski, Jochen Gerz, Nikolaus
Lang, Anne und Patrick Poirier u. a.